내가 사랑한 역사와 문화 이야기

현대 외교 비사

현대 외교 비사

펴 낸 날 2022년 11월 30일

지 은 이 양동칠
펴 낸 이 이기성
편집팀장 이윤숙
기획편집 윤가영, 이지희, 서해주
표지디자인 윤가영
책임마케팅 강보현 김성욱
펴 낸 곳 도서출판 생각나눔
출판등록 제 2018-000288호
주   소 서울 잔다리로7안길 22, 태성빌딩 3층
전   화 02-325-5100
팩   스 02-325-5101
홈페이지 www.생각나눔.kr
이 메 일 bookmain@think-book.com

• 책값은 표지 뒷면에 표기되어 있습니다.
  ISBN   979-11-7048-479-0(03810)

현대 외교 비사

내가 사랑한 역사와 문화 이야기

소강 양동칠 회고록

생각나눔

맑은 시냇가에 앉아 시도 짓는다네 臨淸流而賦詩

이 생명 여기 잠시 머물다 떠나니 聊乘化以歸盡

천명 즐기면 됐지 망설일 게 무언가? 樂夫天命復奚疑

도연명 「귀거래사」 중에서

이 책을 쓰고 남기는 동기

나는 내 이름으로 회고록을 남길 생각이 없었다. 그것은 내가 대단한 인물도 아니었을 뿐만 아니라, 남길 만한 무슨 업적이 있는 편도 아니었기 때문이다. 헌데 80 평생을 살아오며 내가 경험하고, 느끼고, 행동했던 것들을 반추해 보니 그런대로 거기엔 후세에 알리면 참고가 되고, 도움이 될 만한 숨은 이야기들이 있는 것 같았다.

오늘날엔 누구나 비행기를 타고 프랑스 유학을 자유롭게 하고 오지만, 1960년대 내가 프랑스 유학을 갔을 때는 서울-파리 항공 노선이 없었다. 또한, 한국은 당시 가난한 나라였기에 프랑스 정부가 주는 장학생에 선발되지 않으면 유학이 어려웠다. 프랑스로 유학 가려면 인천에서 프랑스 마르세유(Marseille)항으로 가는 화물선을 타고 1개월여의 항해 끝에 마르세유에 도착하는 것으로 출발했던 시대였다. 따라서 그 시대를 말하는 나의 경험은 그것 자체가 우리 시대의 변천사에 해당했다.

유학 기간 중 나는 1968년 프랑스 학생혁명의 현장에 있었다. 그 현장에서 나는 1960년 내가 서울문리대 재학 시절 주도했던 4·19 혁명과 비교해 보는 귀중한 체험을 했었다. 나는 또한 유학 기간을 통하여, 드골 프랑스 대통령의 극적인 하야를 목격, 의표를 찌른 그의 하야가 뒤이은 대통령 선거에서 야당 사회당의 참패를 가져오고, 안정적인 퐁피두(Pompidou) 대통령의 보수 정권 재탄생으로 이어지는 현장을 목격할 수 있었다.

1968년 5월 프랑스 학생 데모의 불꽃은 즉각 공산 소련의 위성국가이던 체코슬로바키아 수도 프라하의 학생들에게 옮겨졌었다. 역사상 '프라하의 봄'으로 알려진 사건이었다. 이때 소련군은 프라하를 점령하고, 데모 학생들을 체포 구금함과 동시, 소련의 영향력을 벗어나려던 두브체크(Dubcek) 체코 수상을 모스크바로 강제 연행하고, 체코 인민들에 대한 무자비한 탄압 정책을 펼쳤었다.

나는 이 모든 장면을 1968년 8월 오지리-체코 국경 도시에 있던 나의 오지리 친구 집에서 지내며 목격할 수 있었다. 당시 프라하의 봄 소식은 인접 지역이었던 오지리가 단연 돋보이던 동·서 냉전의 절정시대였다. 유학생도 적었고, 신문사 특파원들도 없던 시대였으므로, 당시의 여건으로 보아 나는 1968년 프랑스 학생혁명과 프라하의 봄이라는 두 역사적 사건을 현장에서 체험할 수 있었던 거의 유일한 한국인이 될 수도 있겠다 싶었다.

1970년 프랑스에서 박사학위를 받고 귀국한 후, 외교관 특별 임용고시를 통해 직업외교관으로서 30년간 외교 현장을 누비며 경험했던 것도 40~50년 전의 외교 현장을 복기하자 격세지감이 느껴졌다. 그 격세지감이 바로 귀한 자료가 될 것 같았다. 지금 읽어보면 이솝의 동화처럼 느껴지기 때문이다.

나는 외무부에서 불어권 전문 외교관으로 만족하지 않고 현직에 있을 때도 몇십 년간 일본어를 독학했었다. 외교란 상호 소통이 잘되어야 오해도 잘 풀리고 긴장도 완화될 터인데, 한국의 신세대들이 정치나 외교의 키맨으로 등장할 때는 한·일간 의사소통이 과거와는 달리 원활하지 못할 것이 예측되었기 때문이었다. 내가 2022년 9월 1일 현재 일본 내 언론·문화·예술·학계 인사들 200여 명과 수년 내 지속적인 친목 교류를 이어 오고 있는 것도 민간외교 차원이었고, 이러한 시도를 행하여 온 전직 대사는 내가 유일한 것 같았다.

또한, 나는 현직에 있을 때 30년 앞을 내다보고 나무와 숲을 가꾸며 은퇴 이후의 내 삶의 목표와 방향을 설정했었다. 그것이 오늘날 나의 용문산 LA FORESTIERE 숲 소강원(韶剛園)이다.

공직에서 은퇴하기 전 30년 앞을 미리 대비하여 내가 숲을 가꾸어 왔다면 나는 은퇴 후 80 만학도 임에도 불구, 러시아를 알기 위해 노어를 연마 중이다.

외교관으로서 뿐만이 아니라, 인문학도로서 그간 내가 탐구해 온 역사와 문화를 소재한 칼럼과 나의 그리스어, 라틴어, 프랑스어, 노어, 영어, 일어 지식을 바탕으로 집필한 언어학적 칼럼들을 보다 풍부하게 하기 위함이었다.

따라서 이 책은 나의 회고록이자, LA FORESTIERE 숲에서의 생각하는 갈대(roseau pensant)로 살아온 나의 수상록이기도 하다. 말미에 붙인 나의 글은 내가 대한민국에 남기는 나의 정치적 testament(유언)으로 쓴 것임을 밝힌다. 평가는 나 죽은 다음 후세가 할 것이다.

끝으로 440쪽에 달하는 나의 방대한 원고가 차질없이 출간될 수 있었던 것은 조용한 전문인 이홍남 님의 헌신적 교열, 교정에 힘입은 바 큼을 감사한 마음으로 밝힌다.

2022년 9월 1일
LA FORESTIERE에서 소강 양동칠

투박 진지한 '學僧' 같은 외교관, 그 귀거래사

1980년대 중반, 조찬자리에서 처음 만난 양동칠 대사의 인상은 솔직히 외교관 같지 않았다. 약간 어눌하고 투박한 인상이 '프랑스 박사'라는 선입견을 여지없이 분쇄해 버렸다. 심산유곡에서 불도(佛道)에 빠져든 학승(學僧)을 떠올리게 했다.

이 책에 나오는 양동칠 대사의 사진을 보면서 나는 실소(失笑)를 금치 못했다. 이마며 얼굴 윤곽이 어쩐지 조계종 종정을 지내신 성철스님과 닮은 데가 있지 아니한가? 나의 직관(intuition)은 돌이켜 보아도 결코, 틀리지 않았다(차마 이 말을, 30여 년이 지난 이제야 고백하는 바이다).

외교관을 바라보는 세상의 통념이 있다. 복장을 단정하게 하고, 정제(整齊)된 언어를, 그것도 매끄럽게 구사한다는 이미지! 더러는 언변과 행실이 너무 세련되어서 "파리[蠅]가 낙상하겠다!"라는 비아냥도 있다. 하지만 어쩔 것인가. 국익이 맞서는 총성 없는 외교 전장(戰場)에서, 딱 1%만의 승리를 노려야 하는 외교관의 숙명. 말실수나 허술한 차림새 따위가 용납되지 않을 터이다. 그 작두 위의 줄타기 같은 직업적 운명을 누가 거스를 수 있겠는가.

1980년, 노신영 외무부 장관이 전두환 대통령한테 임명장을 받는 자리에서 "옷이나 잘 다려 입고, 일은 회피하는 약삭빠른 외무부 직원."이라고 해서, 등골이 오싹했다는 기록을 남긴 바 있다. 군인이 보기엔 그랬을 것이다. 화끈한 공중낙하 훈련, 그리고 폭탄주와 전우애로 청춘을 단련해 온 장군, 더욱이 쿠데타도 서슴지 않는 전 장군의 눈에 외교관이란 더욱이 그렇게 보였을 것이다.

그런 점에서 양동칠 대사는 필자에게, 외교관의 전형을 벗어난 이단적(?) 이미지였다. 그 무렵 이원경 외무부 장관은 필자에게 "독일 유학파와 프랑스 유학파의 보고를 들어 보면 매우 다르다."라고 말하곤 했다. 독일 출신은 말이 짧고 똑 부러지는 표현을 하는 데 비해, 파리에서 공부하고 온 외교관은 형용사가 길어 요설(饒舌)스럽고 보고가 길다는 것이었다. 독불의 문화 풍토와 국민성이 외교관 언어교육 문화체험에도 스며든 것일까?

그런 의미에서, 양동칠 대사는 프랑스에 3년이나 유학하고 박사학위를 받은 외교관 아닌가? 그런데도 초면인 기자인 나에게 매우 직설적이고 노골적으로 5공 시국에 관해서, '독일적'으로 발언했다. 물론 그가 『동아일보』 기자를 잠시 지낸 직장 선배였고, 더 거슬러 올라가면 약간의 학연이 있다고는 해도, 처음 만나는 자리에서 너무 거침없이 담론하는 괴짜였다.

이 책의 초고(草稿)를 읽어갈수록, 나의 직관은 어긋남이 없음을 확인했다. 단언컨대, 양동칠 대사는 외교관이 타고난(innate) 직업은 아니었던 것 같다. 우아하고 참을성 있게, 남과 타협하는 성격은 아니다. 그렇다면 종교나 학문, 혹은 감옥을 들락거리는 재야운동 시민운동을 했더라면 그는 더욱 걸출한 이름으로 역사에 남지 않을까?

그런 괴팍한 성격에도 불구하고, 핀란드 대사, 세네갈 대사 등을 역임해, 결코 밀리지 않는 그의 커리어가 기적이라는 생각도 든다. 시대와 성격과의 불화(不和)를 이기는 데 얼마나 고투(苦鬪)했을 것인가. 약사 미인(美人) 사모님을 모시고, 큰딸을 약사로, 그 아래 두 남매를 전문의로 키워내는 모범·성공적인 가장으로 서기 위해 얼마나 쓰디쓰고 고독한 밤을 지새웠을 것인가? 천의무봉(天衣無縫) 성품이 세파에 마모되고, 남의 눈치 살펴야 하는 외교관으로 훈도(薰陶)되는 과정이, 필자에겐 아릿하게 느껴질 뿐이다.

양동칠 대사의 성장기는 코리아의 내이션 빌딩(nation building) 와중이었다. 식민지와 전란의 시대를 거치는 관통하는 그의 유소년, 청년기는 한국 현대사의 비참하고 처절한 밑바닥이었다. 궁핍한 시대였지만, 그는 혈기 넘치는 정의파 청년이었다. 정의롭다 싶으면 표출하지 않고서는 배길 수 없는 그런 행동파의 DNA였다.

1956년 자유당 독재 시절, '민주주의의 등불' 같은 존재였던 신익희 급서(急逝) 때, 고등학교 학생이던 그의 성격은 드러난다. 유해가 서울 통의동 자택으로 운구되는 날 그는 행렬을 따르며 구호를 외쳤다. 그는 운구차에 올라 "선생의 유해를 모시고 경무대로 쳐들어가자!"라고 열변을 토했다. 경무대 경찰들이 발사한 총소리를 듣고 그와 시위대는 황급히 몸을 피했다.

1960년 4·19 때도 의분을 참지 못했다. 서울대 불문과 학생이던 그는 동숭동 캠퍼스에서부터 시위대를 앞장서서 이끌어 경무대 앞까지 진출했다. 그날 오후 4시경 대법원 마당에서 휴식을 취하고 있을 때 서울대 총학생회장이라는 안병규(나중에 국회의원)가 나타나 "양 형, 여기서부턴 내가 지휘할게!"라고 해서 넘겨주고 나왔다.

그 후 학업으로 돌아갔고, 외교관이 되어 4·19 때의 일을 까마득히 잊고 살았다. 그런데 1980년대 그가 프랑스 대사관 참사관 시절 3·1절 기념식을 프랑스 대사관 문화원에서 거행하고 있었을 때다. 한 신사가 나와 손을 덥석 붙잡으며 "대대장님, 4·19 때 서울문리대 데모대의 대대장님 아니셨어요? 그간 어디 계신가 궁금했는데." 하며 반가워했다고 한다. 그의 계산속 없는 열혈 기질을 웅변해 주는 사례다.

외교관이 되어서도 그는, 역겨운 일에는 끓어오르는 분노를 조절하지 못하곤 했다. 영혼이 있는(!) 공무원이었다. 1980년 전두환 군사정권이 들어서고, 국보위 전문위원으로 실세로 꼽히던 안(安) 모 대령이 파리를 방문했을 때의 일이다. 본국 손님 접대와 통역 안내는 양 참사관의 몫이었다. "프랑스 의회 제도 시찰로 오시는군요. 우리 국회에 그대로 적용시켜 보려고 하시는 겁니까?" 그러자 안 전문위원은 두말없이 "예." 하고 대답했다.

"우리 국회가 세계에서도 가장 앞서 있다는 프랑스 국회 제도를 모방하시려 한다고요?" 그가 재차 질문했다. 안 위원의 대답. "어떻게 그렇게야 할 수야 있겠습니까? 각색해야지요." 그는 '각색'이란 말을 듣자마자 속이 뒤집혔다.

"뭐, 각색? 야, 이놈아, 국가의 녹을 먹는 놈이 각색해서 우리 국민을 속이기 위해서 파리까지 왔어? 프랑스 국회제도를 네놈들 입맛대로 각색해? 나는 너 같은 놈 태워갈 수 없어 내 차에서 내려!" 고속도로 중간에서 갓길로 나와 차를 급히 세우고 대령을 내리라고 소리소리 질렀다. 안 대령이 적극 빌어서, 그대로 태우다가 파리 시내 싸구려 호텔에 내려 주었다. 그처럼 호기를 부리는 바람에 군부 실세들의 미움을 받아 파면 위기에 몰리기는 했지만, 실로 양동칠다운 에피소드가 아닐 수 없다.

그가 1960년대 프랑스에 유학 갔을 때는 서울-파리 항공 노선도 없었다. 당시 최빈국이었기에 프랑스 정부가 주는 장학생에 선발되지 않으면 유학은 불가능했다. 프랑스에 가려면, 인천에서 프랑스 마르세유(Marseille)항으로 가는 화물선을 타고 1개월여의 항해 끝에 도착했던 시대였다. 그런 환경에서 장학금을 받고, 스트라스부르에서 3년여 지독하게 공부하여 박사학위를 받은 입지전의 주인공이다.

그의 공부를 좋아하고 즐기는 성격은 나이 80대에 다다른 요즘도 변치 않은 모양이다. 새롭게 러시아어 공부를 시작하여 정복하고 말겠다는 각오로 매진하고 있다. 스스로 '정로한(征露漢)'을 자처하면서, 러시아어에 몰두하고 있다. [일본군이 러시아와 러일전쟁을 하면서 복통 구급약으로 쓰던 정로환(征露丸: 지금도 팔리는 正露丸)을 빗대서 만든 말이다.] 이미 상당한 수준에 달한, 그리스어, 라틴어, 프랑스어, 영어, 일어도 모자라, 다시금 러시아어를 익히는 '고통'을 기꺼이 즐기며 "기쁘지 아니한가(不亦悅呼)?"라고 외치다니! 실로 존경하지 않을 수 없다.

그는 외교관 현직에 있을 때부터, 30년 앞을 내다보고 나무와 숲을 가꾸며 은퇴 이후 삶의 목표와 방향을 설정했다. 그렇게 우공이산(愚公移山)처럼 심고 가꾼 터전이 오늘날 용문산 자락의 LA FORESTIERE 숲 소강원(韶剛園)이다. 그곳에서의 귀거래사(歸去來辭) 한 대목을 인용한다.

"양평의 숲속에서 일어나면 지저귀는 새소리를 들으며 깨어나는 것이 즐겁다. 발코니에 나가 보면, 문을 열고 나서는 소리에 놀라, 찌르르한 방울 똥을 난간에 싸 놓고 이웃 나무숲으로 날아가 숨는다. 작은 것이 아름답다고 할 정도로 이 녀석들이 귀엽다."

도연명의 귀거래사의 시심(詩心)만큼이나 해맑고 감동적이다.

"화사한 벚꽃이 만개하면 얼마나 아름다울까? 그렇게 심은 벚나무가 10월경에 보니, 잎사귀가 시들어 싱싱하지 않고, 벌레 먹은 흔적이 꼭대기에서 줄기까지 선연해 보였다. 전문가에게 물으니, 벚꽃은 꽃이 아름답지만, 병충해에 약하기 때문에 농약으로 소독해야 한다고 했다. 난생처음 소독약 통을 짊어지고 사다리에 올라가, 농약을 분무질하며 소독했다. 겨울에는 볏 지푸라기로 두 녀석 줄기를 감싸주어 얼지 않도록 해주고, 초조한 심정으로 내년 봄을 기다려야 할 것 같다."

학승(學僧)은 이제 선승(禪僧)이 되어간다.
삶도, 죽음도 하나의 윤회 속에서 바라본다. 무덤도 납골당도 싫다고, 자연으로 스며들겠다고 이미 자녀들에게 유언했다.

"올챙이 배불뚝이처럼 땅 위로 봉분을 만들어놓고, 후손들이 무슨 날만 되면 그곳에 벌초하러 오기만을 기다리는 자화상, 우리 부부는 여기에서 스스로 해방됨을 선언하고, 그 정신을 후손들에게 물려주고자 한다. 더욱이 납골당은 생각만 해도 몸이 오싹하다. 육체를 의미하는 physique와 중농정책을 의미하는 physiocracy가 같은 뿌리이듯이, 육체는 곧 흙인데 뼈가 무슨 보물단지라고 마르고 닳도록 후손들

에게 보관을 강요한다는 말인가? 우리는 시공을 초월하여 천의 바람
(winds & wishes)이 되어, 사랑하는 우리 아이들의 지속적인 안녕,
발전과 번영을 위하리!"

그는 오늘도 거르지 않고 소강원(FORESTIERE)에 나무를 심고 잡초
를 뽑는다.

맑은 시냇가에 앉아 시도 짓는다네(臨淸流而賦詩)
이 생명 여기 잠시 머물다 떠나니(聊乘化以歸盡)
천명 즐기면 됐지 망설일 게 무언가?(樂夫天命復奚疑)

도연명 「귀거래사」의 마지막 대목이다. 양동칠 대사의 행복한 소강원
은거를 보면서 문득 떠오른 시어(詩語)들이다.

김충식 (가천대 교수, 『남산의 부장들』 저자)

외교관으로서의 깊은 지혜와 해박한 학식에 감탄

저자인 양 대사님과 저는 공동 시조(학포 공)를 함께 모시는 종원이기도 합니다.

하지만 각별한 인연은 1999년 뉴 밀레니엄이 열릴 때 시작되었습니다.

제가 황망 중에 공직을 떠나, private sector에서 막 자리 잡으려 할 즈음, 당시 핀란드 대사이시던 양 박사님께서 저의 부부를, 여름휴가를 겸하여 헬싱키 대사관저로 초대해 주셨습니다.

그 속에 담긴 깊은 배려에 감사하며, 한 달 가까이 지내면서, 많은 대화 속에서, 외교관으로서의 깊은 지혜와 해박한 학식에 감탄하였습니다.

이 책을 보니, 그때의 이러한 감동이 그대로 담겨있음을 느끼게 됩니다.

직업외교관으로서의 회고(핀란드 할로넨 대통령과의 인연 등)뿐만 아니라, 나아가 역사(Holodomor 이야기 등), 문화(Belle Epoque 이야기 등) 및 언어학에 관한 폭넓은 지식(Мир라는 러시아 단어에 대한 사색 등)들이 녹아 들어가 있습니다.

그리하여 이 책은 한 직업외교관의 회고록에 그치지 않습니다.

80 평생에 걸쳐, 전 세계를 무대로 활동하면서, 보고 듣고 느껴온 지식과 지혜가 담긴 보고입니다.

　현명하게도, 양 박사님은 은퇴 후를 대비하여, 용문산에서 '숲지기'로서 숲을 가꾸시면서 건강과 평온함을 함께 누리시는 모습이 보기 좋습니다.

　부디 오랫동안 건승하시기를 바라며, 여러분들께 감히 일독을 권유드립니다.

　　　　　　양삼승(전 대법원장 비서실장, 법무법인 화우 대표 변호사)

차
례

· 회 고 ·

• 역 사 •

• 문 화 •

• 언 어 학 •

To

Yours truly,

Don't

회
고

나의 유년기

호적상으로 나는 1941년 3월 25일 아버지 양차승(梁次承) 공과 어머니 조분례(趙分禮) 여사 사이에서 7남매 중 장남으로 전남 해남군 옥천면 팔산리에서 태어났다. 그러나 부모님께선 나의 실제 생일을 토끼띠 동짓달 초파일로 기념하셨는바 이를 환산하면 1939년 음력 11월 8일에 해당했다.

호적상에 차이가 있었던 것은 당시 일제 치하에서의 우리나라 농촌 지역 전반의 행정체계에도 원인이 있었지만, 해방 이전 우리나라 농촌 신생아들의 생존율에 문제가 있었던지 대부분의 부모들은 자식들 호적 입적을 한두 해 커가는 걸 지켜보면서 했었다.

나는 족보 따위에 관심 없이 살아왔으나 나의 부친은 우리 집안이 이조 중종 때 홍문관인가 대제학을 지낸 학포 양팽손 공 직계 종손 파임을 자랑으로 삼으셨다.

나의 선조 양학포 공은 중종 때 도학파 정암 조광조 선생이 역적으로 몰려 사약을 받고 능주에서 죽자 아무도 그의 시신을 수습 장례 치를 염두를 못 내었을 때(같이 역적으로 몰릴 것이 두려워), 성균관 과거시험 동기로 같이 조정에서 봉직했던 인연을 저버릴 수 없어, 단신 조광조 시신을 수습 장례를 치러주었던 분이었다.

역적 편을 든 셈이었으니 학포 공 후손들이 조상으로부터 무슨 권력이나 재산을 물려받았을 리 없었다. 하여, 그 직계 후손에 해당하는 우리 선대는 대대로 고달픈 몰락한 양반 집안에 불과했다.

그런 집안의 둘째 아들인 나의 부친은 그래서 장가도 못 가고 24살때까지 당시로써는 노총각 신세로 있었다.

이때 같은 이웃 마을에 정암 조광조 후손 집안으로 딸만 둘 있던 분이 계셨다. 두 집안은 각기 의로운 혈통을 지닌 집안이란 인연으로 사돈지간이 되어, 나의 부모님이 탄생했다.

그렇게 해서 우리 부모는 만났고, 나는 어린 시절, 외가에서 나서 자라면서 외곤(外坤)이란 아명으로 초등학교 들어갈 때까지 불렸었다.

그래서 내가 서울서 경복고등학교에 다닐 때까지 방학 때 시골 내려가면 동네 어머니 친구들은 나를 곧잘 "왔다! 외곤이 왔냐!" 하며 반겼었다.

✦ 해방, 옥천 북국민학교

1945년 내가 만으로 6세가 되던 해 나는 연초부터 면사무소 소재 일본 소학교 입학하러 간다고 열심히 나의 이름을 일본식으로 외우기 시작했다. 양동칠(梁東七)로 개명한 이름을 창씨 개명하지는 않은 채 발음만 일어식으로 梁(료오) 東(도오) 七(시치) 식으로 발음 연습했다. 그러나 료오 도오 시치라는 이름으로 소학교에 입학하기 전 그해 제2차 세계대전이 끝나, 일본이 항복한 바람에 조선이 해방되었다.

해방된 조선은 이내 통일된 한 나라가 못되고 1948년 남한엔 대한민국 정부가, 뒤이어 북한엔 김일성의 공산정권이 들어섰다.

그 과도기 1945년~1948년 기간, 나는 우리 동네 한문서당에서 천자문을 공부했다.

내 이름을 외곤에서 문중 항렬에 따라 동칠(東七)로 작명해 준 강 선생님은 일대에서 알아주던 한학자였다. 나는 그분 서당에서 한동네 사는 나의 부친 친구뻘들은 물론, 이웃 마을 청장년들과 함께 한문 공부를 같이했다. 『천자문』을 떼고 『학어집』, 『명심보감』까지 가로세로, 종횡으로 줄줄이 외웠다.

나는 이때 암기력이 뛰어났던지, 매번 삼촌 아버지뻘 되는 사람들과 경쟁해서 서당에서 치른 '과거시험'에 유일하게 '장원급제'하여, 우리 어머니는 그럴 때마다 떡시루 해서 서원생들에게 한턱 내기 바빴다. 덕택에 나는 1948년 국민학교 들어가기 전 옥천면 일대에선 신동(神童)으로 알려지기도 했었다.

(그러나 어릴 때 입담으로 외우기만 해서 배운 한문 실력은 초등학교 들어가 신식 학문인 한글을 공부하면서 자연 소멸되어 버렸다. 신동 소리도 쏙 들어갔고) 1948년~1953년 옥천북 국민학교 시절, 나는 짧았지만 잊을 수 없는 인민공화국 시절을 경험했다. 1950년 6·25 동란이 터졌는데 전쟁발발 불과 몇 달 만에 북한 공산군들이 해남군까지 점령, 국민학생들을 동원해 북한 국가를 가르치며 부르게 했었기 때문이다.

또한, 밤이면 나는 마을 입구에 나가 동내 개가 짖거나 할 때 외지인의 동내 진입을 망보기 일쑤였다.

해남군 인민 위원회 군관 동무가 소위 '반동분자'로 우리 아버지를 잡으러 왔기 때문이었다. 마을에는 인민군 앞잡이 노릇 하던 자가 있었고, 인민군 군관 동무가 밤에 오면 그 앞잡이가 한밤중에 우리 아버지를 찾으러 왔었다. 나의 부친은 지주계급도, 무슨 감투를 쓴 것도 아니었지만, 평소 올곧은 소리를 자주 해 인민군에 부화뇌동하는 세력에겐 눈엣가시었다.

이때 나의 부친은 위험을 직감하고 미리 3킬로 정도 떨어진 큰집 대밭으로 가 피신하기 일쑤였다(6·25 전란 시 나의 부친이 공산군의 위험을 피해 피신했던 대밭이 현재 내 이름으로 내 고향에 남아있는 유일한 유산이다).

✦ 1953년~1958년 기간 중·고 시절 교훈

1953년 나는 목포 중학에 입학하러 가기 전까진 기차가 무엇인지 모르고 자랐다. 목포 가서야 처음으로 기차도 보고, 밤에 불야성이 된 항구도시의 장관을 바라보며 넋을 잃었던 순 촌놈이었다.

목중 시절 내 기억에 생생한 것은 중2 때 중·고학생들이 한국전 휴전 반대, 북진통일을 외치며 거리로 뛰쳐나간 일이었다. 그때 학생들은 목포 본정통에 있던 중국 음식점을 중공군 개입 규탄의 의미로 박살 냈던 적도 있었다.

목중 시절, 나는 하나의 큰 인생 교훈을 체득했었다. 중2 때였다. 학교 신문이나 잡지에 글을 발표하고 사진이 실린 친구들이 나는 몹시 부러웠다. 나도 그렇게 신문에 내 글이 실리고, 옆에 사진도 나면 고향에 가서 부모님께 자랑할 수 있을텐데…. 몇 번 투고를 했으나 한 번도 내 글을 실려주지 않았다. 약간 화가 치밀어, 하루는 고서점에 가서 아주 오래된 책을 사서 읽다가 그 안에 좋은 글이 있어 그 글을 마치 내 글인 양 학교 신문편집실에 기고했었다. 나는 그때까지 학교 신문이 어떻게 나오는지도 모르고 막연히 좋은 글만 써서 보내면 나올 줄 알았다.

헌데, 마침 엄하기로 유명하시던 국어 선생님이자 담임이시던 신능우 선생님이 교무실로 나를 호출하셨다. 선생님은 나를 보시자마자 다짜고짜 "이놈아! 이 세상에서 제일 나쁜 도둑놈이 누군지 아느냐? 남의 글을 훔쳐서 자기 글인 양 팔아먹는 놈이여! 그래 이놈 네가 그런 도둑이란 말이냐!" 하시며 회초리로 내 종아리가 피가 나도록 때리시며 분을 못 참으셨다.

그렇게 매를 맞으면서 잘못을 뉘우치는 내 모습을 차범석 국어 선생님은 재밌다는 듯이 빙긋이 웃으시며 바라보고 계셨다…. (차범석 선생님은 연대 영문과 출신으로 당시 목중 국어 선생님으로 계셨었다. 선생님은 그때 밀주(密酒)로 『조선일보』 신춘문예 희곡 부문 작가로 데뷔하셨었다. 2000년 내가 핀란드 대사 시절 예술원 회장이시던 차범석 선생님 내외분을 핀란드에 초청하였던바, 선생님은 내가 목중 시절에 표절범으로 신능우 선생님한테 들켜 혼난 것은 전혀 기억 못 하시고, 지나가는 말씀일망정, "내가 가르친 목중 제자 중 양 대사가 제일 사나이다운 멋쟁이야. 내가 회고록 후편을 다시 쓰면 양 대사 이야기를 꼭 써야겠어!" 하시며 애정을 보여주시었다.)

목중 시절 겪었던 상기 교훈은 내가 성장하면서 두고두고 내 마음의 양식으로 남아, 내 인격 도야에 이바지했음은 물론이다.

그래서 나는 차범석 선생님 생전에 신능우 선생님을 한번 찾아뵙고 옛 추억을 되살리며 감사의 인사를 한번 드리려고 수소문한 적이 있었는데, 그땐 이미 선생님께서 타계하신 후였었다.

목중 시절 우리 부모는 나만 목포에 놔두고 부산으로 이사 갔었다.

이유는 일제강점기에 일본 오사카로 취업차 떠났던 숙부께서 현지 일본 가정의 데릴사위가 된 이후 사업에 성공, 본국에 메리야스 생산 기계들을 보내주었기 때문이었다.

그리하여 나의 부친은 부산 서면에 동양막대소(東洋莫大所)란 이름의 공장과 회사를 차리고 군수품 생산이 주였던 메리야스를 생산해 범일동 일대 도매상들에 넘기는, 소위 부산 국제시장을 상대한 제조업 사업가였다.

1953년 내가 중1 때 가보니, 공장 규모는 당시 서면 부산 상고 근처 밭에 대지 50평대 규모였고, 상근 직공들(대부분 여공)은 20명 정도였다. 그 정도 규모의 생산공장도 당시 가내공업 수준에 머물던 우리나라 제조업체 수준으로서는 상당한 수준이었다. 그래서 나는 목중을 졸업하면 고등학교를 경남고 아니면 부산고를 가서 부모 곁에서 수습하다가 하루속히 가업을 이어받으려 했었다. 왜냐하면, 무학에 농촌에서만 살아온 나의 부친이 공장과 회사를 운영하려니 휴전협정 이후의 혼탁한 국제시장 바닥에서 견뎌내기 어려웠기 때문이었다.

글깨나 알고 수완깨나 있어 보이는 같은 양 씨 문중 인척들을 사무장으로 두고 운영해 보기도 했지만, 사업은 나날이 적자로 기울었다. 부모는 당신의 혈기와 기질만으로는 국제시장에서 살아남기 힘들다고 판단, 2~3년 경영 후 서둘러 공장을 처분 후 고향으로 돌아와, 인근에 정미소를 하나 차렸다. 그 여세로 나는 당시 목중을 졸업하고 부산으로 고교 진학하려던 계획을 변경해서 서울 경복고로 진학했었다.

나의 자전적 회고

✦ 해공. 유석을 향했던 나의 단심

지금은 내가 숲 속에서 나무를 가꾸며 어지간해서는 속세의 일에 관심을 갖지 않고, 유유자적하며 지내고 있지만, 내 핏속에는 정의롭다 싶으면 내 심정을 표출하지 않고서는 배길 수 없는 그런 행동파적 DNA가 잠적해 있었다.

그 첫 번째 표출이 고등학교 때 일어났다.

1956년 5월 5일, 5·5 사건으로 역사에 기록되기도 한 그 날은 이승만(李承晩) 대통령에 맞서 야당 대통령 후보로 출마한 신익희(申翼熙) 선생이 전라북도 이리역 유세 중 급서하여 그 유해가 서울역에 도착하는 날이었다. 당시 자유당 이승만 대통령의 독재정권에 맞서 '못 살겠다 갈아보자!'란 민주당 신익희 후보의 인기는 국민들의 열화와 같은 지지를 얻고 있었다.

당시 고등학교 2년생이던 내가 그날그날 탐독한 것은 이승만 정권의 반독재 노선을 과감하게 비판하고 있던 한국 제1 야당지 『동아일보』였다.

그래서 나는 고등학생이었지만 대단히 반정부적, 반독재적 사고방식에 젖어있을 때였다. 그러던 시절에 정권 교체의 유일한 희망이던 해공(海公) 신익희(申翼熙) 선생께서 이리 유세 중 급서했다는 비보는 청천

벽력 같은 일이었다. 선생의 유해가 그날 오후 서울역에 도착한다고 라디오에서 말했다. 나는 다니던 경복고등학교 교실에 가방을 놔둔 체 서울역으로 달려갔다. 그때는 서울역과 효자동을 오가는 전차가 있었지만, 해공 선생의 유해가 서울역에 도착한다는 사실이 알려지자, 중앙청에서 남대문을 거쳐 서울역에 이르는 도로는 이미 선생의 유해를 맞이하러 가는 시민들로 꽉 차있는 듯했다. 전차를 타지 않고 걸어서 서울역에 도착했더니 선생의 유해는 이미 민주당 의원들에 의해 서서히 선생의 통의동 자택으로 운구되고 있었다.

신익희 선생 자택은 당시 국민대학(현 국민대학이 정릉으로 이전하기 전에는 통의동에 위치함) 바로 입구 골목에 위치해 있었다.

선생의 유해는 당시 신문지상에 잘 알려진 야당 투사 정치인들에 의해 통의동 자택으로 운구되어 왔고, 고등학생인 나는 그 운구 행렬 뒤를 바짝 따르며 구호를 외치면서 걸어가고 있었다. 운구가 통의동 신익희 선생의 자택 앞에 도착했을 때, 나는 누가 시키지도 않았는데 운구차에 올라가 선생의 유해를 모시고 경무대로 쳐들어가자고 열변을 토하고 있었다.

나의 선동 열변 때문만은 아니었겠지만, 흥분한 주변 시민들과 함께 나는 신익희 선생 유해를 실은 운구차를 경무대(지금의 청와대)로 몰고 갔다. 경무대 경찰이 설치한 바리케이드를 돌파하여 경무대 정문 입구로 향했다.

이때 경무대 경찰들이 발사한 총소리를 듣고 우리는 황급히 후퇴, 당시 전차역 끝에 있던 김법린 선생(법무부 장관 출신) 집 담벼락을 얼른 타고 넘어, 그 집 부엌으로 숨어 들어갔다.

나는 경무대 총소리가 나를 꼭 겨냥하는 것처럼 무섭게 느껴져 김법린 선생 집 부엌에 들어가 숨으면서도 행여 총탄 방패가 될까 해서 부엌에 있던 솥뚜껑을 머리에 뒤집어쓰고 바닥에 쭈그리고 숨어있었다. 지금 생각하면 참 우습고 코믹하게 느껴지지만, 그 당시는 유탄에 맞을 위험에 실제로 노출된 상태였다.

나중에 알려진 사실이지만, 그날 해공 신익희 선생 유해를 경무대로 진입시키려는 시민들을 향해 경무대 경찰이 총을 발사하여 사상자가 여러 명 발생하는 불상사가 터진 것이어서, 내가 김법린 선생 댁 집 담을 넘어 부엌으로 들어가 솥뚜껑을 머리에 이고 숨을 죽이며 숨었던 것은 당시 상황으로서는 아주 유효한 대피책이었던 것 같았다. 오늘날엔 그 집 흔적이 사라져 아쉽다.

하여튼 경복고등학교 2학년 생이던 나는 그런 행동파였다. 그렇게 이승만 독재에 반항한 내가 그다음 해 이승만 대통령 탄신일을 축하하는 마스게임 단원으로(당시 우리 고등학교가 이승만 대통령 생일을 축하하는 집단 마스게임 학교로 선정되어) 당시 경무대 초청을 받고 서병성 교장 선생님 인솔하에 이승만 대통령을 경무대 본관 집무실에 가서 직접 만났던 기억이 새롭다. 이승만 대통령은 별로 크지 않은 접견실에서 우리 일행들을 자애롭게 맞이해 주셨다.

당시 우리 학교는 교기를 앞세우며 대통령께서 우리를 접견하시던 방으로 들어갔다.

그 당시는 우리가 경복고에 통학하면 지금의 청와대 별관 터가 야생 동물들이 뛰어놀던 벌판이었고, 이승만 대통령께서 그 벌판에 나오셔서 산책하시며 지나가는 학생들에게 손을 흔들어 주시던 시절이었고, 끝이 창처럼 뾰족한 학교 교기를 대통령 코앞까지 앞세우고 가지고 들어가도 대통령 경호팀은 무감각하던 시절이었다.

✦ 유석 조병옥 박사 회고

그런데 당시 동아일보 같은 저명한 신문을 보면, 야당 민주당에는 유석 조병옥(趙炳玉) 박사로 대변되는 구파와 장면(張勉) 박사로 대변된 신파가 존재했고, 신·구파 간의 정파 싸움이 정치면의 대부분을 차지하고 있을 때였다.

내 주변에는 내게 직접 영향을 끼칠 수 있는 정치적 인물이 없었기 때문에 나의 국내 정치관은 당시 전적으로 동아일보 등 언론보도를 통해서 형성되었다. 헌데 웬일인지, 나는 생김새는 호랑이처럼 무섭게 생겼지만, 보기만 해도 투사 같던 조병옥 박사가, 말끔한 신사 같던 장면 박사보다 더 좋았다. 장면 박사는 귀공자 스타일의 얌전한 선비 같았던 반면, 유석 조병옥 박사는 이승만 대통령 앞에서도 할 말은 거침없이 하는 성격에다. 불의가 있으면 물불을 가리지 않고 앞장서는 그런 영웅적이고 그릇이 큰 면모가 돋보였기 때문이었을 것이다.

유석 조병옥 박사에게는 인간적인 에피소드가 많았다. 집에 먹을 것이 없어 어디 지인 집에 가서 쌀 한 포대를 얻어다 등에 짊어지고 왔다는 일화며, 한국전쟁 당시 내무장관으로서 권총을 차고 대구 사수를 궐기했다는 이야기 등 배짱과 스타일 등에서 Macho(남성) 미가 넘치는 정치인이었다.

서울대 문리대 재학 중이었을 때였다. 부패한 이승만 자유당 정권을 타도해야겠다는 결의가 내 마음속에서 굳어가고 있었다. 정권 교체가 이루어져 한국도 좀 민주국가가 되었으면 하는 것이 당시 지성인들의 공통된 염원이었다. 조병옥 박사가 야당 대통령 후보가 되었다. 이승만 박사는 고령임에도 다시 자유당 대통령 후보로 나왔었다. 정권 교체의 마지막 희망 같은 시기였다. 헌데 조병옥 박사가 당시 신병 치료차 미국 월터 리드 병원에 입원하러 갔다가 그곳에서 유명을 달리하고 귀국했다.

대학에 들어와 더욱 세계를 보는 안목도 넓어진 데다, 한국 정치의 장래에 대해 정리된 생각을 갖게 된 나는 유석(維石) 조병옥 박사가 신병 치료차 미국에 갔다가 운명한 체 귀국하신 것이 곧 한국 정치 자체의 운명과도 같이 느껴졌다. 나는 조병옥 박사의 국민장이 치러지던 날 그분 유해를 따라 수유리 묘소까지 따라가, 마지막 흙 한 줌을 그분 관위에 뿌리고 한 달간 검은 상장을 내 옷 양복 앞가슴 쪽에 달고 다녔다. 내 나름대로 그분을 향한 조의 표시였다.

고등학생 시절 해공 신익희 선생을 무조건 존경했다면, 대학생 시절 유석 조병옥 박사에 대한 나의 마음은 가슴과 이성이 합친 결과였다. 대학 도서관에서 유석이 미국 컬럼비아 대학 유학 시절 썼다는 논문도 읽어보고, 유석에 관한 글과 일화 등을 수집하며 열독하기도 했다.

유석에 대한 이런 나의 단심은 내가 결혼 후 아이들을 낳았을 때 아이들의 이름자 항렬을 유석(維石)의 유(維) 자로 삼을 정도로 심취했었다. 우리 집안 족보상으로 보면 우리 아버지는 승(承) 자 항렬, 나는 동(東) 자 항렬, 우리 애들은 열(烈) 자 항렬에 해당한다. 헌데 나는 유(維) 자가 마음에 들어, 애들 이름을 모두 유(維)로 시작했다. 여기에는 열(烈)로 하였을 경우, 영어나 불어 등으로 표기할 시 스펠링이 일정치 않았고, 유(維)로 하였을 경우, 외국인들이 부르기도 쓰기도 편리한 점도 물론 고려되었었다. 그 덕분에 지금 병원장을 하고 있는 우리 아들 이름 유진은 Eugene으로 표기되고 있는데 그렇게 표기하니 Eugene이란 말 차제가 지닌 함의(Eugenics=우생학)도 좋고, 누구든 정확히 부를 수 있어 좋았다.

4·19 혁명과 나의 역할

1960년 나는 서울문리대 불문과 2학년 재학 중이었다. 그해 3·15 자유당 정권 부정선거로 동아일보를 선두로 주요 언론들은 연일 이승만 정권을 규탄했고, 민심과 대학가의 여론은 흉흉했다. 특히 동아일보가 특종 보도한 마산 김주열 군의 수장 시체 사진으로 전국은 흥분의 도가니에 휩싸여 있었다.

4·18 고대 학생들의 시위 소식이 조간신문들을 장식했다. 4·19일 아침 나는 학교에 가자마자 학생들이 많이 모여있는 도서관부터 올라가 밖으로 데모하러 나가자고 독려했다. 우리가 지금 책보고 앉아 있을 수 있느냐! 나의 독려는 강렬했다.

동숭동 서울대학 대학본부가 있던 강의실 몇 곳을 돌아다니며 수업 대기 중이던 학생들을 같은 방법으로 선동해서 대학 본부 앞 교정에 모이게 했다.

이심전심이었던지 삽시간에 1천 명 이상의 대대 규모가 집결했다. 나는 이 대대를 이끌고 길거리로 나와 종로 4가까지 구보로 행진해 갔다. 내가 선두에서 대대를 이끌고 문리대 교문을 나서려는 데, 뒤늦게 정치과 윤식군 등이 헐레벌떡 뛰어나와 데모대 후미를 리드하며 따라왔다. 학생들을 모이자고 선동한 것은 나였지만, 사실 학생들은 누가 먼저랄 것도 없이 이심전심으로 동시에 사방에서 튀어나왔다.

종로 4가 동대문 경찰서 앞에서 우리 문리대 데모대는 경찰의 저지로 일시 흩어졌다. 우리들은 길에 놓여있던 돌멩이를 경찰을 향해 던지며 저지선을 통과하려 전투했다. 그런 가운데서도 나는 이승만 독재 타도를 외치며 학생들을 궐기하더라고 했다(군에 갔다 와 복학 후 당일 동대문 경찰서 앞에서 데모대에 참가했다는 불문과 2년 선배 황규철 증언).

나는 동대문 경찰서 앞에서 흩어진 데모대를 수습 다시 종로 4가 대로로 나왔다. 그러자 사방에서 데모대들이 광화문 방향으로 향하고 있었다. 당시 시내를 다니던 전차도 종로–광화문 대로를 누비는 데모대들 때문에 정상적인 운행을 못 하고 있었다.

우리 서울문리대 데모대는 광화문을 돌아 당시 국민대학 앞까지 진출했었다. 그 당시 경무대 진입로 입구에 있던 국민대학과 진명여고는 이승만 대통령 관저 경무대로 들어가기 직전의 주요 건물들이었다.

종로 4가에서 광화문을 거쳐 (구)국민대학 앞까지 몇 킬로를 구보로 달려왔는지 모르지만 배고픈 줄도 몰랐고, 도중에 시민들이 건네준 물을 마시며 갈증만을 해소하며 종일 목이 터져라 '독재 타도' 구호를 외치며 뛰었다. 종로대로 양옆에선 일반 시민들이 박수갈채로 우리들을 격려해 주었다. 한국 데모 역사상 데모대와 일반 시민들이 한마음으로 움직인 것은 4·19가 유일할 것이다. 왜냐하면, 그 이외의 학생들 시위에는 일반 시민들이 무반응이거나 학생들 편을 들지 않고 나무라거나 중립적 입장이었다.

국민대학 앞에서 나는 일단 내가 이끈 문리대 데모대를 더 이상 나가지 못하게 하고, 건물 쪽으로 멈추어 서도록 했다.

그것은 그 몇 해 전 내가 경복고 2학년 시절 해공 신익희 선생 유해를 모신 차를 밀고 경무대로 진격했을 당시의 총격 사건의 악몽이 되살아났기 때문이었다. 마침 문리대 데모대에는 나와 같이 고교를 나온 경복 동문들이 적지 않게 참가하고 있었다. 이들은 평소 학교에 통근하면서 경무대 앞을 자주 지나다니던 경험들이 있어 그쪽 지리를 잘 알던 터라, 모두들 나의 뜻에 따라주었다. 그리하여 일단 국민대 앞에서 우리 문리대 데모대는 왼편으로 길을 비켜주었다.

서울문리대 데모대 뒤를 이어 동국대학과 동성고 학생들 데모대가 뒤따랐다. 그리고서 나는 국민대 앞에서 문리대 데모대를 정동 당시 대법원 마당으로 유도했다. 그곳이 차분했고, 휴식을 취할 수 있는 공간이었기 때문이었다.

4·19 그날 오후 4시경 대법원 마당에서 휴식을 취하고 있을 때 서울대 총학생회장이라는 안병규 씨가 그때서야 나타나 "양 형, 여기서부턴 내가 지휘할게!" 했다.

나는 문리대 재학 중 어떤 학생운동 단체 감투를 노린 적 없었기에 서울대 총학생회장이 누군지도 몰랐는데, 그가 자신을 그렇게 소개했다. 나는 종일 데모대를 진두지휘하기도 해서 잘됐다 싶어 안병규 씨에게 인계하고 자리를 떴다.

그날 이후로 나는 학업으로 돌아갔고, 4·19 혁명 당일의 나의 역할에 대해 입 하나 뻥끗한 적 없었다. 1980년대 내가 프랑스 대사관 참사관 시절 3·1절 기념식을 프랑스 대사관 문화원에서 거행하고 있었을 때다.

군중석에서 한 신사가 밖으로 나와 나의 손을 덥석 붙잡으며 "대대장님, 4·19 때 서울문리대 데모대 대대장님 아니셨어요? 그간 어디 계신가 궁금했는데, 프랑스 근무 외교관이 되셨군요." 하며 반가워 어쩔 줄 몰라 했다. 박 교수라는 그분은 서울대 교수로 프랑스에 안식년을 맞아 연수

온 분이라 했었다. 그러나 나는 지금까지 나 스스로 4·19를 판 적은 없었다. 대신 나와 같이 문리대를 나온 정치 지망생 중엔 4·19 세대 주역이었음을 내세워 유정회 국회의원, 민정당 국회의원 등으로 입신출세했던 친구들이 많았다. 앞에 언급한 안병규 학생회장은 고향 진주에서 11대 민정당 국회의원을 지냈다. 나는 평생 그런 친구들을 한 번도 부러워해 본 적 없었다. 이들이 출세했던 유정회 의원이나 민정당 의원은 4·19 정신에도 맞지 않는 5·16 군사혁명의 연장선상에 있었기 때문이었다.

4·19를 회고하며 하나 마음에 걸린 것은 당일 경무대 발포 명령으로 희생된 학생 명단에 문리대 철학과 학생이 한 명 들어있었던 것 같았다. 당시 내가 이끌던 데모대는 나의 5.5 사건 경험에 의해 일체 대오를 이탈하여 경무대 입구로 가지 않도록 했기 때문에 희생자가 생길 리 없었는데, 나중에 동성고등학생들과 함께 뒤늦게 경무대로 진입했다가 변을 당한 것 같았다.

이 자리를 빌려 1956년 5·5 사건과 1960년 4·19 당일 경무대(지금의 청와대) 앞에서 희생된 학생들 영령에 삼가 머리 숙여 명복을 빈다.

공군 장교 시절

✦ 눈물의 웨딩마치

1962년 서울문리대 불문과 졸업과 동시에 나는 병역을 필하기 위해 공군 장교에 시험 쳐서 지원했다. 군 복무를 필하지 않고는 사회 진출 길이 막혔기 때문이다. 그럼에도 불구 신체 건장해서 군대에 가고도 남을 장정들도 집안 배경이 좋거나 재력이 있는 집 자제들은 신체검사에서 용케도 병종을 맞아 군 면제들을 받았다.

나는 당시 무슨 애국심이 불탔다기보다 사지가 멀쩡하고 눈도 잘 보이는데 갑자기 꾀병을 부려 신체가 부자유스럽고 눈이 안 보인다고 군의관들을 속일 방법이 없었기에 양처럼 병무청 처분대로 끌려갔다.

그러다 논산훈련소 이등병으로 징집되어 가느니 복무 기간은 한 1년 더 길었지만, 장교 월급이 나오는 공군 장교로 시험을 쳐서 가기로 했다.

당시 공군 장교는 대도시 근처 비행단이나 서울에 있는 공군본부 등에서 근무했기에 전국 대졸자 중 제법 우수한 급들이 지원했었다. 공군에선 그때 나를 공군사관학교 불어 교관 요원으로 선발했다.

선발된 후 공군 장교 훈련소인 대전 기교단에서 한 달 정도 훈련을 받다 정밀 신체검사를 받았는데, 그 검사에서 내 폐에 문제가 있다고 판단되어 훈련 도중 퇴교당해 고향 해남 집으로 내려가 1년간 쉬었다. 쉬는 사이 나는 무슨 큰 폐병이 걸렸는가 의심돼 광주 제중병원을 오가며 정기 테스트를 해보았으나 오른쪽 폐위에 결핵을 앓았던 흔적이 있을 뿐 양성 아닌 화석 상태(calcified)라고 해서 다시 이듬해 재차 시험을 보고 공군 장교로 입대했었다. 그렇게 해서 1963년~1967년 나의 공군 장교 기간 중 나는 수원 공군기지와 신설 광주 공군기지에서 근무하며 1967년 9월 중위로 전역하고, 그해 11월 프랑스로 유학을 떠났다.

내가 지금의 아내 임선영을 만나 결혼한 것은 광주 공군 근무 시절이었다(1965년~1967년). 하루는 광주에서 가장 번화한 거리인 충장로 우체국 앞 4층 빌딩 임성당 약방 건물 내 한쪽 구석을 세내서 자영업을 하던 같은 문중 일가를 찾아갔더니 주인 약국에서 약을 파는 약사가 첫눈에 들어왔다. 인척에게 물어보니 주인집 딸인데 전남 여중·고를 졸업하고 조선대 약대를 나온 재원이라고 하면서 본인이 흠모하고 있지만 자기는 학벌이 없는 처지라 감히 쳐다도 못 보나 아제(나) 정도면 상대할 수 있을 거라 했다.

그도 그럴 것이 1960년대 당시 여 약사는 최고의 직업군으로 인식되었고, 약대를 나와 약국을 차리면 돈을 잘 번다고 모두들 약대 나온 신붓감을 탐을 내던 시기였다.

미모와 교양미를 겸비하고 있는 임 약사와 사귀고 싶은데 방법이 없었다. 하는 수 없이 매일 송정리 공군비행장에서 광주 시내로 퇴근하면 충장로 임성당 약방에 들려 박카스 한 병이라도 사며 임 약사에게 수작을 걸었다. 임 약사는 학년으로 따지면 나의 1년 후배에 해당했고 결혼 적령기에 있었다. 인물 수려한 데다, 중·고·대학 시절부터 우등생, 모범생으로 알려졌었고, 광주에서 가장 번화가인 충장로에 빌딩까지 소유하고 있는 집안의 큰딸이니 내로라하는 의사, 검사 등으로부터 청혼이 빈번한 처지였다.

당시 나는 보잘것없는 공군 중위였다. 그래도 인간의 마음은 묘해서 나의 그녀를 향한 타는 마음이 전이되어 갔다. 서울문리대 불문과는 여학생들이 매해 3~4명은 입학해서 같은 학년 캠퍼스 커플로 유명했었다.

나도 대학 4년 내내 경기여고 출신의 동기생과 하마터면 캠퍼스 커플을 이룰 정도로 가깝게 지냈다. 당시 남녀 대학생 교제는 주로 편지로 연애편지를 주고받고, 만나서 이야기하는 것은 다방, 도서관, 영화관이 고작이었고, 헤어질 때 서로 손만 흔들던 때였다.

그러니까 아무리 4년을 사귀어도 서로 편지 교환 외엔 다른 신체접촉이 없었다. 고전적 플라토닉 연애였다. 나의 세대가 전부 그런 건 아니었지만, 모두들 가난하게 살던 시대라 물질적 연애는 못 하고 마음으로만 하던 시대였다.

그래서 특별한 감흥을 못 느끼며 대학 시절 동급생과 지내왔는데, 임약사를 만나러 매일 약국으로 찾아가면서 나는 어느 순간 이 여자와 결혼 못 하면 나는 평생 독신으로 사는 것이 낫겠다는 각오가 들게 되었다.

그래서 '목숨 건' 고백을 하고, 처녀 본인의 마음을 얻는 데까지는 성공했는데, 그녀 부모 쪽에서 완강히 우리들 결혼에 반대했다.

✦ 눈물의 웨딩마치

상대방 부모의 반대 이유는 내가 비록 서울대학을 졸업했다 하나, 검사와 의사가 수두룩한 사윗감 타 후보들에 비해 장래가 불투명하게 보인 인문계 출신인 데다 가난한 농촌 출신이었기에 당신들 귀한 딸을 보낼 수 없었기 때문이었다. 더욱이 그 큰딸은 집안에서 약국은 물론 집안의 모든 대외적 업무 관계도 항시 매끈하게 처리하는 '착실 과장'이었다. 이래저래 부모님이 애지중지하며 자랑하며 키웠는데, 아무것도 없는 건달처럼 보이는 내가 너무 함량 미달 사윗감으로 비추어졌던 것이다. 임선영은 부모의 반대에도 불구 나와 결혼할 것임을 약속했다. 나의 진심이 통했던 것이다. 그리고 자기 부모에게 이렇게 설득했다.

"양동칠이 가난한 농촌 출신인 것은 맞습니다. 결혼 반대가 가난 때문이라면 저는 부모님께서 허락해 주시지 않으셔도 그와 결혼하겠습니다. 그 사람은 그럴 가치가 충분히 있어 보입니다."

나의 아내가 될 임선영은 혈액형이 O형이었다. 평소 얌전하고 조용하다가도 결단해야 할 순간에는 결단할 줄 아는 타입이었다.

그렇게 해서 나와 임선영은 1967년 4월 20일 광주에서 결혼식을 올렸다. 결혼식장엔 재광 양씨 문중 유지들과 나에 대해 장래를 기대하던 화순 학포공 후손들 대표가 화순 상·중·하 마을을 통해 코 때 묻은 저금통에서 가가호호 축하금을 모아가지고 참석하는 뭉클한 행사였다. 헌데 정작 신부는 눈물의 입장을 할 수밖에 없었다.

장인 어르신께서 우리의 결혼에 반대해 끝내 결혼식장 참석을 거부하고 고향 진도로 몸을 숨기셨기 때문이었다. 하는 수 없이 신부는 장인 어르신 대신 처숙부의 손을 잡고 장모님 임석하에서만 식을 올렸다.

그렇게 나와 임선영의 결혼 행진곡은 눈물의 웨딩마치였다. 임선영은 약대 졸업 후 한때 전라남도 도청 위생과에 촉탁 공무원으로 근무한 적이 있었다. 그때 받았던 봉급을 부모님께 바치고 일부를 착실히 모았다. 그리고 약대 시절 공부를 잘했던 그녀는 금남로 중국집 아들 가정교사도 하며 용돈을 모아두기도 했었다.

이렇게 모아둔 비상금으로 임선영은 부모의 지원 없이도 자신이 시집올 때 가져올 이부자리를 장만했다. 그러나 이 모든 서러움도 사위인 내가 프랑스 유학 후 외교관으로 주목을 받기 시작하고, 대사로서의 활동과 명성이 전남 일원에 알려지면서부터 처가 부모들 마음에서도,

우리 부부의 마음속 깊이로부터도 결혼 당시의 서러움은 모두 눈 녹듯 사라졌음은 물론이다.

눈물의 웨딩마치는 우리 부부의 금실을 더욱 두텁게 만들었다. 아내는 천성이 그렇지만 근검절약과 겸손이 몸에 밴 생활과 처신을 해오며 3남매를 낳아 잘 길렀고, 나 또한 아내 덕분에 공직에서 은퇴한 이후에 자연 속에서 여유롭게 지내는 행운을 누리고 있다.

80대에 들어서도 나와 임선영 여사는 처음 만났을 때처럼 매일 서로 그윽하게 바라보며 les mots d'amour(레 모 다무르 : 사랑의 밀어)를 속삭이고 있으니 우리는 축복받는 만남이 아니었던가. 임선영 여사는 80대인 지금도 60대처럼 아름답다.

우리 부부는 3남매를 두었다. 큰딸 양유나, 작은딸 양유정, 아들 양유진, 이중 큰딸은 엄마의 영향을 받아 약대를 나온 후 약사로, 작은딸과 아들은 각기 전문의로 화목하고 알뜰한 가정들을 꾸리며 지근거리에 살고 있다. 유일한 아들인 양유진은 역시 이름도, 성품도 엄마를 닮은 천성이 곱고 착한 아내를 만나 부부가 같은 전문의로 자수성가형 가정을 화목하게 꾸리며 살고 있다. 양유진-임선진 부부는 슬하에 양시준, 양시우 두 아들을 낳아 목하 이들을 동량으로 교육시키는 중이다. 우리 부부의 건강과 행복은 우리 애들의 가정을 바라보는 데서, 그리고 매일의 일과 중 하나는 우리 강아지들(손자들)을 위한 기도로 시작한다.

염원(念願)하면 꽃이 핀다고 하지 않던가!
念ずれば 花開く(넨즈레바 하나히라꾸)!

프랑스 장학생으로 뽑히다

4·19를 지나 5·16을 맞이한 후 나는 정치에 관심을 둘 여유가 없었다. 우선 사회적으로 성공하지 않으면 먹고살기 힘든 사회였고, 대대로 가난한 집안에서 태어난 나로서는 사회적 신분 상승을 기할 방법이 공부밖에는 특별히 없었기 때문이었다.

군대를 마치고 프랑스 정부가 한국인 2~3명에게 주는 장학생으로 선발되어 프랑스 유수 대학에 가서 박사 학위를 하고 돌아와야 한국에서 소위 출셋길이 열릴 것 같았다. 그 당시는 서울과 프랑스 간 비행기도 없었고, 자비로 프랑스에 유학 가는 것은 꿈도 꾸지 못할 때였다.

나 때부터 프랑스 정부가 비행기 표를 주어 동경을 거쳐 파리로 유학을 떠났지만, 나 이전에 장학생에 선발된 선배분들은 인천에서 출발한 화물선을 타고 마르세유(Marseille) 항구까지 한 달간 배를 타고서야 유학하던 시절이었기에, 프랑스 정부 초청 유학생에 선발되는 것이 나에게는 유일한 출세 관문이기도 할 때였다.

다행히 나는 군 복무(공군 장교) 중 장학생 시험에 수석으로 합격, 프랑스 정부로부터 서울-동경-파리 항공권을 지급받고, 1967년 11월 프랑스 유학 장도에 올랐다.

그때 내가 준비해 간 노자는 당시 동아일보 수습기자로서 받았던 월급 3만 원을 달러로 환전한 30달러가 전부였다. 더 가져갈 돈이 있었더라도 그해 4월 결혼한 아내를 처가가 있는 광주에 홀로 남겨두고 유학을 떠나는 나로서는 더 가져갈 수도 없었다. 나는 아내가 약사 출신이라는 것에만 의지한 채, '내가 프랑스에 가있는 동안 어떻게 혼자서 살아갈 수 있겠지?' 하는 생각만 했고, 아내는 아내대로 자기 걱정은 하지 말고 빨리 공부 마치고 오라고 당부하기도 해서 신혼 몇 개월 만에 단신 프랑스로 유학을 떠났다.

　나는 프랑스와 독일에 접경하고 있고 유럽의회와 유럽 사법재판소 등 프랑스 내 유럽 정치학의 중심지 역할을 하던, 스트라스부르(Strasbourg) 대학원에 등록했다. 하루라도 빨리 공부를 마치고 귀국해야겠다는 일념뿐이었다.

1968년 5월 프랑스

✦ 학생혁명과 나

1967년 11월 프랑스 정부가 제공한 비행기 표로 김포 공항을 출발, 동경 하네다 공항에서 Air France로 갈아타고 파리 공항[당시 르 부르제(Le Bourget) 국제공항]에 익일 아침 도착하니 프랑스 외무성 해외 장학생 담당 여직원이 마중 나왔었다.

나는 외무성 여직원의 안내대로 파리에서-스트라스부르행 기차를 타고, 스트라스부르 시내 호텔서 1박 후 대학을 찾아가 등록한 후 유럽의회. 평의회, 유럽 사법재판소 등 유럽연합 국제기구가 모여있는 parc de l'Orangerie 근처 신축 대학 기숙사 로베룻소(Robertsau)관 1인 독방으로 배정받고 여정을 풀었다.

모든 것이 생소했었다. 우선 대학 기숙사 입주 전 시내 호텔서 1 박하면서부터 프랑스 문명은 내게 서툴렀다. 내가 가장 당황했던 것은 화장실 사용법이었다. 수세식 변기에 부속으로 딸린 비데(bidet)였다.

그도 그럴 것이 내가 프랑스에 유학하기 전 국내서 서울대를 졸업하고 공군 장교로 전역하였고, 동아일보 기자 생활을 조금 했다 하더라도, 1967년 당시 우리나라 수준은 도시 수세식 변소보다는 서울 시내 요소요소를 똥지게가 다니며 각 가정의 화장실에서 똥오줌 합수 물을 퍼내다가 왕십리 들판, 현 건국대 밭자리 등에 가져다 비료로 퍼붓던 시절이었기 때문이었다.

말하자면 치킨 문화에 익숙한 순 촌놈인 나였기에 프랑스 호텔의 수세식을 보고, 도대체 변기통에다 큰일을 보아야 하는지 아니면 비데(bidet) 쪽에다 보아야 하는지 구분이 얼른 안 되었다. 비데 역할을 전혀 몰랐기 때문이었다.

두 번째로 대학에 등록하고 점심시간에 학생식당 깡띤느(Cantine)에 가서 점심 식사를 할 때였다. 하필 그날의 메뉴가 한국인들이 먹을 수 있는 닭고기나 소고기, 생선류가 아니고 처음 본 음식 같았다. 그래도 먹어야겠기에 빵과 함께 억지로 먹고 있었다.

헌데 내 건너편에서 내가 밥 먹는 것을 유심히 바라보던 친구 하나가 내게로 다가오더니 "너 왜 빵을 다 안 먹고 껍질을 벗겨서 던져 버리고 속만 먹느냐? 잘 구워진 껍질이 더 맛있는데 껍질을 버리다니!" 하면서 "너 저 빵을 만드는 노동자의 노고를 생각해 봤느냐? 왜 노동자들이 정성 들여 만든 빵 조각을 아예 가져오질 말거나 하지 가져와선 다 먹지도 않고 네 손으로 지저분하게 만드느냐?" 하는 것이었다.

그는 진지하게 말했고, 듣자 하니 틀린 말은 아니었다. 속으로 '프랑스 같이 자유로운 나라에서 빵 한 조각 입맛에 안 맞아 껍질을 떼서 버리고 속살만 먹었더니 이렇게 시비 거는 친구가 다 있네.' 생각하고 내게 주의를 준 학생을 다시 한 번 살펴보았다. 말하는 악센트(억양)에서 순수 프랑스 학생 같지 않아서였다.

알고 보니 유고슬라비아에서 프랑스 장학금을 받고 유학 온 학생이었다. 당시 유고슬라비아는 공산권 나라였는데, 공산권 국가에서의 빵 문화와 노동자들의 노동 가치를 엿볼 수 있는 대목이었고, 그날의 유고

학생으로부터 받은 지적은 두고두고 내게 영향을 미쳤다.

스트라스부르 대학 고급 유럽 문제 연구소에 석·박사 과정을 동시에 마치는 과정에 등록하고 한창 공부에 열을 올리던 1968년 5월, 프랑스 대학가는 데모로 몸살을 앓았다.

1960년 서울대 재학 중 4·19 데모를 현장 진두지휘했던 나의 눈에는 프랑스 학생들의 데모는 데모도 아니었다. 4·19 혁명 당시는 학생들뿐 아니라 전 국민들이 이승만 독재정권 물러가라 외쳤었다.

헌데 프랑스 학생들 구호는 천차만별이었다. 드골 대통령 타도에서 남녀 기숙사 자유 출입 및 기숙사 내에서의 남녀 간 자유로운 성행위 허용까지….

당시 프랑스 대학 기숙사는 남녀 대학생별로 구분되어 있었고, 원칙적으로 남학생들이 자기 방에 여학생을 데리고 와서 자고 가게 할 수 없었다. 이걸 자유롭게 개방해 달라는 요구였다.

또한, 낭뜨(Nantes) 대학에서 시발된 학생 데모 주동 인물 다니엘 콘반디프(Daniel Conbendidt)는 독일인 아버지에 프랑스인 어머니 사이에서 태어난 학생으로 알려졌었다.

들리는 말에는 프랑스를 점령한 나치 독일 군인으로 왔다가 프랑스 여인과 만나 결혼한 부모 밑에서 태어난 독·불 혼혈아라 했다.

한국이나 일본 같았으면 어림없는 이런 적국 간의 부모 사이에서 태어난 친구가 프랑스 대학가를 흔들었다.

이때 나는 오지리에서 유학 온 Oswald(오스발드)라는 친구와 기숙사에서 친하게 지내면서 그 친구의 초청으로 어수선한 프랑스에서 여름방학을 보내느니 그 친구 고향에 가서 지내기로 했었다. 우리 둘은 학생 신분이었기에 스트라스부르에서 오지리 그의 고향 마을까지 auto-stop(영어로 히치히이킹)으로 가기로 했다.

대략의 코스는 이러했다.

Strasbourg-Mulhouse(프랑스), Bazel-Zurich(스위스), Insbruck-Salsburg-Klagenfurt(오지리[1], 오지리-유고 국경 관광도시)-Bleiburg-Wiedendorf(농촌 마을, 최종 도착지)

총 904㎞도 더 넘는 긴 여로였고, 국경도 프랑스-스위스-오지리를 넘나드는 코스였다.

나 혼자였으면 시도하기 어려웠을 텐데, 마침 외모와 인품 등은 수려한데 교통사고를 당해, 오른팔이 부자유스러웠던 오스발드 군이 오토스톱으로 프랑스에서 자기 고향까지 한번 가보자는 바람에 시도했었다. 우리는 출발 전 몇 개의 큰 방향을 표시하는 종이를 크게 써서 나무판자에 붙이고 길거리에서 주로 오스발드 군이 서있었다. 그러면 지나가던 차량이 멈추며 방향을 묻고는 태워다 주며 우리에 대해, 특히 동양 학생으로 보이는 나에 대해 물어보며 목적지까지 태워다 주었다. 그렇게 하니 금방 하루 만에 프랑스 스트라스부르에서 466㎞가 넘는 오지리 인스브루크까지 올 수 있었다. 국제 스키 관광도시로 유명한 인스브루크에서는 차를 태워준 친절한 부인 한 분의 호의로 그분의 집에까지 가서 저녁도 얻어먹고, 하룻밤 편히 자고 다음 날 출발하는 행운도 누렸다. 우리를 재워준 부인 집에 가니 남편 되신 분이 계셨고, 부인은 자신의 아버지가 1차 세계대전 당시(1914년~1918년) 일본 주재 오지리 외교관이었다고 하면서 선친의 유품 중 일본 그림 한 폭을 내게 보여주며 해석을 당부하기도 했었다.

1 오지리는 오스트리아(Austria)와 동일 국명으로 한자식 표기를 사용했다.

그렇게 해서 나는 1968년 5월 프랑스 학생혁명 기간을 피해 그해 여름 대 방학 기간을 오지리 오스발드 군 농촌 집에서 보내며 여러 귀중한 경험들을 했었다. 외국 유학을 해도 직접 이런 유럽 농촌 생활을 체험하기는 어려운 일이었다.

첫째는 오지리 같은 선진 유럽국의 순수한 농촌 마을 사람들과 어울리며 그들의 밭농사·축산업 등 농촌 실생활의 이모저모를 직접 체험할 수 있었던 점.

그 당시 이미 오지리 농촌은 일손 부족으로 터키인들이나 인접 국경국 유고에서 노동인력을 수입해 쓰고 있었고, 농촌 총각들은 같은 오지리 처녀들이 시집오길 꺼려 해 이들 남부 유럽지역에서 신붓감을 조달하고 있었다. 한국 농촌에서는 2000년대 들어서야 이런 현상이 일어났었던 점에 비추어 우리 농촌보다 이 면에서는 오지리가 40년 앞선 것 같이 보인다.

내가 체류했던 Klagenfurt는 오지리-유고 국경 관광 농촌 지대로 오지리에서도 아름다운 호수 도시로서 국제 영화 촬영지로 유명했었다. 그곳에서 달포 이상을 보내면서 깨달은 것 중 하나가 한국인의 시각에선 너무도 이해가 안 가 여기에 특기한다. 즉, Klagenfurt 시가 속한 쾨른텐(Kärenten) 주에는 대학이 없었다. 알아보니, 오지리 중앙정부에서는 대학을 세워주고 싶어 했다. 그런데 매번 주 정부가 주민투표에 부치면 주민들이 대학 설립을 반대했단다. 이유는 그곳은 농촌 관광지대로 대학까지 진학할 학생 수가 부족하기 때문에 소수의 엘리트 학생들의 대학 진학을 위해 주민 전체가 세금을 들여 대학을 자기들 주 내에 설치할 필요성을 못 느낀다고 했다. 마침 그곳에서 열리는 지역 박람회에 비엔나에서 온 유양수 한국 대사를 만났더니 유 대사도 같은 의견을 개진했다. 내 친구 오스발드 군의 말을 들어도 자기 고장에 대학이 없어 비엔나로 유학 가느니 프랑스로 유학 왔다고 한 것 보면 실사구시의 정신이 배어있는 독일 민족성을 느낄 수 있었다.

내가 오지리에 체류하는 동안 내게 오랜 정치적 트라우마를 남긴 사건이 있는데, 1968년 8월 오지리 체코 국경지대에서 목격했던 사건이었다. 체코슬로바키아의 수도 프라하의 봄으로 통칭되던 체코 민주화 운동에 대한 소련 바르샤바 조약군의 무자비한 진압 현장이었다.

그로 인해 체코 민주화 운동은 소멸됐고, 공산 소련의 압력에서 벗어나 자주적 체코의 길을 가려고 몸부림치던 인간의 얼굴을 한 사회주의자 두브체크(Dubcek) 체코 수상은 강제로 몰락했었다.

오늘날 푸틴의 우크라이나 침공을 보면서 구 소련, 새 이름 러시아로 불리는 거대 공산독재국가의 탈(脫) 자기 진영 국가나 인사들에 대한 무자비한 탄압 정책은 예나 이제나 전혀 달라진 바 없음을 새삼 깨닫게 되는 순간이었다.

···
내가 목격한
드골 대통령 자진 하야

✦ 우리에게 주는 위대한 교훈

내가 도불 유학 2년째 되던 해, 1968년 5월 프랑스 학생들과 노조는 소위 산학연대를 통한 대규모 반정부 데모를 수주 간 계속했다. 노조파업으로 아름답던 파리 샹젤리제 가에는 치우지 않고 내버려 둔 쓰레기 냄새가 진동했고, 도로의 블록들은 데모대에 의해 파여 진압 경찰들을 향하여 던져졌다.

파리는 이런 폭동의 역사와 전통이 '찬란'한(?) 곳이다. 엄지손가락으로만 세어도 1789년 프랑스 대혁명 시, 1815년 나폴레옹 장군이 워털루 전투에서 영국의 웰링톤 장군에게 패하고 돌아왔을 때, 분노한 파리 시민들의 그를 향한 폭동, 또 영화 「레미제라블(Les Misérables)」에서 보았던 것처럼 1848년의 파리지앵들의 폭동, 그 이후 1871년 루이 나폴레옹(나폴레옹 3세)이 독일 비스마르크 재상과의 전쟁인 보-불 전쟁에서 패했을 때 등, 프랑스는 18세기 말경부터 평균 20~30년 주기로 전 국토가 욱신거릴 정도로 폭동들을 겪었다.

1914년부터 1918년 제1차 세계대전 이후, 1930년대에는 유럽 전체가 사회주의(Socialism) 바람이 불어 프랑스를 비롯한 유럽 심장부에는 인민전선(Front National) 정부가 들어섬과 동시에 각국은 정치적으로나 사회적으로 좌, 우파의 대결로 몸살을 앓았다.

그러다가 민족주의 사회주의(National-Socialism) 기치를 내건 히틀러가 독일에서 정권을 잡은 이래, 유럽은 제2차 세계대전으로 몰입되어 갔다. 1차 대전 후 프랑스는 다시는 독일에 당하지 않겠노라고 불·독 국경선 상에 소위 난공불락의 마지노(Maginot) 선을 구축하고, 그 선 상에 콘크리트 참호를 파고, 방호벽을 쌓으며 딴에는 대비책을 세웠다. 하지만 1940년 6월 히틀러는 기습 며칠 만에 프랑스 땅을 점령, 드골은 영국으로 망명 프랑스 망명정부를 세운다.

그런 쓰라린 경험이 있은 후에도 프랑스는 1958년 드골 장군의 제5공화국이 시작될 때까지 하루가 멀다 하고 내각이 바뀌는 의원내각제로 인하여, 2차 대전 후 1945년~1958년 기간의 프랑스 정국은 극도로 불안정했다. 한국전 발발 전후, 프랑스 하면 하루살이 정부라는 오명으로 유명했던 이유가 여기에 있었다.

그런 와중에서 1958년 의원내각제의 제4공화국 정부가 당시의 탈식민지 국제 조류에 맞추어 알제리 식민지를 독립시키려 하자, 알제리 주둔 프랑스 외인부대가 알제리 독립 반대를 외치며 파리 상공에 낙하산 병력을 투하해 본토 중앙정부를 전복하겠다고 위협했었다.

알제리 독립을 둘러싸고 국론은 찬·반 양분되었고, 본토 주둔 병력보다 더 많은 알제리 주둔군 50만 명 병력의 총사령관 살랑 장군의 쿠데타 선언은 프랑스를 백척간두의 위기에 몰아넣었었다.

그런데도 중앙정부는 군대의 위협적인 움직임에 속수무책으로 있었다. 내각의 령(令)이 안 섰기 때문이었다. 내각은 하는 수 없이 군의 절대적 신임과 존경의 대상이던 재야의 드골 장군에게 다시 입궐하도록 요청, 그에게 사태 수습의 대권을 맡겼다. (드골 장군은 히틀러로부터 프랑스를 해방시킨 영웅이었으나 1945년 해방 이후 실시된 총선에서 집권하지 못하고 야인의 신세가 된다. 그러다가 1950년 한국전쟁의 발발로 유럽 전체에 공산주의 공포가 확산되는 틈을 타서 파리 시민들 앞 군중대회를 통해 공산주의 위협을 알리며 와신상담 정치 일선에 복귀하려는 움직임을 보인다. 그러함에도 기성 정치인들의 리그전 격인 의원내각제 하 다수당을 확보 못 해 집권에 실패한다.)

드골은 이때 권력욕을 접고 완전 야인으로 물러나 있었다. 이로써 드골 장군은 제2차 대전 시 영국으로 망명, 런던에 자유 프랑스 망명정부를 세우고, 프랑스를 독일로부터 해방시키면서 한 번 프랑스를 구하고, 다시 1958년 알제리 주둔군 쿠데타를 무혈로 진압함으로써 두 번째로 프랑스를 구한 셈이었다.

따라서 프랑스 국민들의 드골 대통령에 대한 존경심은 여야 좌우를 가리지 않고 절대적이라 할 수 있었다. 그런 드골 정부 하에서 1968년 5월 앞서 말한 학생과 노조의 산·학 연대 데모가 프랑스 전역을 수 주째 마비시켰다. 산·학 연대 파업에 제1야당이던 사회당이 합세했다. 명실공히 산·학·정의 반정부 궐기였다. 이유는 드골 정부에 대한 불만이었다. 정부가 너무 고리타분하고 지루하다는 것이 그들의 심정적 이유였다. 그러면서 모든 기득권을 타파하자는 것이었다. 교육을 평준화시켜달라, 시험지옥에서 해방시켜 달라, 여학생 기숙사를 자유롭게 출입하게 해 달라…. 이런 잡다한 것들이 데모 현장에서 분출했다.

(나는 4·19 혁명 당시 경무대 진입을 지휘하면서 생과 사를 넘나드는 비장한 데모를 한 경험이 있었기에, 그런 경험에서 프랑스 학생 데모대 모습을 보니 이건 데모도 아니구나 하고 생각할 정도였지만, 그래도 노조와 정

치세력이 연대하고 수 주째 계속되자 사태는 심각화되었고, 언론들은 5월 혁명이라 부르기 시작했었다.)

쇄신책의 일환으로 1969년 4월 드골 대통령은 지방분권 법안을 국민 투표에 부쳤다. 중앙정부 권력을 지방으로 이양하겠다는 대외적 취지였지만, 당시 언론 보도들은 드골이 사사건건 자기에게 반대만 하는 상원을 개혁하는 안건이 국민투표의 핵심이라고 했었다.

드골의 눈에는 간접 선거로 당선되어 놀고먹는 상원이야말로 청산되어야 할 기득권층으로 보였던 것이다. 그리고 그 법안 통과에 드골은 묵시적으로 자신의 신임을 내걸었었다.

야당이던 사회당은 드골 퇴진을 촉진시키기 위해 지방분권 법안의 부결을 맹렬히 주창했다. 그러나 당시 드골의 위상은 절대적이었으므로, 아무도 그 법안이 부결되리라고는 예상하지 못했었다. 데모를 한 학생들이나 노조, 정치인들도 드골 정부가 꼭 타도의 대상이어서가 아니라, 프랑스인 특유의 'Ennui(앙뉴이: 권태, 지루함)'를 느꼈던 것이 주였다. 젊은 층은 무언가 변화를 갈망한 데 반해, 드골 정부는 너무 고루하게 느껴졌었다.

그해 4월 27일 발표된 국민투표 결과는 의외로 지방분권 법안의 부결이었다. 드골은 그날 밤으로 시골 별장으로 내려가 대통령직 사임을 발표하고 두문불출했다(국민투표가 부결되었다고 해서 드골 대통령이 하야할 구속력은 없었다. 그럼에도 드골은 자신이 추진했던 법안이 국민투표에서 부결된 것을 자신에 대한 불신임으로 받아들였다).

드골은 그날 밤 바로 파리에서 동쪽, 독·불 국경지대 방향으로 293km 떨어진 Colombey-les-deux-Eglises라는 한촌(寒村)에 있는 그의 별장 La Boisserie로 내려가 한밤중에 AFP통신사에 "나, 샤를르 드골은 오늘 밤 0시를 기해 대통령직을 사임한다."라는 단 한 줄의 메시지를 보냈다.

드골은 이토록 전광석화처럼 대통령직을 미련 없이 떠났다. 다음 날 아침 퐁피두 수상을 비롯한 각료들이 국무회의 참석차 엘리제 대통령궁에 도착해서야 드골 대통령이 간밤에 운전수만 데리고 부인과 함께 자기가 살던 옛 시골집으로 향해버린 것을 알았을 정도였다. 드골다운 극적 충격 요법이었다. 드골 대통령이 사임하고 후임 대통령을 뽑는 선거가 치러질 때였다. 당연히 야당 사회당 당수 미테랑은 선두를 달렸다. 대부분 드골의 보수 정부 이후의 대통령은 미테랑의 사회당 정부일 것으로 예측하고 있었다. 미테랑 본인은 이미 대통령이 다 된 듯 행동하기도 했다. 상대는 현직 퐁피두 수상이었다.

보수진영은 정권의 재창출을 위해, 은퇴 이후 더욱 국민들의 존경의 대상이 되고 있던 드골의 후광을 받고자 했지만, 드골은 숲 속에서 고고하게 지내며 어느 누구도 얼씬 못하게 하고 선거에 초연했다.

그런데 이때 프랑스 국민들은 드골 대통령 대신 퐁피두 후보에게 마음이 기울었다. 선거 결과는 퐁피두 후보의 승리였다. 대통령 선거와 동시에 실시된 국회의원 선거에서도 퐁피두 수상의 우파는 대승을 거두었다. 야당인 사회당은 역사상 그런 참패를 맛본 적이 없다 할 정도로 대패했다. 선거 결과는 완전히 예상을 뒤엎었다.

드골 대통령의 극적인 자진 하야가 가져온 동정 쓰나미가 프랑스 전역을 휩쓸었다. 드골은 갔어도 우리에겐 퐁피두가 있다는 보수진영의 일치단결된 모습의 결과이기도 했다. 내가 프랑스 유학 중 현장에서 목격했던 20세기 프랑스 역사의 한 큰 장면이었다.

나 개인으로서는 드골이 대통령직에서 물러난 후 고고(孤高)한 생애를 마쳤던 La Boisserie가 오늘의 나의 용문산 LA FORESTIERE(소강원)의 모태가 되었다.

불어권

✦ 외교 전문가 시절 일화

나는 1970년 5월 프랑스 유학에서 박사학위를 받고 귀국해 1년여간 동아일보 출판부에 근무했다. 이후 직업외교관의 길을 걷기 위해 1971년 총무처 주관 외교 일반직 사무관 특별채용시험에 응시했다.

당시 관가의 관행은 미국이나 유럽 선진국 유수 대학에서 박사학위를 해오면 배경 있는 사람들은 그 학위를 발판으로 청와대 1~2급 비서관으로 특채되어 중앙부서 국장급으로 보직되었으나 나는 본디 유학 전이나 후나 배경이라고는 전혀 없던 혈혈단신이었으므로, 내가 프랑스에서 박사학위를 해왔다 해서 누가 나의 활로를 개척해 주지 않았다.

나보다 학년으로 1년 후배 된 분 중엔 외대 독어과를 나와 여유 있던 명문가 자제라서 독일 유학 후 박사학위를 득하고 온 후 일약 국보위 경제수석으로 발탁된 경우도 있었고, 사비로 미국 유학 가서 박사학위를 해와도 그 학위증이 위력을 발휘해 집안 배경만 좋으면 중앙부서 요직에 임명되던 시대였다.

이를 보다 못한 같은 양씨 문중 출신의 양달승 의원께서 자신의 경험을 이야기하며, 너는 절대로 정치권에 몸담지 말고 늦더라도 직업외교관의 길을 가라고 당부하며 총무처를 통한 임용제도에 응시토록 주선해 주었다. 나는 그런 길이 있다는 것도 당시엔 모르고 있었을 정도로 공부만 했었지 처세에 숙맥이었을 때였다.

양달승 의원은 원래 직업외교관 출신으로 김유택 대사가 주영 대사 시절 영국 대사관 서기관을 거쳐 외무부에서 순탄하게 승진하며 인정 받고 있었다. 그런데 5·16 혁명 후 그의 인물됨과 매너가 수려했고, 영어 실력이 돋보인 것이 장점이 되어 당시 관가 엘리트 공무원의 청와대 차출에 의해 박정희 대통령 정무비서관으로 옮기게 된 것이 그를 외교 관의 길에서 정치인의 길을 걷게 만들었다.

그는 순천고를 나오고 고향이 보성이었다. 당시 보성엔 야당 투사 이 중재 의원이 박정희 정권을 괴롭혔다. 박 대통령은 정치 체질도 못 되고 지역 기반도 별로 없던 그를 무리해서 이중재 의원 대항마로 출마시 켰다. 당선은 되었지만 양달승 선생은 부정선거 시비에 휩싸인 오욕을 겪었고, 평생 자신의 뜻을 펴지 못한 채 세상을 떴다. 우리 외교의 아 까운 재목이 정치권에 발을 들여놓은 바람에 퇴색한 전형적 사례였다.

나는 그분의 전철을 밟지 않고자 경제학, 행정법, 국제법 등 평소 공 부하지 않던 분야를 다시 불철주야 공부하며 총무처 일반직 사무관 임 용고시 준비를 했었다. 다행히 단번에 합격해 1971년 직업외교관 사무 관으로 임명된 후, 아이보리 코스트 대사관(현 코트디부아르) 3등 서기 관, 주 어퍼 볼타(현 부르키나 파소) 대사관 2등 서기관, 주일본 대사관 1등 서기관, 주프랑스 대사관 참사관, 주호주 대사관 공사, 주세네갈 대사, 주유네스코 대사를 거쳐 2001년 핀란드 대사를 끝으로 30년간 의 외교관 생활을 마쳤다.

직업외교관으로 30년(1971년~2001년)을 봉직하는 동안 나는 3등 서기관 시절부터 대아프리카 불어 외교 전선에서 각별히 쓰임새가 있어 당시 남북한 외교의 격렬한 각축장이던 아프리카 무대를 정부의 외교 특사를 수행하며 종횡으로 누볐다. 이 기간 중 지금 주마간산식으로 회상되는 것 몇 개만 옮기면 아래와 같은 일화들이 있었다.

1972년~1975년 기간 아이보리코스트(현 코트디부아르)에 근무했을 때 당시 아이보리코스트 우푸에뜨 브와니 대통령은 70 고령으로 홍삼을 즐겨 들었다. 우리는 대통령의 마음을 사로잡아 유엔에서 한국 정부 결의안 지지를 이끌어 낼 필요가 있었다. 나는 비상수단으로 강영규 대사 부인을 모시고 대통령궁 키친에 가서 대통령께 직접 홍삼을 달여 바친 적이 있었다.

우푸에뜨 대통령과 직접 불어 소통이 어려웠던 강영규 대사를 대신해 강대사 부인은 자신의 정성스러운 모습으로 코트디부아르 대통령의 마음을 움직여 그 나라는 유엔에서 한국 입장을 확실히 지지해 주었었다.

✦ 새마을 운동을 처음으로 불어신문에 소개하다

코트디부아르(Cote d' Ivoire)는 서부 아프리카에서 가장 부유한 나라였다. 큰 나라여서 수도 아비장(Abijean)에서 발간되는 일간 신문 『FRATERNITE MATIN』은 지면도 많았고 매일 5만 부를 발행, 인접 서부 아프리카 국가들에서도 구독해 보는 주요 언론이었다. 마침 편집 국장 Laurent Dona Fologo는 나와 스트라스부르 대학 고급 유럽 문제 연구소 동문이었다. 나는 평소 그와 프랑스 대학 동문 관계를 돈독히 유지하며 하루는 "자네 신문사 기자가 한국을 방문해서 새마을 운동을 한번 취재해서 자네 신문에 소개하면 어떻겠느냐"고 제안했다.

나의 논지는 다음과 같았다. 아호가 Grand Paysan(위대한 농부)이신 자네 대통령께서 코트디부아르의 농업혁명을 통한 국가 발전에 매진하고 계신 것처럼, 한국의 박정희 대통령이 바로 농촌 출신으로 농촌 계몽 및 발전을 위한 새마을 운동을 전국적으로 전개 중에 있다. 이 운동을 한번 소개해 줄 수 있겠느냐였다.

그는 나의 제안에 흔쾌히 동의해 주었다. 그렇게 하여 기사 자체는 내가 마음껏 불어로 직접 썼으나 이름만은 Fraternite Matin 신문 기자 이름으로 발표했었다. 기사를 장식하기 위해 육영수 여사께서 뽕나무 잎을 따시는 아름다운 모습의 홍보용 사진을 배경 사진으로 싣기도 했었다.

익일 프라떼르니떼 마땡 신문 3~4면 전면에 〈Saemaul Undong-한국 농촌 개발 근대화 운동〉 제하 기사가 대서특필되어 나왔었다.

외무부 본부에 보고했더니, 정보 문화국 이수우 국장이 친전을 보내 청와대 요청이니 동 신문 여러 부를 특파로 본부에 보내주고 그 기사가 나온 배경을 알려 달라고 했다. 듣자 하니 당시 청와대는 새마을 운동을 전개하면서 외국 언론에서 '한국 농촌 개발 운동…' 이렇게 풀어서 소개 안 하고, 'Saemaul Undong…' 이렇게 고유명사로 표기해 주기를 학수고대했던 것 같았다. 파리의 『Le Monde』나 『New York Times』에 그런 기사가 당시 실렸더라면 난리 났을 것이다. 아프리카 신문에 실렸어도 본부에서 흥분했던 거로 미루어 그런 짐작이 갔었다.

(한편 이 글을 쓰면서 조사해 보니, 나의 친구 Dona Fologo는 그 후 코트디부아르 공보장관을 수년간 역임한 후 집권당 대통령 후보까지 되었다가 쿠데타로 집권에는 실패하고 야당 지도자로 있은 후 2021년 2월 코로

나로 82세에 서거했다고 프랑스 언론이 보도함.)

✦ 1975년~1976년 어퍼 볼타(현 부르키나 파소)에서

한번은 어퍼 볼타(현 부르키나파소) 근무 시 밤중에 대통령궁으로 찾아가 김태지 대사 대리께서 본국 출장 후 사 가지고 온 돗자리를 라미자나 대통령께 직접 선물한 일도 있었다.

세계 최빈국의 하나였고, 지금도 그 상태를 면치 못하고 있는 어퍼 볼타(현. 부르키나파소) 대통령은 소박하기로 유명했었다. 당시 그 나라 외상은 북한을 방문해 성분이 오락가락, 유엔에서 한국 입장을 지지해 줄 것 같지 않았었다. 그런 외상을 중립의 위치로 돌려놓기 위해서는 라미자나 대통령의 직접 개입밖에 없었다. 이에 묘책이 없던 차, 김태지 공사께서 기지를 발휘해 본국 출장 시 고급 왕골 돗자리를 사 오셨기에 이를 외교 목적으로 활용코자 미리 대통령궁과 사전 협의를 거친 후 밤에 나 혼자 대통령궁으로 찾아갔었다.

궁에 도착하자 대통령은 파자마 차림으로 나를 맞이하며 "어서 와! 이렇게 누추해, 어서 앉아!" 하며 평소의 마음씨 좋은 이웃 할아버지처럼 나를 대했다.

공관장을 모시고 통역을 하면서 안면은 익히 익었지만, 대통령의 침실을 들어와 보기는 처음이었다. 대통령궁은 프랑스가 옛날 부르키나 파소를 식민 지배했을 당시 프랑스 총독이 사용하던 관저로 그 나라 제일의 문화재였다.

라미자나 대통령은 왕골 돗자리를 땅바닥에 깔면서 좋아라 하셨다 (라미자나 대통령궁 자체는 과거 독립 전 프랑스 총독관저라 화려했지만,

대통령 자신은 아프리카 국가원수 중에서도 꾸밈새를 모르는 평범한 서민 대통령으로 유명한 분이었다. 그분은 보통 자국민들처럼 맨땅 바닥에 덕석 같은 것을 깔고 지냈었다. 꼭 나 어릴 때 우리 시골 할아버지들이 한여름에 사랑방에서 덕석을 깔고 지내는 그런 모습이었다. 친근하게 느껴졌다).

나는 이때다 싶어 "유엔총회에서 한국 문제가 상정되어 곧 투표가 진행될 터인데, 이북을 다녀온 외상이 벌써 북한 공동제안국으로 서명하는 등 유엔 현장에서 친북한 일방적 태도를 취하고 있어 한·어퍼 볼타 두 나라 간 전통적 우호 협력 관계가 손상될까 우려됩니다. 각하께서 뉴욕에 출장 중인 외상께 훈령을 내리셔서 최소한 중립적 입장을 취하도록 선처해 주시면 대한민국 정부는 각하께 진심으로 감사할 것입니다."라고 정성을 다해 진언드렸었다. 결과적으로 그 나라는 그해 유엔에서 한국 문제에 기권했었다.

1970년대 중반, 한 번은 최경록 교통부 장관을 박정희 대통령 특사로 모시고 가봉 봉고 대통령을 면담하러 갔었다. 그 전해에 봉고 대통령은 국빈 자격으로 서울을 방문했었다. 그때 육영수 여사께서 서거하신 후라 영부인 역을 박근혜 큰영애가 했었다. 그런 박근혜 양의 모습이 봉고 대통령 인상에 남아있었던 듯 최경록 특사가 신임장을 수교하자마자 봉고 대통령의 첫마디가 "다시 한 번 한국을 방문하고 싶습니다. 가서 꼭 박근혜 큰영애를 뵙고 가봉에 오시도록 초청하고 싶습니다 …."라고 사정부터 했다.

당시 봉고 대통령은 첩이 많기로 유명했고, 아프리카 소국이었지만 석유 덕분에 대통령은 사치스럽고 문란하기로 소문난 자였었다. 우리 정부는 그런 그의 위인 됨을 알면서도 서부 아프리카에서 친서방 국가로 그만한 나라도 없어 봉고 대통령을 극진히 대하던 시절이었다.

최경록 특사와 봉고 대통령 간 통역을 맡았던 나는 순간 그의 말하는 투나 눈빛 뉘앙스로 볼 때 도저히 그대로 우리 특사에게 통역하기 민망해서 다음에 상세 보고 드리겠다 하고, 우선 봉고 대통령을 만나서 양국 우호 관계를 더욱 돈독히 하게 된 것을 기쁘게 생각한다고 인사하고 물러 나오자고 했다. 불어로 직접 소통은 못 했지만, 최경록 장관께서도 그만한 눈치는 있으셨다.

봉고 대통령이 박근혜 큰영애를 가봉으로 모시고 싶다는 뜻은 큰영애에게 엉뚱한 생각을 품고 있는 것을 자기 딴에 완곡법으로 표현한 것이었다. 이걸 박정희 대통령께 그대로 특사 보고로 할 수는 없었다. 이에 최 특사 일행은 봉고와의 면담록 보고에서 박근혜 부분을 아예 삭제, 언급 자체를 하지 않기로 했던 적이 있었다.

당시 봉고 대통령궁에는 한국인 출신의 여성 마자지스트가 고용돼 있기도 하던 참이었기에 유엔에서의 지지표 확보만 아니었으면 한국 대통령 특사가 그런 위인을 만나러 갈 이유도 없었던 것이다. 유엔에서의 남북 대결에서 외교적으로 승리하려고 한국은 당시 아프리카 같은 후진국 국가원수에게도 그들의 환심을 사기 위해 수단과 방법을 안 가릴 때의 일화의 한 토막이었다.

후회되는 나의
유순하지 못했던 공직 태도

　　외교관 생활 중 일 처리 능력면에서는 나는 어디서든 평가를 받았다 할 수 있으나 개인적으로는 사랑을 받거나 좋게 평가받는 편은 못 되었다. 김동조 장관이나 노신영 장관 같은 배포 큰 분들은 나를 높게 평가하며 더 큰 일을 맡겨도 잘할 것 같다는 생각을 했지만, 대부분 상사들은 나를 선뜻 마음 편하게 받아들이며 함께 일하고 싶어하지 않았다. 그러니 가뜩이나 아무 인맥 없이 외교부에 단신 들어갔던 나는 부내에서 외톨이고 따돌림받기 마련이었다. 헌데 여기엔 나의 성격상 결점과 처세술의 빈곤이 주원인이었던 것도 사실이었다.

　　첫째, 나는 고분고분한, 소위 공무원 타입이 못 되었다. 나의 공무원관은 누구 말마따나 사람에 충성하는 것이 아니었다. 헌데 공직사회, 특히 외무부 생리는 의외로 그런 점이 희석되었다. 인맥 위주의 연대와 충성심이 강했다.

　　나는 그러한 소아병적인 부처 인습엔 아랑곳하지 않고 초월하며 행동하는 스타일로 일관하였지만, 그러는 가운데서도 내가 보다 현실 적응적이고 유순한 태도를 취했더라면 하고 후회되는 일들이 있었다. 공직 생활 중 모두 내게 불리한 결과를 초래한 것들이었기 때문이었다.

　　회고해 보니 아래와 같은 것들이 있었다.

1972년 3등 서기관으로 첫 부임지인 아이보리코스트(코트디브와르)에 부임했을 때였다. 공관장은 해군 제독 출신이셨다. 올곧게 사신 분이셨다.

헌데 내 눈엔 그분이 불어가 거의 안돼 공관장으로서의 역할이 전혀 없어 보였다. 대사관에 나오시면 미국 뉴욕은행에서 통지 온 봉급 통지서나 열심히 보시고, 대사관에서는 같은 해군 출신의 정보부 참사관과는 항상 즐겁게 길게 이야기하시다가도 내가 대사실에 들어가면, 표정이 굳어지고 무언가 경계하는 것 같았다.

헌데 대사께서 그러신 데는 두 가지 이유가 있었다. 원인을 모두 내가 제공했다고 할 수 있다. 즉, 대사관 총무를 보며 우편물을 관리하던 나는 난데없이 뉴욕은행에서 온 봉투를 개봉해 보았다. 모든 우편물 주소가 불어로 왔었고, 사환이 우편물을 수거해 오면 우선 내 책상 위에 놓아서 나는 그것을 속성으로 분류해서 각방에 넣어주었기 때문이다.

외교기관이라 우편물의 대부분은 외교 관련 홍보물이었다. 헌데 부임해서 며칠 후 하루는 뉴욕은행에서 대사 앞으로 봉투가 배달되었다. '뭐지?' 하고 호기심에 자동으로 봉투를 개봉해 보자 대사님께서 그때까지 차곡히 매달 봉급을 저금한 총액을 통지해 주는 종이 같다. '에구머니, 남이 몰래 저금해 놓은 통장 금액을 훔쳐본 셈이네.' 하는 자괴감이 들어 서둘러 봉투를 닫았다. 보아서는 안 될 것을 본 것 같아 내용을 보지도 않고 덮어버렸다. 그리고서 다른 우편물과 함께 뉴욕은행 우편물도 평시처럼 대사실에 넣어드렸다.

그런데 그날 아침 출근한 대사께서는 다른 우편물은 거들 떠볼 생각도 않고 뉴욕은행 봉투만 한참 동안 물끄러미 쳐다보신 후 몇 번을 내 앞을 들락거리시더니 한참 후 나를 대사실로 소환하셨다. 그리고서도 한참 뜸을 들이시더니 "양 서기관은 왜 남의 은행 잔고를 조사하나?"

하고 나를 노려보셨다. 자초지종을 설명드려도 믿지 않으려 하셨다. 설상가상으로 또 이런 일이 있었다.

공관장께서는 관저에서 애완견을 기르는 것이 취미였다. 나는 말단 총무역으로 관저에 자주 드나들었다. 관저에 갈 때마다 얼굴이 익은 나를 대사님 강아지는 반갑다고 얼른 내게 달라붙었다. 헌데 나는 그 당시 강아지들을 좋아하지 않았을 뿐만 아니라, 내게 딱 달라붙는 것에 질색일 때였다. 그래서 하루는 반갑다고 내게 달려온 대사님 강아지를 내 발로 냅다 차버렸다. 강아지는 내 발에 치어 "깽!" 소리를 원망스럽게 지르며 관저 안으로 도망쳤다.

관저 먼발치 안에서 우연히 대사님은 이런 나의 야만적 행동을 바라보셨다. 점잖았던 그분은 즉각 내게 반응을 보이시진 않았지만 속으로 응어리지셨음은 물론이다.

헌데 나란 인간은 그때까지도 강아지를 냅다 발로 찬 나의 행동이 동물 애호가들에게는 참을 수 없는 모욕감으로 느껴진다는 걸 실감하지 못하고 있었다. 내가 해서는 안 될 교양 없는 야만행위라는 것을 인식 못 하고 지내왔다. 내가 나의 교양 부족을 통렬히 인식하기 시작한 것은 그로부터 30년이 지난 후였다.

사랑하는 우리 아들 부부와 손자들이 입양한 애완견을 정성을 다해 한 가족처럼 키우고 있고, 이에 영향을 받아 우리 부부가 은퇴 후 애완견 보보를 기르면서 비로소 알게 되었다. 말하자면 나는 우리 손자 세대로부터 새로운 문화인의 교양을 터득한 셈이 되었다.

1995년 나는 세네갈 대사를 마치고 본부로 온 후 아중동국장으로 내정되어 있었다. 그런데 본부에 와서 국장 취임을 눈 앞두고 있는데 감사원에서 나를 공금 부정 횡령 혐의로 조사해야겠다고 통보해 왔다.

공금횡령? 이 친구들 사람을 어떻게 보고 공금횡령이란 말을 함부로 내게 쓰는 거야? 나는 피의자로 몰리면서도 그 성질을 죽이지 못하고 노발대발하며 감사원 해당 감사관 앞에 섰었다.

그의 말을 들어보니 내가 세네갈을 떠난 후 대사관 회계감사를 했더니 양 대사는 부인이 현지에 와서 같이 있지 않았으면서도 부인의 제외 수당을 받았으니 부정에 의한 국고 횡령범이라는 것이었다.

나는 그때까지 봉급을 주면 주는 대로 받고 살아왔지 매 항목이 얼마라는 걸 전혀 신경 쓰거나 알지 못했었다. 수령 총액 정도만 막연히 기억하고 지내왔던 터였다. 이런 내게 조목조목 따지며 부인 재외근무 수당 얼마를 몇 개월간 수령했으니 국고 횡령범이 아니고 무엇이냐 했다.

당시 외무부의 오랜 관행은 자녀 교육을 위해 부인이 험지에 부군과 함께 가서 근무하지 않아도 일단 부부가 국내서 출국만 하면 부부가 함께 부임한 것으로 간주 해외 근무수당을 주던 시기였다. 그래서 공관장은 아프리카 현지에서 단신 있으면서 부인은 런던이나 파리에서 자녀들 교육을 돌보며 지내도록 편의를 봐주었다. 정부 수립 이후 그때까지의 외무부 관행이었다.

나의 경우는 처음부터 단신 세네갈에 부임했었고, 이를 착실히 본부에 그렇게 보고했었다. 몇 개월 후 우리 집사람이 세네갈에 와서 달포 정도 머물다 국내 자녀들 교육 문제로 다시 본부 허가받고 귀국했었다. 대사 부인에 관한 이 모든 오고 감을 그때그때 본부에 보고해 둔 상태였다. 도대체 오해의 소지가 있을 리 없었다. 그럼에도 불구하고 감사원에 출두하자 감사단장이란 자는 나를 죄인 취급했다.

물론 처음엔 나도 아주 공손하고 저자세로 자초지종을 설명했다. 헌데 그 부이사관 감사반장은 내가 부인 명의 수당을 타 먹기 위해 고의

적으로 문서를 조작한 국고 횡령범이란 표현을 계속 고집해 쓰려 했다. 이 대목에서 내가 폭발했다.

"무엇이 어째?" 하며, 나는 주먹으로 감사반장의 책상을 꽝 치면서 벌떡 일어나 밖으로 나와버렸다. 나오고 나서 나는 분도 안 풀리기도 하고, 다른 한편 어디 하소연이라도 해야겠기에 내가 연락할 수 있는 청와대 정무수석과 안기부 기조실장에게 자초지종을 설명해 두었다.

한편 감사원 측으로 볼 때는 내가 다른 공무원들과 달리 예상외로 세게 반발하자 더 증거조사를 해보았던 모양이었다. 결과, 내가 우리 집사람이 세네갈에 와서 달포 정도 머물다 다시 본국으로 귀국했다는 보고를 착실히 한 것이 증명되어 우리 집사람이 현지에 있는 것처럼 속여 부인 수당을 챙겼다는 감사관의 고발은 신빙성을 잃게 되었다.

이 사건은 외무부 회계에서 실수로 보낸 수당분을 내가 반납하고, 대신 외무부 회계가 좀 더 무겁게, 내가 회계 관리상 부주의 명목으로 가벼운 견책을 받는 것으로 종결되었었다.

사건 종결 후 얼마 있다 어느 파티 석상에서 우연히 이시윤 감사원장님을 뵌 기회에 이 건을 상기시켜 드렸더니 이시윤 원장께서 "조용하게 진행되었더라면 아무 문제 없이 끝났을 일을, 너무 요란하게 해버린 바람에 오히려 악화시킨 결과가 돼버려서…" 하셨다.

내가 감사관 조사받았을 때 기분에 거슬리는 말을 상대로부터 들었더라도 이를 슬기롭게 대처했더라면 아무 문제 없이 조용히 처리되었을 사항이었는데, 양 대사가 객기를 부려 감사반장 책상을 꽈당 치고 나간 바람에 악화됐노라는 소리로 들렸었다.

여하튼 그때 감사관 앞 나의 꽈당으로 내게로 오기로 되어있던 외무부 국장 자리는 날아가 버렸었다.

민주화 운동 측면 지원

　　　　　1979년 10월 26일 박정희 대통령이 김재규 정보부장에 의해 시해된 후, 1987년 대통령 직선제가 실시될 때까지의 한국 국내 정치는 암울한 민주화 투쟁 기간이었다.

　유신은 종결되었으나 공직사회는 다투어 정권 보위에 앞장섰다. 나는 그 반대편에 있었다.

　이때 거산(巨山) 김영삼(金泳三)은 야당의 지도자로 군정 종식 및 민주화 투사로 부단하게 활동하고 있었고, 그 주변에는 나와 고등학교 동문 관계이던 이원종, 김덕룡 같은 분들이 핵심 참모로 보필하고 있었다. 나는 외교관이었지만, 심정적으로는 이러한 민주투사들의 행동에 뜻을 같이했다. 이들은 미국 정부나 유력 서방 언론들이 자기들의 민주화 투쟁을 지지하고 격려해 주기를 목말라했다. 언로가 꽉 막힌 국내에서 그들은 처절하게 투쟁하고 있었다.

　김영삼, 김대중, 김종필로 대변되는 3김씨가 정치활동 규제에 묶여 국회의원 선거에 출마할 수 없을 때였다. 1985년 2월 12일 총선에서 김영삼 대리인으로 이민우 총재가 신민당 후보로 종로에서 출마, 군부세력을 대변하던 이종찬과 대결, 돌풍을 일으켰다.

　당시 나는 국내에서 본부 과장을 하고 있었다. 나는 야당 이민우 후보의 승리가 가져다줄 정치적 파급효과가 큼을 직감하고, 종로 거주 목포 출신 지인들에게 이민우를 지지해 달라고 줄기차게 전화 공세를 했다. 내 전화를 받은 친구 중에는 공무원인 자네가 그렇게 야당 선거운동을 해도 무사하겠는가 하고 우려하는 친구들도 많았으나 나는 개의치 않았다.

2월 12일 국회의원 선거에서 돌풍을 일으킨 이민우에게 미국에서 힘을 좀 실어주면, 그가 야당의 구심점이 되어 민주화를 앞당길 것도 같았다.

나는 그해 7월 4일 안국동 미 대사관 숙소에서 개최된 국경일 리셉션에 초대받아 간 적이 있었다. 나는 본부에서 미국 관계 업무를 담당하고 있지 않기에 미 대사관 국경일 파티에 초대받을 가능성이 별로 없었는데, 미 대사관 정무 파트 직원 중 우리 외무부의 대아프리카, 중동 외교에 대해 정보 수집을 해오던 친구가 아마도 나를 한 번 만난 후 내 명함을 보존했다가 자기들 파티 초청자 명단에 포함시킨 것 같았다.

그날 나는 안면이 있는 미 대사관 정무담당을 한쪽으로 데리고 가서 "주한 미국 대사관은 한국의 민주화에 누구보다도 관심이 높지 않으냐. 민주화를 앞당길 수 있는 무혈혁명은 현 야당을 키워주는 것이다. 그 방법의 하나로 이번 종로 선거에서 돌풍을 일으킨 이민우를 미국 정부가 한 번 초청, 그에게 힘을 실어주면 어떠냐…"라고 설득했다.

이런 나의 논리에 그 친구는 처음에는 네가 주제 파악도 못 하고 무슨 말을 하는 거냐는 식으로 나를 의아하게 쳐다보았다. 나는 내가 공무원이기 전에 한국의 민주주의 발전을 갈망하고 고뇌하는 지성인으로서 특별히 부탁하는 말임을 강조했다. 당시 미 대사관 친구들은 어디 가서든 한국 지성인들을 만나면 나와 유사한 발언들을 듣고 있었을 것이다.

하여튼 우연의 일치이었겠지만 그해 말(11월로 기억) 미 국무부는 종로 돌풍의 주역 이민우를 공식 초청했다. 그는 미국 방문 중 슐츠 국무 장관을 비롯해 미·조야 인사들을 만나고 돌아왔다. 그분은 외국 여행이라고는 한 번도 해본 것 같잖던 순수한 시골 영감님 분위기가 물씬 나던 분이었다. 그런 그분이 미국을 방문하여 슐츠 국무장관을 만나고 환대받고 귀국하니 위상이 단번에 달라진 것 같았다.

그런데 그분이 귀국한 후 야당 진영 돌아가는 것을 보니 야당의 실질적 오너이던 김영삼 총재의 대리인으로만 느껴졌던 이민우와 김영삼 두 리더 사이에 균열이 생기기 시작한 것이 보였다.

당시 김영삼을 비롯한 야당 지도자들은 미국 국무부의 시거 차관보가 방한하면 전두환 정부에 정치 규제법을 풀고 민정 이양을 이행토록 압력을 가해줄 것을 학수고대하고 있었다. 미국은 한국 야당의 이러한 기대와 심리를 잘 파악하고 있었다. 그래서 미 국무부 시거 차관보의 일거수일투족은 한국 정치인들에게 지대한 관심사였다.

그들은 시거 차관보가 서울에 오기로 했다는 정보만 들어도 자기들의 기대치를 속에 넣어서 뉴스를 생산하기도 했었다. 하루는 내가 '시거 차관보가 머지않아 방한할 것 같아…' 하는 수준의 첩보만 알려 주었는데, 그 뉴스는 어느새 야당 진영에서 시거 차관보가 전두환에게 민주화 정치 일정을 확정하라고 압력을 행사하기 위해 방한하는 것으로 둔갑되어 갔다.

1980년대 초 내가 파리 대사관에 근무하고 있을 때였다. 김영삼 야당 지도자가 서독에서 개최된 세계 기독교 지도자 모임에 참석하러 간다고 알려졌다.

나는 외신과 르 몽드 등 주요 언론을 통해 김영삼을 띄어주는 것이 한국의 민주화를 촉진시키는 데 기여할 것이라고 생각되어 프랑스

AFP 통신사와 Le Monde 신문 아시아 섹션에 전화를 걸어 김영삼을 소개하고, 그의 파리 공항 경유 사실을 알려준 후 취재해 주기를 은근히 종용했었다. 나는 기사로 나갈 수 있도록 대략의 취지를 말해 주고, 샤를르 공항에서 얼마간 머무를 것이므로 그때 인터뷰라도 할 수 있으면 하라는 식으로 종용했다.

당시 프랑스 언론은 한국이 정치적으로 암울한 시기를 보내고 있는 것을 잘 알고 있었고, 내 말에도 성의 있게 귀를 기울여 경청하면서, 김영삼 한국 야당 지도자에 대한 관심을 표명했다. 그러나 파리 시내라면 모르지만, 공항에까지 가서 한국 야당 지도자를 인터뷰할 생각까지는 고려치 않은 것 같은 인상을 풍겼다.

다음 날 샤를르 드골 공항에서 한 한국 신사가 내게 전화를 걸어왔다. 김덕룡 비서실장이었다. 김 실장은 수행 기자들이 옆에 있기도 하고, 자기가 내게 전화하는 것 자체가 외교관 신분인 내게 누를 끼칠지 모른다고 생각해서 내 목소리만 확인하고 자기가 누구라는 말도 하지 않고 그냥 전화를 누구에게 바꾸어 주었다. 말을 하다 보니 김영삼 총재 목소리였다.

나는 김덕룡 비서실장과는 아는 사이였기에 그가 파리를 경유할 시 통화를 할 수 있다고 생각은 했지만, 김영삼 총재와 내가 직접 전화까지 하리라고는 생각지도 못했었기에 다소 얼떨떨한 상태에서 전화를 받았다.

내가 인사말로 총재님 독일 가시는 것 AFP 통신과 르 몽드 신문에 알렸더니 그들도 관심을 가지고 있더라 식으로 예우 차원에서 몇 말씀을 드렸더니, 그분은 한참 내게 "프랑스 AFP 통신과 르 몽드 신문은 세계적으로 권위 있는 언론이지요. 내가 이번에는 일정이 있어 파리에 들르지 못해 인터뷰에 응하지 못해 유감이나…" 식으로 혼자 말을 이어 갔다. 내가 짐작건대 그분은 나와 전화하면서 나와 이야기하는 것이 아니라 옆에 있는 수행 기자단 들으라고 하는 말씀인 것 같았다.

노태우가 대통령에 당선되기 전에 한국 야당 진영은 김영삼, 김대중 진영 사이에 후보 단일화 문제로 사활을 건 게임을 하고 있을 때였다. 당시 나는 두 번째로 파리 대사관에 근무하고 있었다.

군정 종식을 간절히 원하던 나는 야권 두 지도자의 후보 단일화는 필수라고 느꼈었다. 그런데 돌아가는 낌새를 보니 어느 누구도 양보할 기미가 안 보였다. 나는 당시 여러 지식인이 우려하듯, 김대중, 김영삼 진영 간에 후보 단일화가 안 되면 군정이 실질적으로 연장되는 것은 불을 보듯 해서 내 나름대로 노심초사했다. 군부의 김대중에 대한 비토감이 하도 커서 김영삼이 먼저, 김대중이 그다음 순서로 대통령 후보가 되면, 순번을 양보한 김대중은 김영삼 시대에 정신적 대통령 5년 하고, 다시 실질적 대통령 5년을 그다음에 해서, 10년을 김대중 시대로 만들 수 있을 것 같았다. 그러나 국내 김대중 진영의 논리는 그것이 아니었다.

양보 없이 김대중 씨는 대통령 출마를 공식 선언했다. 그 소식을 접하고 나는 육필로 '是日也放聲大哭'이라는 문구를 적어 국제우편으로 동교동 김대중 선생 앞으로 보냈었다.

내가 장지연(張志淵) 선생의 그 유명한 「시일야방성대곡(是日也放聲大哭)」을 국제우편으로 파리에서 동교동 김대중 선생 앞으로 보내고 난 며칠 후 대사관에 파견되어 있던 정보부 공사가 나를 은밀히 찾아왔었다. 그는 나와 서울대학 선후배 관계로 평소 친하게 지내던 사이였지만 그날의 표정은 달랐다. 내게 무슨 말을 할 듯 말 듯 하다가 그냥 나갔다. 나는 직감적으로 내가 익명으로 며칠 전 동교동 김대중 총재 앞으로 보낸 시일야방성대곡 편지를 정보부가 중간에 가로채 검열하고서 파리 주재원에게 이런 글을 보낸 자가 누구인지 한번 파악해 보라는 지시를 보낸 것 같았고, 그 공사는 직감적으로 나를 그 서한의 발신자로 의심하면서도 나와 평소 여러 사항에 대해 자주 상의해 오고 있는 처지이다 보니 나 스스로 밝히지 않는 한 내게 편지 발신자가 당신이냐고 직접 묻기가 좀 거북했던 것 같았다.

꼭 그 편지에 대한 것은 아니었지만, 당시 대사관에 파견되었던 경찰청 경무관도 나의 정치적인 언동과 행동을 유심히 관찰하고 본국에 보고하는 것 같았다. 지금 같았으면 대통령을 김영삼이 먼저 하든, 김대중이 먼저 하든 하등 상관할 바 아니었겠지만, 당시 나는 한국 공직자치고는 국내 정치현안에 대해 거침없이 의견을 말하는 기질을 보였었다.

앞서 동교동에 보낸 시일야방성대곡이 행여 내가 김대중보다 김영삼을 편들기 위해, 아니면 김대중이 김영삼보다 더 못하다는 네거티브 목적의 글로 둔갑한다면 몰라도 나는 그때나 지금이나 김대중을 폄훼한 적이 없었다.

그런데 그 시일야방성대곡 편지가 동교동에 발송된 지 13~14년이 흐른 뒤의 2000년 겨울이었다. 그 사이 김영삼이 대통령을 하고 은퇴했고, 뒤이어 김대중이 대통령에 당선됐었다.

김대중 대통령이 노벨상 수상자들을 위한 스웨덴 국왕 초청 만찬에 참석하기 위해 스톡홀름에 와 계실 때였다. 당시 나는 핀란드 대사를 하고 있었다. 핀란드에서 얼마 멀지 않은 위치에 있는 스웨덴에서 우리 대통령이 노벨상 수상자들을 위한 환영 만찬에 오셨지만, 나는 본부의 허가 없이는 임지를 떠나 김 대통령이 계신 스톡홀름에 갈 수는 없었다.

✦ 한밤중 외무장관과의 독대

헌데 그때 김대중 대통령을 수행 중이던 외무장관께서 나를 스톡홀름으로 잠깐 건너와 자기를 만나고 가도록 연락을 주었다. 이 장관과는 무난하게 지내온 처지였으나 대통령 수행 중 그분이 나로 하여금 자기를 일부러 만나러 오라고 한 것은 예사롭지 않은 일이었다.

나는 헬싱키에서 급히 비행기를 타고 스톡홀름으로 가 밤 12시 가까이 되어 김대중 대통령이 취침에 들어간 이후 그 옆방에 있던 외무장관 방에서 이 장관과 마주했다. 이 장관은 나를 보자마자 첫마디에 "왜 하필 현직 대통령을 YS와 비교해서 폄훼했느냐. 내가 너를 핀란드 이후 주불 대사로 보내려고 마음먹었었는데, 네가 김대중 대통령을 폄훼한 바람에 청와대 사정에서 반대하여 못 보내게 생겼으니 그리 알아라…"라는 취지로 말했다.

(그 당시 외무부 내 평가로는 다음 주불 대사 0순위는 나라는 소문이 자자했었다. 주영 대사로 있다가 외무차관을 하고 나중에 외무장관을 한 나의 목중 1년 위인 최성홍 장관 같은 이는 양 대사가 싫더라도 주불 대사를 제대로 할 사람은 너밖에 없으니 딴마음 먹지 말라고까지 말하던 처지였다. 그래서 내가 핀란드 이후 주불 대사로 가는 것은 당연시들 하고 있었을 때였다.)

이 장관의 말씀을 듣고 곰곰이 생각해 보아도 나는 현직 김대중 대통령을 김영삼 전직과 비교하여 폄훼한 적이 없었는데 무슨 오해 인가고 의아해했다. 앞서 밝힌 대로 내가 과거 두 김씨가 후보 단일화를 경쟁하고 있을 때 김영삼이 먼저 그다음에 김대중론을 내세운 적은 있었지만, 그 이상도 그 이하도 아니었는데, 그걸 가지고 오늘날 김대중 현직 대통령을 폄훼했다고 인사상의 불이익을 청와대가 내린다면 이건 내가 기자회견을 통해 공개적으로 문제 삼을 사항이라고 장관에게 항의했다.

(물론 나는 청와대의 조치가 옹졸하게 느껴져 홧김에 장관에게 기자회견 운운하고 물러 나오긴 했지만, 핀란드를 끝으로 이제 외교관 생활은 그만하고, 학계로 나가 후진 양성을 하며 보람을 느끼기로 마음먹고 있었다. 마침 그 무렵 수도권 대학 오너 총장으로부터 대사를 그만두고 귀국하시면 자기 대학 부총장을 맡아달라는 이야기도 있고 해서 핀란드를 끝으로 대사직에서 은퇴해도 별 미련이 없었기 때문이었다.)

이때까지만 해도 나는 내가 1987년엔가 동교동으로 보낸 시일야방성대곡 서한을 까맣게 잊어버리고 있었고, 누가 중간에서 가로채서 보았다 해도 그사이 정권 교체가 몇 번 되었고, 김대중 대통령도 탄생하였기 때문에 나의 시일야방성대곡 편지는 어디 휴지 조각으로 사라진 지 오래되었을 것으로 여기고 더 생각지도 않고 있었다.

귀국 후 당시 청와대 공직기강 사정비서관을 하던 정 비서관을 면담해 보았다. 그는 나와 일면식도 없는 사이였지만 나의 목중 후배에 목포시장 출신이라 나의 방문 목적을 짐작하면서도 각박하게 거절하지 못하고 집무실에서 나를 선배 대접하며 친절히 만나주었다. 정 비서관은 나를 보자 "우리가(김대중 정부가) 정권 초기에는 아직 틀이 안 잡혀 여러 정보를 공유하지 못해 오다가 시간이 지날수록 정보 수집 능력이 늘어 과거에 미처 알지 못했던 것들을 알게 되는 경우가 있습니다. 선배님 건(핀란드에서 주불 대사로 가시는 건)은 우리가 그런 걸 보고 꼭 문제 삼은 것이 아니라 외무부 본부에서 취한 조치로 이해해 주시기 바랍니다."라는 취지였다.

외무부 장관은 청와대 공직기강팀에, 청와대는 외무부에 책임을 넘기는 식이었다. 100% 확실한 증거는 아니지만 1987년도에 파리에서 동교동으로 보낸 나의 시일야 방송 대곡은 이렇게 내가 현직 대통령을 모독하고 폄훼한 것으로 둔갑하여 나를 골탕 먹이고 있었던 것이다.

지금 공직에서 나와 숲 속에서 나무를 가꾸며 지내다 보니 나도 참 부질없는 짓 많이 했고, 우리나라 관료사회와 대통령 주변 사람들도 참 속 좁은 짓 많이 했구나 하는 생각이 들었다. 따라서 속세를 떠나 숲 속에서 지내는 지금의 나의 생활이 더없이 소중하고 귀하게 느껴진다.

✦ 전화위복

내가 유네스코 대사로 가기 전, YS 대통령 시절이었다. 반기문 의전수석이 외교 안보수석으로 자리를 옮겼을 때, 반기문 후임으로 이원종 정무수석이 나를 고려했었던 것 같았다.

그때 이원종 정무수석이 조금 기지를 발휘, '양동칠 대사는 김재순 국회의장 의전수석으로 국회 경험도 있고, 호남 인재라는 대표성도 있어 YS 대통령실 이미지에 도움이 되는 측면이 있을 것 같습니다.

물론 그의 전공과 스타일이 의전수석과는 거리가 있다는 평도 있습니다만, 각하께서 민주화 투쟁하던 어두운 시절부터 인연을 맺은 사이이기도 하고…' 하면서 지난날 그가 나를 민족문제연구소에서 YS에게 직접 소개해 주었던 거며, 민주화가 안 된 암흑기에 야당 총재로 서독 가는 길에 파리 공항에서 YS가 나와 전화 통화했던 일화들만 상기시켰어도 YS는 '아, 그 친구야! 당장 들어오라고 해라!' 하며 반기었을 것 같았다. 어두웠던 민주화 투쟁 시기에 당시 야당 지도자에게 정치 자금이 들어올 리 없었던 시절이었는데도 내가 파리에서 귀국해 김덕룡 실장한테 연락했더니 김덕룡, 홍인걸 등 그의 최측근 참모들이 윗분에게서 점심값을 타 왔노라고 하면서 장충동 앰버서더 호텔 앞 골목길 한정식집에서 나를 접대했던 거로 보아, YS는 나를 반길 것 같았다.

그러나 이원종 정무수석은 나와 같은 동기동창이다 보니 자기 입으로 대통령께 직접 말은 못하고, 반기문 수석에게 후임 의전수석 천거를 일임했었다.

그렇게 돼서 이해순 대사가 반기문 후임으로 청와대 의전수석으로 갔었다. 이 대사는 YS 후임 김대중 대통령도 몇 개월 모시다가 이인호 대사 후임으로 핀란드 대사로 부임했었다.

헌데 핀란드 부임 6개월 만에 이 대사는 본부로 소환됐었다. 그리고서 내가 파리에서 이해순 대사 후임으로 핀란드로 가게 되었다.

나는 이해순 대사 후임으로 핀란드로 가는 것이 마음에 몹시 불편했다. 마치 목포 출신이라서 김대중 정부를 움직여 자기를 6개월 만에 몰아내고 대신 핀란드로 부임하는 것 아닌가 하는 오해를 받을 것 같아서였다.

내가 더욱 가슴 아프게 생각한 것은 나와도 사이가 좋았던 이해순 대사가 핀란드에서 본국에 소환된 후 불과 한두 해 후에 암으로 별세하셨는데, 그때 우리 외무부 동료들은 이해순 대사가 청와대 김대중 대통령 의전수석으로만 가지 않았더라도 무탈하게 장수했을 텐데 청와대로 간 바람에 유명을 달리했다고 애통해한 적이 있었다.

이해순 대사 건을 보면서 내가 반기문 대사 후임으로 청와대 의전수석으로 가지 않았던 것이 천만다행이었구나. 이원종 정무수석이 나를 의전수석으로 김영삼 대통령께 천거하지 않았던 것이 오히려 내게는 고마운 일이었구나 하는 생각을 하기도 했었다.

그도 그럴 것이 나와도 모두 친하게 지냈던 동료였던 청와대 의전수석 출신인 이해순 대사와 총리실 의전수석이던 김정기 대사가 한창 일할 나이에 일찍 세상을 떠나자 우리 동료들은 큰 충격들에 휩싸였던 적이 있었기 때문이었다.

공직은 순리대로 해야지, 억지로 맞지 않는 옷을 입을 필요 없다는 것을 깨달았다.

동경 대사관
영사과장 시절

　　1976년 2월 나는 동경 대사관 2등 서기관으로 부임하자마자 일어 공부에 매달렸다. 생전 처음 일어를 대사관 초빙 일어강사로부터 매일 조-석으로 두 시간 남짓 배웠었다. 처음 6개월은 경제과에서 일본 신문을 보고 번역하여 보고하는 것이 주였다. 한자가 많으니 대략 이해가 되어 제목 중심으로 보고들을 했다. 그때 일어 경제기사를 번역하며 탄로 났던 나의 무식 한 토막과 일어의 외래어 표기 황당함의 사례 하나:

　　Shell, Texaco 등 국제 석유 메이저 컴퍼니(Major Company) 동향 관련 보고였다. 일본 신문을 보니 이를 메자(メーザ)라고만 표기했었다. 아무리 생각해도 Major Company를 이렇게 약자로 메자(メーザ)로만 표기할 것 같지 않았다. 한참 일본 신문 용어에 어느 정도 익숙한 다음에야 외래어 표기를 가늠할 수 있었다.

　　그래도 일본 외무성 직원들과 일어로 업무를 협의하기엔 나의 실력은 태부족이었다. 그러던 어느 날, 본부에서 온 훈령 중에 일본의 해양법 관련 입장을 문의 보고하라는 것이 있었다. 관련 과에 담당자와의 면담을 요청하니 내 카운터 파트로 가와무라(河村) 과장 보좌를 면담토록 정해주었다.

가와무라 과장 보는 나의 이력을 사전 조사해서 어느 정도 나를 알고 있었던지 처음 수인사가 끝난 후 본격적으로 업무 이야기로 들어가려 하자 대화를 편리하게 불어로 하자고 했다. 당시 일본 외상은 전후 일본 외상 중 불어 통으로 알려진 미야자와(宮澤) 외상이었기에 가이무쇼(外務省) 내에도 불어 통들이 행세를 할 때였다.

　나는 가와무라 과장보와 과 한쪽 칸막이 회의실에서 모처럼 불어로 자유자재로 한 시간여 면담하고 과원들을 통과해 밖으로 나왔다. 이때 해양과 과장을 포함 과원들 10여 명이 모두 즉각 자리에서 일어서며 마치 상사에 대한 예의를 표하듯 떠나는 내게 예의를 갖추었다. 일부는 복도 엘리베이터 앞에까지 와서 작별 인사를 했다. 나는 속으로 좀 당황했다. 나에 대한 과도한 예우 같았기 때문이다(나중에 안 일이지만, 가와무라 과장보는 당시 외무성 내 제1 불어 통이었는데, 한국 대사관 외교관인 내가 그와 신나게 의기투합하듯 막힘없이 대화하는 걸 옆에서 듣고 경이롭게 생각한 나머지 자연스럽게 표한 집단 예의였다. 당시 일본 외무성은 매우 친한 적이었고, 자국 이해가 직접 관련되지 않는 문제에 있어서는 하나라도 더 우리에게 알려 주고 싶어 하는 친밀감들을 표했었다).

　대사관 근무 1년여 경과했을 때 김영선 대사께서는 쟁쟁한 고참 참사관급 선배들을 제치고 2등 서기관이던 나를 영사과장에 보하셨다. 조석으로 대사실 옆에서 있었던 일본어 강의 수강 실태를 유심히 살피신 결과와 외무성 해양과에서 얻은 나의 명성이 영향을 끼친 것 같았다.

　어느 날 아침 와세다 대학 강사가 와서 가르치고 있는 일본어 강의시간에 대사께서 참관하셨고, 일제시대 중학 이상 과정을 거쳐 일본 교육을 이미 받아 일어로 외무성과 자유자재로 일하던 고참 참사관 이상들도 호기심 겸 재충전 겸 참관해서 강의를 경청했었다.

이때 강사가 무슨 문장을 해석하다가 '鋭い'라는 단어를 칠판에 쓰면서 누구 발음해 보시겠느냐고 했다. 뜻은 한자가 있으니 모두 알고 있었다. 헌데 발음이 고약했던지 가끔 주니어 외교관들 수업시간에 참관 훈수 두기를 즐기던 정순근 공사께서도 그 단어 발음만은 자신 없어 했다. 나는 마침 그 단어를 새벽에 집에서 독학하며 우연히 알게 되어 "쓰루도이 라고 하지 않아요." 하고 답했었다. 이런저런 나의 일어 실력을 평가해 주신 김영선 대사께서 나를 영사과장·법적 지위 과장으로 임명하셔 권병헌 정무과장과 탄뎀이 되어 주일 대사관 핵심 정무파트 일을 하도록 해주셨다.

이리하여 나는 당시 2등 서기관에 불과했으나 대선배인 정보영 참사관 후임으로 몇 단계를 뛰어넘어 영사과 법적 지위 과장에 보해진 셈이었다.

주일 대사관은 당시 재외공관 중 정부 각 부처 파견도 많아 가장 큰 규모였고, 재일교포 업무가 복잡해 여권 등 민원성 업무는 여권 1, 2과로 재일교포의 법적 지위와 대 조총련 문제 등 정치문제는 법적지위과에서 맡았다.

법적지위 과장에 임명된 후 내가 했던 업무 중 당시 주목받고 추억에 남는 것은 오무라 수용소(大村收容所)에서의 불법 일본 체류 한국인 본국 송환을 위한 한·일 간 교섭 외, 주된 업무는 재일교포 전체의 법적 지위 향상이었다. 또한, 조총련계 교포의 민단에로의 전향도모와 북조선 당국의 집요한 일본 정부 접촉시도 파악 및 저지 등이 있었다.

당시 한국 정부는 현준극 북조선 최고 인민회의 의장의 방일 저지를 위해 노력하고 있을 때였다. 일본 정부는 공식적으로는 북한과 아무런 관계를 맺지 않고 있었지만, 국회의원단 교류는 북한과 추진하며 정치적 대화를 추구하고 있었고, 김일성 시대 때 북한은 일본 정부와 접촉

및 대화를 갖고자 부단히 노력했다. 해마다 최고 인민회의 의장단의 일본 방문을 한국 정부 몰래 추진하고 있었다.

현준극이 방일하면 우리 국회에선 외무부 장·차관을 국회로 불러 현의 방일 자체를 저지하지도 못하고, 파악 자체도 못했다고 호통치던 시대였었다. 그런 분위기에서 하루는 윤하정 차관으로부터 치하 전화가 대사관에 걸려왔었다. 현준극이 일본 정부가 발급해 주는 도항증명서(渡港證明書)에 의해 방일한다는 내용의 첩보를 내가 본부에 보고한 것이 적시에 주효했던 것 같았다. 국회에서 외무부에 따져 물었을 때 내가 본부에 보고한 내용을 증거로 제시하며, 대일 외교에 만전을 기하고 있다고 정치인들에게 증거로 제시한 것 같았다.

북한 거물 정치인들의 방일을 파악하려 했을 때 주로 대사관이 접촉하는 공식 라인은 외무성과 법무성이었다. 이때 외무성은 외무성답게 좀처럼 한국에 책 잡힐 정보를 사전에 우리에게 주지 않았다. 법무성도 마찬가지였으나 당시 법무성 출입국에선 크게 입국 심사과와 입국 관리과로 대별되어 있을 때였다. 입국 심사과장은 검사 출신이 담당하고 있었다. 나는 시차를 두고 두 과장을 연쇄 접촉하면서 일본 정부가 도항증명서를 북경 공항에서 현준극에게 발급해 주면 현준극은 그걸 받고서 북경에서 동경행 비행기를 타고 일본 입국하는 시나리오를 파악할 수 있었다. 그렇게 취합해서 얻은 정보를 본부에 보고해 놓았던 것을 본부에서 대 국회 답변 시 활용한 것 같았다.

여하튼 윤하정 차관의 칭찬은 나의 일본 근무를 보람 있게 느껴지게 하였지만, 차관이 갈리자 나는 일본 근무 1년 반 만에 아쉽게도 본국 근무 발령을 받게 되었다. 그 뒤로 나는 일본과는 완전 인연을 끊고서 오직 개인적 취향으로 일어 공부를 계속해 왔을 뿐이었다.

오무라(大村) 수용소
체류자 송환 교섭

    1976년~1977년 내가 동경대사관에 근무할 당시에는 일본 내 불법체류 한국인들이 검거되면 즉시 한국으로 추방하거나 나가사키(長崎)에 있는 오무라(大村) 수용소로 일단 보냈다.

    이렇게 수용된 한국인(북조선인 포함) 수는 해마다 증가하여 그때마다 일본 정부는 수년째 연례행사로 연 1회 150~200명 선내에서 수용인원들을 선발, 한국 대사관 측과의 협의를 거쳐 한국으로 되돌려 보냈었다.

    불법체류자로 수용소에 체류하고 있는 이들 중엔 당해 연도에 일본 내에서 체포돼 본국 송환을 기다리는 자들이 많았으나 개중에는 1945년 8월 15일 해방되고 나서도 일본에 남아 살면서 국적이나 영주권도 취득함이 없이 일본에서 거주하다가 오무라 수용소에 들어온 가족들도 있었고, 6·25 이후 밀항해서 일본에서 가정을 이루며 일본인 행세를 하며 살다가 신분이 드러나 수용소로 들어온 사람들도 있었다.

    나는 양국 간 교섭단장 자격으로 정무과 유명환 서기관(이명박 대통령 당시 외무장관)과 수용소 관할 후쿠오카 총영사관 주재 내무부 파견 경무관을 대동하고 항공편으로 나가사키에 도착했다. 오무라 수용소는 나가사키 교외 인공섬에 설치돼 있었다.

회담에 앞서 시설부터 안내받아 시찰한바, 방문하기 전엔 교도소 개념으로 생각하고 왔는데, 건물 외곽만 그렇지 내부 시설은 당시 서울의 일반 아파트나 기숙사 수준으로 집단생활하기 편리하게 생겼었다. 어린이를 포함한 가족이 생활하는 독립 공간도 있었다.

나와 일 측 회담 수석대표로 동경에서 온 일본 법무성 출입국 심사과장은 이내 공식 협상을 개시했다. 일측이 한국 송환 예정자로 작성한 명단을 보고 현지에서 대상자들과 직접 면담을 통하여 내가 최종 확인해 주는 영사적 절차였다.

일본 법무성은 업무의 편의를 위해 사전에 내게 명단을 보내 검토케 했던 바였으므로 본국 송환 대상자 기준을 정해 선별하는 것은 복잡하지 않았다.

문제는 한국 송환자 쿼터를 정하는 문제였다. 일 측은 그 전해에 150명을 송환했으므로 금년엔 플러스 20명은 한국으로 더 송환해야 한다고 우겼다. "이제 한국도 잘사는 나라가 됐으니…" 하면서 일 측은 "잘사는 나라에서 무엇 때문에 감옥 같은 수용소에 자국민을 방치해 두려는 것이냐…" 식으로 나를 압박했다.

당시 한국은 대외적으로는 5·16 군사혁명 후, 새마을 운동 등을 전개 수출도 증대하고 국민경제가 일취월장 한양 홍보는 했으나 내막적으로는 일본에 연고가 조금이라도 있으면 어떻게든 일본에 와서 견디고 싶어 하던 시기였다. 하여, 나는 외교적으로는 이들 앞에서 허세를 부리면서도 내막적으로는 가능한 본국 송환자 수를 줄여야 하는 모순에 직면했다.

(당시 한국 사회 젊은 여성층에서는 3개월 관광비자로 한국과 일본을 오가며 유흥가에서 취업한 경우도 많은 편이었음.)

그러나 공식 회담에서는 일 측이 제시한 송환 숫자를 줄일 수가 없었다. 내게 논리가 궁했다. 오히려 한국 정부가 자국민을 외국 수용소에 두는 것은 한국 국격에도 어긋난다는 일 측 논리가 더 설득력 있었다.

나는 이때 감상적 방법으로 이 문제에 접근하기로 하고, 일 측에 양측 대표단의 우의 증진과 오무라 수용소 책임자들의 노고도 위로할 겸 한국 수석대표 명의로 파티를 열고자 하니 전원 참석해 주시도록 초청하고, 그날 저녁 나가사키 시내에서 가장 큰 카바레를 통째로 예약했다.

일 법무부 수석대표팀은 물론 수용소 경비원까지도 초청한 30명 규모 파티였다.

이런 규모 파티를 내 이름으로 주최할 수 있었던 것은 동경 출발 시 김영선 대사께서 판공비를 넉넉히 주도록 총무과에 명하여 지방 출장 치곤 여유 있게 타 온 덕분이 컸다.

저녁 만찬 시 나는 일어나 좌중에 이렇게 감상조 연설을 했다.

"오무라 수용소에 와서 수용되어 있는 한국인들을 보고, 나는 이런 슬픈 상념을 떨칠 수가 없었다. 한국인들은 왜 그리도 복이 없어 바닷물에 떠서 흐르는 부평초 같은 인생을 살고 있는 것이냐. 알아보니 근자에 일본에 밀입국한 불법체류자들 외 대부분 사람들은 모두 수십 년 일본 사회에 뿌리를 내리며 살다 수용되었지 않으냐. 이들 부평초들이 한 곳에 뿌리를 내리고 정착해 살도록 하는 것은 정치보다 더 가치 있는 일이 아니겠느냐!"

멜랑콜리한 나의 연설 이후 우리는 이내 술과 춤이 곁들인 카바레 무드로 들어갔다.

모두들 흥겹게 춤추고 즐기고 있을 때 나는 한쪽 구석으로 일 측 수석대표를 끌어당기며 이렇게 토로했다.

"과장님, 송환 숫자를 종전과 같은 숫자로 합시다. 제가 이 업무를 담당한 지가 일천하니 최소한 금년은 작년 수준 150명 선으로 합시다. 저의 취임 축하 선물로 그리 양해해 주시지요." 검사 출신 일 측 수석대표는 나의 진지한 안을 받아들이며 동경에 귀환하는 대로 법무부 상부에 건의해 보겠노라고 약속했다. 대신 나는 그해 송환 대상을 선정함에 있어서는 한·일 양국이 모두 합당하게 느껴지는 송환 대상을 시원하게 응해주었었다.

오무라 수용소 인원들에 대한 송환 교섭 얼마 후, 나는 본국 정부로 발령받아 일본을 출국하게 되었을 때였다. 공항에 나가니 하네다 공항에서 서울로 떠나는 나를 VIP 환송하듯 특별 대우했다. 짐 체크인이며, 비행기 트랩 오르기까지 한국 대사관의 일개 법적 지위 과장을 하네다 공항 당국은 일 법무성의 귀빈처럼 예우하며 환송해 주었다.

이뿐만 아니라 그해 가을 서울에서 열린 양자 간 영사 회담에 일본 측 대표로 방한했던 일 법무성 출입국 심사과장은 박민수 영사국장과의 회담 중 당시 나를 일부러 찾아, 우리는 몇 개월 만에 반갑게 재회하며 우정을 다지기도 했었다. 이 작은 일화를 나는 오늘의 한·일 외교관들에게 참고가 될까 하여 첨언한다.

전두환 대통령 통역 회고

나는 박정희 대통령 시절부터 청와대 의전팀에 좀 밉게 보였었다. 그것은 당시 박근혜 양을 불어로 표기해야 할 일이 있었을 때 청와대 의전팀은 국문으로나 불문으로나 대문자로 큰영애라고 표기하도록 지시한 것에 대해 내가 이런 말을 했기 때문이었다.

'큰영애란 한 가정의 큰딸을 의미하는 일반 호칭인데 그것을 대문자로 표기하며 박근혜를 지칭하는 고유명사로 쓸 수가 없는 것 아니냐. 더욱이 불어로 이를 Grande Mademoiselle로 번역해 표기하게 되면 프랑스 외교계가 웃을 일이다…'라는 것이 나의 논지였다.

청와대 의전팀에 파견 나가 있던 외무부 동료도 내 의견의 합리성을 인정했겠지만, 당시 유신 정권의 분위기에서 내 말은 시건방지게 느껴졌던지 정식으로 내게 경고까지 했다.

그래서 나는 유신 때는 직급도 과장급도 안 되었지만 이런 사유로 청와대 통역은 차출되지 못하고 있었다. 헌데, 5공 시절 본부 과장으로 있을 때였다.

1984년 6월 15일 포르투갈 수아레즈(Mario Suarez) 대통령의 국빈 방문 시였다. 그는 포르투갈 Salazar 장기 독재정권에 항거 파리에서 오랜 세월 망명하며 유럽 정치계와 지성계를 움직였던 인물로 유럽 사회민주주의 운동(socialiste international)의 대부 같은 존재였었다. 전두환 정권은 유럽 내에서의 정권 인식 향상 제고를 염두에 두고 유럽 민주화운동의 심벌이었던 수아레즈 포르투갈 대통령을 방한 초청, 국제 사회주의 연맹 국가들에 대한 이미지 제고에 힘쓸 때였다. 양국 간 사전 협의 과정에서 수아레즈 대통령 측은 한국 도착 시 공식 환영행사에서는 포어를 사용하더라도, 정상 간 회담 시는 불어 통역을 희망해왔다. 마침 한국 외무부 측에선 마땅한 포어 통역이 없어 외국어대 교수를 물색하고 있던 차 상대가 불어 통역을 원하니 잘 됐다 싶어 안심하고 불어 통역을 내세우기로 했었다.

5공 시절까지만 해도 대통령 통역할 일이 생기면 청와대는 국장급이 대통령 앞에 직접 와서 통역해 주길 바랐다.

또한, 본부 국장급들은 그들대로 대통령 앞에 가서 점수를 따고 싶어 해 어지간히 어학에 자신 있으면 전두환 대통령 앞에 가서 통역하고 싶어 했다. 이원경 장관, 이상옥 차관 시절이었다. 매사에 빈틈없고 사심 없이 꼼꼼하기로 유명한 이상옥 외무차관의 생각은 달랐다.

수아레즈 같은 유럽 최고의 지성인 대통령이 전두환 대통령과 회담할 때 우리 통역은 유럽을 잘 알고 불어 지식의 폭과 깊이가 있어야 한다고 판단했다. 따라서 그런 기준으로 볼 때 직급에 상관없이 양동칠 과장이 수아레즈 대통령 통역을 해야 한다고 여기고 나를 청와대에 천거했었다.

전두환 대통령을 만나보니 느낌에 상대가 아주 학식 있어 보이거나 언어 표현이 남달리 유식하게 보이면 깍듯하게 경청하는 스타일이었다. 통역 시는 여러 가지 요령이 있다.

예하여 'your excellent idea'라는 말을 상대방이 했다고 가정할 시,

'당신의 훌륭한 아이디어, 훌륭한 생각…'이라 통역할 수도 있고, '각하의 탁견(卓見)이십니다…' 이렇게 통역할 수도 있다.

나는 후자 '각하의 탁견이십니다'라는 표현을 쓴 셈이었다. 대통령을 면전에서 호칭할 때는 당시엔 의당 각하라는 칭호를 썼던 시기였다. 전두환 대통령은 자신의 설명을 듣고 유럽 민주화 운동의 대부로 알려진 수아레즈 대통령의 입에서 각하의 탁견이란 표현을 직접 듣는 것에 적이 만족해했다.

국가 정상 간 회담 통역 시는 대통령 단둘만 있는 것이 아니고 주변에 외무장관 등 각료들도 배석하고 참모들도 배석하기 마련이어서 회담을 끝내며 대통령이 별도로 통역관에 관심을 둘 틈이 없기 마련이다. 헌데 전두환 대통령은 그날 내 이름까지 어떻게 알고서 "양 과장, 아주 박식하게 통역하네…." 하며 칭찬했다.

그런 전두환 대통령의 영어통역에 김병훈 의전수석이 있었다. 역대 우리나라 대통령 영어 통역치고 영어와 불어 두 언어를 능숙하게 할 줄 알던 보기 드문 인재였다. 한국전 당시엔 이수영 대사가 영어와 불어에 모두 능통해 미군 장성들을 움직였고, 주불 대사로 있으면서 아프리카 불어권 외교를 주름잡았다.

전두환 대통령 부인 이순자 여사에게도 나는 호감을 지녔었다. 그날 청와대 국빈 만찬 시 처음 뵈었지만, 실은 나의 대학 시절 같은 과 여자친구와 경기여고 동창동창으로 있었는 데다 이순자 여사가 개입해서 자기의 경기여고 동기생 남편 되는 대사 한 분의 목이 달아날 뻔한 것을 구사일생으로 구해준 적이 있었기 때문이었다.

나하고도 불어권 지역 선배 대사로 무관하게 알고 지냈던 저승에 계신 변 대사께서는 아마 얼마 전 유명을 달리한 전 대통령을 누구보다 따뜻이 맞으며 그 옛날 국보위 시절의 회포를 풀었을 것이다.

나의 파리 외교관 시절
'만용' 회상(1981년 2월~1984년 2월)

　　2018년 1월 4일 밤 한·미 정상 간 통화 뒤, 백악관은 다섯 문장짜리 보도자료를 냈다. 두 번째 문장에서 "두 정상은 북한에 대한 최고의 압박 작전을 계속하고, 과거의 실수를 반복하지 않도록 한다는 데 동의했다."라고 밝혔다. 미 측 자료에만 있는 내용이다.

　청와대 발표에는 압박이라는 단어 자체가 없었다. 청와대가 한국 국민의 구미에 맞게 일정 부분을 각색한 것으로 오해받을 소지가 있어 보인다.

　'각색'이라는 단어가 떠오르자, 나는 내가 주불 대사관 참사관 시절, 파리를 방문한 당시 권력 실세에게 행했던 나의 겁 없던 '만용'이 회상되었다. 이런 신상 이야기를 지금까지는 묵혀두려 했으나 이제 내 나이도 인생을 정리하는 단계에 이르렀으므로, 역사적 기록을 위해서도 남겨놓은 것이 좋을 것 같아 여기에 남겨 보존키로 한다.

　사건의 발단은 이러했다. 1980년대 초 내가 주불 대사관 정무담당관 시절 우리나라는 국보위 만능 시대였다. 총선에 의해 선출된 국회가 있었으나 국보위에서 파견된 고위 관리가 국회운영위원회를 자문인지 감독인지 할 때였다.

　오늘날에도 시찰, 연구 명목의 국회 대표단이 때가 되면 몇 팀씩 프랑스를 방문하겠지만, 5공 피크 시절, 국내 정치 환경이 녹록지 않자 국회의원들은 해외여행을 나와서야 여·야 간 서로 인간적 대화도 나누고, 본국에서는 느끼지 못한 스트레스로부터의 해방감도 즐겼기 때문에 프랑스 시찰은 국회의원들의 필수 선호 코스였다. 그래서 하루에도 몇 상임위원회가 프랑스 의회제도 시찰 및 연구 목적으로 파리 샤를르 드골(Charles de Gaulle) 국제공항에 내렸었다.

이들의 프랑스 체류 기간 중 안내 및 통역 등 편의를 제공하는 것은 대사관 몫이었고, 나는 그 주무를 맡고 있었을 때였다.

하루는 당시 여당의 원내 대표 겸 운영위원장이던 이종찬 의원 팀이 프랑스 의회제도 시찰차 도착했었다. 그다음 날엔 같은 국회운영위원회 소속의원들이었지만, 이번에는 윤석순 여당 간사를 단장으로 하는 운영위원회 대표단이 파리 샤를르 드골 국제공항에 새벽에 도착했다.

이밖에도 한날 같은 비행기로 다른 국회 상임위원회 시찰단이 왔지만, 그런 시찰단들은 대사관 유관 부서에서 안내를 담당하였고, 나는 프랑스 정부나 의회 등 인사들과 정무협의를 목적으로 오는 정무파트 시찰단을 책임지고 있었다.

그렇게 업무분장을 해서 본국 귀빈들을 모셨어도 내가 직접 담당했던 팀이 한꺼번에 3~4개 팀이 될 때가 보통이었다.

본국에서 전보가 날아왔다. 안모 국회운영위 전문위원이 워싱턴을 경유 파리에 언제 도착하니 잘 모시라는 취지의 전보였다. 총리, 장관, 국회의원급만 모셔오던 나는 국회운영위 '전문위원' 안 모 어쩌고 하는 것을 보자마자 코웃음을 쳤다. 더욱이 서울에서 바로 파리로 오는 것도 아니고 워싱턴 경유… 이렇게 일정이 소개되었고, 수행원 1명 대동으로 나와있는 걸 보고, 코웃음을 넘어 심사가 뒤틀어지기 시작했다.

전문위원이라면 기껏 주사나 주사보급일 텐데, '이 친구 봐라, 뭐 수행원을 1명 대동하고 워싱턴을 경유해서 파리에 와?' 이것이 나의 반응이었다. 그래도 직무인지라, 새벽에 샤를르 드골 공항에 나갔다. 당시 KAL 비행기는 파리 공항에 현지 시간으로 이른 아침 6시인가 7시에 도착했기에 손님을 영접하려면 나는 집에서 새벽 4시부터 일어나 준비하지 않으면 안 되었다.

기다리던 국회 전무위원을 공항에서 픽업하여 내 차에 태워 파리 시내로 들어오면서, 나는 내 옆에 앉은 전문위원에게 물어보았다.

"파리 방문 목적을 프랑스 의회제도 시찰로 하셨던데, 엊그제 도착해 지금 파리 힐튼 호텔에 머물고 있는 국회운영위 대표단도 똑같은 프랑스 의회제도 시찰을 방문 목적으로 하였더군요. 혹시 프랑스 국회 제도를 우리 국회에 그대로 적용시켜 보려고 하시는 겁니까?"

전문위원은 두말없이 "예." 하고 대답했다.

"우리 국회가 세계에서도 가장 발달되었다는 프랑스 국회 제도를 모방하시려 한다고요?" 나는 그에게 재차 질문했다.

"어떻게 그렇게야 할 수야 있겠습니까? 각색을 해야지요."

나는 그의 입에서 "각색"이란 말을 듣자마자 앞뒤 안 가리고 흥분했다. "뭐, 각색? 야, 이 새끼야, 국가의 녹을 먹고 있는 공무원이란 놈이 각색해서 우리 국민들을 속이기 위해서 파리까지 왔어? 우리 국민들을 속이는 것은 물론, 프랑스 국회 제도를 네놈들 입맛대로 각색해서 프랑스 국민에게도 기만행동을 해? 전문위원이람 놈이 그래 각색할 궁리부터 하는 거야! 나는 너 같은 놈 태워갈 수 없어 내 차에서 내려!"

그리고서는 나는 샤를르 드골 공항에서 파리 시내로 들어오다 고속도로 중간에서 갓길로 나와 차를 급히 세우고 각색하러 온 이자를 내

차에서 내리라고 소리 질렀다.

　나는 원래 성질이 좀 급하고 거침없는 편이다. 나를 아주 좋게 봐주는 사람들은 정의감에 불타는 성격이라고 하지만, 좋은 면보다는 고약한 면이 훨씬 더 많아 누가 나를 그리 좋아하는 편은 아니었다. 안 그래도 5공, 국보위, 12·12 하면 생리적으로 거부감을 지니고 있던 나였다. 그런 나에게 주사나 주사보급 정도로만 인식하고 있던 이 자의 입에서 각색하러 파리에 출장 왔다는 말을 들으니 그만 내 평소의 괴팍한 성격이 폭발한 것이었다.

　(나는 그때까지 국회 전문위원을 주사급 최말단 직원에게 예의상 붙여주는 직책으로만 인식하던 터라 국회의원만 상대하던 나였기에 너 같은 졸개들쯤이야 무시한들 뭐 어때 하는 자만심에 차 있었기도 했었다.)

　이뿐만 아니라, 프랑스 파리를 방문한 우리나라 고위 시찰단치고, 회담 통역 등 나의 직접적 협력이 없으면 그들은 아무것도 못 하고 빈손으로 귀국할 만큼 당시 나는 파리에 관한 한 '왕초' 노릇 비슷한 자신감과 우월감에 빠져있을 때였다. 그런 나였기에 서울서 온 전무위원 앞에 나는 한없이 안하무인격으로 행동했다.

　샤를르 드골(Charles de Gaule) 공항에서 시내로 외곽선을 타고 들어오려면 한 시간도 더 걸리는 거리였고, 파리 시내–드골 공항 간 고속도로는 위험하기로 소문난 도로였다. 그럼에도 나는 '이놈이 자유민주주의 의회제도의 모델인 프랑스 의회제도를 교묘히 짜깁기해서 정부 일변도 홍보기구가 된 모든 방송망을 통해 보도함으로써 국민을 호도할 목적으로 프랑스를 방문했구나…' 하는 정의감에만 불타, 기어이 내 차를 공항 고속도로 갓길에 세우고 그 전문위원에게 "이 새끼야 내 차에서 내려!" 하고 일갈했던 것이다.

　그제야 전문위원은 극히 당황하는 기색을 보이면서 뭐라고 내게 자기가 말을 잘못했다는 식으로 변명하는 듯하면서 내 분노를 누그러뜨리려 노력했다.

내 성정이 팍! 폭발하다가도 그 순간만 지나면 금방 꺼지기도 하는 측면도 있었지만 그가 또 그렇게 저 자세로 말을 하니, 내 성질도 어지간히 누그러진 데다가 또 막상 무질서하고 위험하기로 악명 높은 샤를 르 드골 공항–파리 시내 간 고속도로 갓길에 그를 내리게 하여 방치한 후, 교통사고라도 나면 큰일이어서 나도 못 이긴 척하고, 그를 차에 태워 와서 호텔 앞에 내려주고 대사관으로 복귀했다.

서울서 귀빈 영접 통보를 받으면 호텔 예약부터 하는 것이 나의 업무였기에 장관이나 국회의원급은 힐튼호텔 등 4성급 호텔에 예약하고, 차관보 실국장급은 3–4성급, 과장급은 보통 2–3성급 호텔로 예약하는 것이 관례였다. 그런데 나는 이 국회 전무위원에 한해서는 기껏해야 주사나 주사보급일 테니 생각하고 대사관 근처에서도 가장 싸구려 호텔로 별 하나가 겨우 붙을까 말까 한 형편없이 누추한 호텔을 예약했었다.

여하튼 나는 그를 유학생이나 이용할 수준의 싸구려 호텔에 내려주고 대사관에 돌아와 다른 업무를 하고 있었다.

한참 후 내가 모시고 있던 윤석헌 대사님께서 급히 나를 찾으셨다. 당일 대사님의 일정은 윤석순 의원이 단장으로 있는 국회운영위 의원단을 공식 환영하는 오찬이 잡혀있었고, 나는 대사님을 모시고 오찬에 참석하기로 되어있었다. 오찬 장소는 파리에서 최고의 권위와 위상을 지닌 엘리제 대통령궁 근처 최고급 식당으로 예약해 두었었다. '지금 식당으로 가시기엔 너무 빠른 시간인데 웬일이시지?' 하며 대사실에 들어서는 데, 평소 어지간해선 감정의 표출이 얼굴에 나타나지 않던 고요한 성품의 윤 대사님 얼굴이 창백할 정도로 안 좋으셨다.

그러면서 하시는 말씀이 "양 참사관은 이불 속에서 할 말, 밖에 나가서 할 말도 구분 못 하오!" 나지막한 목소리였지만 심상치 않은 어감으로 말씀하셨다. 내가 존경하며 모시었던 대사님은 평소 내가 거침없이 국내 정치에 대해 소신 발언해도 미소를 지으시며 들으시던 분으로 내 배포와 기개를 어느 정도 이해하신 분이었다. 그런 대사님께서 나를 쳐다보고 걱정하는 눈빛으로 꾸지람을 하신 것 아닌가!

대사님 설명에 의하면, 오늘 예정된 오찬 약속을 윤석순 국회운영위 단장이 파기하고, 대신 자기들은 그 시간에 대사관 양 참사관의 파면 결의를 하기 위한 회의를 하겠다고 한다는 것이었다. 이유는 국보위에서 파견된 국회운영위 고위 전문위원 관리를 모욕하고 협박하는 용서할 수 없는 불경죄를 저질렀고, 국가관이 극히 의심스러운 외교관이기에 그대로 놔둘 수 없다는 취지였다. (윤석순 의원은 전두환 대통령과 동서간도 되었다.)

알고 보니 국회 주사나 주사보쯤으로 알고 내가 공항에서부터 깔고 뭉갰던 안모 전문위원은 보안사 대령 출신으로 5공 국회를 주물럭거리는 실세 중 실세로 알려졌었다. 현역 국회의원들도 그의 눈치를 본다고 했다.

그런 그였기에 호텔로 돌아오자 즉각 본국을 통해 나를 조회해 보기도 하고, 대사관 다른 소스(안기부 및 경찰 파견관 등을 통해) 내 배경 조사를 했던 모양이었다. 조사해 보니 나 같은 존재는 그야말로 하룻밤 강아지만도 못한 보잘것없는 존재에 불과했다. 그런 피라미 같은 존재에게 비록 일시적이었지만 우롱을 당한 것이 그는 한없이 분하고 묵과할 수 없었던 것이다.

그리하여 안 전문위원은 즉각 윤석순 운영위 단장에게 연락해 국회 시찰단 차원에서 나의 파면을 논의한 후 서울에 건의토록 하고, 호텔도 내가 잡아준 싸구려 호텔에서 인근 특급호텔로 즉각 옮겼었다.

참 난감하게 일이 진행되어갔다. 대사님과 나는 국회의원단이 머물고 있던 힐튼호텔로 찾아가 윤석순 의원들을 접촉하여 사태를 무마하고자 하였으나 그쪽에서 회의 중이라고 오지 말라고 했다. 하는 수 없이 나 혼자 힐튼 호텔로 찾아가 그분들이 회의를 하고 있는 방문 앞 로비에서 풀이 죽은 채 앉아 그들이 밖으로 나오면 어떻게든 용서를 빌고, 그분들을 대사님 주최 오찬 장소로 모시고 가려고 대기하고 있었다. 그러는 사이 대사님은 예정된 오찬 장소에 미리 가서 이들을 기다리고 계셨고, 한참 후 민한당 출신으로 지역구가 서울 강서구였던 고병헌 의원이 내 앞에 나타나 이렇게 내게 말해 주었다.

"내가 파리에 오기 전 고재청 부의장께 인사를 갔더니 양 참사관 이야기를 하시면서 '파리에 가면 양 참사관 하자는 대로만 하면 돼.' 하시면서 양 참사관을 굉장히 높게 칭찬하시더군. 오늘 양 참사관 파면 건으로 의원단에서 토의를 했는데, 나와 이성일 의원이 국회의원쯤 되면 장관이나 아니면 최소한 해당 공관장 문책 정도를 논의하고 건의해야지, 일개 실무진 파면을 논의해서야 되겠냐고 이의를 제기해서 갑론을박 끝에 더 문제 안 삼기로 했으니 조금 있다 윤석순 단장 나오면 무조건 죄송하다고 인사드려. 이성일 의원도 양 참사관이 자기 고향 해남 출신이란 걸 알고서는 적극 옹호했으니 그리 아시고…"

나는 해남이 고향이지만 일찍 그곳을 떠나 이성일 의원을 피차 개인적으로는 모르고 지냈고, 그의 이미지가 돈이 많아 국회의원 된 이미지를 지니고 있었기에 평소 존경이나 친밀감을 전혀 느끼지 못하고 있었던 터였으나 사정이 급하다 보니 나는 구세주를 만난 듯 반가웠고, 고마웠다.

고재청 국회부의장이 같은 당 소속 고병헌 의원에게 파리 가면 양 참사관만 찾으라고 칭찬하며 신뢰하게 된 경위는 이러했다.

1958년 10월 프랑스 제5공화국이 출범한 이래 1981년 4월 미테랑 사회당 당수가 대통령에 당선되어 프랑스 정부가 좌파 사회당 정부가 될 때까지 23년간 대한민국은 오직 우파정권만 상대했었다. 당시 한국 분위기는 사회당 하면 공산당 사촌쯤으로 인식하고 접촉하기를 꺼리며 기피하고 지내오던 처지였다. 한국 외교가 그런 심리적 공황에 처해있을 때, 엎친 데 덮친 격으로, 한국의 전두환 5공 정권은 사회당 정부의 입장으로 볼 때 상대할 수 없는 기피 극우 정권으로 인식되고 있었다.

설상가상으로 미테랑은 대통령 당선되기 직전, 사회당 당수 시절, 김일성의 초청으로 북한을 다녀온 터였다. 우리 정부로서는 프랑스 정부가 북한과 외교관계를 수립한다거나 하면 도미노 현상을 일으켜 유럽 전체가 북한과 수교하고, 그렇게 되면 지금까지 유지돼 온 우리의 서방 유럽에서의 외교 우위가 허물어지는 결과도 초래할지 모를 일이었다.

외무부 장관 노신영은 그 대책의 일환으로 외무부 내 최고위 엘리트 출신으로 불어 외교가 가능한 윤석헌 주 유엔대사를 긴급히 주불 대사로 전보 조치했었다. 당시 나는 본부에서 치른 일본어 구사 능력 시험에 두각을 나타냈던 것을 내세워, 동경에 가서 대일 외교에서 나의 능력을 발휘코자 주일대사관 근무를 지망하고 있을 때였다.

그러나 나의 희망은 "이 사람아, 지금 프랑스가 어떻게 되어있는지 알고 하는 말이야! 쓸데없는 생각 말고 파리 갈 준비나 해!"라는 장관의 불호령에 끽 수그러들 수밖에 없었다.

그래서 1981년 봄 정기 재외공관 인사 시 파리에 도착한 나는 나대로 어떻게 하면 황무지인 프랑스 사회당 정부와의 인맥을 구축할 수 있을까에 몰두했다. 미테랑 대통령 관련 서적도 여러 권 읽어보고, 사회당 정치인 중에는 특히 대학교수 출신 등 지성인들이 많아 그들이 저술한 책도 읽으며 인물 탐구하기도 하고 그러는 사이에 국내에서는 프랑스 의회와의 친선협 차원을 높이기 위해 고재청 국회부의장을 한불의원 친선협 한국 측 회장에 추대하고, 방불을 추진했다.

국회의원들이 장관직을 겸하는 경우가 많은 프랑스 내각의 특성상, 양국 정치인들과의 자연스러운 교류의 장인 고재청 한불의원 친선협 사절단의 방불은 사회당 정치인들과의 인맥구축에도 좋은 계기가 될 것 같았다. 고재청 부의장을 단장으로 하는 한국 측 의원들을 외교 목적으로 크게 활용하기로 했다.

나는 대사님께 "이번 기회에 프랑스 국회에 소문이 날 정도로 크고 멋있는 파티를 개최하여 프랑스 정치인들이 한국을 다시 보도록 해 봅시다."라고 건의드리고, 고재청 부의장 초청 한불의원 친선협 의원단 만찬 장소로 파리 샹젤리제 가에 있고, Concorde 광장을 내려다보고 있는 유서 깊은 Restaurant Le Doyen 상·하층을 통째로 전세 내다시피 예약했다.

그리고서 프랑스 상·하원의원 중 과거, 현재 한국과 인연이 있는 의원들은 모두 초청했다. 40여 명의 프랑스 의원이 고부의장 초청 만찬에 응한 것으로 기억된다. 여하튼 Le Doyen 식당 측에 의하면 한국이 Le Doyen 같은 파리에서도 가장 위상 높은 식당을 1, 2층 전세 내서 만찬 연회를 하리라고 누가 상상이나 했겠느냐는 식이었다.

경비가 좀 나가더라도 Le Doyen 같은 식당에서 본 때 있는 만찬회를 개최해야겠다고 마음먹은 것은 나의 오랜 경험에 의한 것이었다.

프랑스인들은 초 인류이자, 역사적인 의미가 있는 식당에 그를 초대하면 예외 없이 참석한다는 것을 터득하고 일을 벌였던 바 나의 예감은 적중했다.

만찬 시작 전 나는 고재청 부의장에게 말씀하시고 싶은 대로 즉석 환영 연설을 기차게 하시라고 권하고 옆에서 즉석 통역을 해드렸다.

고재청 한불의원 친선협 한국 측 회장의 연설은 노련한 정치가 다운 연설로 감정의 고저와 함께 정감 있게 울려 퍼졌다. 청중들은 열렬한 박수갈채를 보냈고, Le Doyen 식당 건물은 "Vive LA COREE(대한민국 만세)!"로 울려 퍼졌다. 만찬회는 대성공이었고, 그 이후 만나는 프랑스 정치인마다 한국이 그렇게 명성 높고 멋있는 장소에서 그런 규모의 파티를 할 줄은 몰랐다는 반응이었다.

고재청 부의장은 그날의 감격을 못 잊은 듯 귀국해서 노신영 외무에게 한·불 의원 외교성과를 알려주면서 내 칭찬을 많이 했었던 것 같았다(그러기 전에 본국에서는 노신영 외무장관이 고부의장을 만나 파리에 가시면 양동칠 참사관을 잘 활용하시라는 당부의 말이 있었다고 했었다).

그런 인연이 나와 고재청 부의장 간에 있긴 했었지만, 내가 자칫하면 국가관 불손 및 국보위에 대한 모독으로 파면 위기에 처했을 때 고병헌 의원이 또 출국 전 고재청 부의장을 만나 내 이야기를 들었던 것이 나를 궁지에서 구명해 준 역할을 해줄 줄은 몰랐다.

파리 공항에서 시내 호텔까지 오는 동안 국보위 실세 전문위원에게 행한 나의 난폭한 언동과 행동은 내가 그들과 프랑스 측 의회 전문위원들과의 회담 시 성심성의껏 통역을 해준 바람에 많이 희석되었다. 나중에는 역으로 그들이 내게 고마움과 찬사를 표하기도 했다.

그러나 한번 확 뒤집힌 그의 감정이 원상으로 돌아오긴 어려울 것 같았다. 나는 뒤가 좀 켕겼다. 보안사 출신이라니 혹시 이 사람이 귀국해서 요로에 파리에서 자기가 받은 수모를 이야기하여 나를 코너에 몰지는 않을까?

한동안 나는 그가 귀국한 이후에도 무슨 계기가 되면 그에게 문안 인사편지도 올리고 잘 쓰지 않던 연하장도 특별히 길게 써서 보내는 등 그의 마음을 풀기에 나름대로 노력했었다. 인간관계란 한번 뒤틀리면 그만큼 바로 세우기가 힘든 노릇이었다.

그러는 사이 세월은 흘러 국보위인가 무엇인가도 없어지고, 보안사 출신도 별것 아니라 하고, 서울의 봄이 와서 5공 국보위 시대가 종료되니 내 마음은 또 교만해져서 '이제 뭐 그런 사람에게 내가 더 인사편지 보내고 할 필요 있겠어?' 하는 자세로 돌아가 모른 척하고 지내고 있었다.

그러던 어느 날, 신문에서 나는 그의 사망 소식을 접했다. 그는 대구 경북고 출신으로 경북대를 나온 후 국회 전문위원을 거쳐 전국구 의원을 한 번 한 후, 재선에는 실패하고 비교적 이른 나이에 숙환으로 별세하셨다는 기사였다. 안병화 의원이라고 보안사 대령 출신이었지만, 내가 자기에게 무례하게 군 것을 잊을 리는 없었겠지만 적어도 내가 정의감에 넘치는 기백 있는 외교관이었다는 것은 부인하지 않았고, 마침 나와 비슷한 4·19 세대로서 그런대로 인품이 쩨쩨하지 않은 훌륭한 분 같았다.

생각해 보면 나라는 인간도 참 못된 인간이다. 눈감아 주고 못 본 척하고 지나가도 될 것을 왜 그리 80을 바라보는 이 순간에도 젊은 시절 버릇을 못 버리고, 부정과 비리, 각색, 지역주의 이런 것들만 보면 피가 펄펄 끓어 올라 잠 못 이루고 있으니 말이다.

추신: 나의 '파리 만용 사건'이 있은 후, 국회 사무처는 중앙정부 기관에 보내는 공문서에 전문위원(차관보급, 또는 1급 상당)이라는 주석을 꼭 달아 보냈다.

베르사유 교도소
감방 견학과 보호관찰제와 나

1987년 주불 대사관 참사관 시절 정구영 광주고검장(나중 검찰총장 역임)이 임모 평검사 한 분과 함께 프랑스 형사제도 중 교도소의 실태와 형·복무자들의 가석방 문제를 연구하기 위해 방불했었다.

한국 정부는 당시 나의 목중 후배로 신승남 검사(김대중 정부 검찰총장 역임)를 연수생으로 파리에 파견시켜 놓을 정도로 프랑스의 선진화된 교도 행정을 수입, 재소자들의 인권 향상책을 강구하려고 했다.

정구영 검사장 팀의 방불 목적이 소기의 성과를 거두도록 나는 프랑스 법무부와 교섭 베르사유 교도소를 방문, 교도소 행정은 물론, 죄수들의 감방 시찰과 수형된 죄수들과 인터뷰도 할 수 없는지 교섭했다. 본부 지시사항엔 단순히 방불팀에 대한 편의 제공 정도의 언급밖에 없었지만, 국고로 출장 오는 이들 검찰 고위직 인사들이 프랑스 제도를 모방해 재소자들의 인권향상에 기여할 것 같으면 보람이 있을 것 같아서였다.

프랑스 법무 당국은 베르사유 교도소장을 면담하고 실태를 파악한 것까지는 오케이 했으나 감방 내부 시찰과 죄수들과의 인터뷰는 완곡히 거절했다. '세계 어느 나라에서 자기 나라 치부의 하나인 형무소 내부를 외국 정부 관리들에게 보일 수 있겠느냐'였다. 프랑스 측 논리에 나는 할 말을 잊고 있다가, 이렇게 대응하며 사정했다.

'한국의 새로운 노태우 민선 대통령 정부는 인권 개선을 위해 선진국 인권의 모델인 프랑스 제도를 벤치마킹하려 하고 있다. 한국 교도소 수형자들의 인권이 개선되면 프랑스도 보람 있지 않겠느냐. 만인의 인권 장전을 명시한 프랑스혁명 정신에 비추어 보더라도…' 이렇게 해서 프랑스 정부의 양해를 얻고 나는 정구영 검사장 일행을 안내하여 파리 외곽에 위치한 베르사유 교도소장을 만나러 갔다.

베르사유 교도소는 아름다운 베르사유 궁의 명성을 해치지 않으려는 듯 궁에서 한참 떨어진 외곽 지대에 위치했고, 역시 교도소답게 높은 벽으로 사방이 둘러싸여 있었다.

소장과 면담 후 우리의 주 관심사항이던 죄수들의 감방을 견학했다. 과거 영화에서 보았던 것 같은 구조였고, 재소자 수가 많지 않아서 그런지 분위기가 차분하고 조용했다. 기숙사 분위기였다. 한쪽 방에서 죄수 한 사람이 사물을 정리하는 모습이 보였다.

여하튼 선진 외국 교도소 감방 내부를 직접 견학했던 그날의 추억은 오래 내 머릿속에 머물러 있었다.

그 후 나는 Parole 제도 확립에 법적, 제도적 정책수립에 참고되도록 수십 페이지 프랑스 자료를 번역해서 법무부에 보냈다.

그 후 알려진 바로는 우리나라 법무부에서는 parole은 보호관찰 후 가석방으로, probation은 보호관찰 후 집행유예로 각기 명명 적용하고 있는 것으로 알려지고 있다.

이것이 인연이 되어 그 후 나는 재소자들의 인권에 각별한 관심을 갖게 되었다. 또한, 근자에 만난 전직 검찰 고위 간부 출신은 프랑스 parole 제도를 한국 법원에서 착상하게 된 계기를 내가 주불 대사관 근무 시 제공한 사실을 알고 깜짝 놀라워하기도 했었다.

공관에서의
병역 특례 심사 유감

　　나는 외교관 생활 30년 중 정무와 홍보 분야만 주로 한
관계상 일본 대사관 근무 시절을 제외하곤 민원 성격의 영사업무를 못
해 보았다.

　일본에서의 영사업무도 개별 민원을 다루는 업무였다기보다 정확히
는 재일동포들의 법적 지위 향상 업무와 대 조총련 정무업무였다.

　1965년 한·일 국교 정상화에 따른 일본 거주 동포들의 법적 지위를
다루는 일과 일본과 북한 관계 파악 및 대처가 주 업무였다.

　헌데 프랑스 정부와의 외교 일변도에 전념하고 있던 참사관 시절 내
게 하루는 프랑스 유학생 중 병역 면제 특례자를 선발·보고하라는 임
무가 주어졌다.

　선임 참사관이라서 대사관에 파견 나온 국방무관, 교육관, 경찰 등
유관부서 파견관 등과 함께 심의해서 결정될 사항이라 내게 그 임무가
주어졌다.

　서류상으로 예비심사를 해보니 병역특례 면제 취지에 부합될 유학생
은 원자력 공학이나 물리학을 전공 중인 과학도를 우선 선발해야 한다
는데 이론의 여지가 없어 보였다. 그래서 각자를 면접 본 후 그렇게 우

선순위를 매겨 선발하려 했다.

헌데, 심의에 참여한 멤버들의 분위기가 달랐다. 모두 한통속으로 과학도와는 전혀 거리가 먼 한 인류학 전공 유학생을 1번으로 천거들 했다.

심사 도중엔 같은 대사관의 참사관 하나가 집요하게 내게 접촉해 오며 본부 모 차관보가 특별히 부탁한 사항이라면서 인류학 전공 유학생을 병역특례자 우선순위로 선발해 달라고 통사정했다. 알고 보니 그는 심사에 참여한 대사관 멤버들에게 같은 방식으로 로비한 것 같았다.

모 차관보는 그가 나이지리아 공사로 가 있었을 때 내가 본부 아프리카 과장을 하던 사이였으므로, 나에게는 본인이 느끼기에 좀 껄끄러웠든지 일언반구도 없었다. 대신 본부에서 과장을 하다 부임한 김 참사관은 본부에 있으면서 그 차관보와 가깝게 지내고 온 것 같았고, 그 차관보는 당시 외무부 내에서 향후 장관감으로 촉망되던 평가를 받고 있던 처지라, 그의 부탁을 들어주며 그 차관보와 친해지려는 것 같았다.

나는 난감했다. 내 내면적 기질은 모 차관보가 아무리 다음에 외무부장·차관이 될망정 그런 것에 휘둘릴 성격이 아니었음에도, 같은 부서의 차관보가 발 벗고 나서 자기의 친구 아들을 좀 봐달라는 데 이를 정말 무시할 수도 없는 노릇이었다. 그러나 나는 그보다 앞서 그 차관보를 위해 갖은 수단을 동원 로비에 열중하는 대사관 직원의 행동을 몹시 못마땅하게 생각했다. 왜냐하면, 나는 윗사람 개인을 위해 충성하는 부류들을 근본적으로 경멸하는 타입이었기 때문이다.

나는 그때 심사위 전체 멤버들을 완전히 나의 적으로 삼을 수도 없는 노릇이어서 1~3위까지는 과학도로 추천하고, 4위 정도에 인류학 전공 학생을 추천하려 했었다.

했더니, 본부 차관보 친구 아들을 위해 로비하던 동료 참사관 등이 난리였다. 3번 이하로 추천되면 특례를 못 받을 거라 하면서 통사정했다. 사실 나처럼 성격이 좀 괴팍한 타입이니 그렇지 보통 대사관 내에서 하는 행사에는 옆의 동료가 부탁하거나 본부에서 무시 못 할 사람으로부터 부탁이 들어오면 잘 봐주는 것이 그 당시 관례였다. 나는 그런 분위기에 고분이 순응하는 성격이 아니었기에 그들은 나를 경원시했다.

요즈음 국회에서 국무총리 이하 장관들의 인사청문회를 앞두고 각종 특혜 논란이 일고 있는 것을 보면서, 내가 주불 대사관 시절 근무하면서 평생 한 번 행했던 병역특례 추천서로 혹시 혜택을 받고서 훌륭한 과학도로 성장했어야 할 인재가 불이익을 받지나 않았을까 하는 생각이 미쳤다. 다른 것은 몰라도, 병역의무 가지고는 장난치지 않는 사회가 되어야 했는데 우리의 자화상은 그토록 부끄러웠다.

이제는 관가에서 이런 식의 상사 압력이나 로비가 근절되었을 것으로 믿고 싶다.

엘리제 궁에서
미테랑 대통령 조우 일화

나는 외교관 생활 중 프랑스 유학 시절 외 파리에서만 세 번 근무했다. 1981년~1984년 기간, 1986년~1989년 기간, 1997년 ~1999년 기간. 이 세 번 중 마지막 1997년~1999년 기간을 유네스코 상주 대사로 있었다.

그 전 두 번째 대사관 근무 시의 정확한 직위는 대사 아닌 유네스코 상주 대표였다. 이유는 당시 유네스코가 독립 공관이 아닌 주불 대사관 겸임 공관이었기에 나는 참사관급으로 유네스코 상주 대표를 하고 있었다.

유네스코(UNESCO)란 유엔 산하 교육, 과학, 문화기구인데 원래 유엔(UN) 창설 시 정치기구는 미국 뉴욕에 본부를 두고, 교육·과학·문화기구는 파리에 본부를 두기로 해서 창립된 유엔 기구였다. 공식 언어는 뉴욕 유엔총회처럼 영어, 불어, 스페인어, 중국어, 노어, 포르투갈어지만, 총회가 아닌 이상 사무국은 통역들 사용의 인건비도 부담되고 실제 국제회의 진행 과정에서의 불편함도 있어, 보통 회의는 영어와 불어 2개 국어로 진행하는 것이 보통이었다.

따라서 각국 주 유네스코 대표는 영어와 불어를 자유자재로 구사할 줄 알았다. 또한, 유네스코는 동서냉전 시대에도 비교적 이념논쟁에서 초월, 마치 국제 석학들이 모인 아카데미 같은 분위기였었다.

그랬던 동 기구가 팔레스타인 문제로 아랍권에 의해 반이스라엘 정치 토론장화되었고, 친미, 반미 진영 각축장으로 변질되어 갔다.

1988년 서울올림픽대회 개최를 한 해 앞두고 파리 유네스코에서는 미테랑 프랑스 대통령이 주관한 화학무기 정부 간 군축 정상회의가 유네스코 본부에서 개최되었을 때였다. 동 회의에는 미테랑 대통령의 위상을 반영하듯 슐츠 미 국무장관, 스베르드나제 소련방 외상을 비롯해 120개국 수상 및 외상급이 수석 대표로 참석했다. 한국에서는 노태우 정부 하 최초의 외무장관이던 최호중 장관이 수석 대표였다.

헌데 최호중 외무장관은 파리회의에 참석하면서 내심 외교적 고민거리를 하나 안고 오셨다. 노태우 대통령 국빈 방불 초청 건이었다.

비록 민선 대통령이었지만 국보위 출신의 이미지였던 노태우 대통령의 국제위상을 제고하는 데는 미테랑 대통령으로부터 프랑스 국빈 방문 초청을 받는 것이 최상책으로 보였기 때문이었다.

최호중 외무장관은 어떻게든 미테랑 대통령을 면담하여 노태우 대통령의 안부부터 전하고, 한·불 양국 정상 간의 교환 방문 길을 트고 싶었다. 일은 내게 떨어졌다. 우선 회의 참석 중 최호중 장관의 미테랑 대통령 예방을 주선하라는 것이었다.

군축회의를 주관하고 있던 프랑스 외무성 사무국을 통해 가능성을 타진하자 100여 개 이상 국가의 대통령, 수상, 외상 중 미테랑 대통령이 접견할 수 있는 대상은 화학무기 군축의 주축국인 미국 슐츠 국무장관, 소련방의 스베르드나제 외상을 필두로 아시아에서 중국과 일본 외상, 유럽에서 불·독 정상회담, 그리고는 프랑스와 특수한 역사적 관계를 지닌 아프리카 국가 대통령과 중동지역 외교 주역국 수석 대표(이스라엘, 이집트 지칭)로 국한했다고 답했다. 도저히 비비고 들어갈 틈이 안 보였다.

이때 내 머리를 스치고 지나간 아이디어가 하나 떠올랐다. 화학무기 군축회의 총회 시 미테랑 대통령을 최측근에서 보좌하고 있던 여자 외교비서관 마담 드 마르즈리(Madame de Margerie)에게 접촉해 보자!

마담 드 마르즈리는 고위관리 양성학교인 ENA(국립행정대학원)를 수석으로 졸업한 신진 외무성 관리로, 외무성 본청에는 근무도 못 해 보고 바로 미테랑 대통령이 대통령실 외교 비서로 발탁했던 미모를 겸비한 신진 재원이었다. 여사는 또한 법률학도였으면서도 문학에 조예가 깊어 나중에 여류 평전을 출판해서 베스트셀러 주인공이 되었을 정도로 문학도이기도 했었다.

뿐만 아니라 남편은 전통적 프랑스 보수 귀족 집안이었고, 시아버지가 과거 보수 정권 시 주미대사를 지낸 집안이었다.

사회당 출신 미테랑 대통령은 인재를 쓸 때 자기 진영과 반대되는 이런 보수 귀족 집안의 인재들을 중용했다.

나는 외교비서와의 첫 면담을 신청하고, 그녀를 통해 최호중 외무장관의 미테랑 대통령 특별 예방을 추진했었다.

미테랑 사회당 당수는 1981년 4월 대통령 선거를 두 달 앞두고 그해 2월 14일 북한 김일성 초청으로 평양을 다녀온 바 있었다. 그리고서 두 달 후 대통령 선거에서 승리해 보수정권 23년 만에 첫 사회당 대통령에 당선된 인물이었다.

하여 우리 정부는 어떻게든 한·불 양국 간 정상 교환 방문을 통하여 우의를 다질 필요가 절실했었다.

나는 마르즈리 외교비서와의 면담 시 한반도의 지정학적 위치를 알기 쉽게 설명하고 어느 땐가 남북한이 통일되면, 아니 통일되기 이전에라도 남북한 간 경제협력이 본격화되면 파리발–부산행 유라시아 특급 열차 시대가 열릴 것이다. 나는 그것을 철도에 의한 신 실크로드(Silk Road) 시대로 부르고 싶은데, 그 신 유라시아 철도 실크로드의 기축 지점에 한국과 프랑스가 위치해 있다. 고로 미테랑 대통령께서 한국 외무장관을 좀 접견하여 고견을 나누는 기회를 가지셨으면 좋겠다고 설파했다.

미테랑 대통령은 역사에 대한 지식도 해박했지만, 즐기는 편이었다. 나는 그 점에 착안, 외교비서관에게 한국의 유라시아 대륙에서의 신 철도 실크로드 상의 중요성을 부각했던 것이다.

나의 열정적 설명이 외교비서관을 사로잡았던지 마르즈리 여사는 그 자리에서 내일 엘리제 궁에서 대표단들을 위한 파티에 최호중 외무장관과 미테랑 대통령 간 별실 면담을 주선해 보겠다고 약속했다.

그러고서 파티 날 엘리제 궁 대통령 비서실에서 다시 나를 만나자고 했다. 다음 날 파티 시작 30분 전 저녁 다섯 시 반 약간 어스름한 무렵 엘리제 대통령궁에 도착했다. 마르즈리 여사와 약속이 되었다 하니 밤 시간인데도 대통령 경비들은 보안체크도 안 하고 나를 2층으로 올라가 보라 했다. 2층에 올라와 보니 방들에 표시가 없고 비슷비슷해, 어디가 외교비서 방인지 알 수가 없었다.

한참 이 방 저 방 기웃거려도 인기척이 없어 잘못 올라온지 몰라 다시 1층으로 내려가 경비들에게 물으려고 내려가려는데 누가 내 등 뒤에서 "Bon Soir, Monsieur(안녕하시오. MR)!" 하며 인사하는 것 아닌가! 깜짝 놀라 뒤돌아보니 아하! 미테랑 대통령 자신이 놀라는 내 모습을 보고 인자하게 웃으시며 바라보고, "같이 파티장으로 내려갑시다!" 하셨다. 너무 황송해서 실은 외교비서관 마르즈리 여사를 만나러 왔는데 경비가 2층으로 올라가 보라 해서 기웃거리던 중이었습니다. "대통령 각하께 큰 결례를 범하였습니다…"라고 머리를 숙이며 사죄했더니 미테랑 대통령은 여전히 웃으면서 "같이 파티장으로 내려갑시다." 했다.

본의 아니게 내가 미테랑 대통령 바로 옆에서 나란히 엘리제 대통령 궁 계단을 내려오며 대기 중이던 카메라맨들의 플래시 세례를 받아도 누구 하나 체크 하는 사람도 없었다. 속으로 '아무리 외교파티이지만 미테랑 대통령궁 보안 체크가 너무 소홀하구나.' 하고 느껴져, 파티 후 내가 오히려 걱정돼 경비책임자에게 "보안 체크가 너무 소홀합니다." 했더니 "우린 당신 얼굴을 잘 알고 있어요." 했다.

그러고 보니 마르즈리 비서관이 나와 면담 후 대통령에게 그날의 행사 일정을 보고하면서 한국 외무장관을 리셉션 홀 별실에서 잠깐 접견하시는 것까지 보고받았는지도 모를 일이었다.

아무튼, 그날 밤 파티장을 가득 매운 각국 대표단 틈을 벗어나 최호중 외무장관은 프랑스 언론의 플래시를 받으며, 파티장 별실에서 비록 서서 하는 약식 면담이었지만, 미테랑 대통령을 나의 통역하에 의미 있게 면담할 수 있었다.

그날의 미테랑-최호중 면담은 2년 후 1989년 11월 노태우 대통령의 첫 국빈 방불 및 1993년 9월 미테랑 대통령의 프랑스 국가원수로서의 첫 국빈 방한으로 이어졌었다.

(한편, 엘리제 프랑스 대통령궁은 오래된 건물로 파리 시내 번화가에 위치해 있다. 문화재이기 때문에 대통령실도 마음대로 건물 내외를 손보지 못한다. 내가 미테랑 대통령의 집무실과 비서진 사무실이 함께 있는 2층에 올라갔을 때도 목조 계단과 바닥이 모두 삐걱거리고 소리가 났지만, 프랑스인들은 이를 유서 깊은 문화재의 음악 소리쯤으로 간주한다. 따라서 프랑스 대통령은 편리한 현대식 집무실보다는 불편한 집무실에서 역사와 함께 숨 쉬며 집무한다.)

국회의장실 파견 근무 시절

(1989년 11월 30월~1990년 8월 8일)

파리 근무를 마치고 귀국해서, 나는 외무부 근무 중 국회에 파견돼 한국 정치 현장을 체험하는 특이한 경험도 했다. 1989년 11월 30일~1990년 8월 8일 기간 김재순 국회의장실에 파견되어 의전수석 업무를 보면서였다. 국회의장실 의전수석 직급은 2급으로 대사 직급이었다. 이뿐만 아니라 당시 관행은 청와대나 국회의장실 등, 외무부 장관이 신경 쓸 상위 기관에 파견 근무하면 자연 승진이나 차기 보직에 유리한 것이 관례였다. 하여 당시 나도 부이사관(3급)으로 이사관(2급) 진급을 앞두고 있었던 때라 좀 수월하게 진급도 해보려고 그 자리를 노리고 지원했었다.

원래부터 국회에 그런 외교직 2급 자리가 있었던 것은 아니었다. 들리는 말에는 박동진 외무부 장관이 도박 사건에 연루돼 이사관 진급이 난망 시 되던 자기 고향 대구 출신 비서관을 위해 당시 이재형 국회의장과 협의 총무처에 요청 특별히 만든 T/O라 했다. 그래선지 첫 번째로 외무부에서 파견된 박 장관 비서관 김 모 부이사관은 국회의장실로 파견되면서 부이사관에서 바로 이사관 진급해서 부임했었다. 김 비서관 후임으로는 역시 박동진 장관의 인척으로 알려진 강 모 부이사관이 국회의장실 의전비서관으로 파견되었고, 자동으로 이사관 진급을 했었다.

그랬던 자리였는데 내가 김재순 의장실로 파견 나가려 하자 갑자기 2급(이사관) T/O가 3급 부이사관 T/O로 하향 조정되었다.

내가 그런 내막을 알 리 없었는데 평소에 동향 후배로 안면은 있었지만 상호 연락 없이 지냈던 총무처 인사 담당 부국장 채수병이 전화를 걸어와 나를 조용히 만나자 했다.

그는 만나자마자 자기가 총무처에 공무원직급 관련 인사만 수년째 해오면서 하도 어이없는 경우를 보았는데 바로 양 선배 관련 사항이었다. 2급 T/O 한자리는 인사권자가 운영하기에 따라 3명의 진급자를 생산할 수 있다. 그래서 각 부처에서 이런 고위직 티오를 확보하려고 난리다.

헌데 이번에 양 선배가 국회의장실에 파견되려 하니 전임자들에게 적용했던 2급 직급을 외무부 스스로 하향 조정 3급으로 해달라고 요청해 왔기에 이거 너무 양 선배를 의도적으로 차별 대우하는 것 같아 특별히 알려드리고 싶었다.

혹시 인사 담당과장과 무슨 개인적 원한이라도 진 것 있으면 풀고 갔으면 해서 말씀드린다는 거였다.

참 씁쓸했다. 그렇다고 내가 내 머리를 못 깎는다고 인사 담당 주무과장에게 가서 따지기도 쑥스러웠다. 모른 척하고 김재순 국회의장실로 출근한 지 얼마 후 국회 대정부 질문 답변 차 국회를 찾아온 최호중 장관께서 내게 미안한 듯 "하도 담당과장이 우기는 바람에 티오를 조정해서 미안하게 됐어…" 하셨다. 나는 그냥 웃으며 아무렇지 않다는 듯, 장관께서 어색하게 느끼시지 않도록 얼버무린 적이 있었다.

나라는 성격은 어디서든 일 자체가 중요했지 직급에 별로 연연하지 않고 공직 생활을 했다.

또한, 나의 내면에는 국가가 나의 실력을 필요로 하면 했지, 나 스스로 아쉬워할 것 없다는 자부심이 항상 자리 잡고 있었다.

그렇게 지내는 사이 이듬해 1990년 5월 김재순 의장 후임으로 박준규 의장이 취임했었다.

당시 국회는 김영삼, 노태우, 김종필 간 3당 합당으로 평민당 총재 김대중과 소속 의원이 국회 의원직을 사퇴하고 국회를 보이콧 하는 등 어수선했고, 정국은 급냉각했다.

이때 박준규 의장은 내게 김대중 평민당 당수가 국회로 다시 돌아올 수 있도록 공개 호소문을 하나 작성해 줄 것을 당부했다. 엄밀히 말하면 그 업무는 의장실 정무비서관이나 공보비서관이 해야 할 일이었다. 그러나 내게 특별히 주문이 떨어졌다. 세계화 물결이 밀어닥칠 때였다.

나는 그때 "프랑스혁명 당시의 고사며, 한국이 처한 국내외적 여건하에서 국외 출장이시더라도 발걸음을 재촉 국회로 돌아오셔 목마르게 기다리는 민생고들을 해결해 주셔야 할 의원님들께서 자기 집을 버리고 광야로 나가시다니…."로 시작하는 호소문을 의장 명의로 작성해 주고 호주 공사로 떠났다.

호주 대사관 부임 후 얼마 있으니 우리나라 신문 가십난에 당시 여당 원내총무이던 김윤환 의원이 내가 국회를 떠나면서 써놓고 간 김대중 당수 이하 평민당 의원들의 국회 복귀를 호소하는 의장 명의 글을 이렇게 평했었다.

"심금을 울리는 명문을 읽고 김대중 당수가 국회를 계속 보이콧 하시기는 어려우실 것이다."

Bertrand Chung 교수 이야기

• • •

Bertrand Chung 교수는 정성배 교수의 프랑스 국적명이다. 그는 목고를 나와 서울대 정치학과에 입학, 서울대 정치학과의 대부격이던 이용희 교수의 수제자로 과 회장을 지내는 등 동기생 중에서 일찍이 두각을 나타냈던 존재였다.

1967년 파리 유학생이던 정성배는 당시 한국 사회에 큰 충격을 몰아넣었던 소위 동백림 거점 유럽 학생 간첩단 사건에 연루돼 국내로 유인된 후 곧장 중앙정보부에 끌려가 고문을 받고 있었다. '동백림 학생 간첩단' 사건으로 알려진 동 사건은 프랑스, 독일, 영국 등에 유학해 있던 우수한 한국 유학생들이 귀국 후 간첩 활동 죄목으로 기소되자 해당 국가에서도 이를 중시 당시 큰 외교 문제로까지 비화했던 사건이었다. 박정희 유신정권이 선진 유럽국가들에 비친 가장 어두운 이미지의 하나였다.

✦ 나는 파리로 갔고, 그는 정보부로 끌려 왔고

세간에서는 당시 정보부 요원들이 유럽 현지에서 이들을 납치해 온 것처럼 알려졌으나 정성배 교수 말을 들어보니, 한국 대사관 (정보) 담당 공사가 친절하게도 유학생들을 격려하는 차원에서 고국 방문을 초청·주선에 주어 그 선의를 믿고서 유학 이후 한 번도 고국 방문 기회가 없던 자기로서는 마치 금의환향하는 기분으로 귀국했다가 귀국하자마자 공항에서 바로 정보부로 끌려가 고문을 당했다고 했다.

(* 윤응렬 공군 소장은 공군 에이스 조종사 출신 장군이다. 항공사진 촬영 일인자로, 전투기 조종과 예술 사진에도 감각이 뛰어났던 멋진 장군이었다. 공군 선후배들로부터 존경받던 인물이었으나 '동백림 유학생 간첩단' 사건 당시 파리 주재 공사로 근무했던 것이 족쇄가 되어 말년을 고독하게 마쳤다.)

나는 그때 프랑스 외무성 장학생으로 독·불 국경 지대에 위치한 스트라스부르대학에 등록 중이었다.

정성배는 정보부에서 몇 개월 고생하다가 풀려나 파리로 귀환했다. 한국에서 풀려나와 프랑스로 돌아온 정성배는 그때부터 파리에서 본격적으로 반유신, 반한(反韓) 운동에 매진했다. 김대중이 내란죄로 사형선고를 받고 복무했을 때는 프랑스 내 김대중 구명운동의 선봉장 역할을 했고, 김대중의 해외 망명정부 수립을 위해 동경, 미국, 파리를 오가며 해외 김대중 인맥구축에 심혈을 기울이기도 했다.

정성배는 김대중과 같은 목포 출신으로 평소에 잘 알고 지내던 사이였다. 김대중이 파리에 오면 정성배에게 연락하여 안내받고 할 정도로 두 사람은 일찍부터 서로 친밀한 관계를 유지하고 있던 터이기도 했다.

한편 나는 프랑스 유학 중 정성배라는 존재를 모르고 있었다. 혹 알았더라도 그 당시 국내외 분위기로 보아 '간첩' 협의를 받고 풀려난 그를, 아무리 같은 목포 출신이라 해도, 당시 우리 정부에서 금기시하던 김대중과 연결된 그를 내가 자청해서 찾아보지 않았을 것이다. 외교관으로 파리에 파견되어서도 마찬가지였다.

그런 외교 환경하에서 나는 1981년 파리에 파견되었었다. 나의 온 신경은 파리에 부임하자마자, 황무지였던 사회당 정부 인사들과의 우호적 인맥 구축과 한국 정부에 대해 그들이 태생적으로 지니고 있던 네거티브한 감정을 희석시키는 일이었다.

나는 부지런히 사회당 인사들을 접촉했고, 심지어 공산당 의원들에까지도 접촉의 보폭을 넓혀 갔다. 그러는 과정에서 나는 프랑스 학계 인사들로부터 정성배 교수 이야기를 듣게 되었다.

귀국해서 알아보니 그는 나의 목중 동기 정위배의 형 되신 분이라 했다. 1985년 나는 두 번째로 파리 근무를 하게 되었다. 외무부 관례상 워싱턴, 파리, 동경, 런던 등 누구나 선호하는 공관에는 2회 연속 배정하지 않고 순환 근무시키는 것이 통념이었는데, 사회당 정부가 계속 중이어서 대불 외교의 연속성을 위해 나를 다시 주불 대사관에 보낸 것이었다.

그때까지도 정성배 교수는 해외 핵심 반한 인사로 낙인 찍혀있었다. 그는 프랑스 국적을 지녔지만, 한국 정부가 기피하는 인물로서 한국 방문이 금지되었음은 물론, 국내 친인척들과의 소통도 어려웠다. 서울대 정치학과 동기생이 현지 대사였지만 본국의 평가가 그러하니, 감히 서로 전화도 못 하고 지내고 있는 처지였다.

그러한 분위기였지만, 나는 그때 어떻게 하든지 정 교수가 한국을 자유롭게 내왕할 수 있도록 도와주기로 작정했다. 그와 첫 통화에서 나는 목중 후배로 동생 정위배와 동기라는 것에서 대화를 시작했다.

정 교수도 내심 고향 사람들, 자기가 믿고 의지할 고국의 친구가 필요했던지, 나와의 첫 통화에서부터 마치 자기는 나를 알고 있었던 듯한 자연스러운 친숙미를 보여주었다. 식사 약속을 하고 약속 장소에 나가보니, 1981년도에 내가 처음 파리에 와서 근무했을 당시 사회당 출신 학자들과의 교류를 위해 그들이 주최하는 동양 관련 학술 세미나에 참석했을 당시 늘 보아오던 키 크고 잘 생기고 온화한 인품의 바로 그 신사였다.

나는 당시 그 와는 한 번도 수인사를 나누지는 않았지만, 파리 동양학 관련 세미나에서 여러 번 마주하였기에 일본 아니면 중국인 출신 학자인가 했던 분이었다. 프랑스는 중세 때부터 야소회 신부 등의 중국 파견으로 유럽에서도 가장 중국과의 학문적 인연이 깊은 나라였다. 그뿐만 아니라 베트남, 라오스, 캄보디아로 구성된 인도지나 반도가 1950년대 초까지 프랑스 해외령도 되었었다. 일본도 1868년 명치유신 직전, 막부 정권이 친불정권으로 유명하여, 프랑스 문화가 일본에, 일본이 프랑스 문화에 각기 상호 끼친 영향은 과소평가할 수 없었다. 정성배 교수 얼굴을 처음 대하고 보니, 상원 세미나 등 여러 곳에서 바로 옆자리에 앉기도 한 분이었다.

아마도 그는 대사관 직원으로 참석하여 세미나에서 곧잘 활발하게 질문도 하고, 연설도 했던 내가 목중 자기 후배 되는 외교관이란 것까지는 몰라도 내 이름은 들어서 알고 있었을 것이었다. 그런데, 앞서 말한 대로 과거에 한국에 와서 정보부에 끌려가 혼난 다음부턴 한국인, 특히 대사관 직원이라면 생리적으로 기피하고 있었던 것 같았다.

여하튼 나와 정성배 교수는 한번 만나 식사하면서 서로 격의 없는 사이로 발전했다.

그러나 정성배에게 필요한 것은 한국 정부가 그에게 딱지 붙인 반한 인사니 입국 금지자 명단이니 하는 데서 그를 풀어주어야 할 텐데 기라성 같은 한국 실세들이 정성배라는 친구 족쇄를 풀어줄 생각은 안 하고, 몰래 만나서 밥 먹는 것만으로 우정을 표하고만 있었다. 아무도 5공이 기피하는 정성배를 공개적으로 옹호하거나 그의 족쇄를 풀어주려고 발 벗고 나서는 이들이 없어 보였다.

정 교수와 사귀는 사이 또 3년의 세월이 흘러 1988년 나는 다시 국내 근무 발령을 받고 귀국했다.

나는 그때 김재순 국회의장실 의전수석으로 파견 나가 근무했다. 김재순 국회의장과 이야기를 나눠보니 정성배 교수와의 인연이 보통이 아니었다. 김 의장께서 서울대 총학생회장을 할 때부터 한 팀으로 막역한 선후배 사이이기도 했고, 김 의장의 처남으로 덴마크 여성과 결혼하여 덴마크에서 사진작가로 활동하고 있던 이태진 씨와는 파리 유학 시절부터 친하게 지낸 사이였다. 나는 김재순 국회의장께 당신의 직함을 이용, 정성배 교수가 한국에 자유롭게 내왕할 수 있도록 해주자고 건의드렸다.

이에 나는 프랑스 국적의 Bertrand Chung 교수를 국회의장의 귀빈으로 초청하는 아이디어를 내고, 의장실에서 직접 외무부에 공한을 보내 Bertrand Chung 교수의 방한에 제하여 입국 편의 등 유관부서가 모든 편의를 제공해 주도록 요청했다. 유관부서란 안기부와 법무부 등을 의미했고, 이를 외무부가 책임지고 해달라는 취지였다. 동시에 주불대사에게도 같은 취지의 전보를 보냈다.

그 결과, 정 교수에 대한 모든 제한 조치는 풀렸는데 문제는 정 교수 본인에게서 발생했다.

막상 비행기를 타고 한국에 오려 하니 정 교수는 1967년의 트라우마가 되살아났던지 도저히 서울행 비행기를 못 타겠다고 연락이 왔다. 이유는 서울 도착하면 공항에서 또 정보기관원에 의해 잡혀갈지 누가 아느냐는 것이었다. 그래서 나는 이렇게 비밀 Fax를 그에게 보내 정 교수를 안심시켰다.

"공항 입국장 안으로 내가 국회의장 귀빈 영접을 이유로 들어가 있겠소. 행여라도 정 교수가 우려할만한 일이 있을 것 같으면 손짓으로 나

오지 말고 다시 파리로 되돌아 기도록 신호를 보낼 터이니 그리 알고
비행기를 타고 오시오."

이런 과정을 거친 후 정 교수는 흥분과 불안 속에서도 김재순 국회의
장의 후광으로 힘 있게 고국의 땅을 밟을 수 있었다.

(1967년 정 교수가 정보부에서 받은 트라우마가 얼마나 오래 그의 머리
를 떠나지 않고 있었는가를 나는 나중에 또 경험했다.)

1993년 내가 세네갈 대사로 나가 있을 때도 나는 파리의 정성배 교수
와 빈번히 안부를 주고받았다. 정 교수도 격의 없이 자기를 대해주던 목
중 후배가 대사로 세네갈에 나가있으니 기분도 좋고 그리웠던지 종종 내
게 먼저 전화를 걸어왔다. 한번 전화를 걸면 우리는 시간 가는 줄 모르
고 한참을 웃으며 즐겁게 이야기하곤 했다. 하루는 정 교수로부터 전화
가 걸려왔고, 기분이 좀 울적했던지 나하고 오래 이야기하고 싶어 했다.

나는 순간 국제전화 요금도 꽤 나갈 터인데 연금을 타서 생활하는 정 교
수가 나하고 오래 전화하느라 적지 않은 비용이 나갈 것이 신경 쓰여 전화
를 일단 끊고 내 편에서 정 교수에게 전화를 걸기로 했었다. 전화요금을 내
가 부담하는 것이 정 교수 형편을 조금이라도 도와줄 것으로 생각되었다.

그래서 정 교수에게 "잠시 전화 끊었다 다시 연결할게요. 정 교수님은
제가 다시 전화드릴 테니 끊어주세요." 한 적이 있었다.

그러고 나서 내 편에서 전화를 걸어 통화를 계속했는데 정 교수 음색이
전과 같지 않았다. 그래도 그날은 다음에 또 전화를 하기로 하고 잘 끝났다.

그러고서 몇 개월 후 서울에서 열리는 공관장 회의 참석차 파리에 들
른 기회에 정 교수와 만나 식사를 하는 데, 정 교수는 내게 오래 참았
다 한다는 표정을 지으면서 이렇게 말하는 것이 아닌가.

"양 대사, 나는 양 대사를 그렇게 생각하지 않았는데 양 대사는 나하

고 전화 통화할 때 일일이 녹음하시오? 아니면 대사관 정보부 직원이 나하고 양 대사하고 통화한 것을 일일이 녹음하고 있습니까?"

몇 개월 전 세네갈에서 내가 정교수 전화 요금 아껴주려고 잠깐 통화를 끊고 내 편에서 다시 전화 걸었던 것을 자신과의 대화 녹음이나 대사관 정보부 파견관의 녹음 때문에 내가 그러는 줄 오해하고 있었다.

김재순 의장은 정성배 교수가 서울에 도착한 날 저녁, 신라 호텔에 사회 각계에서 활동하고 있는 기라성 같은 정교수의 서울대 정치과 동문들 30여 명을 의도적으로 호화 환영 만찬에 초대했다. 참석자들은 내심 '국회의장이 정 교수를 위해 그토록 큰 만찬 파티를 베풀어 주는가?' 속으로 놀라는 눈치였다. 정 교수의 사기를 높여주기 위한 나와 김 의장의 의도된 이벤트였다.

이후 정 교수는 자유로이 한국을 내왕하게 되었고, 한국에 오면 각계에서 VIP로 모셔 강연도 들어보고 싶어 했고, 언론계에서도 주목하고 인터뷰 등도 행했다. 정성배 교수는 김대중 당수와 다시 연결되어 방한할 때마다 만나곤 했었다.

내가 다시 그를 만난 것은 1998년 세 번째로 파리에 근무할 때였다. 이번에는 유네스코 대사 자격이었다.

얼마 후, 국내에서는 김대중 대통령이 취임했었다. 김대중 대통령이 취임하자, 정 교수 자신은 물론, 파리에서는 정 교수가 김대중 정부에서 요직을 맡게 될 거라는 소문이 즉각 퍼졌다.

정 교수도 그런 주변의 기대를 부인하지 않았다. 헌데도 한참이 지나도 아무 소식이 없어 보였다. 나는 정 교수를 위해 내가 할 수 있는 일을 해보기로 했다. 다행히 나와 목중 선후배 사이인 천정배 의원이 여당 원내대표로, 또 바로 나의 1년 후배라는 한화갑 의원이 여당 대표로 김대중 대통령을 떠받고 있었다. 나는 그 두 분을 만난 적도 없고 또 그분들이 내 이름을 알리도 없었지만, 목중 동창이란 것만 내세워 두 분께 편지를 올리며 정성배 교수를 천거했다.

나중에 정 교수에게 들으니 동교동, 즉 김대중 대통령 측에서 자기에게 연락할 일이 있으면 한화갑 의원을 통해서 했다고 할 정도로 두 분 사이의 교분은 나하고 비교가 안 될 정도였다.

마침 공관장 회의에 참석차 서울에 올 기회가 있었다. 회의를 종료하고 파리 임지로 떠나기 전, 나는 국회로 천정배 원내총무와 한화갑 여당 대표실을 찾아가 염치 불고하고 목중 출신 양 아무개 대사인데 출국 전에 천 총무와 한 대표를 좀 뵙게 해달라고 떼를 썼다. 내가 목중 출신이라고 하고, 태도가 너무 당당하게 보였던지 보좌진들이 얼른 안으로 들어가 보고하니 천 총무가 나왔다. 한화갑 대표에게도 그런 방식으로 접근했더니 곧 비서실로 나와 나를 맞이했다. 나는 두 대표에게 각기 우리 목중고 출신으로 프랑스에서 자랑스럽게 생각하는 정성배 교수를 좀 불러줄 수 없겠느냐고 떼를 써보았다.

그 두 분은 내가 이전에 정성배 교수를 천거하는 편지도 보냈기에 나의 열정을 잘 알고 있었던지 다소 미안한 표정으로 "저희들도 정성배 교수를 잘 알고 있습니다. 다만 지금 정권 초기라서 미처 신경을 못 쓰고 있습니다."라고 대답했다.

그 이후로는 정 교수를 위한 로비를 삼갔다. 동시에 나는 1999년 핀란드 대사로 임명되어 파리를 떠난 바람에 자연 정 교수와는 전화로는 가끔 연락하고 지냈을 뿐 직접적인 접촉은 못 하고 지냈었다.

그 후 몇 년 후 김대중 정부가 끝나고 나도 현직에서 은퇴하여 있을 무렵 그가 방한한 기회에 우리는 고국 땅에서 모처럼 회포를 풀 기회를 가졌다. 이야기가 자연히 김대중 대통령과 정 교수와의 관계로 옮겨졌다. 이때 정성배 교수는 담담하지만 씁쓸한 표정으로 이렇게 회상했다.

✦ 정성배가 느낀 인격 모멸감

2000년 3월 6일 김대중 대통령 내외가 프랑스를 국빈 방문했을 때 프랑스 정부 측은 한국대사관 추천도 받고 하여 재불 한국 출신 중 유력 인사들 몇을 대통령궁 환영 파티에 초대했었다. 정성배 교수도 초청받아 들뜨고 영광스러운 마음으로 김대중 대통령을 환영하는 리셉션 라인에 섰었다. 차례가 돌아와 정 교수는 평생 잘 알고 지내며 당신을 위해 청춘을 바치다시피 헌신하고 존경하고 모셨던 고향 선배 김대중 대통령과 악수하기 전부터 감동적인 자세로 있었다. 그리고서 속으로 대통령은 자기를 보자마자 '아이고, 정 교수, 얼마 만이요? 왜 그동안 연락 한 번 없었소? 당장 파티 끝나고 좀 봅시다.' 이렇게 말씀하실 줄 기대하고 있었다.

헌데 김대중 대통령은 자기를 아주 무표정하게 바라보고, 아무 말 없이 그냥 싱겁게 악수만 간단히 했다. 그래서 정 교수가 스스로 어색함을 면하려고 "얼마나 노고가 많으십니까?"라는 인사말만 얼른 하고 비켜 나왔다고 했다.

정성배는 김대중 정부에서 자기에게 무슨 자리를 하나 주지 않는 것에 대해서는 털끝만큼도 미련을 두지 않았다. 그러나 정성배는 그날 엘리제 대통령궁 환영 행사장에서 김대중 대통령이 자기에게 시종 무표정을 지으며, 말 한마디 건네지 않았던 것을 잊을 수 없는 모욕감으로 간직하고 있는 것 같았다.

세네갈 대사 시절 회교 사원
공사 수주 일화(1992년 2월~1995년 2월)

나는 1989년 11월 3일~1990년 8월 8일 기간 국회의장실 파견 근무를 마치고 호주 공사로 부임했다(1990년 8월 8일~1992년 2월 27일). 이후 1992년~1995년 기간 세네갈 대사로 근무했다.

세네갈 수도 Dakar는 대서양 서안의 중심 천연 항구로, 프랑스 식민지였다 독립한 나라였다.

아프리카 국가 중에서는 문학, 미술 등 예술 분야에서 프랑스 색채가 가장 농후했고, 기본적으로 친서방이었으나 당시 팔레스타인의 독립을 추구하던 야세르 아라파트와도 관계를 돈독히 하던 반이스라엘 진영에 속했었다. 자연 반이스라엘 노선 때문에 미국의 대 아랍계 테러 조직에 대한 감시가 심해 내가 대사로 재임하던 시절 주세네갈 미국 대사는 미 국무성 내 테러 전문가가 임명됐을 정도였다.

이에 국내 정세는 불안한 편이었고, 옛 포르투갈 식민령이었던 카사망스(Casamence) 지역에서는 무장독립운동이 벌어져 세네갈 정부의 골칫덩어리로 남아있었다.

세네갈에 가서 보니 우리 교민 150여 명이 한국 삼천리 기업이 세운 가발공장 근무 및 세네갈 연안 어부들에 대한 어망 수출, 사진관 운영 등으로 자리 잡고 있었다. 1분 만에 나오는 스냅사진 1장에 1 CFA프랑(한국 돈 100원 정도였을 듯)이었지만, 당시 세네갈 수도 다카르엔 가발 붐과 프랑스 패션 영향으로 여성들이 가발을 쓰고 사진을 찍는 것이 대유행이었다.

한 사진업자가 대사인 내게 자랑삼아 이런 말도 했었다. 사진관 문 닫고 저녁에 부부가 돈 계산해 보니 그 하찮은 1프랑이 모여 하룻밤에도 몇 자루씩 되는 바람에 부부는 동전 포대 더미를 방 안에 쌓느라 정신 없을 정도였다. 미화로 족히 한 달이면 기천 달러는 되었다.

그러니까 1992년대 한국 대사 월급이 많아야 기천 불 수준이었을 텐데 한국에서 진출한 야심 찬 사진관은 한 달이면 평균 3~4천 불의 수익을 올리고 있었다. 당시 현지 주민들 생활 수준에 비추어 사진관은 대단한 수입이었다.

최빈국으로 알려진 세네갈에서 발견한 또 하나의 경이가 있었다. 일반 국민들은 가난하고 돈이 없는데, 회교 성당은 돈이 넘쳐난다는 사실이었다.

하루는 현직 재무장관이 나를 초청 세네갈 최대 회교 사원에 파리 노트르담의 현관문 같은 것을 한국이 만들어 줄 수 없겠느냐고 물었었다. 나는 직관적으로 한국 정부가 공짜로 해주기를 바라는 것으로 오인하고 우리 정부가 할 수 있는 성격이 못 된다고 하면서 난색을 표했다. 장관은 즉시 내 뜻을 알아차리고 돈은 전혀 걱정하지 말라 하면서 얼마가 들던 그 비용은 우리 모스케(寺院)에서 현찰 지불할 테니 대사께서 착실한 한국 기업만 소개해 달라고 했다.

당시 단돈 10만 불 수출도 아쉬울 때였다. 대략 살펴보니 못 해도 50만 불 이상짜리 공사였다. 본부에 청훈 강남에 위치한 한 인테리어 업체 대표가 현지에 왔다.

나는 회교 사원 측의 주먹구구식 행정을 믿을 수 없어 재무장관에게 한국 국내서 자재를 가져와 공사하기 위해서는 정식 공사계약서가 사원 측과 한국 업자 간 체결되어야 한다고 우겨, 계약을 불어로 체결하게 되었다.

헌데 우리 업자는 불어도 이해 못 했을 뿐 아니라 공사 비용은 적더라도 해외 수주했다는 것을 홍보했을 때의 회사 브랜드 가치만을 생각하고 예상 가격보다도 싸게 계약하려 했다.

계약문 자체를 불어로 작성해 주던 나는 이 친구가 가급적 적은 공사비를 받는 것이 대사를 위하고 애국으로 생각하는지도 몰라 조용히 그를 불러 힌트해 주었다. "서울에서 세네갈까지 공사 자제를 가지고 와서 공사하려면 부수 비용이 3배 이상 소요될 것임으로 공사계약을 50만 불로 하지 말고 일단 150만 불로 제시해라. 그러다 최종적 단계에서 한 20만 불 깎아 주는 것으로 해보거라."

결과 우리 업자는 최종 123만 불로 계약 체결하고 6개월여에 걸친 공사 끝에 세네갈 최대 사원의 인테리어 공사를 완성해 주었다.

✦ 공사 완성 후 에피소드

재무장관 약속대로 세네갈 사원은 공사비 전액을 단계마다 전액 현찰로 우리 업체에 지급했다. 당시 공사비 미화 123만 달러 상당은 무명한 한국 중소업체에 적지 않은 도움이 될 터였다.

몇 개월 후 업체 사장이 세네갈에 와서 저녁에 관저로 "대사님을 좀 조용히 찾아뵙고 싶습니다." 하고 연락이 왔다.

나는 순간 업자가 대사관으로 찾아오지 않고 밤에 관저로 찾아오겠다는 것이 못마땅해, 대사관 직원들에게 공지하고 대표로 총무 강 영사가 그 시간에 관저에 와서 업자의 대사 면담에 배석하라 했다.

밤에 관저로 나를 만나러 온 업자는 강 영사가 배석해 있자 당황하며 한참 망설이다가 "대사님 덕분에 귀중한 외화를 벌었습니다…." 하고 3천 달러를 내놓았다.

나는 그 돈을 총무에게 맡기고 대사관 직원 수대로 공평히 분배토록 했었다. 직원들 모두 하나같이 그 공사계약은 하나부터 끝까지 "대사님 개인의 공로이니까 저희들까지 생각하지 마시고 거두어 두시지요." 하고 극구 사양했으나 대사관 직원들의 공동체 정신상 나의 방침은 옳았었고, 지금 회고해도 흐뭇하다.

세네갈 대사 이후엔 내가 직접 수출계약서를 국문이든, 불문이든 작성해 보진 않았다. 아마도 대한민국 역대 공관장 중에서 불어로 직접 수출계약서를 작성해 주며, 수출계약을 성사시킨 공관장은 내가 유일했을 것이다.

비록 규모는 크지 않았더라도, 내 손으로 직접 계약서를 불어로 작성해 주고 우리 무명기업의 수출을 도와주었다는 것은 나의 즐거운 추억이다.

• • •
『New York Times』
『International Herald Tribune』에 기고

나는 1992년~1995년 기간 세네갈 대사로 재직할 당시 『International Herald Tribune』 독자투고 칼럼에 세 번 투고하여, 각기 그 신문에 게재되었다. 투고한 칼럼을 영문 제목 그대로 옮기면 아래와 같았다.

- Pyong Yang's nuclear role (18 Mar 1993)
- Reform in Seoul (28 Jul 1993)
- How to deal with Kim Il Sung(23 Mar 1994)

동 기고문들은 당시 국제정치에서 북핵 문제가 처음으로 언급되기 시작하였을 때였다. 또한, 김일성의 존재가 한반도 정치 위상에서 막강할 때였고, 김영삼 대통령과 김일성 주석 간의 회담설이 나오던 때였다.

인터내셔널 헤럴드 트리뷴 신문은 New York Times의 자매지로 예나 이제나 국제 외교계에서 가장 많이 읽히는 권위 있는 세계 유수 신문이다. 하여 동지에 실린 국제정치 기사는 크고 작은 것을 가리지 않고 국제 외교계의 관심을 모을 때였다.

나는 불어권 아프리카 외교 대사였지만 북핵 문제를 좌시할 수 없어, 국제정치 학도의 입장에서 여차로 나의 의견을 개진해 보았다.

세 번째 칼럼을 보냈을 때, 파리에 본사를 두고 있던 동 신문사 독자 담당 편집인으로부터 전화 연락이 왔다. 동 편집인은 나의 기고문이 시의적절하다고 칭찬하고 두 가지 제안을 해왔다.

'양 대사께서 그간 투고해 주신 글들을 잘 보았다. 내부 방침상 직책을 밝히지 않았고 때로는 지면 관계상 양해를 안 구하고 투고한 기사 내용을 삭감해 게재했다. 그래서 직책 없이 'Yang Dong Chil'이라는 이름으로만 게재한 적도 있었다.

끝으로 김일성 관련 끝부분 문장을 지면 관계상 한 문장으로 간추려서 내보냈으면 한데 동의해 주시겠느냐?'였다. 그리고서 그는 전화로 자신이 요약했다는 문장 하나를 내게 불러주었다. 외교관이 되기 전 동아일보 기자로 잠시 있었던 나는 신문사들의 독자 투고나 신문에 기고한 글들에 대한 신문사들의 일방적이고 무반응적인 관행을 익히 알고 있었던 터라 세계적 권위지인 International Herald Tribune지 독자 투고 담당 편집인의 처사는 오히려 내게 과분하게 느껴질 정도였다.

왜냐하면, 필자가 아주 특별한 존재가 아닌 이상, 세계 어느 신문치고 그렇게 친절하게 사전 양해까지 얻는 일은 있을 수 없는 일이었기 때문이다. 물론 자타가 공인하는 세계적인 석학이라거나 저명한 세계적 정치 지도자의 기고문에는 예외였겠지만, 보일락 말락 한 아프리카 주재 무명의 한국 대사에게는 과분한 예우 같았다.

본부에 참고로 그 기사 내용을 보고했었다. 워싱턴 주재 한국 대사관에서 근무하다 세네갈로 전임 온 김홍균 서기관(박근혜 정부 당시 차관보로 북핵 대표 역임)에 의하면, 주미 대사관에서 유사한 일이 있었으면 국내 특파원들이 인용 보도하고 대사는 한 건 했다고 빛을 냈을 거라고 평해주었다.

뉴욕타임스 독자 투고 기고문 3편 텍스트

그러나 내가 본부에 보고했더니 장관 이하 본부 간부들은 이러한 나의 외교적 '쾌거'를 오히려 비아냥거렸다는 소식이 들려왔다. '양동칠이 전공인 불어 외교나 할 일이지 지가 영어를 얼마나 잘한다고 북핵 가지고 미국 신문에까지 기고하느냐'였다. 한마디로 꼴 보기 싫다는 질투 섞인 반응들이었다고 들렸다.

당시 한국 외교계에서 어느 누구도 시도할 생각을 못 했던 영어 칼럼을 내가 미국 일류 신문에 당당히 내서 실리게 했으니 칭찬까지야 안 하더라도 중립적으로 '양 대사 영어 실력도 알아주어야겠네…' 하는 소리는 전혀 들리지 않았다. 그토록 나는 외교부 내에서 질시의 대상에 가까웠다. 그럼에도 불구하고 나는 초임 외교관 시절 코트디부아르 근무 시 그 나라 신문에 외교부 역사상 처음으로 Saemaul Undong(새마을운동)을 장문의 불어 기사로 작성 홍보했었고, 세네갈 대사 시절에는 International Herald Tribune지를 비롯해 국내 유수 언론에 칼럼들을 발표했었다.

그런 면에서 나는 한국 외교부에서 칼럼 문화를 스타트한 첫 번째 외교관이었음을 자부하는 바이다.

Mindelo 항구의
한국인 후예들

✦ 카보 베르데(Cabo Verde) Mindelo항의 한국 원양어선 후예들

1970년~1980년대 걸쳐 한국 외화의 주요 수입원 중 하나가 원양어업이었다. 내가 한국 원양어업계의 신화적 존재인 김재철 동원그룹 회장을 1974년도에 코트디부아르 아비장(Abijean) 항구에서 처음 만났던 것도 그런 인연이었다.

한국 원양어선단은 대서양상에서 조업하다 만선이 되면 어획고도 당시 주 소비국이던 일본 수산업계에 넘기고 다음 항차를 위한 부식물 조달 및 선박 수리 등을 위해 서부 아프리카 대서양 연안 조업팀들은 주로 하선 항구로 가나의 Tema항, 코트디부아르 아비장항, 세네갈 다카르(Dakar), Sierra Leon 수도 Freetown 항구 등에 정박했었다.

그러는 가운데 스페인 카나리스 군도를 전진기지로 대서양 상에서 원양어업을 하던 많은 수의 선단들은 카보 베르데(Cabo Verde) 군도의 민델로(Mindelo) 항구를 자주 활용했다.

카보 베르데(Cabo Verde)는 1456년 포르투갈 항해사들에 의해 발견된 이래 포르투갈령으로 있다가 1975년 독립된 국가로 인구는 본토에

2021년 기준 50여 만에 불과하지만, 미국 뉴욕 등 서방 선진국 주요 도시에 동수의 Diaspora가 각기 엘리트층으로 산재해 있다.

원주민들의 피부색도 아프리카 대륙의 흑인들과는 다른 흑백 혼혈이다. 또한, 1970년~1990년대 당시 카보 베르데의 민델로 항구는 스페인 카나리스 항구를 제외하곤 대서양상에서 가장 원양어선 수리 독크가 잘 되어있기로 유명했었다.

하여 자연히 한국의 대서양상의 원양어선단은 조업 후 선박 수리를 위해 카보 베르데 항구를 자주 이용했었다.

결과, 그 항구에 내린 한국 원양어선 선원들과 민델로 항구 아가씨들 사이에 자연 발생적으로 로맨스가 싹텄다.

카보 베르데 여인들은 유럽, 아프리카 혼혈들로 유럽인들 사이에서도 인기가 높았다. 소문이 소문을 낳은 탓에 대서양상 수백 척 한국 원양어선단 마도로스들은 민델로 항구를 즐겨 이용하며 카보 베르데 여인들을 현지처로 활용했었다. 한국 선원들이 반하기에 충분한 조건들을 지녔었다.

1993년 내가 세네갈 대사로 부임한 후 겸임국이던 영어권 감비아, 불어권 말리 공화국, 포르투갈 전 식민령 기네 비싸오국에 신임장 제정을 끝내고 마지막으로 바스코 다 가마(Vadco d'Agama) 등 포르투갈 항해사들의 흔적 등이 물씬한 카보 베르데를 맨 나중에 여유 있게 방문했을 때였다.

대통령에게 신임장을 제정하고 수상과 외상을 차례로 예방하자 이들이 대사께서 귀임하시기 전에 꼭 대법원장을 만나고 가시라고 권했다. 겸임국 신임장 제정 시는 하루 이틀의 바쁜 일정 때문에 대통령과 수상 및 외무장관 정도만 예방하지 직접적인 외교 라인이 아닌 대법원장까지는 예방하지 않는다. 함에도 그 나라 수뇌부가 나를 만나자마자 특별히 권하여 대법원장을 예방했었다.

그분은 자신을 한국 원양어선단이 자주 이용하던 민델로 항구 출신이라고 소개하면서 한국 선원들과 민델로 항구 처녀들 사이에서 태어난 어린이들이 수십 명인데 이들의 어머니들이 생부들과의 연락 부재로 가정의 생계 및 교육문제가 사회문제화되었으니 한국 정부가 대책을 좀 마련해 달라는 부탁이었다.

외교관 생활 중 파리에 있을 때는 한국에서 입양되어 와 프랑스 양부모에 의해 자랐으면서도 본국 생부모를 찾고자 했던 학생들의 하소연으로, 핀란드 대사 시절에는 그린란드 박물관 부원장의 예방을 받고 그가 보여준 비디오(그린란드 에스키모 가정에 입양된 한국 고아 어린이 이야기)를 보고 눈물을 흘렸던 기억들이 새롭다.

그 당시 나 자신은 대사로서 아무런 도움을 주지 못하고 대법원장의 호소를 외면하다시피 했다.

한국인의 피를 지닌 이들 민델로 항구의 어린이들도 30년의 세월이 지난 오늘날에는 많이 컸을 것이다. 어느 대륙에서 살던 모두 훌륭하게 성장하여 그 사회에서 빛나는 존재가 되었으면 좋겠고, 향후 한국 업체 및 선교단들이 카보 베르테 진출 시 이점 염두에 두었으면 좋겠다.

앙골라 PKO(유엔 평화 유지군)
파견 교섭

　　1995년 봄 세네갈 대사를 마치고 본부 대사로 와 있을 때였다. 공로명 외무장관께서 부르셨다. 공 장관의 말씀 요지는 아래와 같았다.

　　아프리카에서 오랫동안 정파 간 무력투쟁에 의한 내전에 시달리다 통일된 앙골라(Angola)에 유엔 평화유지군(PKO)을 파병해 달라는 유엔 요청에 응하기 전에 그 타당성 여부를 조사해 보고 정부가 판단해 결정해야겠다. 그러기 위해 정부 합동조사단을 현지에 파견, 사전 현지를 답사하고 앙골라 정부 지도자들과 협의도 한 다음, 여러 조건을 파악한 후에 한국 정부 입장을 정하려 한다.

　　정부 합동조사단의 성격상 청와대 국방보좌관, 합참 고위인사, 기타 유엔 평화유지군 파견 관련 유관부서 대표들이 참여하는 대표단이다. 양 대사가 단장으로 임무를 수행해주기 바란다.

　　오준 외무부 유엔과장(나중 유엔대사 역임)이 주무과장으로 일을 준비하고 있었다. 그때 나는 오준 과장과 처음같이 일을 해보았는데 준비하는 솜씨를 보니 야무졌다. 알고 보니 나의 서울대 불문과 후배였고, 대성할 자질이 있어 보였다.

　　내가 앙골라 평화유지군 정부 합동조사단장으로 임명된다 하니 외교

안보연구원에서 대기 중이던 대사들 사이에서 적지 않은 화제와 시기심을 유발했다.

본부 차관보 경력 등 고참 대사들도 많은데 기껏 세네갈 대사만 하고 온 내가 정부 합동조사단장으로 선발되니 모두들 쑥덕거릴만했다. 바로 현직 외교안보 연구원 부원장으로 있던 모 고참 대사가 희망했다가 내가 발탁된 바람에 실망이 컸단 말이 들렸다.

그러한 분위기에서 공로명 장관이 나를 지명한 데는 명분상으로는 외무부에 대아프리카 외교에 관한 한 양동칠 대사 이상으로 믿고 맡길 인재가 있겠느냐는 것이 대내적 설득이었지만, 나는 공 장관께서 내게 임무를 맡기시면서 지나가는 말씀으로 하신 말씀에서 힌트를 얻었다.

"청와대 정무수석이 양 대사를 잘 알더군…." 당시 김영삼 대통령 시절 청와대 정무수석 이원종은 나의 경복고 동기로 친한 사이였다. 나는 이원종 정무수석에게 공노명 대사를 외무장관으로 의협심에서 천거한 적은 있었다. 왜냐하면, 나의 눈에는 외무부 대사 중 공로명 대사만 한 인품과 실력을 겸비한 인재가 드물었는데 전에 보면 고시파란 젊은 후배들에게 한 대를 받고 있는 것 같았기 때문이었다.

주미 대사, 주일 대사 최적자로 보였는데도 뉴욕 총영사, 브라질 대사, 러시아 영사처장 정도로만 예우했었다. 그런 점이 나의 의협심을 자극해 누가 시키지도 않았는데 김영삼 대통령 시절 마침 정무수석이 나의 고교 동창이기에 그에게 지나가는 말로 공로명 대사를 외무장관으로 천거한 적은 있었다.

그러나 당시 이원종은 평소에도 성격이 그랬지만 이런 나의 독백 같은 말에 특별히 귀를 기울인 것 같지 않았고, 내게 묻지도 않았었다.

그렇다면 이수석이 공 장관과 우연히 자리를 함께한 기회에 나와의 인연을 말했던 것 같았고, 공 장관은 내가 앙골라 현지 조사단장으로 갔다 와야 각 부처를 조정하여 쉽게 일을 추진할 수 있겠다고 생각하는 것 같았다.

그런 배경하에서 선발돼 나는 대 Angola 유엔 평화유지군(PKO) 파견 타당성 조사단장으로 먼저 뉴욕으로 출발했다.

유엔 본부에 가서 PKO 담당 Koffi Anan 차장을 만나기 위해서였다. 코피 아난은 당시 유엔 사무차장으로 세계분쟁 지역에의 유엔 평화유지군 업무를 담당하고 있었고, 그 일의 성공 등에 힘입어 나중에 이집트 출신의 부트로스 부트로스(Butros Butros)가 유엔사무총장 중 지나친 반미 색채를 내보임으로써 1회 단발성 총장직에서 물러난 후 유엔사무총장이 된 인물이었다. 반기문 총장 직전 전임자였다.

코피 아난 사무차장과 나는 초면이었지만, 내가 1973년~1975년 기간 아이보리코스트 근무 시 가나 수도 아크라(Accra) 근처 Tema항을 자주 방문하여 당시 한국 원양어선단들을 격려하였던 경험도 있어 격의 없는 대화를 나누었다.

코피 아난은 내게 한국 정부가 앙골라 전쟁터에 묻힌 지뢰를 제거해주는 역할을 해주기를 특히 당부했다.

나는 현지를 답사하고 앙골라 정부 지도자들을 만나본 다음 본국 정부에 건의를 올려 정부 차원 결정 후 국회의 동의를 요하는 문제들임을 주지시키고, 차후 외교 경로로 결과를 알려줄 것을 약속하고 앙골라 현지로 떠났다.

뉴욕에서 아프리카 앙골라 수도 루안다(Luanda)는 직접 항공 노선이 없었다. 앙골라가 포르투갈 식민지였기에 포르투갈 수도 리스본을 경유해야만 갈 수 있었다.

오준 유엔과장의 실질적 안내를 받으며 조사단 일행이 Luanda 공항에 도착하자 유엔 앙골라 평화유지군(PKO) 사령관 인도 출신 장군과 의장대가 우리를 맞았다.

나로선 처음 받는 군 의장대 사열이었다. 그만큼 한국 조사단장을 예우했다. 우리는 지체 없이 앙골라 전장터 시찰을 나섰다.

앙골라는 MPLA(앙골라 인민해방운동), UNITA(앙골라 완전 독립 민족운동), FNLA(앙골라 해방 민족운동) 단체가 1975년부터 무력 내전 상태에 있다가 1989년 MPLA가 승리하고 외국군의 철수를 주장했었다. 외국군 철수 후 공백을 유엔 평화 유지군으로 대치하고 있던 중이었다.

수도 Luanda 인근 광야만 조금 나가도 지뢰 위험 밭으로 지정되어 있었다. 14~15년간 골육상쟁의 전쟁터는 지뢰밭으로 변해있다고 했다. 합동조사단에 참여했던 김관진 국방비서관(나중 국방장관 등 역임)을 비롯한 합참 지뢰 전문가들에 의하면 지뢰는 한국 휴전선 상에서도 미군 측에서만 제거 장비가 있을 정도로 한국군이 지원할 수 없는 분야라 했다.

이에 나는 앙골라 외무장관 및 수상과 가진 공식 미팅에서 우리의 입장을 내부 협의를 거처 이렇게 밝혀주었다.

지뢰 제거 작업은 불가능하다. 대신 전쟁으로 폐허 된 앙골라 경제재건에 기여할 수 있도록 건설공병대 파견 여부를 검토토록 본국 정부에 건의하겠다.

우리의 조사결과를 토대로 한국 정부는 1995년 10월 앙골라에 공병부대를 파견해 동국 인프라 재건에 기여했었다.

한편 나는 앙골라 남단 나미비아(Namibia) 해안가로 이동, 그곳에서 가장 가까운 Saint Helena(세인트 헬레나) 섬을 조망하며, 역사와의 대화를 나눴다. 그 섬은 1815년 나폴레옹 장군이 영국의 웰링톤 장군과의 워털루(Waterloo) 전투를 끝으로, 영국군에 의해 유폐되어 그 섬에서 1821년 당시 51세로 최후를 맞이했던 섬이었다. 기록에 의하면 나폴레옹은 세인트 헬레나 섬에 유폐되어 지내는 동안, 대서양을 거처 인도양을 통해 동양과 내왕하던 포르투갈 극동 항해단 선원들이 오가며 그 섬에 정박했을 때, 동양에 대해 관심을 표하고, Corea(코레아, 한국)이라는 나라에 대해서도 흥미를 보였다고 한다. 프랑스의 불운했던 나폴레옹 장군이 Corea(한국)이란 나라의 존재를 알고 세상을 떠난 섬이었다.

나는 그런 역사적 일화를 알고 있었기에, 앙골라 방문 기회에 일부러 나미비아 국경지대 해안선으로 이동, 먼발치서 Saint Helena섬을 향하여 Napoleon을 추모했던 것이다.

외교안보 연구원 교수부장 시절
하버드대 측과의 교섭 등

감사원과의 시비로 아 중동 국장 자리는 보기 좋게 날아 갔으나 얼마 있다 청와대 수석 자리 이동에 따라 유종하 외교수석이 외무부 장관으로 내려오면서 실·국장 인사이동이 있을 때 나는 교수부 장에 임명됐었다. 내가 예뻐서라기보다 유 장관께서 여러 가지를 고려 하신 것 같았다.

왜냐하면, 당시까지의 외무부 관행으로 해서는 미국에 근무하다가 후진국으로 발령 나면 예외 없이 부인들은 미국에 자녀들과 함께 남고, 남편 혼자서 임지에 가서 근무하면서도 부인에게 어김없이 재외공관 근 무수당이 지급되어 왔음에도 유독 양동칠의 경우만 부인이 부군과 함 께 임지에 같이 가서 근무하지 않았다 하여 기이 지급된 부인 앞 수당 을 회수하고 회계관리 소홀로 견책받아 본부 국장에 임명되려다 못하 게 된 것을 안타깝게 여기고 보상해 주고픈 배려 같았다.

또한, 나를 배려하는 모습을 청와대에서 같이 근무했던 나의 동창 이 원종 정무수석에게도 생색낼 수도 있었을 테고….

내 사건 이후부터는 외교부에서도 지금까지의 관례를 깨고 부인이 실 질적으로 부군과 함께 임지에서 거주하는 경유만 엄격히 부인 수당을 지급한 것으로 개선되었다고 들었으니 나는 외교부 회계 제도개선에 기여한 셈이었다.

외교안보연구원 교수부장은 직책명만 그럴 뿐, 연구원 소속 교수들의 우두머리 역은 아니었고, 매주 외교안보 연구원장과 함께 본부 장관 주재 회의에 참석하여 외교부 직원들 승진 평가 시 실·국장들과 함께 참여해 평가하는 권한을 갖는 것이 특징이었다.

외무부 직원들, 특히 당시 서기관에서 부이사관 진급 승진자들은 경쟁도 치열하고 직급도 고위직급이었기 때문에 당시에는 전 실·국장단의 투표에 의해 승진자들이 선발되었었다.

이런 인사권 때문에 본부 실·국장들이라야 직원들에게 대접받는 풍조가 있었다. 그런 측면에서는 교수부장도 실·국장과 함께 선호되는 자리였다.

그래서 6개월 재직한 후, 유네스코 대사로 나가기 전 꼭 한번 부이사관 승진자들을 나도 선발하게 되었는데, 모순이 많음을 느꼈다. 본부 간부들이 서로 자기가 좋아하는 후배들에게 투표해 달라고 부탁해 왔기 때문이다. 물론 진급될만한 자격을 갖춘 자들이 대부분이었지만, 로비 안 하는 자들은 자연 불리하게 되는 구조였다.

교수부장으로 있으면서 기억에 남는 것은 연중 한번 가는 해외파견 외교부 연수생들 현황 파악을 위한 미국 대학 출장이었다.

나는 교수부에 속해 있던 민경호 사무관(나중 라트비아 대사대리)을 대동하고 미국 동부권의 하버드 대학과 예일 대학, 서부권의 워싱턴 주립대학, 미시간 대학 등을 선택, 각기 우리와 밀접한 관계를 맺고 있던 그 대학들의 학생처장, 대학원 원장 등을 면담했다.

그중 가장 인상에 남는 것은 보스턴 하버드 대 케네디 스쿨을 방문했을 때와 예일 대 코헨 대학원장과의 면담이었다.

먼저 하버드 대 케네디 스쿨 학생처장은 나를 만나자 자신의 학교에서 연수한 한국 관리들이 모두 한국 정부에서 승승장구한다고 소개하면서 반기문 대사의 예를 들었다.

학생처장은 또한 과거 김대중, 정일권 등 한국의 유력 정치인들이 자기의 학교에 와서 객원 연구원으로 있었던 방도 보여주면서(당시는 우리의 다른 고위 외교관이 연수 와서 사용 중이었음) 학교 자랑하기에 바빴다.

학생처장 면담 후 교육 프로그램 관련 심도 있는 의견교환을 위해 대학원장을 면담하였던바 원장은 쿠웨이트 정부가 그 나라 공무원들 교육을 위해 기천만 불의 기금을 마련, 케네디 스쿨로 하여금 교육을 전담시켜 달라고 하고 있다고 설명하면서, 한국 정부도 쿠웨이트 정부 모델처럼 그렇게 하면 어떻겠냐고 제안했다.

그러면서 쿠웨이트 정부 관리들에 적용할 교육 프로그램들을 화상으로 보여주었다.

나는 대학원장의 설명을 청취한 후, "만일에 한국 측에서 기금으로 100만 달러를 출연하면 하버드 대에서도 같은 액수의 기금을 출연 공동으로 출자한 기금으로 공동 운영하는 것인가?"라고 물어보았다.

답변을 뻔히 알면서도 프랑스에서 박사학위를 한 나는 다른 건 몰라도 세계 유수 대학들이 자신들의 대학 명성만을 내세워 자기 학교 출신 박사들의 교육시장 진출에 열심이었던 것을 잘 알고 있었던 터라, 케네디스쿨 대학원장 말의 속뜻을 확인하고 싶어서였다.

내 역제안에 대학원장은 어디까지나 한국 정부가 기금 전체를 대고 케네디 스쿨은 오직 우수한 교수진만 제공하는 것이라고 응답했다.

대화 끝에 대학원장은 내가 어디서 공부했느냐고 물었다. 프랑스 스트라스부르대학에서 박사학위를 했다 하자, '역시…' 하는 표정이었다. 보통 한국 사람들은 케네디 스쿨 출신 교수들이 교육을 담당한다 하면 감탄하는데 나는 그런 표정을 짓지 않고 있으니 달리 본 것 같았다.

귀국 후 장관께 보고하면서도 나는 하버드 케네디 스쿨이 우리 외교관들의 훌륭한 연수기관이긴 한데 미국 하버드 대학도 인문학 출신 박사들이 실직상태라 이들 취직에 혈안이 되어있으니 향후 그 점 참고해 대처하자고 건의드렸었다.

하버드 대학뿐만 아니라 선진국의 우수한 대학들의 인문학 석학들의 실직자들을 한국이 맹목적으로 구제하지 말자는 취지였었다.

두 번째로 YALE대학의 코헨 대학원장은 만나보니 세계적인 환경 전문가로 한국의 서해도 여러 번 현장 답사한 학자였다. 그는 경고했다. 한국과 중국이 앞으로 충돌한다면 서해 때문일 것이라고, 그리고 죽어가는 서해의 환경오염을 개선하지 않으면 일본도 영향을 받기 때문에 서해는 한반도의 가장 큰 골칫덩어리가 될 것이라고….

그 후 서해를 위요하여 한·중국 간에 전개된 각종 분쟁, 특히 난폭한 중국 측의 해상 무법을 목격할 때, 코헨 박사의 진단은 정확했다. 그의 말의 여운이 지금도 귀에 먹먹하다.

(註: 내가 만난 YALE 대학의 Jared Leigh Cohon 박사는 그 후 미 명문대 Carnegie Mellon University 대학공모 최연소 총장으로 영입돼 미국 학계에서 큰 명성을 떨쳤었다.)

• • •
WHC(세계문화유산위)
집행위원 번개 진출 비화

✦ 유네스코 대사 시절 쾌거

근자 우리 신문에 우리 문화재가 유네스코에 의해 세계문화유산으로 등재되었다는 보도며, 무슨 역사기념물을 유네스코 기록유산으로 등재하려는 정부 또는 지자체 움직임 보도가 제법 있다.

유네스코 문화유산 위(World Heritage Committee)는 한 나라의 문화유산은 그 나라만의 유산일 뿐만 아니라 전 인류의 공동자산이라는 개념 하 출발했었다. 그래서 자연 유네스코 내에서 이 문제를 다루는 특별기구 WHC(World Heritage Committee, 세계문화유산위)는 각국 대표단의 주목과 경쟁을 유발했다.

WHC는 불국사 같은 문화재는 문화유산으로, 설악산은 세계 자연유산으로, 『이조실록』은 기록유산으로 각기 등재하는 위원회를 두었고, 이를 총괄 집행하는 집행위원회를 두었다. UN에 UN 총회가 있다면 유엔에 실질적 집행권력이 있는 안보리가 있듯, 세계문화유산위(WHC)의 집행위원회는 WHC의 안보리 격이었다. 하여 각국 정부는 유네스코 문화정책 중 가장 매력적이고 자국의 문화재 위상을 국제적으로 도모할 수 있는 무대로 문화유산 위 집행위원국에 선출되려고 로비들을 했었다.

유네스코 세계문화유산위 회원국 수는 유네스코 전 회원국이었으므로 1998년 당시 180여 개국에 이르렀다. 따라서 이들 회원국은 WHC 집행이사국에 선출되려고 외교력을 집중했었다.

집행이사국 선출은 지역별로 1개국을 선출했기에 지역국가권에서 합의돼 총회에 상정되면 자동 선출되는 보편적 유엔 시스템이었다. 따라서 아시아권 그룹에서만 선출되면 그것이 곧 당선을 의미했었다.

헌데 이때 공교롭게도 아시아 지역에 할당된 WHC 집행이사국 1자리를 놓고 중국이 진출을 노렸었다. 나는 내가 유네스코 대사로 있는 한 세계문화유산위(WHC) 집행 이사국에 피선돼, 유네스코를 통한 한국 문화 외교에 있어 주도권을 행사하고픈 욕심이 생겼었다. 상황을 객관적으로 본부에 보고하고, 집행이사국 출마허가를 청훈했다.

헌데 공로명 장관 후임으로 부임한 유엔대사 출신인 유종하 외무장관께서 친전을 보내와 유엔에서의 경험에 비추어 중국과 대결해서 승산도 없을 뿐 아니라 중국과의 대결로 공연히 마찰을 빚을 필요가 없으니 한국의 집행이사국 출마는 고려하지 않는 것이 좋겠다는 회신이 왔었다. 이에 나는 장관의 지시를 완곡히 거부하고 대사인 내 책임하에 추진하겠다고 전문을 보내고 작전을 구상했다.

외교 교섭을 위해서는, 특히 이런 각국 대표단을 위한 득표 활동을 통해 목표 달성하기 위해서는 본부에서 실탄(특별활동비)이 지급되는 것이 보통이었으나 나는 본부에 그러한 경비지원 상신도 안 했고, 본부도 지원해 줄 의향 없이 무관심하게 바라보고만 있었다. (아마도 안 될 것 뻔한데 양동칠 대사가 멋모르고 덤빈다고 생각하는 것 같았다.)

그런 악조건하에서 나는 아시아 지역 내에서 중국과 경쟁하느니 차라리 총회에서 중국과 공개 경쟁하여 아시아 지역 대표권을 확보하는 것이 유리할 것 같았다.

총회에 상정되어 투표에 부쳐졌을 시 나의 특기인 영·불어 즉석 연설을 통해 청중들(각국 대표단들)의 마음을 사로잡기로 했다. 총회에 참석해 보니 한 나라 대표가 열띤 연설을 할 때 국가 위상에 관계없이 여기저기서 지지하고 동의해 주는 연설이 뒤따르면 분위기가 몰리고, 아무리 영향력 있는 강대국 대표가 연설해도 비정치 문화적 색채가 농후한 유네스코 생리상 지지 연설이 뒤따르지 않으면 맥 빠지는 것을 목격했었다.

나는 그런 문화유산위 총회 분위기를 미리 파악하고, 평소에 내가 연설하면 지지 발언해 줄 대상을 물색, 집중 교제했다. 주로 중남미에서 파견된 1인 여성 대표들과 아프리카 불어권 대표들이었다.

또한, 나는 중국 대사는 영어와 불어가 자유롭지 못해 중국어로만 연설했고, 총회는 중국 대표의 중국 연설을 중국어에서 다시 불어, 영어로 이중 통역하는 바람에 중국 대표가 연설하면 사람들이 하품도 하고 지루하게 여긴다는 사실도 활용하기로 했다.

따라서 투표 시 나의 회원국들을 향한 연설, 호소력으로 판을 우리 측에 유리하게 하는 수밖에 없었다. 헌데 아시아 지역 대표를 선출하는 안건이 정식 상정되자 뜻대로 분위기가 돌아가지 않았다. 나의 강력한 출마 변은 내가 집행이사국 멤버가 되면 아시아 지역 문화재뿐만 아니라 남미 잉카문화도, 이집트 파라오 문화유적도, 아프리카 문화재도 모두 세계문화유산으로 공평하고 귀하게 대접받게 할 것이라는 거였다.

이런 나의 연설에 사전 교제하여 친하게 지냈던 남미 및 아프리카 대표들(주로 여성들)로부터 박수와 지지가 있긴 했었지만, 정작 투표에 들어가자 또 회의장 분위기가 산만해지고 로비에 나가 잡담하는 멤버들이 있었다.

그런 분위기에서 투표하면 십중팔구 회원국들은 큰 나라인 중국을 선택하지, 한국을 선택할 리 없었다. 이때 3인 공관에서 실질적 외교 현장을 나와 함께 누비며 실력을 인정받던 유정희 공사는 잽싸게 로비로 나가 우호적인 멤버들을 투표장으로 유인했고, 나는 투표 진행을 하려는 의장에게 긴급 의사 진행 발언권을 얻어 투표 시작을 잠시 멈추며, 회원국들이 나의 호소를 마지막으로 한 번 더 듣도록 한 다음 투표 진행케 했다.

결과, 우리의 열정적 접근이 통했던지 모든 이들의 예상을 뒤엎고 중국을 물리쳐 한국이 2년 임기의 세계문화유산위 집행위원국에 선출될 수 있었다. 승리하자 그제야 유종하 외무부 장관은 내게 치하 전보를 보내주었다. 나는 장관께서 내 공로를 인정하시면 나 대신 유정희 공사를 포상시켜 달라고 했고 내 뜻은 존중되었었다. 지금 생각해도 멋있는 나와 유 공사, 두 사람의 번개 외교 승리의 한 단면이었다.

> 추신: 평창 동계올림픽 개최 등 우리 정부는 주요한 국제적 이벤트를 곧잘 추진하거나 주요 국제 포스트에 입후보한다. 범정부적으로 지원한다. 국제회의에서 투표로 결정될 사항인데, 정작 투표장에서의 효율적 득표 활동보다는 국내 정치용 작전 짜기에 바쁜 모양새를 띠는 경우가 많다.
>
> 범국민적 지원이 필요한 이벤트에 그런 점을 무시할 수 없으나 국제무대에서의 표 대결에 있어서는 정치적으로 첨

예하게 대결하는 경우가 아닌 이상, 유네스코 문화유산위 집행이사국 진출 시의 패턴을 참조할 필요가 있을 것이다. 투표 시 회의장 분위기를 압도하는 영·불 즉석 연설, 원고 없이 청중들과의 눈을 마주치며 하는 열정적 호소력 이상으로 큰 무기가 없음을 알아야 할 것이다.

···
유네스코에서
일본 측이 내게 보인 호의

사실 이런 제목의 글은 과거에는 전혀 의미가 없었다. 한국 외교관들이 재외공관 근무 시 가장 친하게 지냈던 외교관 가족들이 일본 외교관들이었기 때문이다.

일어를 알면 더욱 소통이 원활에서 돈독했었고, 일어를 몰라도 한국 외교관이 부임하면 그곳 주재 일본 외교관들이 격의 없이 친절하게 정착을 도와주곤 했었다. 유엔을 비롯한 국제무대에서 한국 외교의 제1 파트너는 미국과 일본이었다.

그러나 2000년대 들어와 우리나라 지도층에 일어 세대가 쇠퇴하자 이런 현상을 더는 목격할 수 없게 되었다.

1990년대 내가 유네스코 대사로 있었을 때만 해도, 한·일 간 외교협력은 상호 인간적이고 긴밀했었다.

1998년 가을 일본 정부가 교토[京都]에서 유네스코 세계문화유산위 (WHC) 총회를 개최했을 때였다.

세계유산위 총회는 동조약이 1972년 11월 1일 파리 유네스코 총회에서 만장일치로 채택되었고 이듬해 1973년 미국 정부가 최초로 비준한 이후, 1975년에 20개국이 비준함으로써 정식 발효된 이래, 유네스코가 추진 중인 사업 중 아주 보람 있는 사업으로 평가되어 왔었다.

일본 교토 이전에는 이탈리아 정부 초청으로 나폴리에서 개최되었고, 나는 그 회의에 참석했다가 당시 나폴리 출신의 세계적 테너 파바로티를 파티에서 만나 담소를 나누기도 했었다.

그런 문화행사 위주의 교토 총회를 일본 정부가 주최하여 유네스코 회원국들을 초청한 데에는 또 다른 숨은 목적이 있었다. 1999년 11월부터 시작하는 신임 유네스코 사무총장에 자국 출신을 앉히고 싶어서였다.

이를 위해 일본 정부는 오부찌 게이조(小渕惠三) 수상과 와세다 대 동기동창이자 일본 외무성 내에서 불어 통으로 알려진 마쓰우라(松浦晃一郎) 대사를 주불 대사 겸 주 유네스코 겸임 대사로 임명하고 차기 유네스코 사무총장 선거에 대비토록 했었다.

동시에 미국 정부는 아랍국가들의 집단적인 반미운동이 유네스코 회의에서마저 범람해가자 이를 경고하는 의미에서 회원국에서 스스로 탈퇴해 버려 유네스코 재정이 극히 악화되어 있던 상황에 있을 때였다.

이런 시기였기에 아세아 대륙 차례의 유네스코 사무총장은 유네스코를 재정적으로 크게 기여할 수 있는 출신 국가에서 배출되기를 바랐던 것이 당시 총회 분위기였다.

한국 정부에서도 후보를 내세울까 했으나 객관적으로 유네스코라는 특수 국제무대에 내세울 만한 마땅한 인물이 두각을 나타내지 못했고, 유네스코가 기대하는 제정 지원을 할 수 있는 처지가 못 되었다. 그렇다고 마쓰우라 일본 대사가 유네스코 회원국들에게 개인적으로 어필되는 그런 인물은 아니었지만, 유네스코 회원국들 사이에서의 일본 위상은 당시 상당히 긍정적이었다.

그런 분위기였기에 비록 개인적으로는 존재감이 약했으나 일본 정부가 미는 마쓰우라 대사의 사무총장 당선은 어렵지 않을 것 같았다. 교토 회의 참석 시 나는 마쓰우라 일본 대사가 차기 유네스코 총장직을 훌륭히 할 인물로 평가한다는 다분히 정치적인 발언을 의도적으로 해주었다. 한국 땅 가까이 와서 열리는 교토 유네스코 유산 위 총회에서 혹시 한국 양 대사가 자국에 불리한 과거 식민지 시대 이야기를 하면 어쩌나 하고 일본 측은 은근히 신경을 쓰는 것 같기도 해서, 미리 그런 의구심을 덜어주고 실익을 노리기 위한 나의 전략적 사고였다. 왜냐하면, 당시 유네스코 내에서는 앞서 세계 문화유산위 집행이사국 진출 시 내가 보여준 즉석 연설로 인하여 한국 양 대사는 무대 연설에 탁월하다는 소문이 있었기 때문이었다.

총회 지원 나온 일본 외무성 정보문화국장 등은 한국 대사가 폭탄 발언이라도 하면 어떨까 은근히 조바심 냈던지 나의 호의적 발언에 사의를 표했다. 외무성에서 파견 나온 국장이 특별히 나를 위해 만찬을 베풀었고, 익일 총회 참석 대표단들이 나라[奈良] 시대 명승고적 단체 관람 시, 아사히. 요미우리 신문 및 NHK 방송기자들로 하여금 100여 명의 대표단 중에서도 유독 나를 주목해 촬영하고 인터뷰하게 하는 등 배려를 해주었다.

또한, 유네스코 문화유산위(WHC) 총회 의장단 선출 시, 일본 대표단의 선도적인 강력한 추천으로 내가 세계문화유산위 부의장에 피선되기도 했었다.

그뿐만 아니라, 파리 유네스코 본부 근무 (P2) 직급 한국인 직원이 능력 평가(영어, 불어로 즉석 회의록 작성 및 보고하는 실력) 면에서 저평가를 받은 적이 있었다. 그 직원은 유네스코 긴축재정의 일환으로 직원들을 감축하려 했을 때 감축 대상에 올라있었다.

당시 그는 유네스코 북경사무소에 근무 중이었고, 누구나 근무하기를 선호하는 파리 근무를 희망했지만 감축 대상이었으므로 그럴 엄두도 못 내고 오직 감축 대상에서만 제외되기를 간절히 바라고 있었다.

나는 당시 히로세 인사국장(일본 출신 여성 국장)에게 특별히 간청해서 그 직원을 감축시키지 않고 구제해 준 적 있었다.

이것이 2000년대 이전까지의 한·일 간 외교관들의 상호 협조 모습이었다.

후배 외교관들이 참조했으면 해서 남겼다. 윤석열 대통령 당선인의 대일 특사가 일본을 방문 일본 정부 수뇌들을 면담 과거에 좋았던 시절로 양국 관계가 복원됐으면 희망했다는 보도가 나왔다. 일본 측 반응이나 대우도 문재인 정부 시절과는 달리 우호적이고 전향적인 자세로 보여 기대해 본다.

이집트 대통령 부인의 초청으로
범국민대회에서 연설하다

1998년 9월 초 나는 뜻하지 않게 무바락 이집트 대통령 부인으로부터 이집트를 자국 정부 VIP로 방문하여 문맹 퇴치 범국민대회에서 특별 연설을 해달라는 초청장을 받았다. 주 유네스코 주재 이집트 대사가 전달해 왔었다. 당시 무바락 대통령 부인은 아랍세계에서도 전통적인 이슬람교도의 색채가 엷고 서구 지향적인 인테리 여성으로 알려졌었다.

특별한 영광이었다. 이유가 있었다. 한국 정부가 유네스코에 후원하고 있는 세종대왕 명의 유네스코 문맹퇴치상을 이집트 정부가 추진 중인 문맹퇴치 운동본부가 수상했는데, 무바락 대통령 부인이 그 운동의 총재를 맡고 있었다.

항공표 및 체류 비용 일체를 이집트 정부가 부담했다. 외무부 본부에 출장 청훈을 득한 후 카이로 공항에 도착하자 이집트 정부 의전관이 나와서 모든 수속을 밟아주고 카이로 제1 고급 호텔로 안내했다.

익일 나와 나의 아내는 의전관의 안내로 국민대회장으로 향했다. 국민대회장 안엔 이집트 정부의 총리를 비롯해 장·차관·군 장성들, 3부 요인들이 총출동해 있었고, 집권당 대표들이 무바락 대통령 부부를 연호하며 분위기를 고조시키고 있었다.

외교단 석에도 임성준 한국 대사를 비롯한 전 외교단이 자리 잡고 있었다. 대통령 부처가 임석한 대대적인 범 이집트 정부 주관 행사로, 참석 인원이 족히 1천 명 이상으로 보이는 군중 집회였다. 나는 연단 상석에 자리 잡은 총리 바로 옆자리로 안내되었다.

이어 무바락 대통령 부부가 연단에 오르자, 대통령 부인이 먼저 나를 알아보고 총리 옆으로 와 환영한다는 인사를 했다(그때 유럽 같았으면 의례히 대통령 부인과 악수를 교환했을 것이나 아랍 국가였기에 악수는 생각하지도 않았었다).

이어 대통령 부인 소개로 무바락 대통령과는 악수를 교환했다. 식이 시작되자 맨 먼저 무바락 대통령 부인이 군중들의 열띤 환호 속에 등단 연설했다. 아랍어 연설이라 내용은 알 수 없었지만 문맹퇴치를 강조하는 연설 같았고, 중간중간 군중들은 열띤 호응으로 답했다.

이어 대통령 부인의 소개로 내가 연단에 올랐다. 사전에 유네스코 방식으로 영어와 불어를 사용하여 연설하기로 했으므로 군중들을 위한 아랍어 통역은 마련된 것 같았다

단문으로 알기 쉽게 연설했다. 개요는 이러했다. 나는 유네스코 주재 한국 대사다. 한국엔 문맹이 없다. 세종대왕이 만든 한글 덕분이다. 문맹이 없어 박정희 대통령이 한강의 기적이란 경제발전도 이룩했다. 문맹이 없어야 경제발전이 이루어진다.

대통령 부인께서 전개하시고 있는 문맹퇴치 운동이 성공하면 이집트에도 위대한 나일강의 경제발전 기적이 일어날 것이라고 확신한다.

영·불어로 진행된 나의 연설은 이해하기 쉽고 가슴에 와닿았든지 오랫동안 박수갈채를 받았다. 연설이 끝나고 다시 내 자리로 돌아왔을

때는 무바락 대통령 부부를 비롯해 전 연단이 일어서 나를 맞이했다.

외국 대사가 한 나라에 가서 군중대회에서 연설하고 예우받는 일은 그 당시에도, 그 이후에도 없는 거의 전무후무할 이벤트였다. 내 개인의 영광이었다기보다, 한국 유네스코 외교의 영광의 한 단면이었다. 그날의 현장은 임성준 주 이집트 한국 대사에 의해 시종 목격되었고, 조선일보 파리 특파원에 의해 박스 기사로 소개되기도 했었다.

이집트 정부는 나의 군중대회 연설 후, 우리 부부가 카이로에서 Luxor까지 가서 피라미드 등 고대 이집트 유적을 관광하도록 최대한의 편의를 제공하는 등, 시종 나를 극진히 대우했었다.

나는 또한 프랑스 하원 연구조 초청에 의해 하원에서 다수의 프랑스 국회의원들과 교육계 인사들을 대상으로 한국에서의 문맹퇴치 성공 사례를 중심으로 연설할 특별한 기회를 지녔었다. 유네스코에서 세종대왕 상을 제정케 하여 해당 기관에 상을 수여할 때까지는 프랑스에 그토록 심각한 문맹률이 있으리라고는 상상을 못 했었다.

들어보니 프랑스 주요 도시에는 아랍, 아프리카 등 구 식민지 국가들로부터 유입된 이민자들 수가 기하급수적으로 늘어난 데다 원 프랑스 자체 국민 중에도 여러 이유로 알파벳 문맹률이 높다고 했다.

내가 하원에서 연설을 했던 1998년 9월 당시에도 파리 중심의 수도권 주민의 문맹률(illetrisme)은 높다고 알려졌었는데, 2020년 공식 통계를 보니 상금도 파리 중심 수도권은 7%로 총 2백5십만 명이 프랑스어를 제대로 읽고 이해하지 못한다고 알려지고 있다.

프랑스 전국적으로는 지역에 따라 차이가 있다고는 하나 계층 간, 예하면 학생층은 그 정도가 심하여 문맹률이 9.5%에 이른다고 한다. 한 교실 100명이면, 평균 10명은 프랑스 학생이지만, 프랑스어를 읽을 줄도 모르고, 쓸 줄도 모르는 문맹 학생들이라는 이야기였다.

미테랑 대통령 딸 마자린의
Akhal-Teke(아할 테케) 애마와 나

　　나는 외교관 생활 중 승마광이었다. 핀란드 대사 시절 POLO 선수로 핀란드 팀에 끼어 스웨덴에 원정 갈 정도였다. 그때까진 내가 한국에선 유일한 폴로 선수였을 거로 생각된다.

　　또한, 나는 핀란드와 러시아 북극권 일부 지역에서만 겨울 2월~3월 사이 호수 위에서 빙상 승마가 가능할 때, 핀란드 선수들과 빙상 승마를 즐겼었다. 당시 유럽 외교가에선 그러한 고난도 승마를 할 수 있었던 대사들이 없었다. 내가 유일한 존재였다.

　　그러한 나의 승마 이력 중 1998년 내가 파리에서 유네스코 대사를 했을 무렵 미테랑 대통령이 생전에 그의 혼외 딸 마자린에게 주었던 말 AKHAL TEKE를 탔던 경험은 여러 가지로 음미할 가치가 있어 여기에 옮겨본다.

　　말(horse)은 역사와 함께 달렸다. B.C 3~4세기 그리스 알렉산더 대왕(Alexander the Great)이 Bucephalus라는 애마를 타고 세계를 정복한 이야기는 너무도 유명하다.

　　B.C 207~220 진시황제(秦始皇帝)가 천하를 통일하고 만리장성을 쌓은 것도 북방 기마민족의 침입을 막기 위해서였다. 그 뒤 등장한 한(漢) 나라

무제(武帝, B.C47~140)는 흉노족으로 얕잡아 부른 이 북방 기마 유목민들의 말들이 속도와 지구력 면에서 뛰어난 말들임을 알고 대책 마련에 부심했다. 한(漢) 무제(武帝)는 중국 군대 장비를 근대화하지 않으면 흉노족을 당해 낼 수 없겠다고 생각했다. 장비 근대화의 핵심은 말이었다. 흉노족들이 타는 말들을 대폭 구해오는 방법밖에 없었다. 역대 중국 장수들이 천리마, 적토마, 한혈마로 부르던 아할 테케(Akhal Teke) 말들이었다.

그러나 Akhal Teke 말은 그 뒤 역사 속으로 파묻혀 버렸다. 그러다가 20세기에 들어 상상을 초월한 지구력으로 세계 기마민족 연구학자들 및 승마인들을 놀라게 한 사건이 일어났다.

1935년 소련 스탈린(Stalin) 전제 시대 때였다. 55필의 Akhal Teke 군단이 26명의 기사에 의해 중앙아시아 투르크메니스탄(Turkmenistan) 수도 Ashkhabad를 출발하여 Moscow까지 4,330km나 되는 장장 거리를 84일 만에 완주하여 도착했다. 특히, 이 말들은 360km에 달하는 Kara-Kum 사막을 작열하는 한여름의 태양열 하에서도 물 한 방울 마시지 않고 3일 만에 질주하여 횡단하는 무서운 지구력을 보였다. 20세기 들어 전설적이던 Akhal Teke의 신화는 이렇게 확인되었다.

그 뒤 1960년 'Absent'라는 이름의 Akhal Teke가 로마 올림픽 승마대회 Dressage(마장마술)에서 금메달을 획득하자 유럽 승마계에 Akhal Teke는 주목을 받기 시작했다.

그러나 1945년 2차 대전 종료 이후, 서방 진영은 소련과 냉전 상태였을 뿐만 아니라 거리상으로도 서부 유럽과 소련은 너무도 멀어 이렇다

할 교류가 적었기 때문에 소련 지배하의 Akhal Teke에 대한 서방 선진국 승마계의 관심은 자연 저조했었다.

이뿐만 아니라 영국, 프랑스, 독일, 오스트리아를 중심 한 전통 유럽 승마계에서는 Show Jump에 능하고, 보다 유럽 귀족풍의 이미지를 풍기는 영국산 Thoroughbred(싸러 브레드)나 빠른 속도가 장기인 Prussia(프러시아)의 Trakehner(트라크네르), 타고난 Dressage(마장마술)의 명마 Lipizzan(리 피잔), 아니면 Arab(아랍) 말들이 유럽인들에게는 더욱 친근하게 알려졌다.

유럽 종마 산업계, 특히 독일, 영국, 스웨덴 등의 우량 종마 생산업자들은 Akhal Teke 말을 보유하고는 있었으나 그 숫자는 그리 많지 않았다. Akhal Teke 말을 가장 많이 보유한 독일의 경우가 300필로 비교적 많은 편이었다.

유럽 종마 산업계는 그간 Akhal Teke의 역사성과 희귀성 및 탁월한 지구력 등에 대하여는 어느 정도 알고는 있었다. 그러나 프랑스인들은 1994년 미테랑 대통령이 중앙아시아 Turkmenistan(투르크메니스탄) 공화국 Niazov(니아조프) 대통령으로부터 선물로 받은 한 필의 Akhal Teke를 엘리제 대통령궁 뜰에서 Mazarine(마자린)에게 선물할 때까지는 Akhal Teke에 대해 잘 알지 못했었다.

미테랑 대통령은 파리 Orsay(오르세) 박물관의 Curator(큐레이터)로 있던 Anne Pingeot(안 뼁조) 여사와의 혼외정사에서 태어난 딸이 있었다. Mazarine(마자린)이었다.

마자린이 1994년 5월 아버지 미테랑 대통령으로부터 엘리제 궁에서 받은 아할 테케(Akhal Teke)종의 명마 이름은 Gendjim(겐짐)이었다. 이 말은 역사상 유명한 기마민족 스키타이족들로부터 고대 중국 한

무제에 이르기까지 서양 문헌에는 말이 금빛 나는 색깔을 한다 하여 Golden Horse로 알려지기도 했고, 중국 문헌에서는 적토마, 천리마, 한혈마 등으로 알려진 신비의 명마로 유명했다.

투루크메니스탄이 원산지라, 품종의 순수성 보존 및 명마의 해외 유출을 금지하기 위해 그 나라 대통령이 직접 마필을 관리하며 미테랑 프랑스 대통령, 시진핑 중국 주석, 푸틴 러시아 대통령 등 세계 강대국 국가원수가 그 나라를 국빈 방문했을 경우에만 선물로 주고 있는 것으로 알려지고 있었다.

모로코 국왕이 말을 좋아하여 그 말을 선물로 받고 싶어 투르크메니스탄 국빈방문을 희망했으나 거절당했다는 외교가 뒷말이 있었을 정도로 아할 테케 말은 투르크메니스탄의 국보급으로 현재 전 세계에 2,000마리 정도만 순종으로 보존되어 있는 것으로 알려지고 있었다.

그런 역사적 유명세를 지닌 말을 프랑스인들은 1994년 5월 엘리제 대통령궁에서 미테랑 대통령이 한 처녀 아가씨에게 "얘야, 내 딸 마자린, 너 승마 좋아하지? 아비 선물이니 이 말 한번 타보거라…" 하고 건넬 때까지는 그 존재를 알지 못했었다. 그리스 문화에 밝은 프랑스인들은 알렉산더 대왕의 명마 뷰세팔루스(Bucephalus)의 이야기엔 익숙했지만, 천리마, 적토마, 한혈마 등에는 미숙했던 것이다.

그런데 그날 프랑스 국민들은 투르크메니스탄 산 아할 테케 말이 엘리제 대통령궁 마당 한가운데에 들어온 장면을 전국 생중계 TV를 통해 보면서 또 하나 경탄의 소리를 은밀히 냈었다.

미테랑이 자신의 입으로 한 아가씨 이름을 부르며 "내 딸 마자린아." 할 때였다. 사람들은 그간 풍문으로만 듣던 미테랑 대통령의 혼외정사 딸 마자린의 모습을 처음 TV로 보게 된 것이다. 미테랑 대통령은 그런 식으로 그동안 자신이 프랑스 국민들에게 20여 년을 숨기며 키워온 사생아 딸을 이제 당당하게 세상에 소개한 것이다.

두 가지를 노린 미테랑의 계산이었던 것으로 해석되었다. 국민들에게 그런 식으로 자신의 혼외 자식 존재를 알리며 양해를 구함으로써 자신을 둘러싼 풍문에 정치적으로 종지부를 찍고 싶었던 거고, 또 하나는 대학생인 딸 마자린과 그의 어머니 오르세 미술관 큐레이터를 이제 당당히 사회의 공인으로 활동하도록 해주어야겠다는 가장의 심정이었던 것이다.

내가 미테랑 대통령 딸 마자린이 탔던 말 겐짐과 인연을 맺은 것은 1998년 유네스코 대사로 부임해서부터였다. 유네스코 대사로 부임 후에도 나는 평소 좋아하던 승마를 주말이면 즐겼는데, 하루는 프랑스 승마계 인사 한 분이 양 대사께서 만나면 서로 흥미롭게 지내실 분을 한 분 소개하겠다고 했다. 소개를 받고 보니 미테랑 대통령 시절 대통령궁 기마대 소속 조련사였다. 그는 왕년의 프랑스 올림픽 대표선수로 승마계의 스타였다.

승마인들끼리는 언제 어디서나 통하기 마련이었다. 우리는 금방 친하게 되었다. 그의 이름은 알렉산드르 그로(Alxandre Gros). 그로 씨는 우리 부부를 자신의 승마장으로 초대했다. 가서 보니 그곳은 프랑스 대통령 별장 숲 가장자리에 위치한 소박한 이층 시골집이었다. 그 시골집 마당 밭 터를 개인 승마장으로 하고 있었다. 그런데 나는 Gros 씨로부터 놀랍고 흥미진진한 이야기를 듣게 되었다.

바로 자기가 홀어머니를 모시고 살고 있는 이층집에서 미테랑 대통령이 지난 20년간 마자린의 어머니 뺑조 여사와 밀회하며 마자린을 길렀다는 것이었다. 2층 방에 올라가 보니 과연 미테랑과 마자린의 모친이 밀회하며 보냈던 사진들이며, 기타 수부니어(souvenir) 흔적들이 여기저기 있었다. 미테랑의 체취가 넘치는 방이었다.

미테랑 대통령은 생전에 그로 씨에게 "자네는 나와의 추억을 책으로만 내도 히트할 걸세!"라고 말했다고 했다. 그러기에 충분하게 느껴졌다.

파리 시내에서 남쪽으로 1시간 남짓 가는 지점에 있는 Souzy-la-Briche에 있는 대통령궁 별궁 숲 가장자리에 외딴집으로 있는 알렉산드르 그로 씨 모자가 살던 이층 시골집이 현직 프랑스 대통령의 14년간 혼외정사 밀회 장소였다니…. 나는 그 집을 거의 매주 말이면 승마하러 가면서도 믿지 않았다. 그만큼 프랑스 대통령 문화가 신비로웠다.

Alexandre Gros는 마방(Stable)으로 우리 내외를 안내했다.

Gendjim이라는 말의 이름 앞에 섰다. 이 말이 바로 전설적인 Akhal Teke였다. 나는 그 말 앞에 한 참 서서 네가 역사상 유라시아 대륙을 누비던 칭기즈칸의 천리마 후예렸다. 이런 대화들을 주고받고 있었다.

내가 Gros 씨와 함께 겐짐을 시승하기에 앞서 조사, 대화하는 모습

첫인상에 Akhal Teke는 안광이 지배를 철하듯 눈의 섬광이 빛났다. Gros는 말했다. 보통 사람은 그 말 앞에 서지도 잘못하는데 그 말과 대화를 하시는 것을 보니 양 대사께서는 타실 자격이 있으신 것 같습니다.

알렉산드르 그로 조련사에 의하면 그 말은 마자린 같은 젊고 어린 여성이 타는 말이라기보다는 말에 대해 담대한 기질과 노련한 승마 기술을 지닌 남자 기사(Cavalier)에게만 맞는 말이라고 했다.

나는 Gendjim과의 첫 대면 시 그가 내 기질에 맞는 말이라고 느꼈다. Gendjim은 상당한 '기질(temperament)'을 지니고 있었으나 나는 이를 오히려 즐기면서 Gros 씨와 함께 보폭을 맞추며 숲 속을 일주했다. 물론 대통령의 딸 소유 말이었기에 Gros의 입장에서나 당시 나의 신분상 마자린의 동의 없는 상태에서 그 말을 오래 탈 수는 없었다.

> 추신: 미테랑 대통령 딸 마자린이 타던 겐짐(Gendjim)을 삼성 승마단팀이 이건희 회장용으로 인수하고 싶어 했다. 그로 씨도 겐짐은 마자린에게 어울리지 않은 명마였으므로 한국의 이건희 삼성그룹 회장과 같은 분이 인수해 가기를 내심 바랐다. 삼성 측은 삼성승마단을 세계적 승마선수단으로 육성시키고자 하는 이건희 회장 개인의 승마 애호 정신과 이 회장의 위상에 걸맞은 말이라면 역사가 있는 겐짐 정도면 딱 어울릴 것 같다고 간주, 나로 하여금 이건희 회장을 위한 명마 구입을 희망하기도 했었다.
>
> 그러나 그로 씨와 이야기해 본 결과, 겐짐은 마자린 말이긴 했지만, 미테랑 대통령이 투르크메니스탄 국빈 방문 시 받은 선물로, 프랑스 대통령실 소속 국가유산이기 때문에 미테랑 유가족이 이를 사유재산으로 처분할 수 없다고 판단, 더 이상 이야기를 진행시키지 않았었다.

핀란드 할로넨 대통령과의 인연
그리고 Mr Ra

1999년 3월 나는 파리 유네스코 대사에서 핀란드 대사로 옮겼다. 얼마 후 관례대로 할로넨(여) 외무장관에게 신임장 사본을 제출하고 환담하는데, 두 가지 이유로 나를 반기고 있었다고 했다. 하나는 나의 이력을 보니 자기가 근무했던 프랑스 스트라스부르(Strasbourg) 대학에서 내가 공부한 점. 다른 하나는 자기와 학생 시절 절친했던 친구의 남편이 코리안(Korean)이었는데 불행히 이혼하게 돼 자기가 그 수속을 대신해 준 인연이 있어서라고 했다.

할로넨 여사는 내가 1967년 프랑스 정부 장학생으로 스트라스부르 대학 고급 유럽 문제 연구소에서 박사학위 논문을 썼을 때 자주 들렀던 유럽의회, 유럽 인권재판소가 있는 곳에서 유럽 인권을 연수하였고, 그것이 계기가 되어 핀란드에서 여성 인권변호사로 활동한 것이 정치인으로 성장한 계기가 되었다고 했다. 그러면서 오랜만에 스트라스부르 동기생을 만나게 되었다고 반가워했다.

그러나 나의 관심은 한국인과 결혼했다 이혼한 사건이었다. 외상이 전하는 요지는 이러했다.

1960년대 핀란드도 매우 가난한 유럽 후진국 수준이었다. 산림 국가였기에 목재산업이 유일한 산업기반이었다. 이때 같은 대학 동기 중 친한 친구가 있었는데 그의 아버지가 핀란드 공산당 서기장이었다. 그 친구도 학생운동 리더로 아버지처럼 공산당 운동을 하다 동독 공산당 정부의 장학생으로 동독에 유학했다.

동독에 유학하고 있을 때 그 친구는 북한에서 유학 온 인삼 전문 과학자와 사랑에 빠져 결혼까지 했었다. 그때까지 그 친구는 북한이란 사회가 핀란드 수준이거나 더 낳을지 모른다는 막연한 생각을 가졌던 것 같았다.

동독 정부의 장학금도 끝나가고 북한 정권도 이 과학자를 본국 송환하자 이들 부부는 동독서 낳아 기른 어린 아들을 데리고 북한으로 돌아갔다. 헌데 북한에 가보니 북한 사회의 수준, 당국의 태도, 사회환경, 주민들의 자기들 부부에 대한 적대감들을 도저히 감당할 수 없었다.

그래서 할로넨 외상의 친구는 하는 수 없이 전 가족이 핀란드로 철수하기로 마음먹고 북한 당국에 출국 요청을 하니 아들과 남편을 북한에 놔두고 혼자 핀란드로 돌아가도록 했다 한다.

그것도 북한을 배신한 죄로 북한에 억류하지 않은 것을 다행으로 알라 하면서… 이때 핀란드에서 인권변호사를 하던 할로넨 변호사에게 도움을 청하는 친구의 요청이 전달되었다고 했다.

그래서 할로넨 변호사 개입으로 종국에 자기 친구는 북한에서 인삼박사로 저명하던 라 박사와 이혼하고 어린 아들만 데리고 핀란드로 나와 키웠다고 했다.

외무장관이 말한 친구의 아들은 핀란드 방송국에 근무하는 Song-Hak Ra 기자였다. 헬싱키에 근무하며 국경지대 분쟁을 주로 취재 보도하는 외신담당 기자였다.

이내 연락해서 헬싱키 시내 일류 식당으로 오찬 초대했었다. 외국 대사가 이런 오찬 초대를 하면 주재국 언론인들은 의례히 반기며 우선적으로 약속해 주는 것이 상례인데 이 친구의 경우, 반응이 좀 주저주저하는 것 같았다.

장소가 부담되는가 싶어 그가 선호하는 장소로 정하자고 재차 촉구하자 그때서야 인적이 드문 이름 없는 시내 한 식당에서 보자고 했다.

서방세계 언론인들과 항시 활발하고 개방적인 만남만 가져왔던 나는 즉각 이 친구에게 보안상의 어떤 문제점이 있다는 걸 느꼈다.

아니나 다를까 내가 헬싱키에 부임차 도착하던 날 핀란드 주재 북한 대사 김평일(김정일 형)이 체코 대사로 떠나고 이후 핀란드 주재 북한 공관은 정말 철수한 셈이지만, 자기는 친부가 아직도 평양에 남아있어 자기도 2년에 한 번씩은 아버지를 만나러 평양에 가기 때문에 한국 대사를 공개적으로 만나기가 좀 꺼려진다고 했다.

그래도 내가 핀란드에 근무하는 동안 내 관저에 초청 한국 음식을 대접하고 싶다고 했더니, Ra 기자는 자기는 전에 김평일 북한 대사가 있을 때 자주 북한 대사 관저에 가서 북한 음식을 맛보았음을 밝히면서 끝내 나의 관저 초대는 사양했다.

나는 그가 핀란드 방송국에서도 외신부장 격 위치에서 활동하고 있고 장래도 있어 보여 서울 방문을 추진해 주려 했던바 Mr Ra는 이런 이야기를 내게 들려주었다.

몇 년 전 평양에 아버지를 만나러 갔을 때 평양 공항 도착해서 떠나올 때까지 24시간 밀착 감시병이 따라붙더라. 그래 우리 아버지가 공원에 가서 걸으면서 감시원이 소홀한 틈을 타서 아버지가 특별히 만든 인삼 정액 한 병을 내게 건네며 "아비가 너 주려고 특별히 연구해서 만들었으니 핀란드 가서 보약으로 잘 활용하라." 하셨다. 그런데 공항을 나오다가 모두 압수당했고, 나는 그로 인해 우리 아버지께 피해가 가면 어떨까 고심했던 적 있었다.

한국은 북한과 비교 안 될 만큼 발전된 선진국이라고 알려져서 기자로서 한국을 한번 가보고 싶은 마음은 굴뚝같으나 우리 아버지 생각하니 그럴 용기가 나지 않는다 했다.

나는 그의 효도심과 고뇌를 이해하고 그에게 더 이상 한국 방문을 권하지 않았던 적이 있었다.

추신: 이 글을 쓰는 동안 나는 우연히 그의 Facebook으로 상호 연결되었다. 그러나 현직에서 은퇴한 이후에도 다른 나의 유럽 친구들과 달리, Song Hak Ra는 상금도 나와 적극적이고 공개적으로 교신하는 것에 부담을 느낀 듯하다. 북한에 있는 그의 핏줄 때문인 것 같다.

핀란드 국명 및
수오미(Suomi) 문화

　　지리적으로 북회귀선(Arctic Circle) 위의 고도 극 한대 지대에 위치한 스칸디나비아 반도 북부 지대를 Lapland 지대라고 부르고 있다.

　　라플란드 지대는 지도상으로 노르웨이, 스웨덴, 핀란드를 포함하고 있고, 러시아 서쪽 북부 콜라(Kola) 반도에 위치한 무르만스크(Murmansk) 오블라스트(oblast, 러시아 행정단위 州)에 걸친 광활한 지역을 의미했다.

　　이들 지역에 빙하기 때부터 아시아 몽고 지대에서 이동해와 살고 있는 원주민을 싸미(Sámi)족이라 부른다. 흔히 이들을 랍스족(Laps)족으로도 표현했으나 그들 종족이 이를 모욕적 표현으로 받아들여 국제사회는 이후 싸미족으로 칭하게 되었다.

　　싸미족은 노르웨이령 Lapland에 37,000 내지 60,000명, 스웨덴령 Lapland에 14,600~36,000명, 핀란드령 라플란드에 9,350명이 거주하고 있고, 러시아에 1,191명, 미국에 제1세대 싸미 가족이 480명, 1세대 및 2세대가 945명 거주하고 있다. 우크라이나에는 136명의 싸미족이 살고 있는 것으로 2022년 자료에는 나와 있다.

내가 그 지대를 방문했던 2000년도 통계는 입수가 불능이나 큰 차이가 없을 것으로 판단된다. 왜냐하면, 각국 정부는 유네스코 등이 주창한 세계문화유산 보호정책 차원에서 소수 원주민들에 대한 지원책들을 강화해 왔기에 19세기~20세기 전반부까지 있었던 강대국의 식민지 정책 때처럼 이들 인구가 지배계급에 의해 자연 도태되는 현상은 사라졌기 때문이다.

인구 분포상으로 보면 싸미족 문화의 영향은 스칸디나비아 3국(핀란드, 노르웨이, 스웨덴) 중, 노르웨이나 스웨덴이 훨씬 클 것으로 보이는데, 이들 3개국 중 싸미족이 가장 적게 사는 핀란드에 그 종족의 문화유산은 더 컸다.

노르웨이나 스웨덴은 백인 바이킹족 문화유산이 강하여 상대적으로 싸미족 문화 위상과 흔적이 약한 것 같았고, 핀란드에는 인구수는 적었지만 핀란드 국민들이 자국어로 국명을 핀란드 대신 싸미(Sami)족에서 유래한 Suomi(수오미)라고 부르고 있는 것에서 볼 수 있듯, 싸미족 문화유산은 오늘의 핀란드 문화에 깊이 뿌리내려 있었다.

한편 핀란드 국명 수오미(Suomi)와 싸미(Sami)족의 언어학적 유래에 대해서는 일반적으로 언어학자들의 공통된 의견은 이러했다. 땅(Land)을 의미하는 슬라브 어 '젬랴(Zemlya)'에서 파생한 거로 이해하고 있었다.

내가 2000년 로바니에미(Rovaniemi) 산타 마을에서 개최된 북극권 국가 지방정부 및 다민족 회의에 참석하였을 시, 동 회의를 주최한 핀란드 외무성 가이드에 의해 싸미족(Lapland, 원주민) 마을을 실제로 견학 갔을 때의 인상이다.

싸미 가정을 방문해서 느낀 나의 첫 반응은 우리 강원도나 함경도에서 볼 수 있었던 화전민 모습이었다. 외모도 생활환경도, 마음속으로 내 어릴 때 보았던 우리 할머니, 할아버지 모습이네. 생활도구며, 집 구석구석에서 풍기는 모습이 그런 기분이었다. 상대방 싸미 가정도 나를 보더니 어떤 동질감을 느꼈는지 수줍은 듯 웃었었다.

빙하기 북극해를 타고 몽고 초원에서 서쪽으로 빙하의 벌판을 썰매를 타고 수렵을 찾아와 정착했다는 설이 일리 있어 보였다.

싸미족들은 Lapland 지역 전체 1만여 부락에 흩어져 생활하고 있다. 집단 취락구조에 따라 종족 언어만도 수십 개로 분포되어 있었다. 완전히 몽고인 후예 같은 아시아족 외모 몽고인과 백색 유럽인과의 혼혈족에 가까운 피부색 등 다양하게 보였다.

종교도 기독교 루터 신교, 그리스 동방 정교, 가톨릭, 샤머니즘 등 다채로웠다. 이러한 종교적 분포에도 불구, 근저에는 공통적인 샤머니즘(shamanism)이 깔려있었다.

생활 수단은 숲 속에 널리 깔린 하천에 물고기들이 풍부해서 원시적인 방법으로도 물고기를 잡아 연명할 수 있었고, 레인디어(Reindeer)를 방목 수렵해서 교통수단 및 식용으로 활용하기도 했었다.

북위 60도 선상의 이런 북극 지대에서 그들이 전기에 의한 난방시설 없이 어떻게 살 수 있는지 관찰해 보았다.

이누이트나 몽고 초원에서 한겨울에 유목민들이 생활하는 모습 비슷한 양상이었다.

한 가지 특이점은 각 가정은 토탄 같은 석탄을 오막살이 집 근처에서 채취해 난방으로 활용하고 있었다. 창조주께서 극한 지대에서도 인간이 최소한의 연명 수단을 할 수 있도록 해주셨구나 하는 신비감이 나는 생활상이었다.

소형 기술에 강했던 핀란드

✦ 천안북중 왼손잡이 투수의 발한(發汗) 억제 수술 사례

2000년대 핀란드는 벌써 틈새 분야에서 세계 최고의 첨단기술을 발휘하고 있었다.

예를 들어 정보 통신분야에 당시 노키아(Nokia)로 대표되는 핀란드 회사가 세계 첨단의 위치를 달리고 있어 한국의 삼성전자 등 각국 후발 기업들의 단골 견학코스가 되었는가 하면, 핀란드 북부 인구 밀도가 빈약한 지역의 중심도시로 수도 헬싱키에서 비행기로 두 시간 이상 가는 Oulu 산학협동 도시가 국제적 관심을 끌었다. 불모지역인 Oulu(오룰루)에 먼저 산학협동 공대를 세워 공대도 발전시키고 신소재 산업도 발전시킨 모델로 캐나다, 일본 홋카이도 등 선진 북극권 국가들 지방자치단체의 견학이 줄이어졌었다.

그것은 1960년대까지만 해도 목재밖에 없다고 믿었던 이 나라가 틈새 기술 시장에서 두각을 나타냈기 때문이었다.

예하면 1912년 영국 Southampton 항구에서 미국 뉴욕항을 향하여 출항했던 초호화선 타이타닉(The Titanic)호가 1912년 4월 14일~15일 사이 캐나다 북부 New Foundland 근해 항해 중 빙산과의 충돌로 침몰했다. 20세기 최대의 해상인명 사고였다. 이때 침몰한 타이타닉호 내부를 탐사 수색할 수 있는 극소형 잠수함이 절대적으로 필요했을 때, 그런 소형 잠수함을 만들 수 있는 나라는 핀란드밖에 없었다.

산림 국가였던 핀란드는 또한 험준한 수송용 특수장비 제조 분야에서 독보적 존재였었다.

바위가 사방에 깔려있는 산악지대를 넘나들며 나무를 벌목 운송하는 데 쓰이는 특수용 자동차는 이래서 핀란드 제품이 유일했었다.

그런 특수 기계공업 분야뿐만 아니라 의료분야에서도 개인들이 세계적으로 유일한 기술을 개발 관심을 끌었었다.

흥미로운 실례를 하나 들겠다.

2000년 1월 초순, 하루는 외무부 본부에서 민원성 전보가 왔었다. 그해 전국 청룡야구시합에서 우승한 천안북중 야구부 투수 모 군은 한국 야구부에 드문 왼손잡이 투수로 그 당시 미국 LA에서 날리던 박찬호 선수를 이을 장래 유망선수로 평가받고 있었다고 했다. 그런데 불행히도 그 천안북중 왼손잡이 투수는 언제부터 인가 왼손에서 땀이 너무 나기 시작, 공의 장악력이 떨어져 부랴부랴 국내 의료진을 동원, 왼손에서 땀이 과다하게 흐르지 않도록 수술을 받았었다.

헌데 수술을 받은 후 땀이 전혀 안 나오게 되자, 이제는 신체 균형까지 문제가 발생하여 다시 왼손의 땀나는 선(수한선, 手汗線)을 복원하기를 희망했었다.

공교롭게도 당시 한국 최고 의료진뿐만 아니라 미국, 일본 의료계까지 처음 수술을 했던 고대 의대에서 수소문해 본 결과, 손의 발한선 억제 수술은 가능했지만, 일단 수술한 발한선을 복원하는 시술기술은 없었다.

전 세계 의료계를 수소문해 본 결과, 오직 핀란드 탐페레(Tampere) 시에 있는 Telaranta(텔라란타) 박사만이 집도할 수 있는 기술을 지닌 의사로 판명되었다고 했다.

그러면서 대사인 날 더러 속히 그 의사를 만나 전도유망한 한국 청룡 야구팀 우승학교 천안북중 C 군의 왼손 땀 수한선 회복수술 교섭을 해 보라는 지시였다.

헬싱키에서 178킬로 떨어진 탐페레(Tampere) 시를 두어 시간에 걸쳐 운전해 도착, 손 전문 명의 의원을 찾으니 세계적 명성과는 달리 조용 하고 차분한 작은 의원이었다. 나는 두 가지 점에서 놀랐다. 핀란드 수 도 국립대 의과대학 병원도 아니고, 시골 도시에 이런 세계적 특수 명 의가 있는가와 둘째 그 정도 명성을 누린 명의였으면 대형 개인병원을 차려 크게 돈을 벌 법도 한데 그런 외형미가 안 보였다.

본부에서 온 전문의 취지대로 그 의사에게 천안북중 청룡야구 왼손 투수의 왼손 발한선 복원 수술을 요청하고 수술에 따른 사례비를 물어 보았다.

의사는 통상 이런 경우 수술실 이용 서비스비는 별도로 하고, 자신의 집도 사례비를 받아 왔으나 멀리 한국에서 젊은 학생 투수가 와서 수술받 는 경우이고, 더욱이 한국 대사께서 간청하신 건이니 자기 집도비용은 따 로 받지 않고, 헬싱키 의과대학 수술실과 간호팀 봉사료만 받겠다고 했다.

그 비용이 2만5천 달러였다. 나는 그때까지 핀란드 의료현장을 잘 몰 랐다. 그런데 핀란드나 프랑스 등 유럽 국가에서는 개인 의원이 수술실 을 지닌 경우가 드물고, 수술을 하려면 수술시설을 갖춘 대학병원이나 종합병원 수술실과 그 병원 소속 간호팀들을 일당을 주고 사서 수술을 진행했었다. 프랑스에서도 그랬었다.

따라서 탐페레시의 텔라란타 박사가 밝힌 2만5천 불은 순전히 헬싱키 의과대학 부속병원 수술실과 간호사들 봉사료 비용이었다.

본부에 보고했더니 본부에선 천안북중 야구선수의 부모가 보험업을 하신 분으로 아들을 박찬호 같은 선수로 키우고 싶은 열망은 가득 하나 형편은 여유가 없는 것 같으니 그 학생이 귀지 도착하면 제반 편의 제공 바란다는 전문을 보내왔었다.

사정을 짐작건대 천안북중 학생이 겨우 부모로부터 수술비 2만5천 불만 마련해 올 것 같아 나는 그 학생을 관저에서 재우며 부모처럼 보살펴 수술을 잘 시켜 보내 국내에 돌아가 빛나는 왼손잡이 투수로 활약할 수 있도록 만반의 준비를 하고 공항에 마중 나갔었다.

그 학생은 외국 여행이 처음이었기에 공항 당국의 협조를 얻어 대사인 내가 직접 헬싱키 국제공항 입국장 안에까지 들어갔다. 헌데 입국장에 들어서자 승객들이 모두 코를 막고 나오는 것이 아닌가?

김치 냄새였다. 학생은 부모가 핀란드 대사님께 신세를 많이 질 텐데 보내드릴 것 없으니 아들 편에 김치를 담아 한 통을 들고 가게 했던 것이다. 그런데 학생이 김치통을 들고나오다 그만 통을 넘어뜨려 입국장 땅바닥을 범벅으로 만들었던 것이다.

김치 냄새가 공항에 진동하자 한국 대사인 내 얼굴이 화끈거렸다. 학생 부모의 심정은 이해했지만, 이런 낭패가 없었다. 이런 일이 파리 국제공항에서 일어났으면 파리 드골 공항에 내리던 한국인 승객들이 모두 얼굴을 가리고 총총걸음으로 공항을 빠져나가며 창피할 참이었다.

역시 인심 후한 핀란드 사람들이었다. 대사가 어쩔 줄 몰라 미안해하자 공항직원이 와서 오히려 "뭐, 괜찮아요…" 하고 김치통을 수습해 주며 출국장으로 안내했다. 핀란드 사람들에겐 그런 인간적이고 친환경적이고 가식 없는 흙 냄새나는 삶과 생활 자세가 배어있었다.

천안북중 학생은 수술을 성공적으로 받고 회복기를 거처 십여 일 만에 귀국했었다. 학생이 귀국한 뒤로 전혀 소식을 듣지 못해 막연히 그 학생이 훌륭한 선수가 되었기만을 바라는 마음 간절하다. 자료를 정리하다가 우연히 학생이 핀란드에 왔을 때 왼손바닥 수술 후 호숫가에서 놀던 귀여운 사진이 있어 그간 성공적인 삶을 살아왔기 바라며 이제 이 학생도 장정이 되었을 것 같구나 회상했다.

핀란드 기업과 정치 · 사회 · 문화 특성

✦ 판공비 개념을 모르는 문화

핀란드는 1960년대까진 산림 국가로만 불릴 만큼 변변한 산업이 없던 임업 국가였다. 러시아 제국 식민지로 있다가 1917년 레닌 공산혁명으로 러시아가 내전으로 혼란했던 시기에 잽싸게 독립을 선포한 나라였다.

이래, 핀란드 부모들은 한국의 옛 농촌 부모들처럼 자신들 세대에서는 비록 산에서 숯을 구워 파는 숯쟁이더라도 아들 세대만은 기술자, 아니면 반듯한 문사가 되기를 간절히 갈망했다. 이러한 부모세대의 높은 교육열로 1960년대 이후 핀란드는 틈새 기술산업이 발달하기 시작했고, 국토의 총연장 길이가 1천 킬로 이상에 이르고 전국에 20만 호수가 산재하여 전국 단위 통신망 구축이 절실한 환경 속에서 통신산업이 발달되었다.

2000년 핀란드 하면 노키아(Nokia) 정보통신 기업이 세계 굴지 기업으로 성장했고, 핀란드 하면 노키아를 바로 연상했던 것도 이런 연유였다. 핀란드 기업에는 당시 한국 기업에서 유행하던 비자금이나 판공비가 존재하지 않았었다.

실제로 내가 방문해 만난 여러 기업 총수들에게 공통적으로 확인할 수 있었던 것이 바로 비자금, 판공비 관행이 없다는 점이었다.

실례 하나를 들어보겠다.

당시 한국 울산 조선소에서는 세계적인 규모의 수십만 톤급 대형 유조선을 수주하여 수출함으로써 일약 세계 제1의 조선 강국으로 부상하고 있었다. 이때 현대조선이 만든 대형 유조선 엔진은 그때까진 자체 생산 못 하고 핀란드 Wartsila 제품 엔진을 구매하여 쓰고 있었다.

선박 엔진 생산 분야로 세계적 명성을 얻고 있는 회사 회장 면담을 신청하자 그쪽에서 면담 11시에 이어 12시에 회장 주최 오찬으로 한국 대사님을 모시고 싶다고 제의해 왔기에 나는 11시 한 5분 전쯤 그 회사 건물 앞에서 내렸었다.

운전기사가 적어온 회사건물 번지와 일치했다. 헌데 세계적 규모의 회사 명성과는 달리 건물이 낡은 시내 아파트형이었고, 건물 문 앞에는 작은 문패 정도의 간판만 부착되어 있었다.

꼭 개인 아파트 문패 같았다. 문 앞에서 회장 비서진이 대사를 영접해 주리라 기대하고 한참을 두리번거려도 아무도 인기척이 없어 혼자서 엘리베이터를 타고 8층 회장실로 올라갔었다. 그 층 복도에서도 비서가 나를 기다리고 있지 않았다. 하는 수 없이 내가 직접 혹 이 문이 회장 사무실 문이 아닐까 하고 노크하자 그때서야 나이 지긋한 신사가 나와 "어서 오십시오…" 하고 인사했다. 그때까지도 나는 한국식 기업문화에 익숙해 문을 열어준 사람이 회장실 문지기려니 생각했었다. 그런데 실은 그분이 바로 Wartsila 대기업 회장 자신이었다.

즉, 불필요한 의전 인원 및 안내직원 등을 쓰지 않고 회장이 직접 맞이했던 것이다.

두 번째로 나는 회장이 직접 환등기를 이용하여 보여준 바르질라

(Wartsila) 회사가 한국 유조선에 장착하는 엔진 제품을 보고 감탄했었다. 선박 엔진 자체가 큰 아파트 한 동 크기로 엘리베이터를 타고 엔진 상하를 이동했기 때문이다.

회장이 직접 슬라이드를 통해(그 당시 슬라이드가 최고 영상) 유조선 장착 엔진 시범을 보여 준 후 회장은 오찬장으로 가시자고 나를 유도했다.

순간, 나는 헬싱키 시내 일류 호텔 식당으로 이동하는 줄 알고 외출 준비를 하자 회장은 회의실 바로 옆방으로 나를 안내하며 사무실을 임대해서 쓰고 있는 관계상 회장실도 없고 공동 회의실이 하나 있고, 회사 VIP를 오찬에 모실 때라든지 임원들 회식을 할 경우에는 회의실 옆 식당과 주방을 활용한다고 했다. 식탁에 앉으니 아주머니 한 사람이 식사를 준비해와 서브했다. 꼭 회장 부부가 개인 아파트에서 한국 대사를 맞이해 오찬 대접하는 모양새였다. 그것이 핀란드의 허세 없는 기업문화였다.

2000년대 당시 한국에서는 재벌들이면 의례히 비자금 없던 재벌이 없었고, 판공비 없는 기업체 장이 없었다. 한번은 철강제품 수출로 한국 기업과도 밀접한 파트너 관계였던 Outokumpu 기업체 회장과 몇 번 만난 후 친밀한 사이가 되었기에 당신의 월 판공비는 얼마쯤 되냐고 물어보았다.

회장은 외교가에서 주로 사용하는 판공비라는 개념과 말을 이해를 못 했다. 그를 이해시키느라 여러 가지로 풀이해서 설명해 주어도 완벽히 파악 못 했다. 은근히 화가 난 나는 "당신이 뉴욕에 출장을 가면 꼭 항공표. 호텔비만 드느냐? 그 외 구두도 닦아야 할 테고, 이발도 해야 할 테고, 친구들 동창들 만나면 한턱내기도 해야 하고, 출장 간 사이 여 비서가 결혼하면 축의금도 두둑이 내주어야 할 테고…" 하고 예를 적시해 주었었다.

그때서야 내 말귀를 알아듣고 그는 정색하며 이야기했다. "대사님, 핀란드에서는 모든 결재가 카드로 이루어지고 있습니다. 여 직원 결혼 축하금은 총무과에서 결재해서 지급할 사항이고, 뉴욕 출장 시 구두닦이, 이발 비용 등 포켓트 머니용으로 일당 30달러를 수당으로 지역에 따라 차등 지급받는 것이 현찰 소지의 전부입니다." 그러면서 "한국 기업 문화와 차이가 많지요?" 하고 의미 있게 웃었다.

당시 유럽에서도 핀란드가 유독 카드 결제가 발달되었고, 기업과 정치권의 투명도가 유럽에서도 가장 앞서있을 때였다.

청명한 핀란드 호수처럼….

● ● ●
ARS FENNICA 문화예술재단
이사장과의 특별한 우정

     핀란드 대사 관저는 전 세계 한국 대사 관저 중 풍광이 수려하기로 유명하였다. 고즈넉한 호수면에 위치했고, 외부와 차단된 독립 공간을 이루는 compound 형태의 단지 안에 있었다. 유일한 이웃으로 핀란드 호족 집안(남편은 투자회사 중역, 부인은 헬싱키 의과대학 부속병원 의사)이 있었다. 이들 부부에겐 당시 6~8살가량의 초등학교 1~2학년생 아들 둘이 있었다.

    핀란드 사람들의 사는 모습이 모두 그렇지만 이 나라에선 아무리 돈 많은 부자라도 모두 평범하고 검소하게 살고 가정부나 도우미 없이 지냈다. 자녀들도 자연 속에서 스스로 뒹굴며 크도록 방임했다. 그렇게 큰 아이들은 건강미가 넘쳐 핀란드 어린이들은 세계에서 가장 건강한 어린이로 유명했다.

    또한, 나의 이웃 부부는 영하의 한겨울에도 집 앞 호수에 웅덩이를 파고 낮에 근무하고 와서 밤이면 알몸으로 그 찬 웅덩이 물속으로 풍덩 들어가 냉수욕을 하며 체력을 단련하기도 했었다.

    한편 한국 대사 관저는 이 이웃과는 건물은 상당히 떨어져 있었으나 한 단지였기에 같은 출입구를 이용했고, 두 건물 사이는 잘 생긴 오래된 소나무 몇 그루가 보기 좋게 자연 경계를 이루듯 두 집 정원 사이를 경계하고 있었다.

외부인들은 단지 입구에 한국 대사 관저라는 간판만 크게 부착되어 있어 그 안에 이런 이웃이 사는지도 몰랐다. 우리 부부는 국내에서 아들딸들이 모두 대학에 다니고 있어 단신 부임하였기에 평시 관저는 파티가 있는 날을 제외하곤 절간 같았다.

그런 관저 분위기에서 천진난만한 이웃집 어린이들은 지네들 집 정원에서 놀다 한국 대사 관저 정원으로 뛰어넘어 와 놀기 일쑤였다. 그럴 때마다 집 안에 있던 부모들이 발견하면 밖에 나와 얼른 애들을 안으로 불러드리며 내게 "미안합니다(Excuse me, Sir)." 했다.

나는 속으로 '저분들이 내게 좀 지나치게 예의를 차리려 하는구나, 애들이 놀다가 우리 정원에 와서 노는 것은 당연한데… 혹 어떤 다른 생각으로 자기 애들이 한국인들과 어울리는 것을 꺼리는 것인가?' 이런 생각도 해보았었다.

그러나 나는 어린이들을 좋아했던 터라 출퇴근 시 마당에서 이 녀석들이 놀고 있으면 차에서 일부러 내려 안아주기도 하고, 같이 눈사람도 만들며 즐기기도 했다. 또한, 우리 집사람은 그 녀석들을 관저 안으로 불러드려 맛있는 것도 주며 안아주고 예뻐도 해주고 늘 "놀러 오너라 …" 하며 다정하게 대했다.

그러던 어느 가을날 이웃집 니에메스퇴(Niemôsté) 씨가 자기 어머니께서 우리 부부를 특별 게스트로 플라시도 도밍고(Placido Domingo) 테너 가수 음악회와 환영 만찬에 초대한다는 초대장을 가지고 왔다.

읽어보니 어머니가 핀란드뿐 아니라 스칸디나비아 지역에서도 알아주는 핀란드 제일의 문화예술 후원재단인 ARS FENNICA 재단 이사장이었다.

나는 내 이웃이 그런 문화예술진흥재단 이사장의 아들 집인 줄 몰랐다. 평소 보통 핀란드인들처럼 생활하고 처신해 보였기 때문이다.

음악회 감상 후 도밍고를 환영하는 만찬석에 참석해서 우리 부부는 또 한 번 놀랐다. 원탁 만찬 테이블에는 할로넨(Halonen) 대통령 부부와 도밍고(Placido Domingo) 부부 그리고 우리 부부만 초대되었기 때문이었다. 통상 이 정도 인사가 자국 대통령을 초대하는 만찬이면 핀란드와 밀접한 관계가 있거나 정치적으로 신경 써야 하는 스웨덴이나 러시아 대사를 초대하는 것이 상례다. 한국 대사를 초대하는 것은 극히 이례적이었다.

재단 이사장 Henna 여사는 옆에 앉은 할로넨 대통령 들으란 듯 "양 대사께서 오시기 전엔 외교관저에 대한 프로토콜(protocol)을 엄히 지키려는 전임 한국 대사 때문에 우리 아들 부부와 손자들이 참 힘들었습니다. 말은 안 했지만, 우리 손자들이 한국 대사님께 혼날까 봐 밖에 나가 마음 놓고 놀지도 못했지 않아요. 헌데 양 대사 내외분은 우리 손자들을 그토록 사랑해 주셔 이에 할미로서 감사한 마음을 표하기 위해 특별히 모셨습니다." 했다. 옆에서 이 말을 듣던 할로넨 대통령은 시종 빙긋이 웃으며 '흐뭇한 얘기네…' 하는 표정이었다. 알고 보니 할로넨 대통령과 ARS FENNICA 재단 이사장 Henna 여사와는 서로 막역한 친구 사이였다. 한 사람은 핀란드 첫 여자 대통령으로, 다른 한 분은 문화예술계 후원자로 핀란드를 대표하는 여성계 거물이었다.

그리고 그 재력과 힘은 그 집안이 유럽 최대 산림국가인 핀란드에서 최대의 산림을 가꾸는 데서 나왔었다.

그로부터 20년 후, 2022년 나는 회고록 집필을 위한 자료 정리 중,

우연히 우리 관저에 와서 같이 식사하며 즐기던 때의 이들 부부와 어린 이들 사진 한 장을 발견했다. 핀란드 대사 시절 나를 모시던 운전기사 Kai 씨는 나 이후엔 핀란드 제2대 버스회사에 취직해서 총지배인까지 승진 은퇴했고, 나와는 지금도 Facebook을 통해 서로 근황을 주고받고 있는 처지인데, Kai를 통해 나의 저명 이웃 Ars Fennica 재단 이사장 측에 내가 발견한 20년 전 사진을 보냈더니 니에뫼스테 이사장 부부는 반가움과 기쁨을 가득 담은 인사말을 내게 보내왔다. 참 반가웠다. 그 집 애들은 이제 대학생이 되었을 거고 아마도 대학 졸업 후 한국을 한번 방문하고 싶어 할 것이다. 내가 그 애들을 보고 싶듯, 그 애들도 어릴 때 노상 정원에서 안아주며 귀여워해 주던 나를 만나기 위해서라도… . 가장 위대한 외교란 결국 인간애가 아니겠는가? 그중에서도 어린이들을 위한 사랑!

하여 나는 푸틴 러시아 대통령을 비롯한 모든 세계 지도자들에게 전쟁을 도모하기에 앞서 어린 생명의 목숨을 먼저 한번 생각해 보자고 권하고 싶다. 그것이 나의 평화주의다.

● ● ●
핀란드 근무 중
잊을 수 없는 추억들

✦ 쇄빙선 타고 떠난 북극 탐사와 한겨울 호수면 위 승마

핀란드에 부임해서 얼마 있다 외무성 주관 외교단을 위한 쇄빙선 북극 크루즈에 참가해 보았다. 핀란드는 4월이 돼도 북극해는 꽁꽁 얼어 바다는 얼어있었고, 그 언 바닷길은 쇄빙(碎氷) 장치를 배 앞에 프러펠라로 장착한 배만이 통행 가능했었다.

그래서 지척 간인 이웃 에스토니아 항구 탈린과 헬싱키 간 정기 여객선도 동절기에서 해빙이 끝나가는 봄의 한중간까지는 쇄빙 장치가 달린 여객선을 운행했다.

핀란드 외무성이 대여한 쇄빙선은 정확하지 않지만 내가 세네갈 대사를 했을 때(1993년~1995년) 윤광웅 해사교장 제독(노무현 정부 국방부 장관)이 우리 해사생들을 태워 해외 순양훈련 일환책으로 세네갈 다카르 항구에 왔던 충무함 규모였다.

쇄빙선에 승선한 외교단 가족(대사 부부들)은 지급된 구명조끼도 입고 뱃멀미에 대비한 구급약도 지급받으며 헬싱키 항구를 아침 일찍 출발, 오후 1시 무렵 북극권에 가까운 바다 위에 멈추었다.

거기서부터는 헬리콥터를 이용해 북극 바다를 답사한다는 것이었다.

헬리콥터는 5~6인승 정도로 작았기에 외교단은 조를 짜서 승선, 북극 바다 위를 날았다. 그때 어느 지점에서 헬리콥터가 바다 위 빙판에 안착했다. 바다가 두껍게 얼어 빙판 위에 헬리콥터 이착륙장이 형성된 것이었다.

빙판에 내린 외교단들은 북극 바다를 직접 자기 발로 밟으며 걸을 수 있다는 것이 신비하고 흥분되어 탄성들을 발휘하며 즐거워했다. 이때 더 경이로운 현상이 헬리콥터가 착륙한 지점에서 그리 멀지 않은 빙판 위에서 목격되었다. 바다 한가운데에 구멍이 나있었고, 그 구멍에서 김이 모락모락 솟아오르고 있었기 때문이다.

그 김이 솟아오르는 바닷물 구멍 주변은 반경이 1m 이내로 크게 번지지는 않았으나 북극해 내부에서 솟아 올라와 경이를 이루었다.

향후 과학기술이 발전해 북극 항로가 개설되면 북극은 지하자원 개발 측면에서나 관광자원 측면에서 인류의 보해(寶海) 역할을 할 것이라는 예감이 들었다.

쇄빙선의 발달은 향후 북극 항로의 개척을 불러와, 부산발 북극 항로를 통한 우리 물류의 대 유럽 수출도 촉진될 예정이어서 북국 항로가 새로운 해상 실크로드가 될 날도 머지않을 것 같았다.

한편 나는 핀란드 근무 중 세계 어느 나라에서도 경험하기 어려운 한겨울 호수 위에서 승마를 하는 즐거움을 누렸었다. 호수가 많은 핀란드 승마계에서는 매년 2~3월 호수의 수면이 2미터 이상 얼고 그 위를 눈으로 덮인 눈이 단단한 아스팔트처럼 되었을 때 호수 위를 승마선수들이 질주하는 스릴 만점 승마를 할 수 있었다. 고난도 위험이 수반하기 때문에 일정 수준의 노련한 승마인들만이 즐길 수 있는 스포츠로 각광받고 있었다.

나는 마침 함께 말을 타던 교관이 러시아 혈통의 유명한 핀란드 승마계 유럽 챔피언으로 그 자신이 한겨울 호수 수면 질주를 즐겼기 때문에 주말이면 해빙이 올 때까지 그와 함께 호수면 승마를 즐기는 편이었다. 아침 일찍 호수 이 끝에서 말을 타고 호수 한가운데를 가로질러 저 끝 사우나가 있는 곳으로 달려가면 어떤 때는 호숫가에 새벽 낚시를 하러 나온 핀란드 사람들이 말을 타고 자기들 앞으로 다가오는 기마 교관을 보고, "차르(폐하), 만세!" 하고 마치 그 옛날 러시아 황제(차르)가 자기들 앞에 말을 타고 나타난 것 같은 예우를 해주며, 서로 즐거운 아침 인사를 나누기도 했었다.

아래에 관련 사진을 참고로 제공해 본다.

한겨울 빙판 위에서 말 타는 핀란드 대사 시절 나의 모습

무르만스크(Murmansk)를 향하여
퍼붓던 나의 저주

2000년 12월 15일 나는 노르웨이 최북단 도시 Tromsø(트
롬쇠) 시장의 초청으로 헬싱키에서 트롬쇠로 향했다. 헬싱키에서 노르웨
이 트롬쇠까지는 육로로 1,354km, 버스로는 23시간 12분, 기차로는 22
시간 37분, 승용차로는 16시간 57분 소요의 장거리 여행 코스였다. 그럼
에도 불구하고 헬싱키에서 북극권 파리로 알려진 지구상의 최북단 오로
라 도시인 Tromsø로 가는 길은 항시 핀란드 및 전 세계 탐방객들로 넘
쳤다. 아문젠 등 북극 탐험대 출발지로도 유명했기 때문이다.

트롬쇠까지는 자동차로 가는 데만 이틀 잡아야 했다. 나는 그쪽 지리
에 밝았던 나의 운전기사 KAI에게 도중 핀란드–러시아 국경지대 무르
만스크(Murmansk)로 가는 길로 가자고 했다.

Lapland 중심도시 Inari에 오니 러시아 최북단 항구도시 무르만스크
(Murmansk) 방향이란 표지가 붙은 폐허 된 2차선 도로가 나왔다. 정
적 깃든 2차선 도로를 따라 수십 킬로 더 북쪽 러시아 영토 방향에 도
달하자 거기서부터는 진짜 핀란드–러시아 국경선인 듯, 철조망이 쭉 쳐
있었고, 러시아 보초병이 초소에 있었다. 동행한 나의 기사에 의하면 냉
전 시대에는 소련에서 서방측으로 탈출해 넘어오는 탈출로 중 하나였기

에 무르만스크–핀란드 국경지대 상의 소련군의 경비는 매우 혹독했다고 한다. 거기서부터는 무르만스크 항구로 향하는 국경선 초소였다. 아예 폐문이었다. 팻말에만 Murmansk 방향이란 말이 붙어있을 뿐이었다.

'Murmansk'란 말을 보자, 나는 1983년 9월 1일 일어났던 대한항공 (Korean Air) 007편 보잉 747기 격추 사건이 다시 떠올라 도저히 자리를 뜰 수 없었다.

1983년 9월 1일 미국 뉴욕 케네디 공항을 출발한 우리 민간 항공기를 소련군이 격추시켜 269명의 전 탑승객이 사망한 대참사였었다.

당시 대한항공 269명의 유해는 발견하지 못한 채 설만 분분했었다. 한국을 비롯한 전 세계 언론들은 무르만스크 근해를 주목했으나 소련 당국의 비협조로 모든 조사도 용두사미로 끝나버린 것으로 기억됐다.

나는 1983년 파리 대사관 근무 시 이 전율할 비극을 목격하고 이래로 소련–러시아를 생각할 때마다 잊은 적이 없었다. 하여, 트롬쇠로 가는 도중 차의 기수를 돌려 무르만스크로 향하는 핀·러 국경 철조망 앞에서 나는 소련–러시아 공산정권이 무모한 대한항공에 자행한 천인공노할 만행을 규탄하고 그들에게 저주라도 퍼붓지 않고는 길을 떠날 수 없었다(한편 우리의 대한항공을 미사일 공격으로 격추시켜 269명의 무고한 생명을 앗아간 소련군 전투기 조종사 오시포비치 중령은 2015년 9월 23일 사망했다고 알려졌다).

이후 우리는 다시 그로부터 불과 4년 후, 1987년 11월 29일 이라크 바그다드에서 출발한 대한항공 858기가 서울로 오던 중 미얀마 상공에서 북한 만행(일명 김현희 사건)으로 공중 폭파 115명 승무원 전원이 사망한 참사를 또 겪었으니 공산주의자들의 인간 목숨을 우습게 보는 고질적인 만행 앞에 치가 떨리지 않는가!

화제가 된 한국 대통령 노벨평화상 축하단 규모

12월 14~17일간 나는 북극권 싸미족 문화권 초도순시에 나섰다. 일정은 Muonio 시장 초대에 의한 일정 소화와 노르웨이 Tromsø시장 초청에 의한 트롬쇠 방문이 주었다.

Munio 시는 핀란드 북단의 소도시이지만 싸미족들의 문화유산을 감상하고 즐길 수 있는 국립박물관과 각종 갤러리가 있는 문화유산이 풍부한 도시였고, 핀란드 북단에서 스웨덴-노르웨이로 가는 최북단 국경 도시로서의 특징이 있었다.

나는 프랑스에 오래 근무하면서 EU권 국가들이 서로 자유롭게 왕래하며 사는 것, 국경은 법률적 측면에서는 존재하지만 실제적으로는 교통신호기 정도의 역할만 하고 있는 현상을 항시 부러워했었고, 향후 남북한 간도 궁극적으로 EU 모델을 추구하며, 그 반경이 일본-중국-러시아로 확대될 때 극동 아시아에 진정한 평화와 번영이 도래할 것이라는 정치신념이 있었기에 어디 가나 국경지대의 이모저모를 견학했다.

핀란드 최북단 도시 Munio를 방문했을 때 경험이다. 북위 66도 북극권 국경 도시인 Munio는 인구 2천 명대의 소도시였다. 학생들을 위한 최고의 교육기관은 직업 중·고등학교가 있을 정도였고, 이 학교 졸업생들은 핀란드 국내 아니면 국경 넘어 스웨덴이나 노르웨이에 가서 주로 취업했다. 국적상으로는 각기 핀란드, 스웨덴, 노르웨이 국적으로 갈라서 있었지만, 이들 지역 주민들에는 같은 Lapland에 속한다는 유대감도 깊었다.

한 예로 내가 스칸디나비아 반도 최북단의 파리로 알려진 노르웨이 트롬쇠(Tromsø) 시를 방문하게 되었던 것도 핀란드 무니오 시장 헤이노넨 여사의 주선 덕택이었다. 헤이노넨 여사는 노르웨이 트롬쇠 동료 시장에게 한국 대사의 Munio 방문을 알리고 나의 트롬쇠 방문 희망을 고려, 주선했던 것이다. 하여, 나는 무니오 헤이노넨 시장과 함께 트롬쇠에 12월 15일 도착했다.

트롬쇠 시는 명실공히 북극권(Arctic Circle) 내에서 러시아 무르만스크(Murmansk), 노릴스크(Norilsk)에 이어 3번째로 큰 스칸디나반도 최북단 도시이자 18~19세기 북극의 파리로 불릴 만큼 장대하고 화려했다. 인구 기천 명 수준의 타 도시에 비해 당시 5만 명 규모의 대도시였고, 명성 높은 의과대학과 부속 종합병원도 있었다. 북극권 박물관에는 아문젠(Amunsen)을 비롯한 북극 탐험대들의 유물과 고고학적 자료도 많았다.

트롬쇠로 오기 전 나는 핀란드-스웨덴-노르웨이 국경 셋을 넘어온 셈인데, 이들 세 나라는 모든 면에서 하나의 가족처럼 움직이면서도 내면을 살펴보면 흥미로웠다. 핀란드와 스웨덴은 EU 가입국이었으나 Norway는 EU에 가입하지 않았었다.

역사적으로 핀란드는 13세가 후반부터 1809년까지 400년 이상을 스웨덴의 지배하에 놓였었다. 인종도 스웨덴인들은 백인 바이킹 후예들이었지만, 핀란드인들은 달랐다. 언어도 스웨덴어와 핀란드어는 전혀 달랐다. 스웨덴어가 독일어와 뿌리를 같이 한다면 핀란드어는 Fin-Ugric로 분류되는 독특한 언어. 한글과 같은 언어군에 속했다. 국력 면에서나 위상 면에서 두 나라는 비교가 되지 않을 만큼 차이가 컸다.

그럼에도 불구하고 양국 간, 양국 국민 간에는 전혀 갈등과 우월, 차별의식이 없이 한 가족 군처럼 지낸다. 민족 감정, 국가 간 감정을 느낄 때라곤 두 나라 럭비 시합이 있을 때뿐이다. 핀란드 팀이 이기는 날에는 핀란드 전국 도시 맥주집에서 사람들이 스웨덴을 이겼다고 밤새 기분 좋게 한잔하며 통쾌한 기분을 푸는 정도였다. 스웨덴 사람들은 마음속으로 핀란드 사람들을 깔보는 것 아닐까 의심도 해보았으나 그렇지도 않았다. 왜냐하면, 400년 이상 두 민족 간에는 서로 피로 나눈 인연이 깊고, 핀란드 국민의 상당수가 스웨덴 출신들로 구성되어 있기 때문이었다. 핀란드인들은 핀란드어와 스웨덴어 두 언어를 모국어로 사용하고 있었다.

마치 내가 공부했던 프랑스 알자스-로렌느(Alsace-Lorainne) 지방 주민들이 집안에서 배운 독일어와 학교에서 배운 불어를 사실상 같은 모국어로 사용하고 있는 것과 같았다. 그것이 유럽 국경지대 문화의 특색이었다.

한편, 노르웨이 왕국은 스웨덴 왕국과 1814년~1905년 기간 연합왕국(Union)을 이루었었다. 그 여파로 인하여 노르웨이 사람들은 국가 간 연합(Union)이란 표현에 매우 민감·부정적 선입견을 지니고 있었다.

오늘날 노르웨이는 자국의 안보를 위해서는 일찍이 NATO에 가입, 미국과 긴밀한 안보동맹을 유지하고 있으면서도 다른 경제적 실익이 크지 않은 이유가 있기 때문이기도 하지만, EU에는 가입하지 않고 있다. 모든 서방 유럽 국가들이 유럽연합(European Union)에 가입했음에도 비 EU 회원국으로 남아있는 이유는 매번 국민투표에서 노르웨이 국민들이 연합(Union)이란 말 자체에 거부감을 느끼기 때문이라는 말이 시중에선 노상 화제가 되는 나라였다.

노르웨이 언어는 또한 스웨덴어와도 다르고, 아이슬란드어의 모태다. 1천 년 전의 노르웨이어가 오늘날 아이슬란드어라는 말이 있다. 마지 1천 년 전의 당(唐)나라 시대 한자 발음이 오늘날 한국 사람들이 사용하는 한자 발음과 같다고 해서 대만 학자들이 천 년 전의 한자어 발음 연구를 위해 서울로 유학 와서 연구하고 가는 경우와 같은 케이스였다.

이토록 핀란드-스웨덴-노르웨이 3국 간에는 서로 이질적인 역사와 언어, 인종적 차이가 있었음에도 불구하고(노르웨이와 스웨덴은 완전한 의미의 바이킹 동족) 이들 세 나라 국경지대 도시 간엔 같은 Lapland의 싸미(Sami)족 문화유산을 공유하고 있어서인지 상호 자매결연 도시로 인적교류가 빈번했었다.

트롬쇠 시장은 15일 간부들과 함께 무니오 시장과 한국 대사인 나를 환영하는 공식 오찬을 트롬쇠 일류 선상 레스토랑에서 개최했다. 화제가 며칠 전(12월 10일) 오슬로에서 열린 김대중 대통령 노벨평화상 수상으로 자연스럽게 옮겨갔다.

나는 한국 대통령이 노르웨이가 수여하는 노벨평화상을 받게 되어 한껏 의기양양한듯한 자세로 시장의 우리 일행을 위한 환영사를 듣고 있었다.

정식 환영사를 한 다음 시장은 "대사님, 노르웨이 국민들은 한국 대통령 노벨평화상 수상 축하단 규모가 얼마나 컸던지 노르웨이 전역에서 시종 화제 만발했답니다." 하고, 묘한 웃음을 지으며 말했다. 배석한 노르웨이 오찬 참석자들 모두 낄낄 재미있었다는 듯이 웃었다.

그들 생각엔 한국보다 몇 배 잘 살고 큰 나라의 대통령도 노벨상 받으러 올 때 단출하게 왔다 갔는데, 한국 대통령의 경우 노벨평화상 수상 축하단이 100명도 훨씬 넘게 와서 그것이 전 노르웨이의 방송과 TV 등에서 연일 큰 화제가 되었다고 했다.

일부러 폄훼하려고 하는 발언이 아니었다. 허례와 과장 문화에 익숙하지 못한 노르웨이 일반 시민들이 느꼈던 소감을 한국 대사를 만나 그대로 전달하는 격이었다.

6·25 한국전쟁 당시 첨단 의료지원으로 한국을 도와주었고, 한국의 전쟁고아들 수천 명을 입양하여 기르고 있는 노르웨이 시민들의 눈에는 한국이 경제발전을 이룩해서 잘살게 되었다 하지만 대통령이 노벨상 받으러 온다고 150명 규모의 축하단을 몰고 오슬로까지 오는 것은 좀 과하지 않으냐는 투였다.

의기양양해야 할 한국 대사인 나의 얼굴은 그 말을 듣고 붉어졌다. 진정한 국격이란 허세보다는 품격에서 나온다는 것을 절감했다.

Kalinigrad(칼리니그라드)
방문 소감

　　앞서 미테랑 프랑스 대통령의 숨겨둔 딸 마자린의 애마 이 야기에서 언급했던 것처럼 나는 대사급 외교관으로서는 유럽에서 몇 안 되는 승마인인 셈이었다.

　　폴로도 배워 핀란드 폴로팀의 일원으로 이웃 나라 스웨덴에 원정 가 서 스톡홀름팀과 시합할 정도였다. 기술에 능했다기보다 열정이 강했던 편이었고, 덕분에 유럽 승마계 고위인사들과 자연적인 교분도 유지했었 다. 그런 인연으로 미테랑 대통령의 딸 마자린의 승마교관 알렉상드르 그로(Alexandre Gros)와 친교를 가졌었다. 그를 통해 나는 명마 중 명 마는 투르크메니스탄 원산인 Akhal Teke란 것을 알게 되었다.

　　나는 평소 승마를 하면서 세네갈에서는 그 나라 육군 참모총장과 친 구로 지냈고, 프랑스에서는 젊은 남녀의 제일 스포츠가 승마인 점에 착 안, 한국 승마선수들이 올림픽에 출전하여 메달을 확보하면 유럽과 같 은 선진국에 우리 상품의 고급 수출화에 기여할 것이라는 생각을 가지 고 있었다.

　　마침 그때 삼성전자는 삼성 브랜드의 고급화 이미지 제고를 위해 유럽국가 간 승마대회인 Nations Cup을 인수했었다. 그때 나는 Nations Cup을 실질적으로 후원하고 있던 삼성전자 유럽 총괄본부장 양회경의 초청을 받고 동 승마대회에 몇 번 VIP로 참석하며 유럽 승마계 인사들과 교우했었다.

나는 그때 삼성전자가 당시 연간 30억에 가까운 경비를 들여 국내에서는 유일하게 승마단을 후원함에도 국제 올림픽 대회에서 우승하지 못한 점에 주목했었다.

이때 나는 승마를 개인적으로 각별히 사랑한 것으로 알려진 이건희 회장에게 러시아가 올림픽 승마대회에서 60년대 연거푸 두 번(1964년과 1968년) 승리했던 사실을 언급하며 러시아 승마선수들의 승리를 이끌어 준 Akhal Teke 말을 구입해 볼 것을 권유해 보았다. 왜냐하면, 다른 스포츠와 달리 승마 성패는 기수에게도 있지만, 말에게 달려있다는 것이 정평이었기 때문이다. 더욱이 러시아 선수들에게 승리를 안겨 준 ABSENT라는 말은 고대 중국 역사에 나오는 천리마, 적토마의 후손으로 칭기즈칸이 타고서 유라시아 대륙을 정복했다는 전설의 혈통마였다.

이건희 회장은 즉각 내 의견에 공감을 표했다. 그렇게 해서 나는 2000년도 핀란드 대사시절 휴가를 내고 개인 자격으로 삼성 승마단 최명진 감독과 우영범 전속 수의사와 동도, 러시아령 칼리니니그라드(Kalinigrad)를 방문하게 되었다. 명마 Akhal Teke를 팔려는 한 종마업자를 만나러 가기 위해서였다.

Kalinigrad는 옛 프러시아(Prussia) 수도로, 독일어로 왕도(王都)를 의미하는 Koenigsberg였다.

1945년 제2차 대전 후 포츠담 회담에서 소련이 독일로부터 빼앗아 자신들의 혁명 영웅 칼린(Kalin)의 도시(그라드)라는 의미로 새롭게 명명한 이름이었다.

이곳은 단순히 2차 대전 후 소련이 참전의 전리품으로 빼앗은 독일 영토 이상의 특수한 의미와 위상을 지녔었다. 스탈린의 사상의 근저에는 독일이 다시 힘을 길러 소련을 위협하지 못하도록 하려면 독일의 혈맥의 중심 혈인 프러시아 수도 쾨닉스베르그(Koenigsberg)의 혈맥을 아주 끊어놓아야 한다는 다분 동양 풍수적 사상이 들어있었다.

오늘의 통일 독일 민족 국가를 만든 것은 발틱해 연안에 부동항을 지닌 프러시아(Prussia)였다. 프러시아의 힘은 군대에서 나왔다. 당시 가장 강력한 군사력은 기마병들이었다. 프러시아 땅은 천연적 조건이 명마들의 육성에 탁월했다. 하여, 국가 전역에 종마 농장들이 많았다 (2000년 당시에도 프러시아 농장 흔적들이 남아있었을 정도).

독일 철학자 엠마누엘 칸트가 태어나 한 번도 자기 고향 밖으로 여행 가지 않았다는 Koenigsberg(쾨닉스베르그)는 아름답고 풍요로운 프러시아 도시였으나 스탈린 소련 공산당 서기장은 제2차 대전 후 그 도시를 소련의 영토로 하고, 그곳 거주 독일인들을 모두 시베리아로 강제 이주시킴과 동시 러시아-소련인들로 거주민들을 재구성했다. 소련 공산화된 칼리니그라드는 그 후 외부와 단절된 채 폴란드-리투아니아와 접경한 소련의 Exclave(국외 고립 영토)가 되었다. 그곳에 가려면 모스크바에서 가는 것이 유일할 정도로 소련당국의 통제를 받은 고립된 지역이 되었다. 다른 나라 국민들에게는 관광 여행을 허락했으나 독일 국민들에게는 아예 그 도시 관광 여행도 허락하지 않고 차단하고 있었다.

따라서 2000년 내가 한국 외교관 여권 소지자로서는 유일하게 맨 처음으로 칼리니그라드를 방문한 셈이었다. 칼리니그라드 종마 농장에 가서 삼성팀은 눈여겨본 Akhal Teke 말을 시승도 해보고, 혈청도 검사하는 수속을 밟았으나 동 농장의 빈한한 영양 수준이었던지 구매코자 했던 명마의 혈청 수치에 문제가 있어 결국엔 구매는 하지 않았었다.

애석한 일이었다. 우리가 떠나온 다음 그 말을 탐했던 덴마크 승마계에 고가로 팔려갔기만을 바라고 있을 뿐이었다.

우리 일행은 그곳에서 국시라는 한글 간판으로 식당을 하고 있던 고려인 한 분을 만났는바, 그는 러시아 말 외엔 안 통했다. 아는 한국말이라곤 '어머니' 정도였다. 그는 한때 소련 유도 국가 선수를 한 영웅이었고, 그 덕분에 칼리니그라드에 이주하여 살고 있다고 했다.

내가 핀란드 대사 시절 에스토니아를 겸임하면서 알게 된 일이지만 소련 전역, 특히 시베리아, 중앙아 지역에서 연명하며 살아온 고려인들의 꿈은 가급적 러시아로부터 서부 유럽에 가까운 곳으로 이주해 와서 사는 것을 평생의 꿈으로 안고 살아왔다고 했다. 그만큼 서유럽 자유민주 국가들의 풍요로운 사회를 선망하며 후손들이라도 서방 측 사회로 나와 성공했으면 하는 염원들이 많음을 발견했었다.

조사해보니 칼리니그라드는 그 후 주민들의 자치요구에 부응하여 2018년도 FIFA 주최 WORLD CUP도 주최하고, EU와 특별 협력 조래도 체결했다. EU 측과 교류를 확대하며 러시아 제일의 상업도시로 발전해가는 한편, 러시아 핵기지 및 발탁 함대 사령부가 설치되는 등 갈수록 러시아의 전략적 요충지화 되고 있었다.

나 자신은 국제정치 학도로서 칼리니그라드 방문을 통해 책에서 배울 수 없었던 많을 것을 배우고 실감하게 된 아주 소중한 기회였었다.

국내외
대학 강단에서 느낀 소회

2001년 6월 30일 나는 핀란드 대사를 끝으로 30년간의 외교관 생활을 마치고 귀국했다. 이 기간 중 나는 국내에 있는 동안 이화여대, 덕성여대, 경기대학에 교양학부 또는 대학원 과정 학생들에게 유럽 정치사, 유럽 역사와 문화를 주제로 최소 1~2년 강의를 했었다.

그러한 나의 대학 강단에서의 강의 경험 중 특히 추억에 남는 것은 핀란드 대사에서 은퇴 후 바로 다음 해 2002년 1~2월에 걸친 헬싱키 대학 동양학부에서의 한국학 강의 경험과 2002년 3월~2005년 3월 기간 3년간 봉직했던 대불대학(영암 현 세한대학교)에서의 석좌교수 경험이라 할 수 있겠다.

✦ 헬싱키 대학 동양학부 초빙 교수 경험

핀란드 대사로서 생활은 해보았지만 내가 외국대학 더욱이 겨울 기간 낮 시간이 짧고 밤 시간이 긴 북극권 핀란드 대학에서 학생들을 가르치는 것은 한국에서 맛볼 수 없는 특이한 체험이었다.

헬싱키 대학과 주 6시간 강의하고 월 2,000불과 교수 숙소를 제공받기로 계약하고 나는 2002년 1월 1일부터 두 달간 헬싱키 대학 동양학부 교수로 초빙되었다.

월급 액수보다 핀란드 유수 대학의 학풍과 학생들 수준 및 전반적인 캠퍼스 분위기를 체험하고 싶어서였다.

먼저 헬싱키 대학에 도착하자 나와 나의 가족이 전용할 수 있는 가구가 준비된 40평 규모의 아파트가 제공되었다. 건물은 학교 건물처럼 오래된 것이었고, 엘리베이터도 파리 같은 고도의 시내 주택가 엘리베이터처럼 삐걱거렸으나 사용에는 불편이 없었다.

옆 아파트에는 몽고에서 온 여교수가 차지하고 있었다. 동양학부라서 한국, 몽고, 일본, 중국 등 교수들을 단기간 초청해서 강의를 듣는 프로그램이었다.

1월 달 헬싱키의 낮 시간은 오후 2시면 벌써 캄캄한 밤이 되었다. 강의는 주로 오후 시간대에 이루어졌는바 교수 숙소를 밤 시간대에 출발하여 학교에서 종일 야간 수업을 하고 밤늦게 숙소로 돌아오는 격이었다.

식사는 아침만 자기 숙소에서 간단히 모닝커피를 하고 점심과 저녁은 모두 학교 교수식당에서 해결했다. 교수식당과 학생식당 구별이 있었으나 가격과 음식 질 면에서는 큰 차이가 없어 보였다.

식사 가격은 시내 동 종류에 비해 몇 배 저렴하다는 인상이었다. 유럽 국가들의 일반적 관행처럼 국립대학인 헬싱키 대학의 식당도 국가보조를 받고 있음에 틀림없었다.

강의실은 일정한 경우도 있었지만 어느 날엔 전혀 다른 건물에 위치해 있어 캠퍼스 전체가 대낮처럼 전등이 켜있었지만 눈발이 내리는 날이 많은 1~2월에 외국 교수가 강의실을 찾아다니는 것은 쉬운 일은 아니었다.

강의는 영어로 진행되었다. 20여 명의 수강 학생들의 수업 태도는 매우 진지했고, 동양학부 교양과목으로서 한국 역사와 문화에 대한 이야기를 나의 유럽 역사와 문화지식에 연결하여 강의하자 이해도 쉽게 하고 재미나 했다.

그러나 가족하고만 편리하게 지내오다 헬싱키 대학 숙소에서 혼자 지내려니 불편한 점이 한두 가지 아니어서 2개월째가 되니 더 이상 연장 근무하고 싶은 마음이 안 생겼다.

귀국 후 얼마 있다 나는 정부에서 지원한 예산으로 목포-영암 산단에 위치한 대불대학에서 초빙 교수로 3년간 교수 생활을 했다. 가르친 강의 제목은 유럽 정치 문화사 이해였다. 주 2시간 특강 형식으로 진행했으므로 서울 집에서 주 1회 KTX를 타고 목포로 내려가 강의하고 상경하는 식이었다. 월급은 3백만 원으로 당시 일반 대학 초임 교수 봉급 수준이었다. 공직 은퇴 후 명예 면에서나 실질적 소득 면에서나 내게는 적지 않은 도움이 되었다.

더불어 내가 학교를 목포에서 나왔기 때문에 고향 후학들을 양성하는 것도 보람 있는 일이었다.

나는 국내 대학에서 강의하며 하나의 좀 의심쩍은 현상을 발견했다.

예를 들면 이런 것이었다. 경기대학교 손종국 이사장/총장은 경기대학교를 창시해서 육성한 부친의 뒤를 이어 재단 이사장 후, 총장을 했었다. 학교도 재정이 튼튼해 수도권 대학 재단 이사장들이 급할 때는 손 이사장에게 자금을 빌리러 올 정도로 학교 운영자금도 여유가 있었다.

그러는 과정에서 무슨 비리에 연루돼 학교재단 자체가 완전히 법정관리로 넘어가 당시 민주당 정치권과 가까운 인사들이 계속 경기대를 전리품처럼 접수·운영했다. 창업주 손 이사장은 흔적도 없이 사라졌다.

또 다른 케이스도 있었다. 또 서울 여자 사립대학으로 전통 있게 성장해 오던 덕성여대 박원국 재단 이사장도 김대중 정부 들어서 완전히 학교 창설자인 모친으로부터 물려받은 재단 이사장직에서 퇴출된 후 그 대학도 학교 설립자와는 전혀 관련 없는 소위 친 좌파정권 인사들의 손에 넘어갔었다.

공교롭게도 내가 현역 대사 시절 1~2년 출강 나갔던 대학들이었고, 나와 개인적으로 알고 지내던 이사장·총장들이었다.

비리를 저질렀으면 법에 의해 처벌받는 것은 당연하나 그 학교와 전혀 관련 없던 정치권 인사들이 마치 무슨 전리품 인양 누리고 있는 것 같은 느낌을 나는 이들 학교에서 받았다. 정상적인 일인가?

● ● ●
나는
러시아를 알아야겠다

1968년 프라하의 봄으로 일컬어지는 체코슬로바키아 민
주화운동이 최고조에 달했을 때 나는 현장 지근거리에 있었다. 엄밀히
말하면 오스트리아 클라겐푸르트(Klagenfurt) 주에 있는 작은 농촌마
을 비덴 도르프(Wiedendorf)에 있었지만, 당시 체코 슬로바키아는 공
산 소련 위성 국가가 되어 서방측 인사들 접근이 어려웠기 때문에, 인
접 오스트리아가 체코에서 일어난 정치적 변혁을 가장 잘 캐치할 수 있
었을 때였다.

파리를 비롯한 프랑스 전역에 번진 학생 혁명운동은 공산 독재 정권
소련연방의 위성국으로 신음하던 체코 학생들의 궐기를 야기시켰다.

체코 학생들과 노동자와 인민들은 하나가 되어 수도 프라하 광장에
운집 체코를 점령하고 있던 소련군의 철수를 요구했고, 자국 정부의 탈
소련 위성국을 외치며 궐기했다.

그러나 프라하의 봄은 이내 곧 소련군에 의해 무자비하게 진압되었
고, 다시 체코는 공산정권의 질곡 속으로 빠져들어 갔다.

체코 학생들의 민주화운동을 무참하게 짓밟은 소련 붉은 군대의 작

태는 내게도 오랜 기간 트라우마로 남아있었다.

소련! 1950년 6월 김일성을 사주하여 한국전을 일으킨 장본인 아닌가? 어디 그뿐인가?

1945년 제2차 대전이 종료되었음에도 불구하고 소련은 소련 전역에 '굴라그(Гулаг)'라는 강제 수용소를 설치 운영하며 독일과 일본 포로들을 수년간 강제 노동시켜 왔지 않았던가?

독일과 일본의 전문가 그룹에 의한 조사 폭로에 의하면 제2차 대전이 끝나고 한참 후인 1949년 1월 1일 단계에서 독일인 56만 9,115명이 사망하고, 54만 2,576명이 독일로 미귀환했다고 한다. 독일인 포로 사망률이 가장 높았다 하겠다.

한편 일본 측 자료를 보니 소련은 57만 5천 명의 일본인 포로 중 5만 8천 명을 엄동설한과 영양실조 및 잔혹한 행위로 죽게 했다고 한다. 사망자 중 2019년 12월 시점으로 4만 1,362명의 신원이 밝혀졌다고 한다.

1945년 7월 포츠담 선언에 의하면 무장해제된 일본인 병사들을 소련은 즉시 고향에 돌려보내 주어야 했음에도 각 지역에 흩어진 '굴라그' 강제 노동 수용소에 묶어놓고 모노고라드(Моногорад)라는 단일 산업도시 건설 노예로 사역시켰던 것이다.

소련은 전국에 철강 산업도시, 자동차 산업도시, 제지 산업도시 등 특화 산업시설을 지어놓고 그곳에 독일, 일본 등 전쟁 포로들을 집단 이주시키고 사상범 유가족 등을 강제 유배시켜 산업 도시를 건설시켰다. 소련 포로 생활에서 돌아온 어느 병사의 수기를 보니 소련군은 일본인 포로들을 1천 또는 수백 명 단위로, 편성하여 감시했는데, 하루는 캄캄한 밤에 무조건 화차에 집어넣으면서 의아해하는 병사들에게 "До

маи! Домаи(다마이)!" 하고 외쳤다 한다. '집으로 돌아가라!'라고 외친
것이다.

헌데 칠흑같이 어두운 밤중에도 느낌으로 화차가 어디로 굴러가고
있었는데 다음 날 눈을 떠서 내려보니 고향 일본 아닌 어느 먼 '미개척
산업기반 조성' 도시 한복판이었다 한다. 그런 식으로 소련은 일본 포로
들을 착취했었다.

이러하였기에 엘친 러시아 대통령이 1993년 일본 공식 방문 시 일본
포로들에 대한 '비인간적인 행위'에 대해 사죄하였다.

소련·러시아에 대한 나의 암울한 이미지는 1980년대 후반 민간 대한
항공기에 대한 격추사건으로 절정에 달했었다.

오죽했으면 그분을 이기지 못해 사건이 일어난 지 10여 년도 지난
2000년 핀란드 대사 시절 수도 헬싱키에서 1천 킬로를 북극 쪽으로 달
려 핀란드–러시아 국경지대에서 대한항공기 잔해가 발견된 무르만스크
항구를 향해 국경선 철조망 밖에서 대사인 내가 혼자 몸부림치며 소련
놈들의 만행을 규탄했겠는가?

나의 대 러시아 경계심이 조금 풀리기 시작한 것은 1980년대 후반부
터 고르바초프 서기장이 소련방의 정치체제 개혁운동으로 'Перестои
ка(뻬레스토이카)' 운동을 전개하기 시작하면서부터였다. 뻬레+스토이
카의 합성어인데 뻬레는 변화(change)를 의미했고 스토이카는 이미 세
워진 구조를 의미하는 러시아어다. 따라서 발음의 마디는 '뻬레.스토이
카'로 발음해야 정확하다.

기존의 정치체제를 개축함을 의미했다. 고르바초프 서기장은 이에 덧
붙여 Гласность(글라스노스트)라는 공개정책을 행할 것을 함께 천명
했었다.

러시아에는 레닌-스탈린 시대 이래로 유명한 두 공론지가 있었다.

진실을 의미하는 프라브다(ПРАВДА), 뉴스를 의미하는 이즈베즈찌야(ИЗВЕСТИЯ)다. 이리하여 나는 은퇴 후 노어에 도전하고 있다. 과연 러시아가 진실과 뉴스를 보도하는지 알고 싶어서다.

나는 80대 만학도다. 20년간 독학으로 다진 나의 일어 실력을 바탕으로 그간 친교를 맺어온 일본 문화계 지성인들은 이런 나의 투혼을 빗대어 정로한(征露漢)이라고 우스갯소리로 부르며 경탄해 주고 있다.

1904년~1905년 로·일 전쟁 당시 노서아 군대와 싸우기 위해 만주벌판으로 출전하는 일본 병사들을 위해 특별한 약이 병사들에게 지급되었었다. 물의 질이 나쁘기로 유명한 만주벌판에서 노서아 군대와 싸우려면 무엇보다 현지에서 물을 먹거나 음식을 먹고 배탈이 나거나 설사하는 일이 다반사였는데 이를 예방하기 위한 만병통치약 이름이 정로환(征露丸)이었다. 일어로는 세이로강. 로·일 전쟁 이후에도 그 정로환(征露丸)은 만병통치 내복약의 대명사로 알려져 한국인들 가정에서도 오랫동안 상비해 왔다. 다만, 일본 제약회사는 제2차 대전 이후엔 그 약의 이름을 발음은 같은 세이로 강(정로환)이되, 한자 표기는 征露丸에서 정벌할 정(征) 자 대신 바를 정(正) 자 正露丸으로 바꾸었다.

러시아 정부가 제2차 세계대전이 끝난 지도 얼마인데 아직도 그 약 이름에 노서아를 정복하러 간다는 의미의 정복할 정(征) 자를 사용하고 있느냐고 일본에 항의한 데서 글자가 한 글자 바뀌어졌다. 일어로 발음은 마찬가지로 세이로 강이었지만 여기에도 언어적 외교적 함의가 존재했었다.

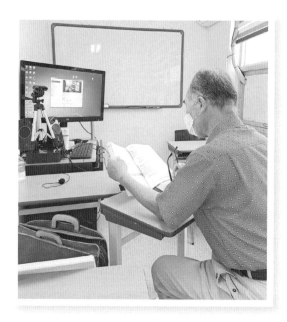

80대 만학도 정로한(征露漢)의 자화상

내가 征露漢이라고 호기 있게 칭하긴 했지만, 막상 노어를 배워보니 용기와 투혼만큼 쉽게 배워지지 않는 것이 러시아어다. 외대에서 노어를 전공하고 러시아 현지에 유학까지 했던 학생들이 귀국해서 다시 나와 같은 반에서 노어 시사를 공부하는 걸 보면 외국어 중 가장 난해한 언어가 노어 같다.

라틴어, 고대 그리스어, 불어가 노어의 모태를 이루었다 해서 쉽게 덤벼들었으나 문법의 복잡성, 발음상의 다변성 등으로 매력적이면서도 동시에 정나미가 떨어질 정도로 고약하다.

나는 매주 토요일 두 시간만 서울 푸쉬킨 하우스에서 노어를 배우고 있다. 그런 내게 엊그제 수업시간에 이변이 생겼다. 시중에 전혀 생각지도 않던 인물이 어쩌다가 무엇 되었다는 말이 유행하듯 뜻하지 않게 내가 노서아 한림원 회원으로 순간적이나마 등극했던 일이 일어났다. 사연인즉 이러했다.

수업시간에 『닥터 지바고』 이야기가 나왔었다. 그때 내가 그랬다. 지바고(Живаго)란 이름을 보리스 파스테르나크가 소설 주인공 이름으로 쓴 이유가 있을 것이다.

즉, 나의 어원적 분석에 의하면 지바고는 жизнь(생명)+Бог(神, 福)의 합성어로, 곧 신이 주신 생명 (기독교 신앙적으로는 하나님의 아들) 예수 그리스도의 의미를 지닌 함의어다.

작가가 그런 취지에서 작명한 이름일 것이다. 선생은 처음엔 무시기 소리냐고 펄펄 뛰었다. 헌데 한 시간 후 명강사로 소문난 나의 노어 선생님은 노서아 문헌들을 조사해 보더니 "빅토르(나의 수강생 명) 최고 최고!" 하면서 내 말이 맞다고 했다.

영어로는 'son of God, life given by God'으로 해석되었다고 하면서 모두들 '와! 와!' 하고 나의 어원 분석 능력에 감탄했다.

노어를 배우면서 느낀 것은 러시아가 각 분야에서 기초부터 탄탄하게 학문을 연마하며 무서운 속도로 발전하려고 노력하고 있다는 점이었다. 긴장하고 경계할 나라였다.

선린상고에
고가마사오(古賀政男)를
계몽시켜 준 이유

나는 우연히 페북에서 선린상업고등학교 친구 홈페이지 요청을 받고 별첨과 같은 글을 남긴 적이 있었다. 반응들이 좋았다. 이에 내가 왜 고가 마사오를 선린상고 동문들에게 소개하는지 그 이유를 더 술회하고자 한다.

고가 마사오(古賀政男)는 일본 국민음악 엔카(演歌) 작곡가로 세계적 음악가의 반열에 올라있다.

한 나라 내에서의 음악을 통한 대국민적 영향력 하에서 평가함에 있어서는 말할 것도 없고, 그가 음악을 통해 일본인들 속에서 차별받고 살던 한국인들과 일본인들이 융합하며 마음을 통한 화평의 세계를 구축했던 공로로 봐서도 그는 재조명되어야 할 존재였기 때문이다.

그런 고가 마사오가 바로 선린상고 출신이다. 고가 마사오는 1904년 11월 18일 일본 후쿠오카 현 다구찌 무라[田口村, 현 오카와시(大川市)]에서 태어났으나 그가 5세 때 아버지가 타계하자, 7살 되던 해 어머니와 누님, 남동생과 함께 조선으로 살러 왔다. 1911년이었다.

그 당시 조선은 일본 식민시대였고, 인천은 제물포란 이름으로 개항되어 조선-일본 무역이 번창할 때였다. 가난했던 고가 마사오 집안의 큰형이 이런 연유로 조선의 인천에 미리 건너와 일을 하고 있었기에 아버지를 여읜 이 가족은 장남이 직장 생활을 하고 있던 인천으로 건너오게 되었다.

이후 고가 마사오 가족은 인천에서 경성(京城, 서울)으로 이사한다. 그리고서 고가 마사오는 당시 일본이 용산에 조선과 일본의 선린을 위하여 건립한 학교인 선린상업중학교에 입학한다.

그것이 오늘의 선린상고 전신이며, 한국 땅에 세워진 근대 일본 명문 상업학교의 모태였다.

고가 마사오는 선린 중학(당시는 중1부터 고3까지 6년제 중학)을 다니는 동안 인천에 살던 종형으로부터 조선의 가야금을 닮은 대정금(大正琴)을 선물 받는다.

이때부터 그는 자기가 살던 집 건너편에서 흘러나오는 가야금 소리와 판소리에 심취하기 시작 조선 음악을 듣고 감수성 깊었던 청소년기 선린중·고에 다녔었다.

(미국 정부가 한국전쟁의 4대 영웅으로 지칭한 분 중 한 분이 HID 북파 공작대 김동석 대장이다. 부시 미 대통령이 "This Man"이라고 호칭하며

영예를 수여했던 김동석 대장은 가수 진미령의 친아버지이기도 한 데, 그 분이 2002년 내가 핀란드에서 귀국한 이래 나와 교우하며 밝힌 바에 의하면 고가 마사오는 김동석 대장(진미령 부모)이 살던 용산 집 바로 건너편에 살고 있었다고 했다.)

하여튼 고가 마사오는 선린상고를 졸업하고 오사카 상사에 근무한 후 1923년 명치(明治) 대학 상학부에 입학, 명치 대학에 만도린 구락부를 창설한다.

명치 대학 상학부를 졸업하고도 그는 작곡가의 길을 걸어 1931년에는 일본과 조선 및 중국을 포함한 동양 전체의 남성들 세계에서 예나 이제나 불세출의 명곡으로 알려진 「酒は 涙か ため息か(사께 와 나미다 까 다메이끼 까, 술은 눈물이더냐 한숨이더냐」를 발표했다.

1945년 히로시마와 나가사키에 원폭이 투하되고 패전한 일본 국민들이 극도의 침체 속에서 허우적일 때 그나마 일본인들에게 위로와 희망을 안겨준 사람이 두 사람 있었다.

✦ 음악으로 고가 마사오, 운동으로 리끼도산(力道山)

고가 마사오는 일본인들의 애수를 품은 엔카(演歌)의 창시자로, 「고가 마사오 멜로디(Melody)」로 명명되는 국민가요를 작곡, 음악으로 일본인들의 눈물을 닦아주었다. 리끼도 산(力道山)은 태권도와 가라테로 전 세계 복싱 미 챔피언들을 보기 좋게 한방에 KO 시킴으로써 기죽고 살던 일본인들을 통쾌하게 해주었다.

이 두 영웅이 모두 조선(한국)과 깊은 인연을 지닌 인물들이었음을 기억할 필요가 있다.

리끼도 산(力道山)은 귀화한 조선인이었고, 고가 마사오는 서울의 선린상고를 다니며 꿈많던 청소년기 한국 문화, 음악, 인심에 젖어 살던 인물이었다. 특히, 그에게 용산은 생애 잊을 수 없는 배움의 터였다.

하여 그는 1960년대부터 본격적으로 미소라 히바리(美空ひばり) 등을 발굴 일본 국민 가수로 키운다. 미소라 히바리는 마치 프랑스의 국민가수 에디뜨 삐아프처럼 1989년 그녀가 52세의 나이로 폐병에 걸려 사망했을 시 전 일본에서 전대미문의 장례행렬이 있었을 정도로 영향력 있었다.

고가 마사오 덕분에 한국의 기성세대에게도 익숙한 미야꼬 하루미도 일본의 국민가수로 우뚝 솟으며 전 일본인들의 사랑을 오랫동안 받았었다.

이 두 대표적인 일본의 국민가수들이 한국 출신이라는 설이 일본서 음악 공부하고 귀국한 손목인 작가 등으로부터 제기되었었다. 재일동포 사회에서는 모두들 그렇게 인식했었다.

물론 본인들 입에서는 그와 같은 설을 뒷받침할 어떤 이야기나 증거 제시가 없었다.

이 점에서 내가 고가 마사오의 속 깊은 한국인 사랑을 읽을 수 있다. 고가 마사오는 용산에서 어린 시절 소·중·고등 시절을 보내면서 성장했던 것이 자신의 성공 밑천이었음을 알고 마음속으로 이를 재일 한국인 동포들에게 베풀고 싶었던 것이다.

그래서 제일 한국 출신 여성 중 재능이 있어 보이는 인재들을 엔카 가수로 키워 일본의 정상급 국민가수로 성공시키면서도 행여 그 가수의 출신 자체가 노출되면 본인들에게 지장을 초래할까 봐 원려(遠慮)했었던 것 같다.

1960년대 고가 마사오는 작곡가로서도 또한 상과 대학 출신 금융가로서도 일본 내 영향력이 전성기를 이루고 있었다. 이때 한국에선 박정희 대통령이 장기영 『한국일보』 사장을 세인의 예상을 뒤집고 부총리 겸 경제기획원 장관으로 임명했다(1964년 5월~1967년 10월).

선린상고 출신 장기영 부총리는 바로 일본으로 건너가 선린상고 선배인 고가 마사오의 일본 재경 인맥을 활용, 박정희 대통령 시절 한국 경제개발에 큰 도움을 받았다.

우리 정부는 그런 고가 마사오에게 생전에 훈장을 수여했었고, 선린상고는 자랑스럽고 은혜로운 고가 마사오 동문을 동상으로 만들어 학교에 세웠던 것으로 알려졌었다.

헌데 내가 몇 년 전 일부러 선린상고에 가서 고가 마사오 선생 동상을 찾았을 때는 그 흔적을 찾을 수 없었다.

학교 측 누구도 왜 고가 마사오 선생 동상이 없어졌는지 설명하려 들지 않았다. 좌파 시대라 그랬던가?

이런 선량하고 자랑스러운 동문을 선린상고는 못되고 낡은 정치색으로 재단하지 말고 격에 맞는 예우를 표할 줄 알아야 할 것이다. 선린상고 명예를 위해서도!

나의 아호,
'소강' 탄생 배경

1999년 내가 유네스코 대사 시절 본국 공관장 회의 참석차 일시 귀국하였을 때였다. 그때 나는 MBC 방송국 초빙으로 특별강연차 목포에 내려갔다. 목포는 1953년~1955년 내가 목중에 다녔던 특별한 인연이 있었던 곳이고, 당시 MBC는 그 지역에서 KBS보다도 시청률이 막강할 만큼 목포를 비롯한 해남, 강진, 영암 및 진도, 완도 등 도서권에 지대한 영향을 끼치던 방송이었다. 가서 보니 방송국 핵심 간부 중에 나의 목중 후배들이 많았다.

목포 MBC는 나의 한 시간 강연 프로를 일주일 전부터 사전 예고 광고를 했었다. 강연장에 가보니 내 소식을 듣고서 해남 고향 마을에서 일찍이 목포로 이사와 살던 분들도 찾아왔을 정도였다. 나를 목포 일대에 알리는 중요한 계기였다.

방송이 끝난 후 목포에서 한약방을 하고 있던 나의 종형께서 이왕 왔으니 꼭 한 분을 뵙고 가라고 했다. 누구냐고 했더니 양재원 선생이라 했다. 같은 집안 어른인 데다 목포 일원에서 한학자요, 작명가로 알려진 분이라면서, "내가 너의 사주를 그분께 보여드렸더니 그분이 너의 아호를 하나 작명하신 것 같더라…" 했다.

종형은 그분과 이웃에 살며 절친한지 김대중 대통령도 이희호 여사와의 사이에 난 자식 홍걸이 작명을 부탁했었고, 가인 김병로 대법원장을 모시다가 한때 조선일보에도 있었던 적이 있는 분이라고 했다. 보통 작명가의 선입견을 갖지 말라는 설명이었다.

양재원 선생은 당시 김대중 대통령을 후광 보시게… 하는 식으로 사신을 쓸 정도로 야당 시절부터 서로 친교가 두터웠던 것 같았다. 김대중 대통령보다도 나이가 들었으면서도 그분의 방에 들어가 보니 당시 현직 대사이던 젊은 나보다 더 컴퓨터를 활용, 동·서양의 주요 인물들에 대한 기록들을 통계로 만들어 두고 있었다.

그러면서 몇 달 전 파리에서 비명에 간 영국 다이애나 공주의 성명을 내게 풀이해 주며, 다이애나 왕세자빈의 이름 속에 비운의 운명이 들어 있노라고 설명해 주셨다.

그런 어른께서 하신 말씀이 이랬다.

"내가 자네 종형으로부터 자네 이야기를 자주 듣고서 자네 사주를 건네받고 아호를 하나 지었는데, 자네 얼굴을 직접 한번 본 다음이라야 확신이 설 것 같았는데, 오늘 자네를 만나보니 내 생각이 맞았다는 느낌이네. 이 아호를 받게나…. '소강(韶剛)'일세."

그렇게 해서 나의 아호가 탄생한 셈이었다.

韶剛– 아름다울 소/풍류 소, 강할 강/강직할 강

꼭 무슨 무학대사 같은 국사(國師)나 왕사(王師) 이름처럼 한자가 무겁게 느껴졌고, '뭐 아호를 쓸 것까지야…' 하는 생각이 미처 그동안 이 아호를 통 사용치 않고 있었다.

그러다가 은퇴 후 자연 사람들과 교신을 통한 우정 다짐이 늘게 되고, 주변에서도 나를 편하게 부르고 싶어 하는 것 같아 아호를 꺼내 사용해 보니 韶剛은 한글로도 소강, 영어나 불어로도 Sogang, 썩 괜찮게 들렸다. 숨은 뜻은 갈수록 나의 개성과 인생관을 웅변해 주는 것 같았고….

또한, 나의 별장을 한번 와 본 사람들은 이구동성으로 "담양엔 한국전통정원의 소쇄원, 양평엔 같은 문중의 소강원이 있네요." 하면서 "양학포공 문중 하면 의(義)를 연상했더니 이제부턴 풍류를 연상해야겠네요." 하고들 즐거워했다.

양재원 선생께서 오늘의 내가 자연 속에서 인생을 즐기며 살 것을 미리 예견이라도 해주신 것 같아 감사하고, 귀하게 나는 나의 아호, 소강을 쓰고 있는 중이다.

LA FORESTIERE 별장 현판석
-라 포레스티에르-

    2016년 6월 27일 별장에 입석 돌 간판을 만들었다. 'LA FORESTIERE'라고. 별장이 준공된 것은 2005년이지만, 간판을 부치는 것은 무슨 펜션인가 하는 오해를 불러일으킬 봐 한동안 삼가고 있었다.

    그래도 그럴듯한 이름을 하나 붙여주어야 격에 맞을 것 같아 'LA FORESTIERE'라고 작명했다. 굳이 해석한다면 '숲 속의 집, 전당'이란 의미가 될 것이다.

    1967년 내가 프랑스 유학 시절 공부했던 Strasbourg 대학이 프랑스에서도 유명한 '검은 숲(불어로 La For^et Noire, 독일어로 Schwarzwalt)' 근처에 있었고, 유학 시절에도 프랑스인들의 숲 속 별장 생활을 흠모하기도 했었을 뿐만 아니라 마지막 외교관 생활을 유럽 숲의 70%를 제공한다는 핀란드에서 보냈기에 LA FORESTIERE라는 이름은 내 마음속에서 오래전부터 잉태하고 있었다고 보아야겠다.

처음에는 내가 직접 나무를 구해 목공소에 가서 타원형으로 홈을 파서 검은색 바탕에 하얀 페인트로 LA FORESTIERE라고 해서 걸어보았다. 정원에서 나온 잘 생긴 입석을 별장 초입구에 세워놓고 보니 위풍당당하고 별장의 배산이 되는 백운봉의 모습과도 어울려 그 돌이 풍기는 운치가 아까워서라도 무슨 간판을 걸어야겠기에 내 육필로 만든 나무 현판을 매달았었다.

방문객 중 문학도들은 돌에 새긴 간판보다는 악필이지만 내 친필로 쓴 나무 간판이 더 운치 있다고들 했다. 나 자신도 검정 바탕에 하얗게 타원형으로 띠를 두르고 그 속에 LA FORESTIERE라고 쓴 내 글씨가 더 나의 성격을 대변하는 것 같았다.

헌데 나무 간판이 6~7년 지나자 금이 가기 시작하더니 어느 여름 태풍이 지나간 다음 쪼개져 떨어져 나갔다. 이후 간판 없이 지내오던 차 … 나도 이제 나의 문화유산을 우리 아들에게 서서히 인계할 시점에 이르게 되어 생각해 보니 항구적으로 남을 이름을 돌 위에 새겨 남겨두고 싶었다. 프랑스어로 된 이름이라 전문 석공 구하기가 어려운 가운데 석공이 작업하기 편리하게 하려고 적당한 크기의 글씨체로 LA FORESTIERE라는 이름을 컴퓨터에서 뽑아내 전기를 이용 돌에 새겨 넣게 했다. 돌 글씨 전문가에게는 사례비로 50만 원이 들었다.

나는 다음 날 아침 일찍 동이 트자마자 빗자루, 모래 등을 가지고 가서 간판석 주변을 청소하고 집사람은 기념사진을 찍어 아들 내외에게 카톡 전송했다. 아들 내외와 손자들이 기뻐해서 기분이 더 좋았다.

간판석 앞 빈 공간을 6월~7월에 피는 연분홍색 철쭉으로 Fence를 따라서만 두 줄로 심기로 하고, 입석 바로 앞 공간은 깨끗한 모래를 깔아 여백을 두기로 했다.

주말에 장맛비가 내린다 하니 오늘 서울서 볼일을 후딱 마치고 내일 새벽에는 과천 원예 시장에 가서 철쭉을 사 가지고 숲 속으로 서둘러 가야겠다.

우리 가족은 2016년 7월 30일 토요일 10시 별장 간판 현판식을 자축했다.

우리 아들, 손자들이 금년 여름 바캉스는 LA FORESTIERE에서 보내겠다고 하니 그 녀석들 와서 지내는 것 준비하느라 나의 금년 여름은 즐거운 구슬땀 흘리는 계절이 될 것 같다. 그것이 아버지의 역할이자 보람이 아니겠는가?

소강록(韶剛碌) Sogang Roc(佛)/ Rock(英) Lyceum 2016년 10월 15일

　　2016년 10월 12일 수요일은 우리 부부 생애에서 하나의 획을 긋는 날이기도 하다. 그것은 시공(時空)을 초월해서 우리를 대신해 이 세상에 존재토록 우리의 뜻을 새긴 돌을 내가 몇십 년을 정성 들여 가꾼 별장 LA FORESTIERE 동산에 세웠기 때문이다.

　　사람들은 이런 류의 돌을 시비(詩碑)라 표현하기도 하나 우리 부부는 그런 보통 명사 대신 그 돌을 나의 아호를 따서 소강록(韶剛碌, Sogang Roc/Rock)이라는 고유명사로 부르기로 했다. 왜냐하면, 그것은 나와 나의 아내의 또 다른 자아(Alter Ego)이기 때문이다.

　　별장 LA FORESTIERE 뒷동산에는 고대 그리스 원형 극장식 돌 강단이 있다. 서양문명에서의 학교의 효시인 고대 그리스 철학자 아리스토텔레스(Aristoteles)의 리세움, 또는 리케움(Lyceum/Lykeum) 강단을 본떠 만든 자연 돌 강단이 있고 철학자 아리스토텔레스가 제자들에게 강의했을 법한 연단이 노아의 방주 같은 모습으로 놓여있는 곳이다.

　　나는 아리스토텔레스의 소요학파(Peripatetic School)를 그곳에 실현시켜 볼까 하는 이상을 가지고 그 강단을 만들며 자연의 섭리에 경이로움을 금치 못했었다. 어쩌면 노아의 방주 같은 모습의 바위가 동산 돌

강단 입구에 놓여있었기 때문이다. 그 노아의 방주석 위에 충남 보령에서 캐온 오석 원석으로 제작한 우리 부부의 시비, 소강록을 이번에 설치한 것이다.

소강록은 우리 부부의 사생관을 한마디로 요약하여 후세에 남기는 선언문이다. 우리가 지금처럼 살아있을 때는 말할 것 없고, 우리의 육신이 죽어 없어지는 경우에도 우리는 살아있었던 때와 똑같이 사랑하는 우리 아이들의 지속적인 안녕과 발전과 번영을 그리고 우리 조국 대한민국을 위해 중단없이 일할 것을 맹세하는 결의문이기도 하다.

소강록은 지금까지 수천 년간 이 나라 민족을 지배해온 의식구조를 근본적으로 혁파·개혁하는 나의 시도이기도 하고, 삶에 대한 새로운 미의 창출이기도 하다.

나의 사생관 철학을 대변하기도 한다. 즉, 인간은 살아있을 때도 각종 구속과 제약 속에서 살아왔는데 죽어서까지 해방되기는커녕 관속에 들어가 갇히고 더더욱 영원토록 캄캄한 땅속에 묻힌단 말인가?

올챙이 배불뚝이처럼 땅 위로 봉분을 만들어 놓고 후손들이 무슨 날만 되면 그 봉분을 벌초하랴 성묘하랴 찾아오기만을 기다리는 자화상, 우리 부부는 이런 류의 갇힌 틀에서 스스로 해방됨을 선언함과 동시에 그 정신을 내 후손들에게 물려주고자 한다. 더욱이 납골당은 생각만 해도 몸이 오싹하다.

육체를 의미하는 'Physique'란 말과 중농정책을 의미하는 'Physiocracy'란 말의 뿌리가 같듯이 육체는 곧 흙인데, 뼈가 무슨 큰 보물단지라고 마르고 닳도록 뼈를 보관하도록 후손들에게 강요한단 말인가. 나는 그런 사고의 틀에서 과감하게 스스로 뛰쳐나가기로 했다.

나는 죽음을 해방의 의미, 천의 바람처럼 창공을 훨훨 나르며 뜻을 펴는 기개 넘치는 모멘텀으로, 천의 바람(wishes, 소망)이 성취되도록 줄기차게 일할 것을 다짐하는 제2의 탄생으로 받아들인다.

따라서 소강록은 우리 후손들을 전통적 굴레에서 해방시켜 주는 역할을 할 것이다. 나 죽은 다음 우리 애들은 무슨 산소를 만들거나 벌초를 하거나 무슨 날이라고 떡 만들고 전 볶을 필요가 없을 것이다. 보고 싶고 기념하고 싶으면 별장에 오는 김에 동산에 올라 소강록에 한 송이 아름다운 꽃만 올려놓고 그들에게 들려주는 우리 부부의 말과 깊은 뜻을 되새기면 될 것이다.

Regardless of time and space,

Becoming a thousand winds and wishes,

we shall work unremittingly

for the sustained well-being, progress and prosperity of our children

as well as for our fatherland, the Republic of Korea.

우리는 시공(時空)을 초월하여

천의 바람(winds & wishes)이 되어

사랑하는 우리 아이들의 지속적인 안녕과 발전과 번영을

그리고 우리 조국 대한민국을 위해

간단없이 일할 것이다.

소강록(韶剛碌, Sogang Roc/Rock)은 소강록(韶剛錄, Sogang Writing)의 성격도 띠고 있다. 내가 소강록의 시어(詩語)에 대해 영감을 받은 것은 어느 날 할렐루야교회 루야 만돌린 연주단에서 연주 활동을

하던 집사람이 집에 가지고 와서 연습하는 곡이 하도 마음에 들어 그 곡명을 물어본즉 일어로 된 「천의 바람이 되어… (千の風になって)」였다.

자료를 조사해 보니 미국의 평범한 가정주부 겸 Florist이던 Mary Elizabeth Frye 여사(1905년~2004년)가 1932년에 지은 시, 「Do not stand at my Grave and weep(내 무덤 옆에 서서 울지 말아다오)」가 개작된 것이었다.

연유는 이러했다. 2001년 아라이 만(新井 滿)이라는 일본 니이가타 지방의 한 무명 작곡가가 암으로 젊은 나이의 아내를 여읜 친구가 절망에 사로잡혀 있자 그 친구를 위로하기 위해 Mary Elizabeth Frye의 시를 개작 천의 바람이 되어를 작곡했었다.

헌데 천의 바람이 되어 음반은 순식간에 백만 매를 돌파했다. 곡의 애잔한 리듬은 암으로 죽은 아내를 향한 젊은 시골 청년의 몸부림과 그런 고향 친구를 향한 아라이만의 우정 등이 칵테일 되어 라디오, TV, 드라마 등으로 전 일본 열도를 감동으로 몰아넣었다.

일본 열도를 달군 그 감동은 태평양을 건너 미국으로 건너가게 되었고, 2001년 9·11 테러를 계기로 미국과 전 세계를 울리는 추모곡으로 자리 잡았다.

이래로 시구(詩句)는 구미 선진국 저명인사들이 애용하는 비문의 시구가 되었고….

내가 영어 원문의 "Do not stand at my Grave and weep"에 주목한 것은 "I am not there, I do not sleep. I am a thousand winds that blow(나는 그곳에 존재하지 않는다. 나는 잠을 자고 있지 않아. 나

는 천의 바람이 되어…)"였다.

천의 바람(winds)이란 표현은 퍼뜩 내 머릿속에 우리말의 바람은 영어의 winds(風)와 wishes(所望)을 동시에 표현함에 주목하게 되었다. 결국, 내게는 천 개의 바람과 함께 천 개의 소망이 내가 살아있을 때나 죽은 다음에도 늘 함께할 것이었기 때문이었다.

그렇게 탄생한 소강록은 내게 있어 energizer(활력소) 역할도 해주고 있다. 바라만 보아도 소강록(韶剛碌)은 내 마음을 기분 좋게 해 준다.

'韶=아름다울 소/풍류 소', '剛=굳셀 강'은 내 아호이기도 하지만 '碌= 돌 모양 록' 이 글자의 함의가 예사롭지 않다. 일본 자료를 조사해 보니 진품, 만족스러운 느낌을 주는 그런 물건을 가리킬 때 '碌'라는 말을 사용했다. 마치 일본에서 백제(百濟)를 언어학적으로는 규명이 안 되는 '구다라'라고 발음하고, '구다라' 것이 아닌 것은 진짜가 아니라는 의미로 활용되고 있는 것처럼 碌(Roc)이라 한 것이야말로 진짜라는 의미로 활용되고 있기도 해서 나는 오늘도 숲 속에서 하루 일을 마치면 동산의 소강록을 한번 힐끗 쳐다보며 회심의 미소를 짓는다. 소강록(韶剛碌)은 나의 사상을 이 세상에 소리 없이 전파하는 역할을 할 것이다.

소강록(Sogang Rock)을 설치하고 나니 순간 나는 할 일을 다한 것 같았다. 여행 가방을 다 싸 놓고 기차가 오기만을 기다리는 여행객의 심정과도 같았다.

평소 말을 타고 달릴 수 있도록 숲 속에 말의 Galopping Course 를 만들어 놓고 있는 내게 퍼뜩 로버트 프로스트(Robert Frost)의 「Stopping by Woods on a snowy evening(눈 내리는 밤, 말을 타고 가다 숲가에서 멈추며…)」라는 시가 떠올려졌다.

Stopping by Woods on a snowy evening by Robert Frost…

The woods are lovely, dark, and deep

But I have promises to keep

And miles to go before I sleep,

And miles to go before I sleep.

숲은 아름답고, 깊고 어둡다.

그러나 나는 잠들기 전에 지켜야 할 약속들이 있다.

잠들기 전에 가야 할 수 마일의 여정이 아직도 남아있어…

그렇다. 소강록(韶剛碌, Sogang Roc/Rock)은 내가 후세에 남기는 나의 결의일 뿐, 그것이 나의 성취나 끝을 의미하지 않는다.

나는 아직도 가야 할 길이 멀고 해야 할 일이 많다. 떠나야 할 때는 한시라도 떠날 수 있도록 내 마음의 Ready-to-go 자세를 가지는 것뿐, 내 사전에는 멈춤이란 단어가 없다. 소강록에서 선언한 것처럼 나는 시공을 초월해서 쉬지 않고 생각하고 행동하고 일할 것이다.

나의 정치적 유언

✦ 2045년 해방 100주년 되는 해 한반도는 스위스로 가야 한다

1945년 일본 식민지에서 해방되고서도 남·북한으로 갈려 전쟁을 치르고 그러고도 통일되지 않은 채 남한은 자유민주주의 시장경제 체제 하의 대한민국으로, 북한은 전 세계에 유례없는 세습 왕조 공산주의 철권 하에 있다. 그런 북한은 핵을 개발하여 죽어도 체제보장을 위해 핵을 포기하지 않겠다고 버티고 있다. 북핵 해결을 위해, 1993년 김영삼 정부이래 30년간 한·미 양국은 애써왔다.

좌우 정권을 가리지 않고 정부마다 돈도 많이 썼다. 속는다고 의심하면서도 한낱 희망의 끈을 놓고 싶지 않아 매번 우리는 방향 전환을 못하고 지내왔다. 그래 30년이 지난 오늘날 우리들 손에 쥐어진 결과물은 무엇인가? 빈 털털이 아닌가? 게다가 남·북한의 적대적 대치상황은 어느 누구도 그 끝을 예단할 수 없게 되었지 않은가?

해방 100주년이 되는 2045년까지도 남북한은 이런 꼴로 살아야 한단 말인가?

2045년까지도 이런 꼴로 살면, 한반도의 남북한은 100년 전쟁하는 셈이다. 세계 역사상 100년 전쟁은 중세 영국과 프랑스밖에 없었다. 프랑스는 잔다르크(Jeanne d'Arc)라도 나타나 영국에 망하려다 나라를 구하고 전쟁을 끝냈다.

2045년이 되어도 남북한이 지금처럼 전쟁 아닌 전시상태에서 지내면 한반도는 인류역사상 유일한 200년 전쟁시대로 진입하게 된다. 이런 개탄할 전망을 그냥 앉아서 눈만 껌벅거리며 맞이하고 보고 있을 것인가?

✦ 발상의 전환이 필요한 때가 된 것 같다

조금이라도 양식 있는 남북한 사람들이라면 해방 100주년이 되는 해에는 적어도 한반도의 모습이 지금의 적대적 대결 모습에서 하나의 평화 공존적 남북한 관계가 되기를 간절히 바랄 것이다. 그렇다면 현실적으로 2045년 한반도는 어떠한 지정학적 모습을 지니는 것이 바람직할까?

나는 주저함이 없이 스위스를 모델로 제시한다. 그렇다면 이를 어떻게 실천할 수 있단 말인가?

남한 단독 의지 또는 남북한 간의 합의에 의해서만도 실현될 수 있는 문제가 아니다. 남북한 간에 완전한 의미의 군비 축소를 비롯한 정치적 중립에 합의해야 하고 한반도를 둘러싼 주변 4강(미·일·중·러)과 유엔 안정 보장 상임이사국 전체가 완벽한 의미의 한반도 중립을 보장해주고 이행을 책임져 주어야 한다.

금년이 2022년이니 2045년이라 해도 23년밖에 안 남았다. 23년이면 금방 닥쳐온다.

자기 왕조 존립을 위해 핵을 개발하고 죽기 전에는 권력을 포기하지 않을 김정은이 아직도 30대라서 2045년이 되어도 60대 초반이라 그가 그사이에 정변, 자연사 등으로 신변에 어떤 변화가 생기지 않는 한 김정은이 한반도의 스위스화에 동의할는지 의문이다.

그러나 김정은의 status 문제는 남북과 주변 4강에서 기술적으로 연구하고 협상해 가며 방법을 모색할 수도 있을 것이다. 그러기 위해서는 한반도가 스위스화 될 경우, 남북한은 지금보다 몇 배 더 번영하고 평화로운 중립 대국이 되는 전망을 남북한 국민들이 확신을 갖게 할 필요가 있다.

따라서 한편으로는 단기간에 걸친 북핵 해결을 적극적으로 모색함과 동시 한국 정권의 주기적 교체 여부와 관계없이 중·장기적으로 남북한 및 미국과 중국 그리고 일본과 러시아 등 한반도에 직접 관련 있는 4강이 우선 2045년 해방 100주년을 목표로 한반도를 극동의 스위스로 만들자는 데 공감대를 구축해 가도록 해야 한다. 새로운 규모의 남북한 및 주변 4대 강국 및 유엔 안보리 상임이사국 간의 정치 및 군사회담 개최도 동시에 강구할 필요가 있을 것이다.

향후 한국 정부는 대북한 대 4강 정치, 외교, 군사, 전략적 차원에서 아래와 같은 중·장기적인 프로세스 진행을 염두에 두고 대처해 나갈 필요가 있을 것이다.

남한 핵무장→남북한 핵 및 군축→한반도의 스위스화를 위한 국제회담→
남북한 간 잠정적 스위스 연방정부 운영→완전한 자치적 스위스 중립화→

(註: 남한 핵무장 추진은 북의 핵무장 해체를 겨냥한 지렛대 역할, 4강의 한반도 비핵화 추진, 한반도의 스위스화를 촉진시키기 위한 촉매제로 활용하려는 데 그 일차적 목표가 있음. 남북한이 상호 핵 경쟁을 본격화할 때 남북한은 물론, 미국, 중국, 러시아, 일본 등 주변 4강과 국제사회가 남북한 비핵화 및 한반도의 영세중립에 대해 발 벗고 나서는 적극성과 공감대를 형성

할 테고, 북한도 그 길만이 합리적인 생존의 길임을 자각하게 될 것임.)

한반도의 스위스 모델로 변모에 우선 미·일·중·러 주변 4강이 반대하지 않고 오히려 이를 장려해 주도록 외교력을 집중해야 한다. 그러려면 우선 한국 정부는 현재의 극단적인 좌우대립 체제에서 탈피, 제도적으로 점진적으로 여야 간 하나의 공동 통일정책을 강구해야 할 것이다.

또한, 우리 국민들은 지나치게 좌우 대결의 정치적 포로가 되어있다. 이러한 이념대결로 국론이 분열되고 국력이 모이지 않으면 어떤 정부도 대북한 협상이나 대 4강 외교에서 제대로 힘을 발휘할 수 없다. 따라서 남한 내 각 정파와 국민들이 점진적으로 이념보다는 실용성, 합리성, 과학적 사고방식에 길들여져 가야 한다. 나는 그러한 학습을 상징적으로 '중도 실용주의 길'이라고 명명하고 싶다.

중도 실용주의 길을 대한민국 정부가 향후 23년간 추구하면서 대내적으로는 국론의 분열과 갈등을 조화하면서 모든 국가 수준이 핀란드 수준의 투명도와 청렴도를 유지하면서 경제발전도 과학기술에 힘입어 선진 유럽 수준에 도달하는 한편, 북한에 대하여는 협력적이고 열린 자세를 취한다면 북한도 남한 정권이나 남한 국민들의 그들에 대한 순화된 감정을 진심으로 이해하기 시작 남북 간 상호 공존이 가능할 것이라는 믿음을 갖게 될 것이다.

지금은 아무리 남한 내 정권이 대북 유화적, 때론 굴욕적 자체를 취한다 해도 그 자체가 북한을 감동 주거나 움직이게 할 수 없다. 동족 간에는 상대가 강하게 보일 때 대화와 타협을 하고서 실리를 택하려 하지 상대가 자기들보다 못하게 보이는 경우는 절대로 대화가 이루어지지 않는다는 것이 국제적 상식이었다. 그래서 냉전시대에 오히려 공산권은 강력한 서방 우익 진영의 정권과 더 유효한 대화를 했던 것이다.

현 상황으로 보아 남한 내에 아무리 강력한 우파정권이 들어서서 큰소리친다 해도 남북한 간 관계만 긴장시킬 뿐, 관계 개선에는 전혀 도움되지 않는다. 남한 내 강경한 반공 세력들에 코웃음을 치면 쳤지 김정은이 남한 눈치를 보고 행동을 조절할 단계는 아닌 것 같다.

따라서 우리는 2045년 해방 100주면 되는 해를 기해 최소한 남북한 간 스위스 모델형 한반도 지형 구성을 위한 정지작업을 지금부터 착수해 가야 할 것이다. 나는 그 길을 상징적으로 스위스로 가는 길이라고 명명하고 싶다.

나는 이 제안을 나의 정치적 유언으로 남긴다. 왜냐하면, 나는 금년 81세로 2045년 해방 100주년이 되는 해, 나는 이 세상에 존재하지 않을 것이기 때문이다.

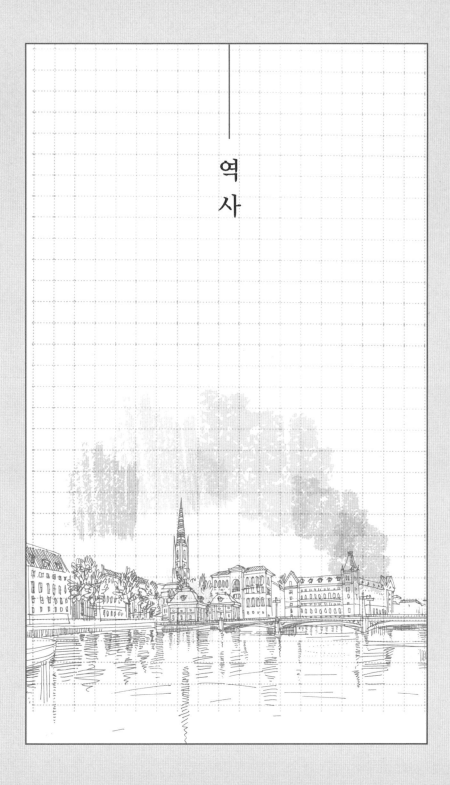

역
사

프랑스 국가
「La Marseillaise」의 기구한 운명

✦ 프랑스 국가 「라 마르세예즈(La Marseillaise)」 이야기

많은 사람들은 프랑스 애국가 명칭이 라 마르세예즈(La Marseillaise)라는 것쯤은 안다. 프랑스에 유학해서 공부한 사람이나 외교관, 상사 주재원으로 수년간 근무했던 사람들은 프랑스 말로 그 가사를 외우고 노래를 부를 정도로 라 마르세예즈(La Marseillaise)와 친숙하다. 학문적으로 프랑스 역사나 문화 등을 연구한 사람들은 라 마르세예즈(La Marseillaise)가 1789년 프랑스 혁명기에 탄생한 노래라는 것도 알고 있다.

그러나 1789년 프랑스혁명의 기폭제는 파리에 있는 정치범 수용소인 La Bastille(라 바스티유) 감옥을 데모대가 때려 부수고 절대왕정을 무너뜨린 것이었는데 어찌하여 혁명가라 할 수 있는 프랑스 국가가 La Bastille가 아니고, La Marseillaise로 불리게 되었는지에 대해서는 자신 있게 대답하는 분들이 그렇게 많지 않다.

더더욱 라 마르세예즈 가사 내용 중 독재자, 매국노, 전제군주, 외국 용병 등 숱하게 등장하는 정치용어가 정확히 무엇을 의미하는지에 대해서는 확견을 피력하는 분들이 그리 많지 않다. 내가 오늘 여기서 La Marseillaise(라 마르세예즈)의 탄생 배경과 가사 내용을 학문적으로 접근하여 설명하려는 이유다.

1789년 프랑스 대혁명이 발발하였을 당시, 전 유럽은 왕정(Royal Monarchy) 체제였다. 각 왕국은 독립적인 이름을 유지하고 있었지만, 그들 내부를 살피면 왕국끼리는 상호 결혼을 통하여 사돈네 팔촌격으로 서로 연결되고 있었다.

물론 그러한 혼인 관계에도 불구하고, 이들 유럽 왕국들 사이에는 패권을 위한 전쟁이 끊이지 않고 있었던 것이다.

그런데 파리 폭도들이 1789년 7월 14일 바스티유 감옥을 습격하여, 그곳을 수비하고 있던 스위스 용병을 죽였다. 파리는 무법화되었고, 혁명군이 장악했다. 지금까지 왕정을 버티어 주던 3부 회의(귀족계급, 성직자 계급, 평민계급으로 구성된 의회)의 주도권도 혁명세력에 의해 장악되었고, 신변의 위협을 느낀 귀족들과 성직자 계급들이 속속 혁명 지지파 쪽으로 변신해 갔다. 프랑스 국왕 루이 16세는 위협을 느낀 나머지, 이듬해(1790년 10월) 비밀리에 이웃 나라 군주들에 밀사를 보내 왕정타파를 노리는 프랑스 혁명군을 퇴치시켜 줄 것을 요청했다.

루이 16세는 더 나아가 1791년 6월 마리 앙투아네트 여왕과 자녀들을 데리고 남몰래 파리를 벗어나 국외 탈출을 시도하다 바렌느(Varennes)에서 혁명군에 체포되어 파리로 압송되는 수모를 겪었다. 그해 6월 제헌의회는 루이 16세의 모든 권한을 박탈하는 조치를 취하고, 1793년 1월 루이 16세를 단두대 '기요틴(Guillotine)'으로 처형했다. 뒤이어 그해 10월에는 마리 앙투아네트(Marie-Antoinette) 여왕도 단두대에 올라 형장의 이슬로 사라졌다.

이런 일련의 프랑스 혁명파들의 반왕정 태도를 보고 프랑스 주변 유럽 왕정국가들은 하나로 뭉쳐 프랑스 혁명군을 격파하기 위해 연합군을 형성 프랑스에 진격했다. 이런 역사적 와중에서 1792년 공병 대위로 프랑스 동부전선의 핵심 요새였던 스트라스부르(Strasbourg)에 주둔하던 클로드 조셉 루제 드 릴르(Claude Joseph Rouget de Lisle)라는 사람이 작곡한 전우가가 뜻밖에도 오늘의 프랑스 국가로 변한 것이다.

루제 드 릴르가 작사한 노래의 처음 제목은 'Champs de Guerre pour l'Armée du Rhin(라인강에 주둔한 군대를 위한 군가)'였다. 나 자신이 프랑스 유학 시절 스트라스부르(Strasbourg) 대학에서 박사학위를 하였기에 그 지역 일대에 친숙하지만, 스트라스부르는 1870년 프랑스 루이 나폴레옹 황제가 프러시아(독일의 옛 이름)의 비스마르크(Bismarck) 제상과의 전쟁에서 패한 이후, 1919년 제1차 세계대전 종료 시까지 독일 영토로 남았던 지역이다. 이 지역은 독일과 국경을 접하고 있는 관계상 독일과의 분쟁이 끝이지 않았던 지역이었다.

1789년 프랑스 혁명기에는 프랑스 영토였고, 그 당시에도 프랑스의 제1 야전군은 '라인강 부대(Armée du Rhin)', 사령부는 스트라스부르에 있었던 것이다.

1792년 4월 25일 루제 드 릴르 대위는 독일 바바리아(Bavaria) 출신의 프랑스군 원수였던 니콜라 류크네르(Nicolas Luckner)에게 헌정할 목적으로 모차르트의 피아노 콘체르토 25번의 운율을 본떠 '라인강 부대'를 위한 군가를 하나 작곡했다.

그는 그 곡을 당시 스트라스부르 시장이던 디에트리히(Dietrich) 집에 초대되어 처음 불렀다. 그 곡은 삽시간에 프랑스 혁명군의 궐기 곡이 되었다. 1792년 7월 30일 스트라스부르와는 정반대의 위치에 있던 마르세유(Marseille) 항구에서 혁명지지 데모를 하던 데모대들은 마르세유 항구 근처 몽펠리에(Montpellier) 의과대학을 갓 졸업한 '미뢰르

(Mireur)'라는 젊은 의사에 의해 주도되고 있었다. 이들 마르세유 데모대들은 파리까지 걸어서 그 노래를 부르며 왔다. 루제 드 릴르가 작곡한 「라인강 부대를 위한 군가」를 부르며 마르세유 항구에서 온 데모대들은 파리 시내를 활보했다.

이 라인강 부대를 위한 군가는 삽시간에 입에서 입으로 번졌다. 사람들은 마르세유 항구에서 올라온 혁명지지 데모대들이 파리 시내를 활보하며 이 노래를 부르자 그 군가를 어느새 '마르세유 사람들이 불렀던 노래'라는 의미로 '라 마르세예즈(La Marseillaise)'라는 애칭으로 부르기 시작했다. 이 라 마르세예즈는 군 병영에서 아침 일찍 기상할 때 모두 부르기도 하는 등 대성공을 거두었다. 드디어 1795년 7월 14일 프랑스 혁명국회는 이 노래를 프랑스 국가로 정식 채택하는 법령을 통과시켰다.

그러나 라 마르세예즈의 운명은 프랑스 왕정만큼이나 역사적 부침을 거듭했다.

프랑스 혁명기의 혼란한 정국을 틈타 정권을 잡은 나폴레옹 보나파르트(Napoleon Bonaparte) 장군은 정작 자신이 대권을 잡고 프랑스 황제로 등극하자 왕정타파를 외치는 이 혁명가를 배척했다. 나폴레옹 보나파르트 장군은 프랑스 국경 너머로는 자유와 억압에서의 해방과 민족자주 독립을 외치는 전쟁 슬로건을 내걸어 전 유럽에 자유와 민족해방의 불꽃을 점화시키면서도, 프랑스 국내적으로는 과거 전제군주들보다도 한술 더 뜨는 무모한 전제 정치 행각을 벌이다 실각했다.

1804년~1814년, 소위 나폴레옹 전쟁기를 거쳐 다시 왕정으로 복귀한 프랑스에서 루이 18세는 '라 마르세예즈' 소리만 들어도 혐오감을 표시했다.

라 마르세예즈는 당연히 프랑스 국가 위치에서 쫓겨났다. 그러다가 1830년 소위 7월 혁명기에 이 노래가 잠시 동안 애국가로 복귀했다. 그러나 이후도 정권의 변천에 따라 부침을 거듭하다. 프랑스혁명이 발발한 지 90년 후인 1879년에야 겨우 프랑스 국가로 명예회복된 이래, 오늘에 이르고 있다.

라 마르세예즈(La Marseillaise)는 한마디로 피는 피로서 복수하기 위해 무기를 들고 모두 나오라고 선동하는 폭도들의 궐기 송(song)이다. 유구한 전통과 섬세한 문화를 자랑하는 휴머니즘 넘치는 프랑스 같은 나라의 애국가로서는 전혀 어울릴 것 같지 않은 그런 피비린내 나는 전투가다. 그리하여 이 노래에 얽힌 연유를 자세히 알지 못하고 단순히 가사 내용만을 이해하고 부르는 사람들은 가사 내용의 잔인함에 오싹함을 느낀다.

그래서 이 노래는 폭도들과 혁명가들이 지금까지 즐겨 불렀던 노래였다. 제일 먼저 프랑스 문화에 심취하여 프랑스어를 상류사회의 사교 언어로 채택했던 러시아에서는 프랑스와 거의 동시에 라 마르세예즈를 자신들의 공화국 혁명가로 채택한다.

1875년 피터 라브로프(Peter Lavrov)는 라 마르세예즈의 곡을 따서 러시아 혁명가를 작곡한다. 또한, 프랑스의 라 마르세예즈는 1905년 러시아 혁명 당시 니콜라스 황제를 타도하려는 혁명세력에 의해 가장 널리 불렸다. 또한, 1917년 10월 레닌이 주도하던 러시아 볼셰비키 혁명기에는 이 노래가 러시아 신생 공산정권의 반(半) 공식 애국가로 불린다.

노동운동을 하다 형장의 이슬로 사라진 자들, 예하면 1886년 5월 1일, 미국 시카고 헤이마케트 광장(Haymarket Square)에서는 8시간 근로조건을 외치는 데모가 있었다. 시카고 헤이마케트 광장에서 열린 노동자들의 데모대는 경찰과 대치하는 과정에서 과격 무정부주의자들이 경찰들을 살해하는 비극이 발생했다.

8명의 무정부주의자는(대부분 독일에서 온 이민 후예들) 살인 혐의로 체포되었다. 이들은 교수대에서 형장의 이슬로 사라지기 전 모두 라 마르세예즈(La Marseillaise)를 부르며 최후를 마쳤다.

그런데 라 마르세예즈(La Marseillaise) 가사 내용을 찬찬히 살펴보면 이는 혁명가하고는 거리가 멀다. 그냥 단순히 프랑스가 지금 내부적으로 국난을 겪고 있는 이 시기에 프랑스를 호시탐탐 노리는 외세들이 우리나라를 침범할지 모르니 프랑스 시민들이여 우리나라를 침략하는 외국군대를 무찌르기 위해 궐기하자. 또, 국내에서 이런 외세의 앞잡이로 나라를 팔아먹는 매국노들이 있으면 이들을 색출하여 처단하자. 다만, 부득이 한 사정으로 우리들에게 총부리를 겨누는 우리 형제들이 있으면 그들에게는 관대하게 행동하자… 우리 선배들이 만일 전쟁터에서 죽게 되면 우리 청소년들이 뒤를 이어 용감하게 싸우다 죽을 것이라는 국민 총궐기 송(song)이다. 이 노래가 프랑스 혁명기에 왕정타파를 지지하는 데모대들에 의하여 애창된 행진곡이었다 해서 그 이후 각국 데모대들은 멋모르고 불렸던 것이다.

라 마르세예즈가 처음 작곡했던 작곡가의 의도와는 달리 불렸던 것처럼, 그 노래를 작곡했던 루제 드 릴르라는 사람도 기구한 운명을 겪었다. 그는 원래 로이얼리스트(royalist, 왕정 지지자)였다. 프랑스혁명 주체 세력의 사상적 아버지들인 볼테르(Voltaire), 루소(Rousseau), 몽테스큐(Montesqueu) 같은 계몽철학자들이 프랑스 절대왕정 타파를 주창한 혁명사상가들임은 틀림없으나 그들이 그렇다고 해서 루이 16세와 그 일가족을 처형하도록 가르친 것은 아니었다. 혁명 주동 세력들이 나중에 자코뱅(Jacobin)파니, 지롱드(Gironde)파니 하고 갈라진 것도 그들은 개혁이라는 공통 목표와 이상은 같았으나 그 방법론에서 차이가 있었기 때문이다.

자코뱅파는 '왕을 죽여서라도…' 식의 강경노선 혁명파들이었고, 개혁은 하되 피를 흘리지 않고 영국식 입헌군주제로의 개혁을 지지하는 것이 지롱드식 개혁이었다.

라 마르세예즈를 작곡한 루제 드 릴르는 자기가 작곡한 노래가 자신의 의도와는 달리 프랑스 내 골육상쟁의 마당에서 피의 숙청을 선호하는 과격세력들에 의해 애송되는 것에 혐오감을 느꼈다. 그는 나중에 왕당파라는 것이 알려져 혁명세력에 체포되었다. 가까스로 기요틴에 의해 형장의 이슬로 사라지기 전에 탈출하여 목숨을 건지기는 했지만….

동서고금의 역사를 돌이켜 보면 항시 혁명과 개혁에는 상승작용이 있기 마련이다.

그래서 항시 강경파들이 득세하게 되고 그러다가 몰락하기 마련이다. 사고의 우연성을 갖고 대처하게 되면 변절자, 배신자 등의 낙인을 받게 마련이다. 서양 역사를 보면 생사고락을 같이하는 혁명기에 이런 이분법 재단이 유행했으나 동양, 특히 대화와 타협의 문화를 가져본 적이 없는 우리나라에서는 혁명기 아닌 평상시에도 자신의 의견과 다른 유연한 사고력을 가지게 되면 무조건 경계하고 변절자 취급을 한다.

발상의 전환이 더딘 국민, 다른 선진국은 달려가는 데 몇 년 전 지도를 보며 거기에 얽매어 한 치도 앞으로 나아갈 줄 모르는 좁은 시야를 가진 정치지도자 또 그런 자들을 정치지도자라고 지지하는 국민이 있는 한 대한민국은 발전하기 어렵다.

마치 아무 데서나 번지수 맞지 않는 노래를 부르는 오합지졸들처럼 우리는 행동해선 안 된다. 우리는 깨어있는 국민이어야 하고, 계몽된 사고방식을 지니며, 후손들을 위해 탄탄하고 위대한 유산을 물려줄 수 있는 그런 민족이 되어야 한다.

클레오파트라
여왕(BC 30~69) 이름 고(考)

      고대 그리스어로 'Kléos'는 '영광', 'Patra'는 '조국'을 의미했다. 조국의 영광을 의미하는 클레오파트라(Cléopatre) 이집트 여왕은 원래 마케도니아(그리스) 알렉산더 대왕 동료 가문 출신으로 그리스가 이집트를 통치했을 때의 마지막 프톨레마이오스(Ptolemaios) 왕조의 공동 통치자였다. 따라서 클레오파트라 여왕을 배출한 프톨레마이오스 왕조는 그리스 혈통의 헬레니즘(Hellenism) 문화 왕조였지, 아랍 왕조가 아니었다.

   당시 프톨레마이오스 이집트 왕조는 그리스 혈통의 왕조였기에 클레오파트라 여왕은 모국어가 그리스어였고, 이집트 말이 외국어였다.

   게다가 역사상 회자되고 있는 클레오파트라 여왕은 정확히는 클레오파트라 7세다.

   클레오파트라(Cleopatre) 7세는 기원전(BC) 30~51년까지 자신의 오빠이자 남편인 프톨레마이오스(Ptolemaios) 13세와 이집트를 공동 통치한다.

   클레오파트라는 다시 두 번째 남편 겸 공동 통치자로 자신의 다른 오빠인 프톨레마이오스 14세와 결혼 공동 통치가가 되었다가 로마제국의 강자 줄리우스 시저를 정부(情夫)로 맞이한다. 시저가 죽은 다음엔 마르쿠스 안토니오스 로마 장군의 애첩이 되었다가 그가 로마제국의 패권 다툼에서 패한 후 BC 30년 사망한다.

이토록 클레오파트라 여왕은 그 자신의 생애가 곧 그리스의 이집트 지배와 일치했고, 기원전 로마제국의 군웅할거 역사와 일치했던 고대 유럽사에서 가장 특유한 위상을 지니는 여왕이었다.

오늘날 이집트에 존재하는 콥트(Copt)족은 클레오파트라 후손으로 그리스 정교를 믿는 그리스 혈통이다. 전 유엔사무총장 부트로스-부트로스(Butros-Butros)가 대표적 콥트족 출신, 또한 오늘날 이집트 정부 관료 및 지배층엔 클레오파트라 여왕의 그리스 혈통이 많다. 그들에 겐 헬레니즘의 유전자가 있다. 이집트가 다른 아랍 국가들과 다른 이미지를 지녀 온 것은 바로 헬레니즘 문화유산 때문이었다.

현 스웨덴 구스타브 왕조와
경주 고분 발굴 답사 이야기

✦ 스웨덴 Gustav왕 6세가 경주 고분을 발굴하기까지

1810년 프랑스 나폴레옹 군대의 베르나돗뜨(Bernadotte) 원수는 하루아침에 스웨덴 왕위를 계승할 왕세자에 책봉된다. 스웨덴 왕가와는 아무런 연고가 없던 프랑스 군인으로 군 생활은 나폴레옹처럼 하사관으로 출발하였으나 1800년대 초 유럽을 풍비하던 소위 '유럽의 나폴레옹 전쟁'에서 혁혁한 전공을 발휘하여 장교는 물론 원수(Marshal) 지위에까지 오른 무인이었다.

그러나 Bernadotte 원수는 1806년 Prussia와의 Jena 전투에 휘하 군대를 동원하여 참여하지 않았다는 이유로 나폴레옹으로부터 심하게 견책을 당하였고, 1809년 나폴레옹의 대 Austria 전쟁 중 대승리 전의 하나였던 Wagram 전투 지휘권을 박탈당하고 의기소침해서 후선에서 근신하고 있을 때였다.

한편 1813년, 유럽 북부 스칸디나비아 반도의 맹주 격으로 활약하던 스웨덴 국왕 Karl 13세에게는 아들이 없었다. Salic Law(남자만의 상속법칙)에 의해 직계 존비속에서 왕위를 계승할 마땅한 후보를 못 구하면 어디 가서 남자 국왕을 공모해서라도 모셔와야 할 형편이었다.

이때 스웨덴 왕실은 두 가지 이유로 프랑스 군대에서 찬밥을 먹고 있는 Bernadotte 장군을 안중에 두고 교섭했다. 첫 번째 이유는 그 당시 유럽의 최강자는 프랑스라는 점, 그리고 프랑스는 스웨덴의 숙적인 노서아와도 숙적관계라는 점.

두 번째 이유는 프랑스 군대가 덴마크-스웨덴 등과 접전하였을 시, Bernadotte 장군이 프랑스군 포로로 잡힌 스웨덴 병사들을 인간적으로 따뜻하게 대해주어 스웨덴 국민들 사이에 Bernadotte 장군의 인기가 대단하다는 것이었다.

✦ 스웨덴 Karl 14세로 즉위한 프랑스 Bernadotte 장군

(그는 오늘날 스웨덴 구스타브 왕조의 창시자이다.)

Jean-Baptiste Jules Bernadotte(1776년 프랑스 Pau에서 출생, 1844년 스웨덴 수도 Stockholm에서 졸) 원수는 나폴레옹에게 스웨덴 왕실의 제안을 보고 했다. 나폴레옹은 그렇게 추운 나라에 왕으로 가서 무엇하느냐는 식의 반응을 보였다. 당시 유럽에서 가장 살기 좋은 나라였던 프랑스 군대의 원수쯤 되었으면 미지의 북극권에 위치한 스웨덴에 왕으로 추대된다 해도 얼른 응할 자가 별로 있을 것 같지 않은 시대적 분위기였었다.

그러나 Bernadotte는 스웨덴 왕실의 제의를 받아들였다. 그리하여 그는 1818년 자신의 양아버지가 되는 Karl 13세가 서거하자 그의 뒤를 이어 1818년에 스웨덴 겸 노르웨이 국왕으로 즉위했다. 그는 스웨덴 국왕에 취임하자 모국이었던 프랑스와 거리를 두는 정책을 취한다. 죽을 때까지 불어만 사용하였으나 당시 스웨덴 왕실에서는 불어를 누구나 할 줄 알았기에 군림에 불편함은 없었다. 대신 그의 아들은 스웨덴어를 빨리 습득 후임 왕위 계승을 준비했다.

✦ Gustav 6세 Adolph

(이 분은 고고학자이자 식물학자로 왕세자 시절 경주 고분 발굴에 참여했다.)

위의 Gustav 6세 왕은 우리나라와도 개인적으로 인연이 있는 왕으로서 한-스웨덴 관계에서 빼놓을 수 없는 국왕이다. 그는 왕세자이던 시절, 1926년 당시 일제 치하에 있던 우리나라를 신혼여행길에 방문 경주 고분 발굴작업에 참여했다. 열렬한 고고학자요, 식물연구가였던 왕세자 Adolph는 경주 고분 발굴작업 참여시 발굴단에 참여했던 조선인 청년 최남주와 친분을 갖는다. 이 왕세자는 프랑스 장군 출신으로 스웨덴 왕이 된 Bernadotte 장군, 스웨덴 Karl 14세 국왕의 직계 후손이었던 것이다.

경주 고분의 서총(瑞塚)은 바로 Gustav 6세를 기념하여 명명한 것인데 Gustav 6세는 1950년 10월 선왕의 서거로 정식으로 스웨덴 국왕에 등극한다.

(註:서총(瑞塚)이란 이름은 오늘의 스웨덴을 한자로 서전(瑞典)이라 표기했었는바, 스웨덴 왕이 발굴에 참여했다 하여 서총(瑞塚)이라 명명됨.)

6·25 한국전쟁 당시 스웨덴이 우리나라에 병원선을 파견하고 당시 우리나라의 의료 수준으로서는 최고의 의료기관이던 Medical Center

를 설립, 한국 의학계의 발전에 공헌하도록 한 것도 Gustav 6세 왕의 경주 고분에 대한 향수 어린 마음씨가 작용한 것임은 말할 것도 없다. 경주 고분과 인연이 있는 Gustav 6세는 스웨덴 국내에서 아주 검소하고 서민적인 국왕으로서 국민적 인기가 높았다.

보도에 의하면 Gustav 6세의 손자 되신 현 스웨덴 국왕인 Gustav 16세가 얼마 전 한국을 공식 방문하여 할아버지의 자취를 찾아 최남주 교수의 자제분들, 최정필 세종대 박물관장을 비롯해 가족들과 뜻깊은 해후를 가졌다고 한다.

그러고 보니 지난 6월에 중립국 휴전협정 감시위원단으로 판문점에 파견된 스웨덴 정부대표단 7명이 나의 LA FORESTIERE 산장을 친선 방문하였을 때 단장인 Lars 장군이 자기 나라 국왕 가문과 최 교수 가족과의 인연을 이야기한 기억이 난다. 나로서는 1999년 스톡홀름 개최 정부 간 문화정책 각료회의에 정부 수석 대표로 참석하는 기회에 기조연설을 통해 Gustav 6세의 경주 고분발굴 참여를 통한 한-스웨덴의 첫 문화적 접촉을 상기하여 파티석상에서 당시 여성 스웨덴 문화장관과 관심 깊은 대화를 나눈 바 있었던 기억이 새롭다.

그렇다면 1926년 비행기도 없을 때인데 Gustav 6세가 어떤 연유로 조선 땅에까지 신혼여행을 올 생각을 하게 되었을까?

이 해답은 Gustav 6세의 선친인 Gustav 5세와 당시 Silk Road를 중심한 중앙아시아 탐험가로서 대단한 명성을 떨치던 Sven Hedin이라는 스웨덴 대탐험가와의 각별했던 친구관계를 상기하지 않을 수 없을 것 같다.

✦ Sven Hedin(1865년~1952년, 실크로드 및 중앙아시아 대탐험가, 스웨덴 지리학자)

Sven Hedin은 1892년, 1902년, 1935년 Pamir 고원, Taklamakan 사막, Tibet, Himalyas 산맥, Loulan, Turfan 등 Silk Road와 중앙아시아 오아시스 도시들을 수차례 답사 정밀한 지도를 작성한 것으로 유명한데, 그가 스웨덴 Gustav 5세와 절친한 사이로 수시로 왕궁을 출입하면서 동양, 아시아에 대한 이야기꽃을 피우곤 했었다.

당시 이 일대에 대한 탐험은 Aurel Stein 헝가리계 영국 탐험가, Paul Pelliot 프랑스 언어학자, Albert von Le Coq(프랑스 Huguenot 계열 독일 탐험가), Otani(일본 승려, 천황 친구)들에 의해 이루어지고 있었다. 일종의 국제 탐험가들이 몰려들기 시작하던 때였다.

따라서 자연히 Gustav 6세는 이런 Silk Road 탐험의 국제 분위기에 영향을 많이 받아, 시베리아 횡단 철도가 개설된 이래, 스칸디나반도에서 동 철도를 이용 조선 땅에까지 올 수 있었다.

스칸디나반도(Sweden, Norway, Finland)가 알고 보면 한반도와 가까운 거리에 있는 것이다. (주: Silk Road라는 말은 1877년 독일 지리학자 Ferdinand von Richthofen이 처음 사용했던 독일 용어 Seiden StraBe를 직역한 것임.)

빅토리아 여왕 전성시대
사진 한 장의 함의

유럽 역사상에는 3명의 걸출한 여대제(Empress)가 있었다. 연대순으로 볼 때 1740년~1780년 기간 오스트리아 제국 유일한 여군주로서 합수부르그 왕조의 국력과 위상을 유럽에서 우뚝 서게 만든 마리아 테레사(Maria Theresa) 여 대제가 1번에 해당한다. 그녀는 강력하고 영특한 여자 통치자였다.

합수부르그 왕조와 유럽대륙에서 패권을 겨루던 프랑스 부르봉 왕가가 합스부르그 왕조와 혼사를 맺고자 한 것은 당연했다. 그 결과, 프랑스의 루이 16세의 왕비로 오스트리아 왕가의 규수가 책봉되기에 이르렀다. 그녀가 바로 마리아 테레사 여 대제의 딸 마리 앙투아네트(Maria Antoinette)였고, 그 중매를 당시 프랑스 주재 오스트리아 제국 대사를 하고 있던 메테르니히(Metternich)가 담당했었다.

메테르니히는 프랑스 나폴레옹이 일으킨 전쟁, 일명 나폴레옹 전쟁의 뒷수습을 위해 당시 유럽 열강들이 모여 신 유럽체제를 만든 비엔나 회의(Congress of VIenna, 1814년~1815년)의 산파역으로도 널리 알려진 바 있는 당대 유럽 제일의 외교관이었다.

비슷한 시기에 오스트리아의 마리아 테레사 여 대제와 쌍벽을 겨룰

수 있는 매혹적이고 카리스마 넘치는 여자 군주가 러시아에 등장했다. 커테린느 2세(1762년~1796년)였다.

피터대제가 다져놓은 대러시아 제국건설과 확장을 과감하게 추진하던 카테린느 2세는 마리아 테레사 오스트리아 여 대제와는 차원이 다르면서도 그에 버금가는 강력한 명군주로서 유럽 열강들을 긴장시켰다. 그녀가 남긴 러시아 제국 남진정책의 대표적 결과는 1853년~1856년 일어난 크리미아 반도 전쟁(Crimean War)을 꼽을 수 있겠다. 전쟁터에서의 국적을 초월한 헌신적 간호사 나이팅게일(Nightingale)을 탄생시킨 크리미아 전쟁은 외견상은 러시아와 국경을 접하고 있는 오토만 제국과의 전쟁이었지만 그 지역전쟁은 곧 영국이 프랑스, 오토만 제국과 동맹이 되어 3국이 러시아의 남진을 공동으로 견제하는 전쟁이었다.

(피터 대제 이래 부동항을 찾아 남진하는 남진정책은 러시아의 존재 이유, Raison d'Etre와도 같았다. 구한말 한반도에서 일어난 러시아의 용암포 사건은 바로 그 한 예였으며, 영국군의 거문도 사건은 바로 러시아 세력의 한반도를 향한 남진정책을 견제하려는 데서 일어난 사건이라 할 수 있을 정도로 러시아의 남진에 대해 대영제국은 전방위적으로 견제의 망을 구축하고 있었다. 그 결과 1902년 영·일 동맹이 탄생했고, 그 영·일 동맹의 결과, 일본은 1904년~1905년 로·일 전쟁을 승리로 이끌 수 있었다.)

19세기 중엽부터 유럽의 패권은 영국 쪽으로 기울어져 가고 있었고, 그 중심에 빅토리아(Victoria) 여왕이 있었다. 1831년~1901년 빅토리아 여왕 시대에는 사진 기술의 발달로 여왕의 치적을 그림이 아닌 사진으로 생생하게 접할 수 있는 것이 특징이었다.

바로 아래 그림은 다른 긴 설명이 필요 없이 빅토리아 여왕이 유럽 외교 무대와 정치사에서 차지하는 비중을 잘 웅변해 주고 있었다.

✦ Victoria 여왕 재위 기간: 1831년~1901년

대영제국의 Victoria 여왕과 오토만 제국의 Sultan Abdulmecid 1세와 프랑스의 Louis Napoleon Bonaparte 대통령, 이들 3인은 동맹관계였다.

오토만 제국의 술탄 압둘메시드 1세는 프랑스 문화에 심취한 군주로서 아랍문화 색이 짙은 터키를 선진 유럽 문화, 그중에서도 프랑스 문화화시키고자 노력했다. 폐결핵에 걸려 약관 39세로 생을 마감한 그였지만 그는 영국 및 프랑스와 관계 긴밀화에 애썼다. 영국과 프랑스는 이러한 그의 친기독교 문화적 성향과 노력을 평가하여 오토만 제국을 유럽국가군의 일원으로 포함시키기도 했었다. 또한, 오토만 제국은 러시아의 남진을 견제하고 막아주는 방패 역할을 해주는 주요한 영국의 동맹국이 되었던 것이다.

루이 나폴레옹 3세 프랑스 대통령은 영국과 패권을 겨루던 나폴레옹 보나파르트(Napoleon Bonaparte)의 조카였다. 그의 숙부였던 유명한 나폴레옹 보나파르트 장군은 1815년 영국과의 최후 결전이었던

Waterloo 전투에서 대패한 후 영국군의 포로로서 대서양상의 Saint Helena섬에 유폐된 후 1821년 그 섬에서 사망한다. 그가 사망한 지 20년의 세월이 더 지났는데도 프랑스 정치무대에서는 나폴레옹이라는 이름의 그림자가 여전히 짙게 드리워지고 있었다. 정권 교체기마다 나폴레옹 향수가 국민들을 자극했다. 루이 나폴레옹이 1848년 프랑스 제2공화국 대통령에 당선된 것은 다분히 그런 프랑스 국민들의 나폴레옹이란 이름에 대한 향수 덕분이었다.

Victoria 여왕은 이런 프랑스의 루이 나폴레옹 대통령을 자신의 측근처럼 두고 있었다.

혈통 면에서 정통파 귀족이 아니었던 루이 나폴레옹은 1848년 대통령에 당선된 후 1852년 황제에 스스로 등극 나폴레옹 3세로 칭한다. 그는 프랑스 해외 식민지 개척 및 파리시 근대화 등 여러 치적을 쌓는다. 또 그 시대에 프랑스에는 낭만주의 문화와 예술이 꽃피었다.

그 당시 독일은 통일된 단일 민족 국가를 이루지 못하고 있었다. 프러시아의 비스마르크 재상이 착실하게 통일민족 국가 건설을 위해 나아가고 있기는 하였지만, 유럽 정치무대에서 비스마르크의 존재는 미미했다. 루이 나폴레옹 프랑스 황제는 독일이 통일되지 않고 있을 때 프러시아를 쳐서 프랑스의 세력을 확장하고 싶었다. 그래서 일으킨 것이 1870년 Franco-Prussian War(우리가 역사에서 배운 보·불 전쟁)이었다.

보·불 전쟁의 결과는 프랑스 루이 나폴레옹 3세 황제의 대패였다. 그 결과, 프랑스는 황금 같은 땅 알자스-로렌느(Alsace-Lorraine) 지역을 독일에 넘겨준다. 반면 비스마르크는 프랑스와의 전쟁 승리의 여세를 몰아 프러시아 주도로 독일을 통일시킨다.

한편, 프러시아와의 전쟁에서 호언장담하다 대패한 루이 나폴레옹 3세 프랑스 황제는 자국 국민들에게 맞아 죽을 것 같으니 영국으로의 망명을 택했다. 영국에 망명한 이후 나폴레옹 3세는 자기 아들을 영국 왕립사관학교에 보내 영국군 장교를 만들어 영국에 충성을 맹세한다. 그의 아들은 한때 빅토리아 여왕도 자신의 막내딸과 혼사를 시켜 장차 프랑스 황제의 자리를 물려받도록 고려했던 적이 있었다. 그런 프랑스 황태자가 이제 망명국 영국군 중위가 되어 영국의 아프리카 Zulu족 토벌 전투에 참전했다가 전사하는 비운을 맞는다.

프랑스 학자들은 나폴레옹 3세가 프러시아와의 전쟁에서 패한 후 일가족을 데리고 영국으로 망명한 후 더욱이 황제의 아들이 영국군의 장교가 되어 영국의 대 아프리카 식민전쟁에 참여했다 전사한 이야기나, 1815년 Waterloo 전투에서 영국의 웰링턴 장군에게 대패한 후 대서양상의 Saint Helena 섬에 유폐되어 숨을 거둔 나폴레옹 보나파르트(Napoleon Bonaparte) 1세 황제 이야기를 즐겨 입에 올리려 하지 않는다.

그러나 프랑스 사람들은 나폴레옹 1세도, 나폴레옹 3세도 모두 말년에는 부끄러운 매국노처럼 영국의 품에서 숨을 거두었지만, 그건 그것으로 취급할 뿐 그렇다고 해서 나폴레옹 1세와 나폴레옹 3세의 치적 전체를 매도하지는 않는다. 각자의 치적은 치적대로 이성적으로 평가하고 기린다.

역사적 사건과 인물을 평가할 때 결과만을 보고 일방적으로 평가하고 매도하는 것은 유교 사상이 깊게 자리 잡고 있는 동양, 그중에서도 한국인들이 유독 그런 것 같다.

오늘 빅토리아 여왕과 함께 찍힌 나폴레옹 3세의 사진을 보고 나폴레옹 3세가 왜 프러시아와의 전쟁에서 패전한 후 빅토리아 여왕의 품으로 망명해 갔을까 하는 의문이 해소되는 것 같아 그 사진이 내포하는 역사적 함의를 살펴보았다.

지명의 유래를 알면 역사가 보인다
바그다드에서 다르에스 살렘까지

✦ Bagdad(신의 선물)에서 Dar-es-Salem(평화의 도시)까지

이라크 수도 바그다드(Bagdad)는 세계에서도 가장 오래된 도시의 하나다. 4,000년 이상의 역사를 지닌 도시다. 인류문명 발상지 중의 하나인 메소포타미아 지방의 티그리스강 유역의 비옥한 땅에 위치한 바그다드(Bagdad)는 페르시아어의 'Baga(신, 神)'라는 말과 'Dad(선물)'이라는 말의 합성어다.

그러다가 마호메트의 이슬람교가 창시된 이래, 762년 아바스(Abbas) 왕조는 이곳에 성벽을 재건하고, 바그다드라는 이름을 '다르-에스-살렘(Dar-es-Salem, 평화의 도시)'로 개명했다.

다르-에스-살렘(Dar-es-Salem)은 이후 이슬람 왕조의 중심도시로서 번영해 나갔다.

13세기에 이르러 바그다드는 몽고군의 수중에 들어가고 이어 오스만(오토만) 왕조의 지배를 받게 된다. 이때 아랍어로 '평화의 도시'라는 의미의 '다르-에스-살렘'은 다시 옛 명칭인 바그다드로 돌아간다. 이래로 현재까지 바그다드로 통용되고 있다.

바그다드(Bagdad)라는 이름의 상서로운 뜻으로 인하여 전 세계에는

(특히 미국 내에는) Bagdad라는 지명이 많다. 예하면 아래와 같다.

−미국 애리조나 주 내 Bagdad
−미국 캘리포니아 주 내 Bagdad
−미국 플로리다 주 내 Bagdad
−미국 켄터키 주 내 Bagdad
−오스트레일리아 태즈메이니아(Tasmania) 주 내 Bagdad
−멕시코 내 Bagdad

반기문 유엔사무총장은 사무 부총장에 탄자니아 외무장관 출신 여자를 임명했다. 그 탄자니아(Tanzania)라는 나라는 1961년 독립한 Tanganyika (탕가니카) 공화국과 1963년에 독립한 이웃 Zanzibar(잔지바르) 공화국이 이듬해인 1964년 4월 20일 한 나라로 뭉쳐 탄자니아 공화국(United Republic of Tanzania)이 되었었다.

탄자니아 공화국의 수도 이름이 Dar-es-Salem(다르−에스−살렘)='평화의 도시'이다. 탕가니카와 잔지바르가 내전을 겪은 후 통일 공화국을 건설하였기에, 수도 이름을 아랍어로 '평화의 도시'라는 의미의 '다르−에스−살렘'으로 했다.

1789년 프랑스혁명 이후 혁명세력에 의해 루이 16세 부부가 파리 시내에서 가장 번화가인 샹젤리제 거리 한복판에서 처형된 후 프랑스에 남긴 그 깊은 상처를 치유하기 위해 후세 프랑스인들이 루이 16세 부부가 처형된 바로 그 장소를 '국민화합의 광장'이란 의미로

'Concorde(꽁꼬르드)' 광장이라고 명명한 것을 떠올리게 하는 수도 이름이었다.

이라크 문제를 바라보면서 우리가 실질적 산 교훈으로 삼아야 할 것이 하나 있다.

그것은 이라크의 근본 병은 같은 종교를 믿고 같은 조상, 같은 언어를 구사하는 같은 인종, 같은 민족으로서, 평소 걸핏하면 형제애, 동포애, 민족애를 강조하고 있는 이라크 국민들이 각기 다른 종파에 속하는 이유 하나만으로 인하여 상호 골육상쟁을 하여온 것이 이라크인들의 비극이라는 점이다. 그것이 바로 후세인의 처형을 초래한 것이라는 점이다.

이라크의 경우에서 우리가 잘 보아 온 것처럼 오늘날 '같은 민족'이라는 개념은 낡은 개념이다. 가치관이 다른 '같은 민족'보다는 같은 가치관을 나눌 수 있는 이웃이 더 이롭고, 안심된다. '망나니 형제'보다는 '좋은 이웃'이 우리에겐 더 필요하다.

한 나라의 지도자와 그 정권을 지탱하고 있는 일당들로 인하여 무고한 국민들이 얼마나 고통받고 있는가를 웅변적으로 증명해 준 것이 바로 후세인의 케이스였다.

이라크는 부강하고 번영할 수 있는 모든 여건을 갖추었음에도 종파적 갈등으로 인하여 불행한 역사를 반복했다. 만일 대한민국의 정치 주체세력들이 자신들의 권력유지 및 장악에만 눈이 어두워 남한 국민들을 이념적 대결로 양분시킨다면 이것은 한국을 이라크화(Iraqize) 시키는, 용서받지 못할 죄악을 범한다는 것을 명심해야 할 것이다.

우리 스스로 정신 차리지 못하면 이라크 국민들처럼 '신의 선물'로 받은 바그다드(Bagdad)가 '평화의 도시' 다르-에스-살렘(Dar-es-Salem)이 되지 못하고, 공포의 도시가 될 것이라는 점을 우리는 차제에 뼈저리게 자각해야 할 것이다.

2차 대전 중 교전국 승마인들 간의 국적을 초월한 우정 고찰

　　우리나라를 비롯해 중국과 일본 등 한자 문화권에서 역대 왕세자 교육이 주로 학문(주자학)에 집중되었다면 유럽 왕국에서 왕세자 교육은 말 타는 교육부터 시작했다. 그중에서도 일찍이 유럽 대륙의 패권을 다투던 두 왕조, 프랑스의 부르봉(Bourbon) 왕조와 오스트리아의 합스부르그(Hapsburg) 왕조는 명마들을 국가에서 관리하고 훈련시키는 기구가 방대했다. 전국 요지에 유수한 종마 훈련소를 두었고, 그 종마훈련소를 통해 왕을 비롯해 왕세자 및 왕후와 왕의 직계가족들 및 귀족들을 위한 애마가 공급 관리되었다. 그중에서도 오스트리아 수도 비엔나에 있던 'Spanish Riding School(스페인 승마학교)'로 직역될 수 있는 곳은 유럽에서도 가장 그 역사가 오래고 정통 명문 기마장교 양성소로 유명하다.

　　오스트리아 수도 비엔나에 있으면서 스페인 승마학교(Spainish Riding School)라고 불려 내려오고 있는 이유는 합스부르그(Hapsburg) 왕조 역사 및 그 승마학교의 자랑인 Lipizzan(리피찬) 말과도 연관이 깊다. 스페인 역사상 가장 강력한 세력을 떨치며 유럽에 군림했던 왕은 카를로스(Carlos) 5세였다. 그는 스페인어로는 Carlos, Dutch(화란어)로는 Karel, 독일어로는 Karl, 이탈리아어로는 Carlo, 영어와 프랑스어로는

Charles로 불리고 있으며, 생전에 그가 남긴 다음과 같은 말은 시공을 초월해 인구에 회자되어 왔다. 영어로 직역하면 아래와 같다.

I speak Spainish to God, Italian to women, French to men and German to my horse.
나는 신에게는 스페인어로 말하고, 여자들에게는 이탈리아어를 쓰며, 남자들에게는 프랑스어로 말하고, 내 말에게는 독일어로 말한다.

그의 이와 같은 일화가 말해주듯 역사상 그는 가장 광대한 영토를 지배한 군주였다. 태어나기는 Flanders(화란)에서 태어나 스페인 왕이 되었으나 salic law(남자 후손만이 왕위를 계승할 수 있다는 관습법)에 따라 오스트리아의 합스부르그 왕조의 황제도 겸하게 된다.

그는 스페인 제국 황제였지만 황제 재위 40년 기간 스페인에는 고작 16년만 머물렀을 뿐, 1519년~1558년 기간 Holy Roman Emperor(신성 로마 제국 황제)로서 합스부르그 왕가가 지배하던 오스트리아, 화란, 이탈리아, 독일, 스위스, 등 영지를 순회하는 데 바빴다.

비엔나 왕립승마학교는 1572년부터 시작되었다.

프랑스 대혁명 당시 루이 16세 왕비로 처형된 비운의 왕후 마리 앙투아네트(Marie-Antoinette)의 친정어머니이자 18세기 유럽 여성 군주 중 러시아 카테린 여 대제와 함께 쌍벽을 이룬 여걸 군주로 널리 알려진 마리아 테레사(Maria Theresa) 오스트리아 여왕의 친아버지였던 칼(Karl) 6세(1683년~1740년)에 의하여 설립된 이래 프란츠 요셉(Franz Joseph) 1세 황제 시절, 비엔나는 당대 유럽에서 가장 아름답고 낭만적인 승마애호가였던 엘리자베스(Elisabeth, 일명 Sissi) 여왕에 의해 승마는 꽃을 피웠다.

프란츠 요셉 1세 황제는 오스트리아 제국의 황제답게 엄격한 규율과 의전에 투철했다.

반면, 그의 부인이자 루돌프 황태자의 어머니인 엘리자베스 황후는 매우 낭만적이고 자유분방한 황후로 정평이 나있었다. 황후는 오스트리아와 함께 2중 제국을 형성하고 있던 헝가리 민족주의자들의 오스트리아 제국으로부터의 독립운동에도 동정심을 지녀 헝가리에서도 커다란 인기를 누렸었다.

그런 낭만파 여왕도 아들 루돌프 황태자가 Mayerling이란 비엔나 교외 왕실 사냥터 숲 속 산장에서 한 젊은 여자 외교관과 의문의 죽임을 당한 이후에는 모든 바깥 활동을 삼가고 마음의 상처를 달래기 위해 제네바에서 휴양하던 중 한 무정부주의자에 의해 암살되는 비운을 맞았다(1898년).

루돌프 황태자가 죽자 요셉 1세 황제에게는 직계 아들이 없어 후사를 친동생 Ferdinand 대공(Archduke Ferdinand)으로 하여금 잇게 한다. 그런데 오스트리아 황제 자리를 이을 그 Ferdinand 대공(大公) 부부가 1914년 6월 오스트리아 식민지 사라예보(Sarajevo)를 시찰하던 중 세르비아 독립주의자에 의해 암살된다. 그 결과 제1차 세계대전이 촉발된다.

1914년~1918년 기간 제1차 세계대전 결과 오스트리아, 헝가리 제국은 와해됨과 동시에 각기 오스트리아, 헝가리, 체코슬로바키아, 유고슬라비아 등으로 분해 독립했던 것이다.

다시 비엔나의 '국립 스페인 승마학교'로 돌아가 본다. 1차 세계대전

후 공화국으로 탈바꿈한 오스트리아가 찬란했던 오스트리아, 헝가리 2중 제국의 전통을 이어간 것 중의 하나가 있었다면 국립 승마교육원의 전통이었다.

'스페인 승마학교(Spainish Horse Riding School)'는 스페인 안달루지아 산 유명한 백마 Lipizzan(리피찬)을 이용한 마장. 마술이 예술의 경지에 이르는 것으로 승마 애호가들에게 널리 알려졌었다.

1차 대전에 패한 후 오스트리아 제국이 갈기갈기 분해되기는 하였지만, Lipizzan 말을 군마용 대신 의전용으로 훈련시켜 유럽 제1의 승마 전통을 이어가려는 욕구가 오스트리아에는 팽배했었다.

여기에는 오스트리아 승마 아이콘 들인 라데츠키 원수와 19세기 유럽 여왕 중 가장 아름답고 멋진 승마인으로 알려진 Sissi 엘리자베스 황후의 존재가 큰 자긍심을 제공했다. 라데츠키 원수는 체코 출신 오스트리아 제국의 장군으로 91세로 죽을 때까지 전쟁터를 누비며 진두지휘한 국민 영웅으로서, 작곡가 요한 스트라우스(Johan Strauss)가 그를 위해 특별히 「라테츠키 행진곡(Radetzky March)」을 헌정할 정도였다.

여기에는 또 알로이스 포자스키(Alois Podhajsky, 1898년~1973년)라는 탁월한 승마인이 있었다.

그는 보스니아 헤르체고비나(Bosnia Herzegovina)에서 태어나 오스트리아 제국군에 입대 대령까지 올라간다. 올림픽 승마 마장, 마술 분야 메달리스트인 그는 1939년 국립 승마아카데미(Spainish Riding School) 교장으로 취임한 이래 스페인 산 리피찬(Lipizzan) 말들을 훈련시켜 세계에서 가장 유명한 의전행사용 마장, 마술을 선보였다.

제2차 대전이 발발하였을 당시만 해도 비엔나 국립 승마 아카데미에는 포자스키 교장 휘하에 마장 마술의 묘기를 부리는 리피찬 백마들이 기백도 있었다. 국가에서 지원하는 승마학교였으므로, 그곳에서 훈련받은 기마장교 사관생들은 말할 것 없고 리피찬 말들도 특별 관리를 받고 있었다. 그러나 제2차 대전의 발발과 동시에 같은 독일민족으로서 독일 히틀러 진영에 가담하자 남·서부 쪽으로부터는 미군들로부터 공격을 받고 동쪽에서는 소련 공산군의 협공을 받게 된다.

이때 포자스키 비엔나 승마학교장은 자식보다 더 귀하게 보살펴 온 리피찬 말들을 누구에게나 맡길 수도 없었다. 몇 년 전(1942년) 독일 나치 군인들이 리피찬 말들을 욕심내 집단 수용하려던 것도 용케 피했던 바였다. 그러는 사이 동쪽에서 소련군이 더 빨리 비엔나에 입성하여 오스트리아를 점령할 것이라고도 했다. 포자스키 대령은 마음이 급했다. 그가 느끼기에 소련 군인들은 비엔나에 오자마자 약탈부터 일삼을 테고, 승마학교의 명마들을 모두 도살하여 굶주린 그들 배부터 채울 그런 위인들이라는 걸 의심치 않았다. 승마학교 내에 있던 말들을 대피시킬 수 없어 소련군이 비엔나에 진입하기 전에 말들을 어디든 멀리 숨기고 싶었다. 그래서 가능한 한 멀리 말들을 자유 방출시켰다.

소련군에 잡혀 도살당해 죽느니 아무 데나 산속 숲 속에 숨어서 풀이나 뜯어 먹고 연명하고만 있으면 '전쟁 끝난 후 다시 보자…' 이런 막연한 기약이었다.

이때, 그는 오스트리아로 향하여 진격해 오고 있는 것으로 알려진 미군 사령관 패턴(General Patton) 장군이라도 하루빨리 나타나 주시었으면 하고 고대하고 있었다.

전시 중이라 사실 적군 대령인 포자스키의 운명은 비엔나를 점령할 패턴 미군 사령관의 즉결 처분 여하에 그의 목숨이 달린 상황이었다. 보통 군인 같았으면 적(미군)에게 잡히기 전 자기 몸부터 피하는 것이

상식이었다. 그러나 포자스키 대령은 오히려 적국인 미군 사령관 패턴 장군을 구원의 투수격으로 기다리고 있었다.

이때, 패턴 사령관에 앞서 미군 20군단장 워커 장군(General Walker)이 비엔나에 입성했다.(주: 비엔나에 처음 입성한 워커 장군은 1950년 한국전이 발발했을 때 초대 미 8군 사령관으로 임명돼 한국 전에 참전하다가 의정부에서 한 시민이 정신없이 질주한 화물차와 충돌하여 아깝게 전사한 바로 그 장군이었다. 워커 장군은 용맹하기로 유명했고, 2차 대전 당시 오스트리아 수도 비엔나에 서로 먼저 입성 주도권을 확보하려고 소련군과 경쟁하고 있을 때 맨 먼저 비엔나에 입성하는 쾌거를 이룬 명장이었다.)

포자스키 대령은 워커 장군에게 간청을 했다. 비엔나 승마학교 교장인 자기가 인솔해서 패턴 장군에게 승마학교에 남아있는 리피찬 말들의 마장, 마술 시범을 보여드릴 수 있도록 주선해 달라고 통사정했다. 포자스키 대령은 패턴 장군이 유명한 승마광이란 것을 알고 있었고, 미국을 대표해서 올림픽에 출전한 경력도 있는 등 국제 승마인으로서 비록 정치적으로는 적국 사이였지만 서로 마음이 통할 것 같았다.

한편 워커 장군은 워커대로 패턴 사령관은 스포츠맨십이 강한 분으로 올림픽 참전 메달리스트라면 적이라 해도 모든 법을 초월해서 구원해 줄 수 있는 그런 배포 큰 장군이라는 것을 알고 있었으므로 중간에서 포자스키 대령의 제의에 쾌히 응했다.

패턴 사령관은 비엔나에 입성하자마자 비엔나 승마 아카데미부터 찾아 리피찬 말을 탄 포자스키 대령을 위시한 오스트리아 기마 장교들로부터 마장마술 사열을 받았다. 포자스키 대령은 애마의 마장마술 시연 마지막에 애마를 땅에 꿇어 앉혀 패턴 사령관에게 최대의 경의를 표하도록 했다. 애마는 주인의 뜻을 받들어 감동적인 시연을 했다.

패턴 장군은 리피찬 말들의 마장마술과 이를 시연한 포자스키 대령에게 깊은 감명을 받았다.

안 그래도 올림픽에서 같이 승마로 겨룬 적 있는 사이라 패턴 장군도 오스트리아의 명 승마선수인 포자스키 대령의 이름만은 알고 있던 터였고 적국 여부를 떠나 비엔나에 입성하면 그를 구해주어야겠다는 생각을 하던 참이었다.

패턴 사령관은 리피찬 말들을 전부 찾아 구출하기로 마음먹고 그 구출 작전명을 Cowboy Operation으로 명명한 후, 미 육군 내에서 말을 평소 가장 잘 다루는 자들을 특별히 차출하여 오스트리아-체코슬로바키아 산악지대에 흩어진 리피찬 말들을 소련이나 아직도 항전 중인 독일 군인들의 눈에 뜨이지 않게 안전지대로 대피시키는 일을 추진했다.

그 작전에 참가했던 Ziegler란 미군 사병이 몇 년 전 미국 자기 지역 신문에 기고한 내용을 보면, 당시 패턴 사령관은 특수 정찰비행기까지 내주면서 몇 날 며칠을 오스트리아-체코 접경 산악지대를 저공 비행토록 하면서 숲 속에 있는 리피찬 말들을 수색했다고 한다.

지글러 하사관에 의하면 말들은 용케도 숲속 그리 넓지 않은 초원 공간지대에 옹기종기 모여서 풀을 뜯고 있어 자기는 정찰기 안에 끈을 매달고 지상으로 내려와서 말 중 육감적으로 자기 말을 잘 알아듣고 따를 것 같은 암말 하나를 골라 그 녀석을 유도해 앞으로 나가게 했더니 다른 말들이 모두 뒤를 따라와 말들을 안전지대로 대피시킬 수 있었다고 회고했다.

기록에 의하면 패턴 장군이 계획한 Cowboy Operation으로 체코슬로바키아 Hostau 지역에 산재해 있던 리피찬 말 375마리를 포함 총 1,200여 마리 말들을 무사히 구출할 수 있었다고 한다.

1945년 5월 7일 행하여진 Cowboy Operation은 나중에 할리우드의 명화 「Miracle of the White Stallions」의 바탕이 된다(세기의 미남 배우 로버트 테일러가 포자스키 대령으로 등장).

한편 포자스키 대령은 2차 대전 이후 1965년까지 비엔나 국립승마 아카데미 원장을 역임하다가 1973년 향년 75세로 작고한다. 그는 오늘날 유럽 승마계의 전설적인 인물로 추앙받고 있음을 나 자신이 유럽에서 승마계 인사들과 대화 시 발견할 수 있었다.

✦ 적국 일본 승마선수 Baron Nishi에 대한 미국 측 배려

한편 바다 건너 일본에도 태평양 전쟁 당시 적대관계이던 미군과 일본군 사이에 승마인들간의 국적을 초월한 우정이 있었다. 이야기의 주인공은 국제 승마계에서 오랫동안 Baron Nishi(니시 남작)으로 애칭된 니시 다케 이치(西 竹一) 일본군 대좌다. 니시는 그의 부친이 1898년 일본 외상을 역임한 바 있는 귀족 출신이었다.

그의 부친은 명치유신 시절 한다는 일본 엘리트들이 서양을 배우기 위해 프랑스, 독일, 영국, 미국, 화란 등을 유학지로 택한 것과는 달리 장차 일본이 잘 알고 대처해야 할 나라는 노서아라는 데 착안했는지 상 페테르부르크 대학으로 유학을 떠난다. 상 페테르부르크 대학을 졸업하고 나서, 그는 러시아 제국의 영향력하에 놓여있던 중앙아시아 요지(사마르칸트, 부하라, 타슈켄트, 키르키스탄) 등지를 시찰한다.

그는 나중에 주러시아 대사를 역임한 후, 1898년 이토히로부미 내각에서 일본 외상에 취임, 당시 러시아 로센 외상과 소위 로센·니시 협정을 체결하는 바, 동 협정에 의하면, 일본이 만주에 있어서의 러시아의 특수 지위를 묵인할 터이니 러시아도 조선에서의 일본의 특수 지위를 인정하라는 것이었다.

그의 아버지는 어떤 의미에서 철저한 천황 신봉자였다. 그에 비해 니시 다케 이찌(西 竹一)는 맹목적 천황 신봉자라기보다는 매우 낭만적 성격의 소유자였다.

그는 자비로 이탈리아에 가서 당시 거금인 1,200엔을 주고 그가 평생 함께한 명마 우라누스를 사 올 정도로 경제적으로도 여유가 있었지만, 승마에 대한 열정이 대단했다.

✦ Takeichi Nishi 일본 역사상
첫 올림픽 장애물 비월 금메달리스트

니시는 1932년 로스앤젤레스에서 개최된 하계 올림픽 대회에서 애마 우라누스를 타고 장애물 경기에서 금메달을 땄고, 1945년 2차 대전 종전 직전 이오지마 전투 참전 중 전사한다.

그런 니시 대령을 미군은 구하려고 노력한다. 미군 내 승마 애호가들은 일본이 배출한 탁월한 올림픽 승마영웅을 이오지마 전투에서 희생시키고 싶지 않았던 것이다.

니시가 이오지마 전투에 참전했다는 소식을 미국 정보당국은 캐치한다. 정보장교들은 32년 로스앤젤레스 올림픽 장애물 승마경기에서 타의 추종을 불허한 기량으로 금메달을 획득한 이 일본인 기마 장교만은 미군 폭격으로부터 구해주고 싶었다. 이오지마 상공을 정찰 비행하던 미군 정찰기에서는 지상 일본군을 향해 나시 대령을 찾는 목소리, 니시 대령이 있는 곳에는 폭격이나 총격을 가하지 않겠다는 방송이 울리고 있었다.

미군이 자기를 살리겠다는 방송을 니시 대령이 들었는지 들고도 응하지 않고 싸우다 다른 전우들과 함께 장렬하게 전사했는지 여부는 알려진 바 없으나 종전 후 1965년 동경에 살고 있던 니시 대령의 미망인은 미국에서 일부러 자기를 찾아온 진객을 맞이했다. Sy Bartlett라는 미 육군 대령 출신으로 이오지마 전투 시 미군 정찰기에서 지상을 향해 니시 대령을 찾고 있던 바로 그 사람이었다. 그는 니시 대령 위령제에 참석하여 일본 승마 영웅의 넋을 위로하고 미국으로 돌아갔다.

30년 이상을 승마와 인연을 맺어온 나 개인의 경험으로 볼 때도 같은 승마인끼리는 금방 친해진다.

그런 나의 경험에서도 그렇고, 위에서 소개한 국제적 에피소드에서도 영감을 얻었기에, 같은 승마인끼리라면 남북한 간 정상회담이 참 잘 되겠구나, 적어도 분위기만은 참 좋겠구나 하는 생각을 해보게 된다.

북한 김정은 위원장하고 승마 이야기부터 하면 남북한 간 대화도 풀릴 수도 있지 않을까 하는 노파심에서 역사적 에피소드를 소개했다.

채식주의자
Hitler는 철저한 불교도(?)

✦ 독재자들의 양면성- 그 냉철한 잔인성과 모순된 자비성

히틀러(Adolph Hitler, 1889.4.20.~1945.4.30.)

히틀러(Adolph Hitler, 1889년 4월 20일~1945년 4월 30일)는 채식주의로, 동물들의 도살장이 없는 유럽 건설이 꿈이었다.

히틀러, 스탈린 하면 인간을 무자비하게 죽이기를 좋아하는 살인마적인 선입견을 갖는다. 그러나 아이로니컬하게도 독재자들일수록 어린아이들을 사랑하고, 꽃을 사랑하고 음악을 사랑하는 면을 지니고 있었다.

600만 명의 유대인을 학살하고 독일 곳곳에 유대인 집단 수용소를 건설, 이들을 완전히 인체 실험도구로 사용하고 처참하게 죽어가게 했던 그런 장본인인 히틀러가 불교 신자들처럼 철저한 채식주의를 하면서 동물살상을 금기하였다면 누가 곧이들을 수 있겠는가?

독재자 김정일이 배고파 죽어가는 북한 인민들의 목숨에는 아랑곳없이 영화와 음악 등에 '천재성(?)'과 낭만성을 보였듯이 독재자들일수록 히틀러 같은 잔인과 자비의 양면성을 겸비하고 있는 것이 보통이다.

그들은 공통적으로 한 사람을 죽이면 그것은 살인이지만, 100만 명을 죽이면 그것은 영웅이다는 신념을 지니고 있었다. 실제로 스탈린은 그렇게 말했고, 믿고 있었다. 그들은 고대 그리스 알렉산더 대왕의 일화에서 이러한 '영웅론'을 추출했다.

BC 323~356 알렉산더 대왕이 대함대를 이끌고 원정길에 출정하려 했을 때였다. 이때 대왕의 군함들이 출진하려는 바다 한가운데 한 해적선이 아랑곳없이 턱 버티고 있었다. 대왕은 진노해서 해적에게 일갈했다.

"네가 감히 바다를 더럽히고 있느냐?"

해적은 대답했다.

"당신과 같이 수많은 해군 함대들을 이끌고 가면 괜찮고, 나 같이 배한 척만 가지고 나가면 바다를 더럽히는 것이냐? 나와 당신의 차이란 당신은 많은 배를 가지고 있어 황제라 부르는 것이고, 나는 배 한 척뿐이라 해적으로 불리고 있을 뿐이다."

알렉산더 대왕에 얽힌 이 일화는 후에 히틀러와 스탈린 등에게 '한 사람을 죽이면 살인자이지만 백만 명을 죽이면 영웅이다.'라는 개념으로 변질되어 원용된다. 독재자들은 자기 합리화를 고대 역사 그것도 고대 그리스 역사 같은 서양사의 모태에서 많이 사례를 원용하고 찾았다. 이상(理想) 국가 건설을 지향했던 플라톤(Platon)이 만들어 낸 Communism을 오늘의 공산주의자들이 자기들 구미에 맞게 원용하는 것이라든지, 우생학적 측면에서 우수한 아테네 시민이 태어나야 아테네 도시국가가 부강한 국가가 된다고 하여 아테네 도시국가 내의 선남선녀 간 짝짓기를 국가에서 통제 주관하도록 주장했던 플라톤의 소위 '우생학(Eugenics)' 이론을, 20세기에 독일의 히틀러가 순수한 아리안족인 독일민족이 지배 종족으로 남기 위해서는 불순한 인종들과의 융합을 철저히 차단해야 한다고 주장하며, 인종 청소라는 극단적인 정책을 취하게 만드는 데 원용한 것 등을 들 수 있다.

북한 공산주의자들이 남녀 간의 결혼을 당으로부터 허가를 받도록 하고 있는 제도도 같은 맥락이다.

수년 전 미국에서 개봉되어 화제를 모았던 영화 「Sparta and the Persian Empire(스파르타와 페르시아 제국)」에서도 볼 수 있듯이 고대 그리스 스파르타 도시국가는 철저한 군국주의였다.

스파르타에서는 절름발이 병신이나 지체아, 나이 먹어 노쇠한 노인 등 소위 전투 요원으로서 쓸모가 없을 뿐 아니라, 오히려 국가에 부담이 되는 자들은 의도적으로 고려장 시켰다. 오늘의 북한 공산정권이 이를 답습하고 있다고 들린다.

아테네 도시국가가 민주주의 발생지인 것만큼은 틀림없지만, 아테네 시민이 되기 위해서는 부모가 다 같이 성골 그리스인이어야 했었다. 이들의 자녀들에게만 아테네 시민권을 부여했다. 그렇지 않은 자들에게는 아테네 성곽밖에 거주할 수 있는 영주권은 주었지만, 이들을 Barbaroi(영어로 Barbarian=야만인, 이방인은 여기서 유래)로 부르고 참정권 등 아테네 시민으로서 향유할 권리를 부여해 주지 않았다.

북한 공산정권이 김일성 시대에서부터 김정일, 김정은 시대에 이르기까지 평양 시내에 거주할 수 있는 북한 사람들의 자격을 엄격히 구제하고, 당성에서 의심받거나 하면 즉각 평양 이외의 변방으로 추방당하게 하는 제도를 실시하고 있는 것을 보고, 못 된 것만 역사에서 배웠다고 생각하지 않을 수 없다.

(주: 내가 핀란드 대사 시절, 스웨덴 주재 북한 대사로 나와있는 손 모 대사와 대화를 나누는 기획가 있어, 자연스럽게 고향 이야기부터 시작했더니 그 북한 대사는 태어나기는 평안도 어디에서 태어났으나 자기 집안은 평양에서 살아왔지 태어난 곳과는 전혀 관계가 없다는 점을 누누이 말하면서 평양시민인 것을 지나칠 정도로 강조했다. 내 편에서, "아니, 서울이나 평양이 어디 고향입니까? 고향 하면 나같이 전라도 해남, 함경도 어디고을 이래야 고향 맛이 나는 것 아닙니까?" 하고 농으로 빗대었음에도, 그 자는 자기는 평양에 산다는 점을 말끝마다 강조했었다. 나중에 생각하니 평양시민이 누리는 특권의식의 발로였다.)

히틀러는 18세 때에 어머니가 암으로 죽었었다. 그리고 히틀러 자신은 만성 위장병을 앓고 있었다. 히틀러는 자신도 자칫 하다가는 어머니처럼 암으로 죽을지 모른다는 강박관념에 사로잡혀 이때부터 위장병을 치료하기 위해 채식 위주로 나갔다. 특히, 자기가 사랑에 빠졌던 여자 조카였던 Geli Raubal의 자살 이후 히틀러는 극도로 육류를 기피했었다.

육류를 기피하였을 뿐만 아니라, 인간의 식탁에 올리기 위해 수많은 동물이 살육되는 것에 극도의 혐오감을 표시했다. 히틀러는 그토록 동물 애호가였다. 그러면서 그는 '미래 세계는 채식 사회로 갈 것이다.'라고 예언하고, 제2차 세계대전 중이니까 육류 음식을 용인하지만, 전쟁만 끝나면 채식 위주로 식생활의 혁명을 일으킬 생각도 드러내곤 했었다.

히틀러의 비서실장으로 평생 히틀러 곁을 떠나지 않으면서 실질적으로 나치당의 제2인자 역할을 했던 Martin Bormann은 히틀러의 산중 별장 Berchtesgaden에 온실을 만들어 연중 싱싱한 채소를 먹을 수 있도록 배려해 주기까지 했었다.

(주: 내가 1980년대 초 독일 뮌헨과 오지리 Salzburg 사이 해발 1,834m 높이에 있던 히틀러 별장 베르히테스가덴(Berchtesgaden) 정상의 Eagle's Nest에 갔을 때만 해도 그 채소 온실의 흔적이 보였다.)

평소 히틀러는 동물들의 권리를 옹호하면서, 유럽만이라도 도살장이 없는 대륙(A Continent without Slaughterhouses)을 만들어야겠다는 포부를 피력하곤 했었다. 히틀러는 또한 불교 사찰에서 상징으로 사용하고 있는 Swastika를 나치당의 심벌로 정했다.

히틀러가 나치당의 심벌로 '행운'을 의미한다는 불교 사찰의 표시인 Swastika를 결정하였을 당시에는 불교적 어떤 연관성에 대하여서도 아는 바 없이 단순히 독일어로 'Hakenkreuz(십자가)'의 의미로 채택했고, 그곳에 나타난 S자는 나치당(National-Socialist Party)의 S자를 상징하여, 전반적으로 나치당의 심벌은 'SiegHeil(Victory to the Socialism, 사회주의 만세!)'를 의미했다.

아무튼, 히틀러가 자비를 생명으로 하는 불교도처럼 채식주의자 행세를 하고, 유럽 대륙에서 유대인의 대살육장을 건설하면서도, 다른 한편으로 동물들의 살육장이 없는 대륙 건설을 지향했으니 히틀러 같은 독재자는 이토록 인간 생명은 경시하고, 대신 다른 생명 꽃, 애완동물 등의 생명은 끔찍이 위하는 이중성을 지녔었다.

왜 히틀러의 기습작전이
어른거리는 것이냐?

프랑스는 1870년~1971년 보·불 전쟁으로 알려진 독일과의 전쟁에서 패한 후 알자스-로렌느(Alsace-Lorrainne)라는 독·불 국경지대를 잃었다. 독일과 접경했다는 이유를 떠나 여러 면에서 프랑스에서도 가장 알짜배기 영토를 독일에 뺏긴 것이다. 1914~1918년 제1차 세계대전은 실은 프랑스의 실지 회복을 위한 대독 설욕전이었던 셈이었다.

마지노 요새

명목상으로는 프랑스가 승리하여 독일에 빼앗긴 알자스-로렌느 지방을 되찾는다. 그러나 내용을 알고 보면 제1차 대전도 프랑스는 영국과 미국으로 이루어진 연합군의 지원이 없었으면 어림없는 승리였었다. 1차 대전이 끝난 후 프랑스는 자신들의 취약점과 독일이 또 반격해 올 것이라는 것쯤은 잘 알고 있었다. 그래서 대비했다. 독일과 접경한 국경선으로 콘크리트 장벽을 만리장성처럼 구축했다.

그것이 프랑스가 난공불락의 요새로 자랑하던 마지노선(線)이었다. 국방장관 Maginot(마지노) 구상으로 1930년~1940년까지 건설했다.

물론 마지노선만 믿고 프랑스 군대가 낮잠만 자고 있었던 것은 아니다. 근본적으로 불구대천의 앙숙인 독·불 양국은 피차 중단 없이 군비증강과 전쟁을 대비하고 있었다.

1938년 히틀러는 영국, 프랑스, 이탈리아 등 주변 유럽 열강 수상들과 뮌헨협정을 서명하고 유럽에 다시는 전쟁이 없을 것을 선포·약속한다. 정상들과의 뜨거운 포옹을 통해 그 선의를 국내외에 천명했고, 유럽 시민들은 열광했다.

허나 그로부터 꼭 1년 후인 1939년 9월 1일 히틀러는 폴란드를 침공함으로써 제2차 세계대전을 일으켰다. 프랑스 군대는 긴장했다. 히틀러가 분명히 서부전선을 침공할 것으로 예상했기 때문이다. 헌데 이상했다. 독일군의 움직임이 동부전선 폴란드 쪽으로 집중한 탓인지 서부전선으로의 움직임이 괄목하게 보이지 않았다. 분명 히틀러 군대는 벨지움—룩셈부르크와 접한 평야 지대를 통해 프랑스를 침공할 것이고, 그럴 경우 이들은 위장된 마지노 방어벽 앞에서 프랑스 기관총에 박살 날 것으로 믿고 있었다.

아니나 다를까, 히틀러 군대가 평야 지대를 통해 진격해 왔다. 프랑스는 집중 방어진을 구축 초전 박살 태세를 취했다. 헌데 독일군은 본격 싸우려 드는 기색을 보이지 않고 시간만 끄는 것 같았다. phoney war(전쟁 같으면서 전쟁 같지 않은 전쟁)란 말이 유럽언론들에 등장했다.

헌데 프랑스가 그렇게 방심하고 있을 때, 히틀러는 1940년 5월 10일 독—불 국경의 험준한 산악지대인 Ardennes(아르덴느) 산림지대를 통해 프랑스를 기습 침공했다. 그 산악지대는 평균 해발 350~550미터의 구릉지대로, 전차나 기갑 차의 이동이 예상되지 않던 곳이었다. 프랑스가 전혀 예상하거나 대비하지 못한 산악지대를 히틀러 기갑사단은 침공의 루트로 삼고 넘어온 것이었다.

아르덴느 지역

히틀러

아르덴느 산악지대를 침투하는 독일 장갑차

　이후 독일군은 6월 14일 프랑스 수도 파리를 점령했다. 5월 10일에 전쟁을 개시, 6월 14일에 파리를 점령하고 6월 22일에 프랑스로부터 항복 협정을 받았다. 히틀러는 불과 한 달 열흘 만에 프랑스를 점령하고, 남부 프랑스 지역 Vichy란 곳에 히틀러에 협력하는 친독 괴뢰정부를 페텡(Pétain) 원수를 수반으로 내세웠다.

남북 간에 평화정착을 위한 군사합의서가 서명되었다 하고, 지금까지 연례적으로 실시되어 온 방어적 개념의 한·미연합 훈련도 없어진다고 한다.

그렇다면 6·25 이후 우리 한국 국민들이 의지했던 모든 안보장치가 무너지거나 해체되어 가고, 오직 앞으로 의지할 것은 김정은의 선의와 문재인 대통령의 입뿐이란 말인가?

정렴군으로 파리 시내 중앙로를 활보하는 나치 기병대

왜 이토록 상스러운 평화의 서광이 비치는 마당에 내 눈에는 방정맞게 히틀러의 아르덴느(Ardennes) 기습작전, 파리 함락, 친독 괴뢰정권 수반 페텡(Pétain)의 얼굴들이 재수 없게 어른거리는 것이냐?

(註: 본 칼럼은 문재인 정부 시절 작성했으나 윤석열 정부 들어서도 대북 경계심을 위해 유효하다 판단 실리기로 했음.)

2022년 7월 1일 소강

역사적 Levirate(형수와 결혼)과 Coition Death(복상사) 고찰

세계사를 산책하다 보면 뜻하지 않는 곳에서 발이 돌부리에 부딪히는 사이 주변을 둘러보면 옆으로 재미있는 산책길이 나와있는 경우가 있다.

그런 맥락에서 나는 일본에서 남녀가, 특히 여성이 혼자서 자위(自慰) 행위를 하는 것을 '오나니'라고 표현한 것에 고개를 갸우뚱하고 있었다. 영어 표현의 'onanism'을 그렇게 사용하고 있었다. 다른 영어 표현으로는 'masturbation'이라고 한다.

그런데 그 onanism의 유래가 외설스럽고 흥분적이라기보다 참 애처롭고 비극적 요소를 지녔다. 이야기는 구약성서로 올라간다.

구약성서 창세기 38장 편에 이런 내용이 나온다. 유다(Juda)에게는 두 아들이 있었다. 장남 Er와 차남 Onan. 장남 Er가 일찍 후손이 없이 병사하자, 유다는 그의 둘째 아들 오난(Onan)에게 형수 Tamar를 아내로 맞이하라고 한다. Levirate란 결혼 전통이었다. 'Levir'란 라틴어로 남편의 동생, 즉 시동생을 의미했다. 즉 시동생을 새로운 남편으로 맞이하는 결혼 습관이었다.

부모의 명령에 따라 오난은 형수 타마르(Tamar)를 아내로 맞이하고 부부의 연을 맺는다.

그런데 오난은 형수와 부부생활은 하면서도 양심상 성행위 시 형수의 질(vagina) 속에서 사정(ejaculation)을 피하고 질 밖으로 사정을 했다. 이에 신(神)은 오난이 신성한 자신의 정액을 생산에 쓰지 않고 대지를 더럽힌다고 괘씸하게 여겨 오난을 죽인다. 여기에서 onanism이란 말이 유래했고 그 말은 자위행위를 지칭하게 되었다.

구약성서에 나오는 이러한 Levirate 결혼 관습은 이래로 인류의 여러 민족의 전통 속으로 녹아들어 1945년 제2차 세계대전 종료 때까진 지구상에서 제법 유행되었고 오늘날에도 일부 종족들 사이에서는 그러한 습관은 존속되고 있는 것으로 알려지고 있다.

역사상 가장 저명한 Levirate 결혼 사례는 오늘의 영국 성공회(Anglican Church)의 발생 원인인 영국 왕 헨리(Henry) 8세 이야기일 것이다. 헨리 8세 최초의 왕비 Catherine of Aragon은 헨리 8세의 형 Arthur의 미망인이었다. 남편이 죽자 시동생 헨리 8세와 재혼한 셈이었다. 당시 과부 왕비였던 Catherine이 시동생 헨리 왕과 결혼을 하는 것은 Levirate법상으로는 문제가 없었다.

헨리 8세와 카세린 왕비

다만, 가톨릭교도였던 Catherine 왕비의 재혼은 가톨릭 교리상으로는 어긋나는 것이었다. 그럼에도 불구하고 당시 로마교황은 영국을 로마 교황청 예하에 두고자 하는 열망이 강했기에 특별히 Catherine이 헨리 8세와 결혼하도록 허가해 주었다. 예외를 인정한 것이다.

그런데 바람기가 심해 다른 여인을 여왕으로 맞이하고 싶었던 헨리 8세는 역으로 가톨릭 교리에 반하는 결혼을 했다는 이유를 내세워 가톨릭교도인 카테린 왕비와의 혼인 무효를 로마교황에게 청원한다. 그러나 로마교황은 헨리 8세의 이러한 요구를 정치적인 이유로 들어주지 않았다.

이것이 발단이 되어 헨리 8세는 1534년 영국 국왕인 자신이 영국교회의 최고 존엄이라는 유명한 the Act of Supremacy(수장령)를 발표하며 영국 국교라는 의미로 Anglican Church를 탄생시킨다. 영국 왕실이 로마교황으로부터 완전히 독립해서 영국 자체의 국교를 탄생시킨 배경이다.

나는 본 칼럼을 시작하면서 Onan의 예를 들었었다. Onan으로 인하여 onanism이란 용어가 나왔다고 했었다.

이것을 의학적인 다른 말로 표현하면, 'coitus interruptus'라고 칭했다. 여기서 'coitus'는 '성교하다'를 의미하고, 'interruptus'는 '중단하다'를 의미하는 라틴어이다. 한국에서 일반적으로 알려진 '복상사(複上死)'는 영어로 'coition death'라고 표기하는데 'cotion'이라는 말은 곧 'coitus'에서 나왔다.

세계 역사를 보면 적지 않은 인물들이 소위 coition death(복상사)로 세상을 떠났다. 사람들은 이를 일명 '말 안장에서의 죽음'이니, 사랑의 죽음(la mort d'amour)이라고 부르기도 했다. 역사상 가장 저명한 복상사 케이스는 교황 John 12세(964년 졸)였다. 교황이 정부와의 정사를 즐기다 죽은 것이다.

다음은 팔머스톤(Palmerston) 영국 수상이었다. 일성에 의하면 팔머스톤 수상은 당구대 위에서 수상 관저 근무 house maid(가정부)와 급하게 성행위를 한 것이 그의 죽음을 촉진시켰다고 하기도 하고, 다른 소스에서는 폐렴으로 사망했다고도 하고 있다. 그는 대영제국의 국력이 한창 뻗어 나갈 때 그런 불운을 당했다(1865년이었다).

세 번째로 유명한 인물로는 프랑스 펠릭스 포르 대통령(1895년~1899년)을 들지 않을 수 없다. 그는 대통령 집무실 엘리제 궁 1층에 정부와의 밀회 장소를 만들어 놓고 2층 집무실에서 내려와 근무시간에 그의 정부 Marguerite Steinhell로부터 fellatio를 서비스받다가 사망한 케이스였다. 물론 대통령의 죽음이다 보니 이후 다른 역사가들은 그러한 통념적 견해에 반론을 제기하기도 했었다.

사람들은 1974년 한 창녀 집에서 죽은 장 디니엘루(Jean Danielrou) 추기경의 죽음에 대해서도 말이 많았다. 그를 동정하는 사람들은 추기경은 창녀에게 자선을 베풀었던 것이지 성관계를 맺었던 것은 아니라고 했으나 일반적으로는 그렇게 믿지 않았다.

추기경은 평소 성도덕에 대한 강한 도덕론자이면서 이면으로는 창녀와의 성적 유희를 즐기다 승천했다고 믿고 있었다.

20세기 후반에 국제 외교가에서 화제가 되었던 인물은 Nelson Rockfeller(넬슨 록펠러) 전 미국 부통령이었다. 1979년 그는 70세의 나이로 심장마비에 의한 사망으로 나와 있다. 그러나 사람들은 그가 그의 여비서 Megan Marshack와 매우 특이한 환경에서 섹스를 하다가 사망한 것으로 믿고 있었다. 물론 이 경우도 소문이었다. 다만 New York Magazine은 그가 성행위를 하면서 클라이맥스 순간에 "He was coming." 하고 외쳤는데 실제로는 '그는 가고 있었다(He was going)'이었다고 꼬집는 가십을 쓰기도 했었다.

성행위를 하다 죽은 모든 경우를 일괄해서 복상사라 말하기는 어려운 것이 현실이다. 성행위에 직간접으로 연계된 여러 사고로 사망한 경우가 근자에도 심심치 않게 보도되고 있으나 위에서는 의학적 용어로 coition death(복상사)에 해당하는 경우만 그중에서도 저명인사 중심으로만 소개했다.

복상사로 희생된 사람들의 공통점은 혈색이 좋고 살도 포동포동하게 쪘다. 걸음걸이가 무겁고 높은 지위를 누리고 있어 항시 좋은 술, 좋은 담배를 즐기며 거침없이 사는 사람들이었다. 그들은 돈과 지위와 명예와 건강이 항시 따라다녔으므로 주변에는 '기쁨조'가 끊이지 않는 특징이 있었다.

조선 통신사와
화란 통신사 비교

　　1682년 이조 숙종 8년, 조선은 일본 도쿠가와 쓰나요시 (德川綱吉)의 쇼군 습봉(襲封) 축하를 위한 축하사절단을 일본 에도(江 戸: Tokyo의 옛 이름)에 파견한다.

　정사(正使) 윤지완(尹趾完), 부사(副使) 이언강(李彦綱) 등 475명의 대 규모 사절단을 일본에 파견한다.

　사절단 규모가 크다 보니 조선 통신사 일행을 태우고 가는 선박 규모 도 수척이 되었음은 물론이고 사절단 내에는 요사이 언어로 표현하자 면 사절단 자체의 장거리 여행을 위문하는 엔터테인먼트 공연단도 포함 될 정도였다.

　숙종 때 파견된 조선 통신사 사절단에는 양주 탈춤과 그 당시 서커스 단 등이 포함된 것으로 알려져 있다. 일본도 당시 조선 통신사를 수개 월 간 접대하느라 국가재정 상 큰 부담을 안게 되어 나중에는 조선 통 신사 접대를 간소화하기 시작했었다.

　쇼군(將軍)에 습봉된 도쿠가와 쓰나요시(德川綱吉)는 독실한 불교 신 자로서 동물 애호가로도 알려졌었다. 그가 내린 '生類憐れみの令'는 모 든 생물에 동정심을 지니라는 어명으로서 함부로 살아있는 생물들의

살육을 금했었다. 그중에서도 개[犬] 살육을 철저히 금해 당시 일본 일반인들은 개를 양갓집 도령님 모시듯 하였고 이를 빗대어 개를 견공(犬公)이라고 부르기도 했었다.

조선 통신사 행렬도

숙종 8년에 일본에 간 조선 통신사 사절단이 쓰나요시 쇼군을 알현하기 위해 에도성을 방문하러 가는 행렬도를 보면 어느 정도 규모와 양상을 짐작할 수 있겠다.

내가 여기 소개하고 각별한 관심 하에 관찰하는 행렬도가 하나 더 있다. 1691년 일본 나가사키 데지마(出島)에 있던 화란 상무관 일행의 도쿠가와 쓰나요시 쇼군 알현 행렬도다. 1691년 화란 사절단의 행렬도이니, 1682년 숙종 8년 조선 통신사 일행의 도쿠가와 쓰나요시 쇼군 알현 시기와 10년 안팎이라 두 사절단의 쇼군 알현 행렬도를 비교하기가 쉬울 것 같다.

화란 상인들을 위해서 일본 정부는 특별히 나가사키(長崎) 항에 조그마한 인공섬을 만들어주었다. 일본과의 교류를 희망하는 화란인들은 그 섬, 데지마라 명명한 섬 안에서만 기거하고 활동하도록 했었기에 데지마 섬에 있는 화란 상무관실은 당시 유일한 외국 공관 역할을 한 셈이었고 일본과 유럽과의 유일한 창구 역할을 했었다. 오늘의 일본에 일찍 개화의 눈을 뜨게 하고 그것이 1868년 명치유신의 정신적 소스가 되고, 나아가 일본의 근대화를 촉진시킨 촉매제 역할을 한 란가꾸(蘭學)의 산실이기도 한 중요한 역할을 데지마 상무관실이 행한 셈이었다.

데지마 화란 상무관실 일행, 그중에는 상무관실 파견 의사 겸 통역으로 근무하면서 나중에 일본 역사와 일본의 자연 생태계 등 관련 독보적인 저서들을 남겨, 18세기 유럽 계몽사상가들에게 일본에 대하여 처음으로 눈을 뜨게 한 엥겔베르트 캄페르(Engelbert Kaempfer)도 있었다. 그는 아래 화란 사절단 일행의 도쿠가와 쓰나요시 쇼군 알현을 위한 화란 사절단에도 포함되어 있었다.

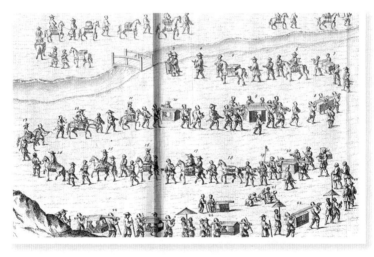

화란 통신사 행렬도

앞의 흑백 행렬도는 나가사키 데지마 항을 떠나 오사카를 거처 쇼군이 거처하고 있는 에도성(현 동경 궁성)으로 향하고 있는 행렬도다.

화란 사절단은 근본적으로 무역을 목적으로 데지마에 거주하도록 허락받았고 도쿠가와 쓰나요시 쇼군이 서양문물에 대해 호기심을 많이 지니고 있었으므로 화란 사절단의 행렬에는 쇼군에게 바치는 여러 공물이 많은 것이 목격된다.

한편 475명의 조선 통신사 내에는 화공 돌도 포함되어 있었으므로 조선의 화공들에 의해 그 행렬도의 기록이 남아있지만, 화란 상무관 일행(일종의 화란 대사관 역) 일행에 화공이 포함되었는지는 알 수 없으나 기록을 중시하는 독일인, 화란인들답게 쇼군 알현 행렬도가 매우 정교하고 사실적이어서 그 당시 실상을 파악하는 데 참고가 크게 되는 것 같다.

일찍 해외 무역에 눈떠 오늘날까지도 무역대국으로 벤치마킹되고 있는 화란과 동양에서는 가장 먼저 서양문물을 받아들여 산업강국으로 발전한 일본의 발자취를 음미하는 데 본 행렬도가 사료적 가치를 지니고 있어 소개했다.

백제 武寧王陵에서 이야기하지 않는 것들
한 · 일 양국의 상징성

　　1971년 충청남도 공주시[옛 이름 웅진(熊津)]의 송산리 고분군(宋山里古墳群)에서 묘지(墓誌)가 출토되었다. 왕묘(王墓)였다. 묘지에는 아래와 같이 쓰여있었다.

　"寧東大將軍百濟斯麻王, 年六十二歲, 癸卯年(523年)五月丙戌朔七日
　壬辰崩到"

　　왕의 생몰 연대가 판명된 귀중한 사료였다. 고분은 왕비를 합장하였고, 관제(棺材)는 일본에서만 자라는 나무로 알려진 고야마끼(지금의 金松)로 판명되어 당시 한·일 양국은 물론 중국 학계에까지 커다란 화제를 낳았다.

　　당시 그 왕릉에서는 금환 귀걸이, 금박 침대, 금박 왕관 및 금은 세공품, 중국 남조에서 배로 실려 온 구리거울, 도자기 등 약 3,000점에 가까운 화려한 유물들이 발견되었다. 백제 무령왕릉이었다.

　　백제 제25대 무령왕과 왕비의 묘로 알려진 무령왕릉은 발굴된 지 2020년 현재 근 40년의 세월이 흘렀고, 그 유물들은 한·일 고대사의 비밀을 풀어줄 수 있는 열쇠 역할을 하면서 아직도 한·일 역사학계와 일반인들의 커다란 관심을 끌고 있다.

한국에서는 무령왕 이야기가 『수백향 공주(守百香 公主)』라는 방송 드라마에서 인기리에 방영되고 있었고, 한국을 찾는 일본인 관광객들이 즐겨 찾는 곳으로 무령왕릉은 부상했다. 우선 무령왕에 대한 역사적 기록들을 알아보기로 하자.

(註: 武寧王을 무녕왕, 또는 무령왕 두 가지로 표기하고 있는 바 나는 여기서 무령왕으로 표기하기로 한다.)

✦ 『三國史記』記述

東城王이 501年 12月에 암살된 후 무령왕은 수도 웅진(현 충청남도 공주시)에서 제25대 백제왕으로 즉위한다. 동성왕을 암살한 위사좌평(衛士佐平) 백가(苩加)는 加林城(현 충남 부여군 林川面)에 진을 치고 저항하다가 진압된다.

무령왕은 당시 한강 유역으로 백제를 침략하던 고구려와 말갈의 침입을 격퇴 512년에는 고구려에 괴멸적 타격을 가해 백제의 안보를 굳건히 한다. 그리고 나서 중국 남조(南朝)의 梁나라에 들어가 백제가 과거에는 고구려에 패하여 수년간 국력이 쇠약하였으나 이제 고구려를 쳐부숴 강국이 되었기에 梁나라에 조공을 할 수 있게 되었다고 상표(上表)한다.

그렇게 하여 양(梁)나라로부터 원래의 칭호였던 '行都督·百濟諸軍事

·寧東大將軍·百濟王'에서 '使持節·都督·百濟諸軍事·寧東大將軍'이
라는 칭호를 더 얻게 된다. 그는 또한 523년 5월에 사망한 후 武寧王
(무령왕)이란 시호를 얻게 된다.

✦ 『日本書紀』의 기술記述 내용

백제 개로왕(蓋鹵王)이 461년에 동생 곤지왕(軍君昆伎王)을 왜국에
인질로 보낼 때 부인을 딸려 보내면서 만일 도중에 아들을 낳으면 그
아들을 백제로 돌려보내라고 명령한다. 곤지왕 일행이 筑紫(치쿠시: 규
슈현)의 各羅嶋[현 加唐島, 가가라 시마]까지 왔을 때 곤지왕 부인이 어
린애를 낳자 그를 도군(嶋君)이라는 이름을 붙여 백제로 보냈다.

그가 나중에 무령왕이 되었다고 기록하고 있고, 무령왕의 즉위에 관
하여는 아래와 같이 기록하고 있다.

백제의 末多王(東城王)이 포학하여 백제인들이 국왕을 죽이고 도군
(嶋君)을 왕으로 삼았는 바 그가 바로 무령왕(武寧王)이라는 것이다.

『日本書紀』는 이어서 일본의 継体天皇(케이타이 천황) 6年(513年)에
任那의 上哆唎(現, 전라북도 진안군 및 완주군)과 下哆唎(현, 충청남도
錦山郡과 論山市) 娑陀(현, 전남 구례군)·牟婁(현, 전북 진안군 용담면)
의 4縣을, 7年(514年)에는 己汶(현, 전라북도 남원시)·滯沙(현, 경상남도
河東郡) 땅을 각각 왜국에서 백제로 양도했다고 적고 있고, 이에 보답
하여 백제 무령왕은 517년에 이미 일본에 파견한 博士 段楊爾 대신으
로 五経博士 漢高安茂를 보내게 되었다고 적고 있다.

✦ 武寧王의 자손들 관련 기록

523年 武寧王이 죽은 후 백제 왕위를 계승한 왕이 성왕(聖王, 余明, 徐明)인 바 일본서기(日本書紀)는 514年에 백제 태자 淳陀(순타)가 왜국에서 죽자, 무령왕은 원래의 태자는 순타였지만 그가 일본에 가있는 동안 죽자, 余明(徐明)이 대신 태자가 되었다고 해석이 가능하도록 기록하고 있다.

순타 태자가 어떻게 일본에 가있었는 가에 대하여는 기록이 없으나 무령왕이 41세가 될 때까지 일본에서 생활하였다고도 하고, 순타는 일본에서 나서 일본에서 머물다 죽었다는 설도 있기도 하다.

일본 불교 중흥에 큰 계기를 마련한 桓武天皇(칸무 천황, 737~806)의 생모인 高野新笠가 백제 무령왕의 먼 후손이라고『속일본기(續日本記)』에 기록되어 있기도 하여, 일본 천황가가 백제 후손이라는 설을 주장하는 학자들과 조선 측 자료에 그것을 뒷받침하는 자료가 발견되지 않았다 하여 이를 얼른 인정하려 하지 않는 일본 학자들도 많은 것 같다.

(2001년 일본 평성(平成)천황은 高野新笠(고노노 니이가사)가 무령왕의 10대 손녀로 칸무천황(桓武天皇, 737~806)의 생모가 된 것으로 속일본기 (續日本記)에 기록된 것을 염두에 두고, 한·일 간의 친밀도를 표현하기 위해 자신을 포함한 일본 천황가가 한국과 인연이 깊다는 덕담을 한 적이 있었다.)

✦ 무령왕릉 관련 Mystery

백제 무령왕과 왕비의 묘로 알려진 무령왕릉은 발굴된 지 금년 40여주년을 맞이하고 있으나 그 왕릉에서 발견된 유물들에 대한 수수께끼가 아직도 풀리지 않는 것이 많다고 한다.

우선 知齒의 正体다.

발굴될 당시 치과 전문가들은 무령왕릉에서 나온 치아는 일단 17세 여성의 치아라고 발표했었다. 그런데 무령왕과 함께 합장된 왕비는 합장될 당시 62세로 죽었다고 알려져 있다.

또한, 무령왕의 묘 관 앞에 놓인 지석에는 왕비의 죽음을 수종(壽終)으로 기록해 놓고 있는바 이 표현은 중국의 기록에서 보면 늙어서 죽었다는 의미로 알려지고 있다.

✦ 聖王의 母

"百濟國王太妃壽終"이라고 武寧王妃의 誌石에는 쓰여있다. 百濟의 王太妃가 죽었다는 의미로 확실히 기록되어있는 것이다. 또한, 지석에 기록된 태비(太妃)라는 말은 무령왕의 아들이었던 성왕(聖王, ?~554, 백제 제26대 왕)의 어머니를 호칭하는 말이었다.

三國史記의 百濟本記에 의하면 聖王은 "武寧王之子"로 되어있다. 이 때 '之子'라는 말은 王의 정부인의 長男을 제외한 아들들을 부를 때 쓰는 호칭으로서 이로 미루어 聖王은 武寧王의 長子는 아니고 장남은 달리 존재했다는 것을 의미한 것으로 해석되고 있다.

武寧王陵에서 出土된 遺物 속에는 王妃의 身分을 確認할 수 있는 단서가 될 팔찌가 발견되었다. 즉, 武寧王妃는 生前·王妃였음에도 불구하고, 팔찌에는 '大夫人'을 위하여 만들었다고 쓰여있었다.

古代 日本에서는 皇族 出身이 아닌 豪族 出身의 王妃인 경우 皇太后라고 부르지 않고 皇太夫人이라고 부르는 경우가 있었다고 日本書紀에 쓰여있어 武寧王妃의 경우도 日本의 경우와 마찬가지로 身分上 豪族出身이었기에 그렇게 불린 것은 아닐까 하는 점이다.

또한, 武寧王陵에서 발견된 誌石에도 武寧王의 경우에는 皇帝의 죽음에 대하여 사용하는 공식 표현인 '崩'이라는 단어를 사용하고 있으나 武寧王妃의 경우에는 王과 王妃의 서거 시에 사용하던 公式表現이었던 薨이 아니고, 壽終으로 기록된 점등이다.

이는 왕비의 신분상 薨 자를 사용할 수 없었지 않나 하는 의문이 남는다. 여하튼 신분상의 차이 때문에 생전에 무령왕비는 왕비가 아니고 대부인(大夫人)으로 불렸으나 무령왕비가 죽은 후 아들이 왕위에 오르자 아들 성왕(聖王)의 존재에 의해 태비(太妃)로 기록되었을 것이라고 보는 견해가 유력하다.

「日本書紀」에는 武寧王妃의 아들인 聖王이 554年 管山城 전투에서 전사한 것으로 전하여지고 있다. 그때 聖王의 長子 '昌(威德王, ?~598)' 百濟27代王이 29歲였다고 기록되고 있다. 전문가들은 이 기록을 보고 인간은 보통 20대에 아기를 얻는다고 계산하였을 때 武寧王妃는 504年에 聖王을 낳았고 왕비가 죽었을 때는 왕비 나이가 42세였을 것으로 추측하고 있다.

또한, 무령왕비는 무령왕이 501年(40歲)에 왕위에 등극하여 결혼한 여인으로서 그녀는 무령왕의 최초의 부인이 아니었을 것으로 추정이 가능하다고 보고 있다.

✦ 淳陀太子 건

日本書紀에는 武寧王이 日本福岡의 加唐島(가가라 시마)에서 태어났다고 전하고 있다. 이 섬에는 현재도 그 전설을 이야기하는 여러 증거가 남아있다.

무령왕이 일본 섬에서 태어났기 때문에 島(시마)라는 음을 빌려 이름을 '斯麻'라고 불렀다고 한다. 그러나 무령왕이 加唐島(加羅島)에서 태어난 이후, 백제 무령왕으로 즉위한 때가 그가 40세였을 때라고 알려지고 있는 바, 그가 일본 섬에서 태어난 이후 40세가 되기까지의 행적은 알려지고 있지 않고 있다

한편, 續日本紀와 日本書紀에는 무령왕의 아들로 淳陀太子가 기록되어 있어 순타 태자는 무령왕이 20대에 처음 결혼하여 그 첫 부인과의 사이에서 태어난 아들로 생각된다. 또한, 순타 태자는 아버지 무령왕이 52세가 되던 해 513년에 죽었다고 기록되어 있다.

순타 태자가 사망하였을 당시 그의 나이는 30세를 넘었을 것으로 추정하고 있다. 따라서 무령왕은 일본에서 자손을 보았을 가능성이 큰 것으로 사료되고 있다.

그렇다면 무령왕의 자손들은 일본 어디에서 생활하고 있었을까? 續日本紀에 의하면 光仁天皇의 皇太后 高野新笠(고노노 니이가사)는 姓이 '和' 씨고 이름이 '新笠'인데, 日本貴族의 族譜「新撰姓氏錄,에 의하면, '和氏'는 武寧王人으로서, 처음에는 久度神社(大阪)와 奈良 사이에 있는 神社에서 제사를 지냈다고 한다. 그러다가 후에 平城京(奈良)의 궁궐로 옮겨 皇太子가 직접 제사를 모셨다고 한다.

그 후 8世紀 桓武天皇에 의해 平安京(京都)로 遷都한 다음 平野神社로 위패를 옮겼는바, 오늘날에도 교토의 平野神社에서는 百濟系 渡

來人들을 위한 제사를 지내고 있고, 京都(교토)에는 현재도 桓武(칸무) 天皇의 생모(生母), 高野新笠의 묘가 있다.

✦ 韓日古代史의 眞實

百濟의 중흥을 완성한 무령왕의 왕릉은 1971년 7월 발굴 당시부터 여러 의문점이 논의되었었다.

그중에서도 발견된 어금니 하나에 대한 연구로 인하여 지금까지 알려지지 않았던 일본에서의 무령왕의 가족사가 밝혀졌다.

요약해 보면, 무령왕은 태어나서 40세까지는 斯麻(사마)라는 이름으로 지내면서 일본에서 성장하였고, 결혼하여 순타 태자를 낳았다. 이후 순타 태자를 통해서 자손을 번성케 하였을 가능성이 크다고 전문가들은 말하고 있다.

이 事實은 古代韓日關係에 있어서, 특히 日本天皇家와 百濟王家와의 관계에 있어서 대단히 중요한 의미를 지닌다. 또한, 여러 의문과 수수께끼가 서로 물려있는 한·일 고대사의 진실과 무령왕이 한국과 일본에 남긴 여러 가족 관계가 보다 상세히 밝혀지고, 그것을 두 나라가 있는 그대로 받아들이면서 한국과 일본은 역사라는 과거와 현재를 잘 연계하여 서로 도움이 되는 밝은 미래 건설을 위해 매진할 것을 간절히 염원하는 바이다.

대마도 언어 연구

✦ 일본 지식인들에게 내가 쓴 글

나는 고대 한국어를 빼닮은 대마도 지방 언어 아비류(阿比留)어를 연구하고 있는 일본인 지식인들에게 2019년 2월 22일 Facebook을 통해 아래와 같은 글을 발표했다. 그들은 내 뜻을 이해할 것이다.

千年以前に スカンディナヴィアの
Norway人が 話した
言葉は 現在 Iceland
人が 使っている 言語です。…

理由は 1千年前に Norwayから
死刑される ことに なつた
ある 人が 海を 渡って 家族と 一緒に
一生懸命に Icelandと言う
島に 逃亡して 住んだからです。

面白いことは 逃亡者たちが 定着した 島は

海流が 暖かくて 母國の Norwayより 氣候が

良かったたす。それで かれたちは 嘘つきをして

自分の 島の 名を 寒い しまを いみする

Icelandと 呼びました、母國からの 流民を そのように して 塞ぎました。

故に 1000

年間 彼達は 母國の 言葉を 守って

使っています。

この 故に

Norwayが 領有權を 主張する?

No, Sir, ヨロツパは あらゆるめんで

隣の 間に Gentlemanship(神士道)か

嚴存しています。

소강

일본의 묵살(默殺) 외교가 초래한
세기적 비극 고찰

　　1945년 7월 17일부터 8월 2일까지 베를린 포츠담에 있는 Cecilienhof 궁전에서 제2차 세계대전의 종결과 전후 신국제질서 협의를 위한 미·영·소 3 거두 회의가 개최되었다. 당시 미·영·소는 독일, 일본, 이탈리아로 대표되는 전쟁 추축국에 대항하여 연합국을 이루고 있었다. 이 연합국 최고회의에는 처음에는 영국 측에서 처칠 수상이 참석하였으나 처칠 수상이 그해 7월에 열린 하원의원 선거에서 패하자 노동당의 애틀리(Attlee)가 신임 영국 수상으로 선출되어 참석했다.

　　따라서 포츠담 회담 후반부에는 처칠이 무대에서 사라지고 애틀리 수상이 미국의 트루먼 대통령 및 소련의 스탈린과 함께 어깨를 겨누며 전쟁외교의 주역으로 등장한다.

　　포츠담 회의에서는 회담이 열리기 전 이미 항복문서에 서명한 나치 독일 문제며 폴란드, 헝가리 등 동구권 문제 등 유럽 문제가 상당한 비중을 차지하고 있었으나 미국의 입장에서는 상금도 치열한 전투를 벌이고 있는 일본과의 전쟁을 하루속히 종결시키는 것이 급선무였다. 이때 미국 정부는 'Manhattan Project'라는 암호명으로 비밀리에 원자탄 개발에 성공했고, 트루먼 대통령은 포츠담 회담 도중 은근히 소련의 스탈린에게 가공할 신무기(원자탄)를 미국이 가지고 있고, 사용할 수 있음을 암시하기도 했다.

(논자 중엔 트루먼이 스탈린에게 미국이 원자탄 개발에 성공했음을 암시한 것은, 스탈린을 호의적으로 평하였던 귀족 집안 출신의 나이브한 전임자 루스벨트 대통령과 달리, 트루먼은 국제무대에는 생소하지만 소련 스탈린의 공산주의 팽창 야욕을 경계하는 안목을 지녔던 터라 스탈린에게 겁을 주기 위함이었다고 주장을 하는 자도 있음.)

여하튼 1945년 7월 26일 자로 발표된 포츠담 선언의 최대 핵심은 일본의 무조건 항복에 있었다. 일본의 무조건 항복을 촉구하는 포츠담 선언은 영국 수상, 미국의 트루먼 대통령과 중국 국민당 주석 장개석 이름으로 발표되었다. 당시 중국을 지배하고 있던 장개석 정부와 일본은 전쟁 중에 있었고, 소련은 일본과의 중립 조약에 의해 기술적으로는 일본과 비교전 상태였기 때문에, 일본의 무조건 항복을 촉구하는 포츠담 선언에는 소련 스탈린의 서명이 들어있지 않았다.

일본의 무조건 항복을 촉구하는 연합국의 최후통첩 격인 포츠담 선언의 수락 여부를 둘러싼 당시 일본 전시 내각의 대응방식은 두고두고 전시 외교의 교훈으로 남았다. 즉, 일본 전시 내각의 외골수 경직된 사고방식, 외교력의 미숙, 동서양 외교용어에 대한 이해 부족과 인식상의 문화 차이 극복 실패는 일본의 전시 외교에 천추의 한과 오점을 남겼다. 그것은 20세기 전쟁사 중 가장 큰 역사적 비극으로 끝났다.

무조건 항복을 촉구하는 연합국의 포츠담 선언을 일본 전시 내각이 '묵살(默殺)'한 데서 세기의 비극은 무르익고 있었던 것이다.

묵살(默殺)이란 이 어휘를 당시 일본의 조야는 포츠담 선언문을 수락할지 거절할지 아직 뭐라고 해야 할지 모르겠으니 좀 더 시간을 가지고 생각해 보기로 하자는 의미로, 당분간 그 문제에 대해 침묵을 지키기로 한다는 뜻으로 사용했던 것이다.

그러나 미국과 영국 등 연합국 수뇌부는 묵살(默殺)을 ignore로 간주, 더 이상 용납할 수 없는 일본의 오만의 극치로 해석했다. 여기서 트루먼 미국 정부는 일본에 대하여 원자탄 투하라는 극약처방을 쓰기로 결심하게 된다.

덩달아 그때까지 잠자코 있던 소련이 그야말로 전쟁 막바지인 1945년 8월 6일에 대일 선전 포고를 하며 만주에 진입, 여세로 한반도 북쪽을 점령하였다.

그리고 그것은 오늘의 한반도가 남북으로 갈라지게 된 통탄할 결과를 낳았다.

미국, 영국, 소련 3개국 정부 수반 회의라는 명칭을 사용하기도 하고 있는 포츠담 회의 후반부에는 영국의 신임수상 애틀리, Ernest Bevin 영국 외상, 소련 측에서 스탈린, 몰로토프 외상, 미국 측에서 Joseph Byrnes 국무장관, 트루먼 대통령 등이 참석했다.

✦ 포츠담 회담의 주역들

한반도의 공산화에도 깊숙이 개입하고 냉전시대 한국 정부를 괴롭힌 유명한 소련의 몰로토프 외상과 그로미코 모습도 뒤에 보이는 역사적인 사진들이다.

처칠 대신 영국 신임수상이 된 애틀리 수상,
트루먼 대통령 및 스탈린 소련 수상

처칠 대신 영국 신임수상이 된 애틀리 수상, 트루먼 대통령 및 스탈린 소련 수상 스탈린 뒤에 악명 높은 소련 외상 몰로토프가 보인다.

✦ 스스키 일본 수상

일본의 무조건 항복을 요구하는 연합국의 포츠담 선언을 '묵살(默殺)'한 것으로 보도되어 미국에는 원폭 투하를, 소련에게는 대일본 참전의 구실을 제공했던 일본의 제2차 대전 마지막 수상(수상 재임 기간 1945년 4월 7일~8월 17일).

스스키 일본 수상

✦ 스스키 수상의 포츠담 선언 묵살의 과정

연합국은 1945년 7월 16일 일본의 무조건 항복을 촉구하는 포츠담 선언(Declaration of Potsdam)을 발표한다. 이때 일본 정부 수뇌부인 스스키(鈴木) 수상, 토고(東鄉) 외상 및 일본제국 육해군 수뇌부는 다음과 같은 태도를 취한다.

✦ 토고 시게노리(東鄉茂德) 당시 외상이 언급한 요지

일본의 무조건 항복을 요구하는 연합국의 포츠담 선언을 일본이 거절하는 것은 심히 현명하지 못한 처사일 뿐 아니라 불리한 일이다. 한편 포츠담 선언을 그대로 일본이 수용하기보다는 몇 가지 점을 좀 더 명확히 하기 위해 연합국 측과 교섭에 들어갈 필요가 있다.

그러나 전쟁지도자 회의의 구성원 중에는 그럴 필요 없다고 말하는 자들도 있고 해서 의견 일치를 볼 수 없어 일본으로서는 당장 어떤 의사표시도 할 수 없어 얼마간 사태의 추이를 지켜보기로 결정했다. 그런 뒤 각의에서도 같은 결론에 도달하였다.

헌데 어찌 된 까닭인지 다음 날 7월 28일 일본 국내 신문에는 일본 정부가 포츠담 선언을 묵살(默殺)한다는 기사가 보도되었다. 그래서 본인(토고 외상)은 일본 내각의 결정 및 전쟁지도자 회의와 이야기한 결과 포츠담 선언에 대하여는 잠시 일본 정부의 의사표시를 하지 않기로 했다. No Comment에 해당한다. 이는 묵살(默殺)한다 와는 아주 다른 의미다. 토고 외상은 그렇게 강하게 항의했었다.

7월 28일은 제국 궁궐에서 내각 대신들과 군 통수부 간에 정보 교환을 위한 모임이 있는 날이었다. 나(토고 외상)는 다른 급한 볼일이 있어, 그 회의에 참석하지 못했다. 헌데 그 회의 별실에서 어떻게 정부 수뇌부와 군 통수부 간의 모임이 있었는데 군부 측에서 스스키 총리에게 포츠담 선언을 묵살한다고 하는 말을 신문을 통해서 확실하게 말해달라는 주문이 있었다. 또한, 군부 측에서 나서서 스스키 총리께서 군부의 이러한 요청을 수락했다고 신문기자 공동회견에서 밝힘으로써 다시 한 번 신문에는 정부는 포츠담 선언 같은 것은 묵살한다고 하는 말이 대문짝만하게 보도되기에 이르렀다.

이에 토고 외상은 그런 보도는 각의 결정과 다르며 총리를 비롯해 누구도 각의 결정을 무시할 수 없고, 이러한 각의 결정에 반하는 것은 있을 수 없다고 강력하게 주장했다.

따라서 스스키 총리도 심히 난처한 입장에 처하였으나 스스키 총리 말인즉 지금에 와서 또 신문에 발표된 것을 취소한다고 하면 사태를 더 악화시키는 결과가 될 것이니 잠시 그대로 두고 보자고 했던 것인데, 결과적으로 그렇게 끌려간 결과가 되었다. (이상 토고 외상의 묵살, 관련 전말 언급이었음.)

✦ 포츠담 선언 묵살의 파장

연합국의 최후통첩인 포츠담 선언 수락 여부를 둘러싸고 일본 정부가 이렇게 서투르게 우왕좌왕 대처하는 바람에, 일본으로서는 지극히 불리한 결과에 봉착하게 된다. 이러한 일본 정부의 미숙한 대처에는 일본이 연합국에 항복한다는 것은 상상하기도 싫어하면서 끝까지 전쟁을 수행하자고 했던 군부 지도층과 내각 내 강경론자들에 의해 온건파였던 스스키 수상 및 토고 외상 등의 입지가 약화되었던 것이 가장 큰 원인이었지만, 일본 정부 자체, 특히 일본 전시 외교 담당자들이 포츠담 선언을 묵살(默殺)한다는 표현이 어떤 파장을 몰고 올지에 대해 전혀 정확한 인식을 하지 못했었던 탓도 컸다. 묵살(默殺)을 단순히 No Comment 정도로 간주했던 것이다.

포츠담 선언을 일본 정부가 묵살했다는 보도는 미국의 트루먼 행정부와 소련의 스탈린에게 좋은 빌미를 제공했다. 그들은 '묵살한다'를 'ignore(무시하다)'로 받아들였고, 일본으로부터 연합국이 그러한 모욕을 당하는 것을 참을 수 없었다. 물론 미국의 Truman 행정부는 Manhattan Project라는 이름으로 대일본 전쟁의 조기 종결을 위해 일본 몇 주요 도시에 대한 원자탄 투척 계획을 비밀리에 진행시켜 가고 있었지만, 제2차 대전 종결기에 일본 정부로부터 포츠담 선언이 '묵살' 당한 것은 트루먼 행정부에는 대일본 원자탄 투하의 심리적 자극을, 소련의 스탈린에게는 대일본 참전을 촉진시키는 훌륭한 구실들을 제공하였다.

일부 논객들 사이에서는 미국이 히로시마와 나가사키시에 원자탄을 투하한 것은 과도한 인류 학살 정책으로 허용되기 어려운 일이었지만, 어떤 의미에서는 원자탄 투하가 일본을 전쟁 광기에서 조기에 구출해 내는 결과를 초래했다고 원자탄 투하의 순기능을 열거하는 자들도 있는 것은 사실이다.

그런 면이 있음도 일면 인정된다 하더라도 트루먼 행정부가 인구 35

만 명의 히로시마 인구 중 14만 명(원폭 투하 현장에서 7만 사망+ 사후 5년 이내 사망 7만 명)의 민간인 사상자를 냈고, 인구 27만의 나가사키 시에 7만 명의 사상자를 내고 도시의 40%를 황폐화시킨 결과를 초래한 것은 일본 만의 비극이라기보다는 인류 전체의 세기적 비극이 아닐 수 없었다.

히로시마, 나가사키에의 원자탄 투하를 합리화하는 파들은 만일 원자탄 투하로 인하여 전쟁이 조기 종결되지 않고 일본이 결사 항전하면서 미국이 일본 본토에 상륙한 후 일본군을 굴복시킨 후에야 전쟁이 종결되었다면 미국과 일본 양측에 히로시마나 나가사키의 희생자 수보다 훨씬 더 많은 희생자가 발생했을 것이라고 주장하는 자들도 있다.

그러한 가정에 일리가 없는 바는 아니지만, 우리는 전후 미국과 일본 관계에서 미국 조야가 일본에 대하여 언제 적대관계에 있었냐는 식으로 마음속으로 가깝게 지내고 있는 사실에 주목할 필요가 있다. 냉전 시대에 있어서의 일본의 지정학적 중요성과 가치성에 의해서, 또 오늘날에 있어서는 중국의 패권에 대항하는 대항마로서의 일본의 위상을 고려한 측면이 없는 바는 아니며 전통적으로 미국민들은 일본인들을 선호하여왔던 것은 사실이지만, 2차 대전 후 미국 조야가 일본에 대하여 새롭게 느끼는 것은 미국은 히로시마와 나가사키에 원폭을 투하하여 무고한 수십만의 생명들을 살상함으로써 미국은 일본에 씻을 수 없는 비대칭적인 피해를 입혔다는 미안함과 죄의식이 미국인들의 양식 근저에 깔려있는 것을 간과할 수 없다.

따라서 1941년 12월 8일 일본군에 의해 하와이의 진주만(Pearl Harbour)이 기습을 받았고, 그로 인하여 태평양 지역에서 미국과 일본은 주 교전국으로 싸웠다. 그래서 패전국인 일본은 가해자로서 낙인을 받아야 마땅함에도 불구하고 미국인들이 일본을 자기들에 대한 가해자로 보지 않고, 오히려 마음속으로 일본에 대하여 과도한 피해를 입혔다고 미안해하고 있는 측면이 있다. 우리는 이러한 미국 조야의 대일본 심리를 간과해선 안 될 것이다.

미국인들이 Pearl Harbour 사건을 잊을 수 있겠는가? 더더욱 프랑스인들이 1870년, 1914년, 1940년 3차례의 사생을 결단한 독일과의 전쟁 역사를 잊을 수 있겠는가. 자국 역사와 국어 교육에 관한 한 세계에서 가장 모범적인 교육을 실시하고 있는 프랑스인들이 독일과의 과거 역사를 잊고 지낼 수가 있겠는가. 그럼에도 불구하고 구미 선진국의 외교정책 기조에는 과거는 과거로 덮어두고, 지향하는 것은 미래다.

따라서 그들에게는 상대방의 과거 행적이 중요치 않다. 오직 현재의 기준에서 대화가 되고 협력을 통한 공동 번영을 도모할 수 있으면 파트너가 되는 것이다.

이에 반하여 유교사상이 수천 년 뿌리 깊게 Mentality 속에 들어있는 데다가 미래 지향적인 기독교 정신보다는 과거 지향적인 불교 정신의 지배를 더 받고 있는 동북아시아 국가들은 과거라는 쇠사슬에 얽매어 스스로 운신의 폭을 좁히고 있는 것이 특징이다.

미국 지도층이 기회가 있을 때마다 아시아 지도자들더러 이제 과거에 얽매이지 말고 미래를 같이 건설하라고 조언하는 이유를 알 수 있을 것이다.

한국 정치인들과 외교관들이 미국인들의 눈에 비친 일본과 일본인들에 대한 정확한 인식을 하지 못한 채 한국전을 통해 한·미 양국은 피로 맺어진 혈맹관계이니, 한·일 양국 간 문제에서 미국은 일본보다는 한국 편을 들 것이라고 생각한다면 이는 치졸한 아전인수식 판단이라고 아니할 수 없을 것이다. 따라서 한국 외교는 미국 땅에서 우리의 당당한 자세와 입장을 의연하게 보이며 말하되, 일본을 깎아내리면서 미국이 우리 편을 들기를 바라서는 안 된다. 국가 간의 관계도 인간관계와 마찬가지로 상대방의 단점 대신 장점을 부각해 줄 때 안 풀릴 일도 순조롭게 풀릴 뿐만 아니라 그러한 도량을 보여주는 내가 더 존중받게 된다는 것을, 우리가 이제 느낄 만큼 성숙했으면 좋겠다.

일본의
인신매매 역사를 보고

　　일본 도까이(東海) 대학 역사학과 전임강사로 일본 근대사
가 전공인 시모쥬 기요시(下重 淸) 교수가 吉川弘文館 출판사에서 2012
년 『인신매매의 일본사』를 출간했다. 일본에 있어서 여자들이 몸 팔아
살던 이야기를 쓴 시모쥬 교수의 책 내용은 이러했다.

　　일본 정부가 근대화를 목표로 국정 좌표를 정했던 명치유신 전에는
말할 것 없고, 1868년 명치유신 선포 이후에도 일본의 娼妓 문화는 번
창해 갔다.

　　예하면 1881년 현재 전국에 586개의 遊郭(유곽)이 이전보다 더 증가
했다고 한다.

　　소화(昭和) 6년, 즉 1931년에서 1934년 기간 일본 동북 및 북해도 지방
에 대흉작이 들고 경제 불황에 이어 냉해, 흉작이 연거푸 덮치자 그 지방
일대 농촌에서는 식구들 풀칠하기가 어려워 급한 가족 생존 수단으로 계집
아이들을 남에게 팔아넘겨 목구멍 풀칠을 하며 연명하는 것이 유행했다.

　　이때 그 일대 일본 농촌지대에는 팔고자 하는 여자들을 사러 다니는
인신매매 상담소가 마치 복덕방처럼 존재했다. 붓글씨로 쓴 상담소 광
고 하나는 이렇게 쓰여있었다.

"댁의 딸을 파시는 경우에는 본 상담소로 오세요. 伊佑澤村 相談所"
또 하나의 큼직한 붓글씨 방(榜)에는 "댁의 일을 상담하시려거든 민생
위원을 찾아주세요. 잠깐 댁의 딸을 팔아서 벌어먹느라 쪼들린 빈곤을
면하시려거나 생업자금, 아동 위탁, 의료, 양로 등 관련 사안은 항시 민
생 위원에게 맡기세요."라는 광고가 붙었는가 하면, "농촌을 떠나려는
자녀들을 보호하세요."라는 광고가 직장 알선 공공기관명으로 동시에
붙어있었다.

이토록 여자들 인신매매가 당시 조선을 식민지로 지배하고 있던 일본
에서도 다반사로 행해진 점은 여간 흥미롭지 않다.

야마가타(山形) 현(縣) 보안과가 조사한 바에 의하면 그 현에서만
1934년 3,298명의 여자가 먹고살기 힘들어 농촌을 떠나 팔려나갔는
데, 이중 公娼인 娼妓가 1,420명, 사창인 작부(酌婦)가 629명, 藝妓가
249명으로 이들은 주로 수도 동경 등 외지에서 몸을 팔아 가족의 생계
를 도왔다고 기록되었다.

이 일본 자료를 읽고 난 다음 나는 문득 내가 겪은 지난날의 경험이
떠올랐다.

1964년 내가 공군 현역 장교 생활을 할 때까지도 우리 농촌 마을 주
변에서는 서울에 가서 돈을 벌어 집안 빚 갚고, 동생들 학교 보내는 여
자들이 적지 않게 존재했다.

그런데 그 내막을 알고 보면 이들 상당수가 식모살이를 하거나 개중
에는 몸을 팔아서 시골 집안에 돈을 보냈던 것이다. 알만한 사람은 알
았지만, 내색은 안 하고 지냈었다. 그런 가슴 아픈 가난의 역사가 빚은
슬픈 이야기가 한국에만 있었던 것은 아니고 1930년대에 일본에서도
존재했다는 것을 역사적 자료를 통해 접하니 기분이 묘했다.

어디 일본뿐인가? 물질문명이 고도로 발달된 서구 유럽 문명의 중심지인 프랑스 경우도 19세기 말까진 시골 처녀들이 도회지에 와서 몸을 팔아 시골 부모. 형제를 봉양하는 것이 다반사였다.

박정희가 나타나 새마을 운동을 일으키고 수출 제1정책으로 전국에 절대빈곤이 사라졌을 때까지 우리나라 실정은 그냥 밥만 먹기로 하고 도회지 가서 식모살이한 경우도 부지기수 아니지 않았는가.

1965년 한·일 기본 조약을 체결할 당시 한국의 박정희는 이런 한국의 취약점과 비극을 누구보다 잘 알고 있었다.

박정희뿐만 아니라 김영삼, 김대중 등 동년배 한·일 정치 지도자들은 양국의 실상을 꿰뚫고 있었다.

그러하였기에 당시 한·일 양국 정치 지도자들은 위안부 문제를 피차 밖으로 떠들며 문제 삼기보다는 조용히 해결하는 것을 선호했었다.

박근혜 대통령이 취임했을 때 일본 조야는 크게 환영하고 기대감을 가지고 있었다. 일본 지도자들은 선대 박정희 대통령에 대한 높은 평가와 존경심을 지니고 있었기에 박근혜 대통령에 대해 좋은 감정과 좋은 선입견을 지녔던 것이다.

헌데 박근혜 대통령은 위안부 문제를 국제무대에 가지고 가서 만천하에 일본을 망신 주어 한국 외교가 도덕적 우위를 점하면 한국은 외교적으로 일본을 굴복시킬 것이며, 그것이 위안부 문제를 해결할 수 있는 길이라고 판단했던 것 같았다.

박근혜 대통령은 불필요하게 위안부 문제를 감정적으로 처리하려 들었다. 반대파 진영들이 자신을 '친일파' 박정희의 딸이라고 매도하는 데서 어떤 콤플렉스를 느낀 것이었을까? 박근혜 대통령의 일본에 대한 접근 자세와 외교는 답답하리만큼 꽉 막히게 보였다.

당연히 일본 국민들의 감정은 과거의 친한에서 반한으로, 또 혐한으로 변질되어 갔다. 1965년 한·일 간 기본 조약 체결로 비로소 일본 내에서 가슴을 펴고 살기 시작하던 재일동포 1세, 1.5세대, 2세 등 일본에 이차대전 전부터 뿌리를 내리고 살던 한국 민족들은 다시금 고통스러운 삶을 일본에서 살아야 했다.

유엔 등 국제무대에서는 어떠했을까? 역대 한국 정부는 하나같이 착각에 빠지는 것이 하나 있다. 그것은 한국이 국제무대에서 일본보다 더잘 보이고 박수받을 것이라는 착각이다.

천만의 말씀이다. 우리가 아무리 위안부 문제를 국제무대에 가지고가서 떠들어도 국제사회의 주류는 일본에 압도적으로 우호적이다. 우선 미국과 유럽의 절대적인 신망을 일본은 받고 있지 않은가.

따라서 그나마 어렵사리 박근혜 정부가 타결해 논 한·일 정부 간 위안부 합의 사항은 문재인 정부에 의해 준수되었어야 했다.

Pacta Sunt Servanda

agreements must be kept

합의(조약)는 준수되어야 한다.

이것이 국제법의 근본 룰이다.

동시에 주한 일본 대사관 및 총영사관 앞에 설치한 소녀상을 철거시켜주는 것도 국제 규범에 준하는 외국공관 보호에 해당함을 우리는 이제 어른스럽게 인정하고 행동해야 한다.

서로 잃는 외교를 하지 말고 서로 이기는 외교(winning diplomacy)를 해야 한다.

북핵이란 당면한 위협에 맞서기 위해서는 한·미·일 3국의 완벽한 공조가 그 어느 때보다도 절실함을 재삼 강조할 필요가 없을 것이다.

야스쿠니 신사(神社)를 참배한 외국 공직자들

✦ 야스쿠니 신사[2]를 참배한 외국 공직자들

한·일 양국이 동북아 공동체의 축으로 미래를 향해 나아가도 EU에서의 독일과 프랑스와 같은 수준에 도달하려면 한참을 가야 할 텐데, 양국의 시계는 아직도 1945년 2차 대전 종전 당시로 머물러 있는 것 같다.

마침 어느 일본 자료에 들어가 보니, 야스쿠니 신사를 참배한 외국 요인들의 명단이 실렸다. 이 명단을 입수하기 전에 나는 아마도 아프리카나 남아메리카에서 일본을 방문한 외국 국가원수 중에는 일본 측 의전에 따라 야스쿠니 신사를 방문한 경우도 있을 것이라고 짐작하고, 유심히 명단을 훑어보았다. 그런데 희한하게도 외국 국가원수 또는 정부수반의 이름은 찾아볼 수 없었다. 일본 정부가 자기 나라를 공식 방문한 빈객들의 입장을 존중해서 일부러 야스쿠니 신사 참배를 공식일정에 넣지 않았는지 아니면 방문객이 미리 그럴 가능성을 배제하였는지는 알 수 없으나 외국 정상급 이름은 들어있지 않아 보인다.

고개가 갸우뚱해진다. 일본 정부가 야스쿠니 신사를 미국의 알링턴 국립묘지에 견줄 정도로 자랑스럽고 영광스러운 성지로 여긴다면 의당

2 신사(神社)가 일어에서는 '진자'로 발음 됨에 유의

외국 정상이 일본을 방문했을 때 당당히 방문 일정에 포함했어야 했거늘, 그렇게까지 하지 않은 걸 보면, 일본도 야스쿠니 신사가 남에게 보여주기까지는 하기가 좀 거북살스러운 장소라고 여기는 것 같다.

그러면, 대인 정치 지도자라면, 일본 국민들을 이제부터라도 계몽해야 한다. 우리 조상 중에는 우리가 본받고, 영광스럽게 존중해야 할 조상들이 있는가 하면, 우리 역사와 기억에서 지워버려야 할 조상들이 있다고. 그렇게 해야 일본이 국제사회에서 훨씬 성숙하고 책임 있는 글로벌 리더국으로 발돋움할 수 있다고 설득해야 한다.

1945년 제2차 대전에서 패전한 지도 어언 70년 이상의 세월이 흘러갔는데, 아직도 일본이 그 야스쿠니 신사인가 무엇인가에 갇혀 제구실을 못 한다면, 이는 일본을 위해서도 동북아 전체를 위해서도 너무 안타까운 일이 아닌가 말이다.

차제에 나는 또 한국과 중국 등 동북아 지역의 핵심 리더국 지도자들에게도 건의하고 싶다. 지금 한국과 중국에서 2차대전을 기억하고 야스쿠니 신사가 무엇인지 알만한 세대는 80세 이상의 세대라야 알 정도다. 77살만 되어도 그들이 태어났던 해가 1945년 해방 되던 해임으로 대동아 전쟁이니, 2차 대전이니 하는 것에 대해 아는 바가 없다. 한국이 일제식민지였다는 것도 교과서에서는 배웠지만, 그저 그뿐이지 그렇기 때문에 '오늘의 일본에게 복수하자.' 뭐 이런 치졸한 생각들을 하고 있는 것이 아니다. 그런 생각들로 차있는 사람들은 무엇인가 시대의 변천을 따라갈 줄 모르는 자들이다. 오히려 일본 어디를 여행가야 좋을까, 일본인 관광객들을 유치하려면 어떻게 해야 할까, 어떻게 하면 일본 가서 돈을 벌 수 있을까… 이런 데 더 관심이 있다.

그러니까 20~70대 사이가 한국의 장래를 짊어지고 갈 중추세력인데, 이들 중추세력은 과거에 집착하는 세대가 아니다. 그들은 미래를 건설하기 위해 고군분투하고 있다. 과거에 집착하도록 유도한다면 그런 자들은 저의가 자기 자신의 정치적 목적이나 개인적 복수심만을 위한 것이지, 결코 한국의 차세대를 위한 것이 아니라 할 수 있다.

국가 지도자들과 정치 지도자들은 자국의 중추 세대를 과거의 틀 속에 가두어 두는 것이 국가와 그들의 장래를 위해 바람직한 것인지 아니면 이들이 과거의 굴레에서 벗어나 국경 없이 훨훨 나르며 기(氣)를 발산토록 하는 것이 바람직한 것인지 대승적으로 판단하여야 할 것이다.

그러기 위해서는 한·일 양국에 프랑스의 드골(De Gaulle)이나 서독의 아데나워(Adenauer) 같은 거인(巨人) 지도자가 나타나야 하는데, 콤플렉스(Complex)를 벗어나지 못한 소인들만 보이는 것 같아 답답하기 그지없다.

✦ 외국 요인들에 의한 야스쿠니 신사(神社) 참배 명단
(수뇌급 인물만 포함)

Source: Yahoo. Japan. 靖国神社を 参拝した 外国人-インターイデユ(2014.1.6)

参拝日	国名	氏名・肩書
昭和20(1945)年 1月	満州国	王充郷・駐日大使
昭和21(1946)年 3月22日	米国	GHQロバート・G・ガード氏
昭和29(1954)年 4月26日	(国連)	首席参謀ターレント陸軍大佐
昭和31(1956)年 4月19日	中華民国	張道藩・立法院院長一行
昭和31(1956)年 5月17日	ビルマ (現ミャンマー)	政府最高顧問ウー=ティ=テイラ大僧正
昭和33(1958)年 2月4日	パナマ	リカルド=マルティニェラ駐日大使
昭和34(1959)年 4月5日	トルコ	エテム=メンデレス国防大臣(副首相)
昭和35(1960)年 3月23日	ビルマ (現ミャンマー)	ウー=ヌー前首相
昭和36(1961)年 12月15日	アルゼンチン (알젠틴)	フロンディシ大統領夫妻 (흐론디지 대통령 부처)
昭和38(1963)年 2月11日	フランス	海軍練習艦隊司令官ストレリー 海軍大佐以下候補生乗組員
昭和38(1963)年 6月4日	タイ(태국)	プミポン国王夫妻 (名代：中村元司令官) 푸미봉 국왕부처
昭和38(1963)年 6月25日	米国(미국)	空軍士官学校士官候補生一行 (공군사관학교 후보생 일행)
昭和39(1964)年 6月3日	インドネシア	大使館付武官イマム=サルジョノ海軍中佐
昭和39(1964)年 9月20日	ビルマ (現ミャンマー)	タイセン労働大臣
昭和39(1964)年 10月7日	イタリア	ジュリオ=アンドレオッティ国防相及び陸 海空三軍士官候補生90人
昭和39(1964)年 10月17日	パキスタン	陸軍最高司令官モハメット=ムザ大将
昭和40(1965)年 3月26日	旧西ドイツ	海軍練習艦ドイッチェラント号乗艦 士官候補生50人
昭和40(1965)年 4月16日	タイ	海軍練習艦隊司令官パントム 海軍少将一行
昭和40(1965)年 7月10日	アルゼンチン	海軍練習艦リベルタッド 号艦長オスカルモヘ海軍中佐以下 海軍士官候補生
昭和40(1965)年 9月28日	南ベトナム	グエン=ドゥイ=クワン駐日大使

昭和41(1966)年 1月31日	フランス	海軍練習艦隊ヘリ空母ジャンヌ=ダルク号及び 護衛艦ヴィクトール=シェルシェ号乗艦 士官候補生・乗組員
昭和41(1966)年 2月17日	ペルー	ホセ=カルロス=フェイレイドス駐日大使海軍練習 艦隊艦長エンリケ=ヴェリア海軍大佐以下
昭和41(1966)年 5月30日	チリ	モランビオ駐日大使 チリ海軍練習艦隊エスメラルダ 号艦長ロベルト=ケリー中佐以下
昭和41(1966)年 10月29日	米国	沖縄民政府政治顧問ジェームス=マーチン夫妻
昭和43(1968)年 6月25日	ブラジル	海軍練習艦隊クストディオ=デ=メーロ号 エディノ=ビアナ=シャモンテ艦長以下 士官候補生・乗員120人
昭和43(1968)年 9月6日	ブラジル	ドンジャイネ・カトリック司教
昭和43(1968)年 12月2日	西ドイツ	連邦軍総監ウイリッヒ=メズィエール陸軍大将
昭和44(1969)年 4月9日	米国	在日米海軍司令官ダニエル.T.スミス 海軍少将以下幹部25人
昭和44(1969)年 6月6日		奈良カトリック教会トニー=グリン神父 (オーストラリア出身)
昭和45(1970)年 1月12日	西ドイツ	空軍総監ヨハネス=シュ タインホフ中将
昭和45(1970)年 2月3日	フランス	海軍練習艦ヴェクトール=シェルシェ号 艦長ピエール=トウベ海軍中佐以下
昭和45(1970)年 5月12日	オーストラリア	「海軍おばさん」 メリーア=アッシュバーナー夫人
昭和45(1970)年 7月2日	アルゼンチン	海軍練習艦リベルタッド号艦長 エミリオ=エリワード=マセーラ海軍大佐以下
昭和46(1971)年 3月26日	パプア- ニューギニア	M.T.ソマレ氏国会議員 ハニアウル=ヘトラス=サンオン村村長
昭和47(1972)年 3月15日	イスラエル	情報副部長ギルボア准将
昭和47(1972)年 3月21日	スペイン	海軍練習艦隊 ファン=セバスチャン=エル=カー号 艦長リカルド=バリエスピン=ラウレル 海軍中佐以下50人
昭和47(1972)年 4月1日	チリ	海軍練習艦エスメラルダ号 シルバ大佐以下士官候補生及び駐日大使
昭和47(1972)年 10月19日	イタリア	駐日武官R.ドルランディ空軍准将
	西ドイツ	駐日武官補佐官クウス=ボルツェ陸軍少佐
	ブラジル	駐日武官J.B.フアリア海軍大佐
	アルゼンチン	駐日武官T.N.オリーヴァ海軍大佐
昭和48(1973)年 1月28日	西ドイツ	陸軍総監エルネスト=フェルバー陸軍中将
昭和48(1973)年 2月14日	南ベトナム	バオダイ殿下(ベトナム元皇帝)
昭和48(1973)年 3月3日	ペルー	海軍練習艦隊アレハンドロ=ペレス=ルイス 艦長以下乗員60人

昭和48(1973)年 5月14日	チリ	空軍士官学校研修団団長 フアン=シューエン空軍少将以下
昭和48(1973)年 6月4日	ソ連	ビクトル.V.マエフスキープラウダ論説委員
昭和48(1973)年 11月7日	トンガ	タウファハウ=ツポウ4世国王
昭和49(1974)年 2月19日	フランス	海軍ヘリ空母ジャンヌ=ダーク 号ベリエール艦長以下 同海軍駆逐艦フォーバンエドワード艦長以下
昭和49(1974)年 4月8日	米国	駐日大使館付武官 リチャード=ネルソン=スタンダード大佐以下
昭和49(1974)年 10月28日	インド	G.S.デロン大佐以下
昭和50(1975)年 11月8日	ビルマ (現ミャンマー)	ウー=ボー=レーサ農業大臣
昭和52(1977)年 3月7日	フランス	海軍練習艦ジャンヌ=ダルク 号艦長ステファーノ=ボーサン海軍大佐 海軍フォルバン号艦長ジョンノエル=プーリカン氏 駐日大使館付武官アンドレ=ルメール海軍大佐
昭和52(1977)年 3月26日	英国	クワイ河再会団(大戦中、泰緬鉄道建設に従事) 精神科医W.H.オールチン博士
昭和52(1977)年 9月4日	タイ	国軍副司令官クリアン=サック大将以下
昭和52(1977)年 9月19日	西ドイツ	駐日大使館付新任武官カール=ハインリッヒタルス氏駐日大使館退任武官ペーター=フシュミット氏
昭和52(1977)年 11月22日	アルゼンチン	空軍士官學校ヘスス.C.カペリーニ氏以下
昭和54(1979)年 10月28日	インド	カルカッタ市チャンドラボース =リザーチィン=スティテュード館長 シシール=クマール=ボース夫妻
昭和55(1980)年 11月1日	チベット	チベット仏教(ラマ教)ダライ=ラマ14世法王
昭和56(1981)年 1月26日	米国	在日米空軍横田基地司令官 ドゥエイン.C.オーベルグ大佐夫妻以下
昭和56(1981)年 4月29日	米国	在日アメリカンスクール教育長 リチャード.T.オスナー氏
昭和56(1981)年 5月12日 昭和56(1981)年 6月2日	オーストリア	ウイーン大学宗教学 フリッツ=フィンガー=ライダー教授夫妻一行
昭和56(1981)年 6月22日	インドネシア	アラムシャ.R.プラウィネガラ宗教相
昭和57(1982)年 11月25日	エジプト	前世界イスラム審議会事務総長 モハメッド=トゥフィック=オーエイダ博士
昭和58(1983)年 8月4日	米国	国立公園アリゾナ記念館ゲーリー=カミンズ館長

昭和58(1983)年 11月9日	インド	マガタ大学歴史学教授 アングッシュマン=ラビ博士 マガタ大学歴史学教授 シンジャ=アワンマドゥ=クレジ博士
昭和59(1984)年 12月13日	インド	旧インド国民軍 シャーザダ=ブランデイーン=カーン陸軍大佐
昭和60(1985)年 6月10日	エジプト	モハメッド=サミー=サーベット駐日大使 アニース=ネマタラー駐日公使
昭和60(1985)年 7月23日	米国	在日米空軍横田基地空軍司令官 ウォル=ファイル大佐
昭和60(1985)年 10月18日	西ドイツ	駐日大使館国防武官マウル大佐
昭和61(1986)年 6月6日	米国	在日米空軍横田基地空軍副司令官 エドワード=フライ大佐
昭和62(1987)年 10月19日	西ドイツ	元駐日大使館付武官クルグ 海軍大佐夫妻
昭和63(1988)年 8月13日	パキスタン	駐日大使館付陸軍准将 ブリカディー=ムハマド=ネイブ=テナ氏
昭和63(1988)年 10月27日 平成元(1989)年 6月20日	米国	在日米空軍横須賀基地司令官 スティーブン.H.ハウエル海軍大佐
平成元(1989)年 11月14日	西ドイツ	ハンブルク市国防軍指揮幕僚学校教官 エーベルバルト=メシェル空軍大佐
平成2(1990)年 10月27日	統一ドイツ	シュトゥットガルト放送交響楽団団 長ルッツ=リューデンマン博士
平成3(1991)年 10月30日	チリ	ルネ=アベリウク通産大臣
平成4(1992)年 3月1日	スリランカ	C.マヘンドラン駐日大使
平成4(1992)年 7月10日	フィンランド	カリ=ベリホルム特命全権大使
平成5(1993)年 9月21日	リトアニア	アドルファス=スレジェベシス首相
平成5(1993)年 11月7日	タイ	空軍司令官補佐 サマート=ソサティット空軍大将
平成6(1994)年 6月15日	イギリス	駐日大使館付武官M.スミス海軍大佐
平成7(1995)年 4月26日	インド	故ラダ=ビノード=パール 博士令息プロサント=パール氏
平成7(1995)年 5月30日	チベット	テンジン=テトン前主席大臣(首相)
平成7(1995)年 8月2日	ミャンマー (旧ビルマ)	ウ=アエ文化大臣
平成7(1995)年 8月14日	パラオ(ベラウ)	イナボ=イナボ政府顧問
平成7(1995)年 11月1日	ドイツ	ロベルト=ウェルナー駐日武官夫妻
平成8(1996)年 6月15日	イギリス	駐日大使館付武官ロバートソン大佐 駐日大使館付武官エドワーズ大佐

平成8(1996)年 6月17日		パラオ・ペリリュー 戦の旧日米両軍関係者53人
平成8(1996)年 8月13日	イラン	M.シャケリ駐日大使館一等書記官
	ドイツ	駐日大使館国防武官 ロベルト=ウェルナー陸軍大佐
平成8(1996)年 8月20日	スロベニア	ダニーロ=チュルク国連大使
平成8(1996)年 10月18日	トルコ	駐日大使館付武官 ネディム=アンバル海軍大佐
平成8(1996)年 11月1日	韓国	李玖・旧朝鮮王朝王子
平成9(1997)年 4月5日	トルコ	駐日大使館付武官 ネディム=ランバー海軍大佐
	ルーマニア	駐日大使館付武官 ダン空軍大佐
	インド	駐日大使館付武官 カトチ陸軍大佐
	マレーシア	駐日大使館付武官 ハミド海軍大佐
	イスラエル	駐日大使館付武官 ドルファン准将
	ロシア	プロコペンコ 駐日大使館事務官 駐日大使館付武官 エヴストラホフ陸軍少将
	タイ	駐日大使館付武官シーラカムクライ氏
平成9(1997)年 4月13日	タイ	プーン=サック海軍中将
平成9(1997)年 4月22日	ルーマニア	ダン空軍大佐
	スイス	ドルガー防衛軍大佐
	タイ	ポンプン陸軍大佐
平成9(1997)年 11月25日	インド	故ラダ=ビノード=パール 博士令息プロサント=パール夫妻
平成10(1998)年 4月4日	ルーマニア	駐日大使館付武官 ラルジュアーヌ陸軍大佐
	イスラエル	駐日大使館付武官 ドルファン准将
	インド	駐日大使館付武官 ヴォドガオン=カール海軍大佐
	ブラジル	駐日大使館付武官 キーゼル海軍大佐
	ポーランド	駐日大使館付武官 スタルシコ陸軍大佐
	ロシア	駐日大使館付武官 エフストラフコ陸軍少将 駐日大使館付武官 ボカチョンコフ海軍大佐
	スイス	駐日大使館付武官 マイヤ陸軍大佐
	トルコ	駐日大使館付武官ア ンバル海軍大佐

平成10(1998)年 4月22日	イスラエル	駐日大使館付武官ドルファン准将 (春季例大祭当日祭に参列)
	ブラジル	駐日大使館付武官 キーゼル海軍大佐(同上)
	トルコ	駐日大使館付武官 アンバル海軍大佐(同上)
	ポーランド	駐日大使館付武官 スタルシコ陸軍大佐(同上)
平成10(1998)年 6月27日	米国	米海軍第七艦隊ミカエル=ローランド =オリバー海軍大佐
平成10(1998)年 8月	米国	在日米軍横田基地の 空軍関係者、遊就館見学
平成10(1998)年 10月18日	トルコ	セミー=イエシブルサ海軍大佐
	ポーランド	スタルシコ陸軍大佐
平成11(1999)年 1月17日	ブラジル	サンパウロ市松柏学園
平成11(1999)年 3月19日	カナダ	ビクトリア市セントマイケルズ =ユニバーシティ=スクール
平成11(1999)年 4月3日	インド	駐日大使館付武官 ウェヘライ海軍大佐
	ルーマニア	駐日大使館付武官 イラン=ラアルジェアヌ空軍大佐
	ロシア	駐日大使館付武官 ボカチョンコフ海軍大佐
	タイ	駐日大使館付武官 マイトリー空軍大佐 駐日大使館付武官 スリヤン陸軍大佐
	トルコ	駐日大使館付武官 イエシルブルサ海軍大佐
	イラン	駐日大使館付武官 サファリ海軍少将
	ブラジル	駐日大使館付武官 フェヘライ海軍大佐
	マレーシア	駐日大使館付武官 ハミド海軍大佐
平成11(1999)年 9月13日	チベット	チベット仏教リクー=ブッダ=ダツ氏
平成11(1999)年 10月19日	ポーランド	駐日大使館付武官 ヴワデイスフク=スタルシコ陸軍大佐
	トルコ	駐日大使館付武官 イエシルブルサ海軍大佐
平成12(2000)年 1月12日	米国	コルゲート大学学生
平成12(2000)年 4月5日	台湾 (中華民国)	高砂族元義勇兵・遺族

平成12(2000)年 4月8日	トルコ	駐日大使館付武官 セミー=イエシブルサ海軍大佐
	ルーマニア	駐日大使館付武官 イラン=ラアルジュアル空軍大佐
	イスラエル	駐日大使館付武官 ズイブ陸軍大佐
	スイス	駐日大使館付武官 マイヤ陸軍大佐
	ミャンマー (旧ビルマ)	駐日大使館付武官 キン=モン=ウィン陸軍大佐
	イタリア	駐日大使館付武官 オファーノ=ルチアーノ海軍大佐
	ポーランド	駐日大使館付武官 キメク=トーマス陸軍大佐
	ロシア	駐日大使館付武官 ボカチョンコフ海軍大佐
平成12(2000)年 4月8日	インド	駐日大使館付武官 ヴァドガオンカール陸軍大佐 駐日大使館付武官 ビスワン空軍大尉
	メキシコ	駐日大使館付武官 セルジオ=ララ=モンテジャーノ海軍少将
平成12(2000)年 4月17日	台湾	高砂族元義勇兵・遺族
平成12(2000)年 4月26日	インド	沿岸警備隊長官 ジョン=コリンズ=デシルバ海軍中将
平成12(2000)年 10月18日	イタリア	駐日大使館付武官 オッタリオ=ルティグハーノ海軍大佐
	トルコ	駐日大使館付武官 クトイ=ジング氏
平成13(2001)年 3月22日	カナダ	ビクトリア市セントマイケルズ =ユニバーシティ=ミドルスクール
平成13(2001)年 4月7日	スイス	駐日大使館付武官ハンズ.R.マイヤ陸軍大佐
	インド	駐日大使館付武官ヴァドガオンカール陸軍大佐
	イスラエル	駐日大使館付武官ズイブ陸軍大佐
	ミャンマー (旧ビルマ)	駐日大使館付武官キン=モン=ウィン陸軍大佐
	ポーランド	駐日大使館付武官スタルシコ陸軍大佐
	ルーマニア	駐日大使館付武官ラルジュアーヌ陸軍大佐
	トルコ	駐日大使館付武官セミー=イエシブルサ海軍大佐
	ドイツ	駐日大使館付武官ライムンド=ヴァルナー 海軍大佐
	ブラジル	駐日大使館付武官 クラウジオ=ホジェリオ =デ=アンドラ=フロール海軍大佐
平成13(2001)年 4月7日	台湾 (中華民国)	高座会(台湾出身元少年工員・家族)
平成13(2001)年 4月22日	ブラジル	駐日大使館付武官 クラウジオ=ホジェリオ= デ=アンドラ=フロール海軍大佐
	トルコ	駐日大使館付武官クタイ=ゲンチ陸軍大佐

平成13(2001)年 4月 26日	米国	海兵隊第三師団長 ウォーレス=グレッグソン海兵隊少将
平成13(2001)年 6月 27日	インド	ヒンドゥー教徒カリアン=ババ氏
平成13(2001)年 10月 18日	トルコ	駐日大使館付武官クタイ=ゲンチ陸軍大佐
平成13(2001)年 10月 30日	アゼル バイジャン	アリ=マシホフ元首相・ 人民戦線党最高評議会議長
平成14(2002)年 3月	韓国	駐日大使館付武官柳海軍大佐 駐日大使館付武官除陸軍大佐
平成14(2002)年 4月 10日	ペルー	アルベルト=フジモリ元大統領
平成14(2002)年 5月 31日	米国	在日米軍空軍基地将校会ロニー =デート空軍少佐以下
平成14(2002)年 8月	米国	国立公園アリゾナ記念館 キャサリン=ビリングス前館長
平成15(2003)年 2月	南アフリカ	アッパ=オマール前広報庁次官
平成15(2003)年 4月	スイス	駐日大使館付武官ハンズ.R.マイヤ陸軍大佐
平成17(2005)年 4月 4日	台湾 (中華民国)	台湾団結連盟(台連)蘇進強主席ら同党訪日団

홀로도모르(Holodomor)론

영어 'Holocaust(홀로코스트)'는 히틀러의 나치 정권이 유대인들을 집단 학살시킨 인류 학살 정책으로 모두 이해한다.

스탈린도 이러한 인류 대학살을 저질렀다. 단지 스탈린은 전승국의 입장에 있었기에 당시 서방 자유세계에서 미처 이에 대항하지 못했을 뿐 소련 인민들과 주변 위성국 인민들에 대한 인류 대학살 '홀로코스트'는 자행되었던 것이다.

러시아말에는 ㅎ(h) 발음이 없어 영어 Holocaust의 홀로(Holo-)를 골로(Golo-)로 발음한다.

마치 독일 '함부르크(Hamburg)'를 러시아 사람들이 '감부르그'로, 'Hanza' 동맹을 '간자' 동맹으로 발음한 것과 같은 이치다. 그래서 노어에서는 히틀러(Hitler)라는 말이 없고, 기틀러로 부른다.

인류 대학살(genocide)과 같은 의미로 쓰이는 홀로코스트와 같은 의미로 '홀로도모르'라는 용어가 있다.

이는 1932년~1933년 소련 스탈린이 우크라이나 인민들을 기아로 집단 살해시켰던 역사적 사건을 칭한다. 당시 스탈린은 우크라이나 대 농장주들인 쿨라그(Kulag)들을 처형 또는 강제 이주시켜 농촌을 피폐화시킴으로써 우크라이나에 大饑饉(대기근)을 초래케 해 수십만 인민들을 배고파 죽게 만들었다.

이런 배고파 죽은 대학살을 노어로나 우크라이나 어로는 골로도 모르(Голодомор)라 했다.

'Golodomor'에서 'Golod'는 '배고파', 'mor'는 '죽음'을 의미했다.

따라서 골로도 모르(Golodomor)는 배고프게 하여 인민을 집단 아사시키는 인류 학살 책이었다. 단지 노어에 H 발음이 없어 이 용어가 영어로 Holodomor로 표기되고 있을 뿐이다.

지금 푸틴이 세계의 곡창지대인 우크라이나 농촌의 농장들을 스탈린 시대처럼 황폐화하여 새로운 기근에 의한 우크라이나인 대학살 홀로도모르를 자행하려 한다고 들린다.

홀로코스트(Holocaust)−홀로도모르(Holodomor)! 이제 전 세계가 이런 만행을 멈추게 해야 하지 않겠는가?

2022년 5월 8일
소강

leaves give it a [illegible]
I wish
Please [illegible]

To

Don't [illegible]
the [illegible]

Yours truly, L

Young Sophie,
I'm not the best person
[illegible]

correspondance ecrite

[illegible] best to
[illegible] out forever

문
화

La Belle Epoque론

✦ La Belle Epoque(라 벨 에뽀끄)와 Joie de Vivre(즈와 드 비브르)… 考

프랑스 제2 帝政(The Second Empire)황제 루이 나폴레옹(Louis Napoleon)은 독일이 통일된 국가가 못 되고, 수십 개의 공국으로 분할되어 있을 때 독일과 전쟁을 하면 간단하게 승리할 것으로 생각했다.

그렇게 해서 일으킨 전쟁이 1870년 보·불 전쟁(Franco·Prussian War)이었다. 결과는 프랑스의 대패였다.

한편 프러시아는 프랑스와의 전쟁에서 대승한 후 힘 안 들이고 전 독일의 맹주로 등장, 통일 독일 민족 국가를 달성했다.

보·불 전쟁의 악몽에서 패한 프랑스는 황제제도를 폐지하고 제3공화국을 수립 1871년~1880년을 거처 1914년 제1차 세계대전이 일어날 때까지 전쟁과 큰 격변 없는 시대를 맞이한다.

프랑스 사람들이 지나고 나서 회고해 보니 이 기간이 그들에겐 참 아름다웠던 시대(La Belle Epoque)로 느껴졌다.

해외 식민지들을 개척, 경제가 붐을 이루었고, 그에 힘입어 파리가 유럽의 문화·교육·과학·의학 및 패션의 중심으로 부상했기 때문이다.

Moulin Rouge, Follie Bergère 등 카바레가 번창했고, 1889년 파리 박람회를 기해 에펠탑이 건축되었는가 하면 연이어 1900년 만국박람회도 개최 세계의 중심 국가로 도약했기 때문이다.

이때 나온 구호가 joie de vivre(즈와 드 비브르)였다. 살맛 나는 세상, 세상 사는 즐거움으로 표현되는 표어였다. 이 살맛 나는 세상, joie de vivre는 이후 인구에 회자되어 세계어가 되었다.

✦ 나 자신이 직접 목격했던 경험담 하나

1969년 드골 대통령이 하야한 이후 치러진 대통령 선거를 나는 당시 도불 유학 시 현장에서 목격했었다. 우파 후보로는 퐁피두 수상, 좌파 후보로는 사회당 당수 미테랑.

이때 우파 퐁피두 후보 선거 구호는 단 한마디, 'joie de vivre', 살맛 나는 세상을 만드는 대통령이 되겠다는 것이었다. 퐁피두는 대승했고, 미테랑 사회당 당수는 대패했었다.

우리 한국인들에게는 언제 살맛 나는 세상, 사는 즐거움(joie de vivre)을 느낄 수 있는 날이 올 수 있을는지?

타타르족 문화

✦ 유라시아 대륙을 누비던 고대 기마민족 후예들 회상

나 개인적으로는 2000년 산타클로스 마을로 알려진 핀란드의 로바니에미(Rovaniemi)에서 열린 Northern Forum 회의에 정부 대표로 참가하여 그곳에서 에스키모 대표를 비롯한 러시아 동부 시베리아 최북단 캄차카 반도에 있는 사하공화국(Sakha Republic) 대통령을 비롯한 각료들과 친교를 맺은 바 있어 보통 사람들은 만나기 어려운 북방 민족 대표들을 만난 적이 있었다.

나는 우리가 국사에서 배운 특정 부족명, 예하면 돌궐족, 거란족(글안족), 여진족 등 이런 부족 명과 특정 지명을 국제 사학계가 공인하는 명칭으로 말해 주어야 하는데 이를 어떻게 표현해야 할지 애를 많이 먹었었다.

따라서 나는 우리 국사와 중국사에 자주 등장하던 수많은 북방 민족들의 한문 명칭과 이에 상응하는 영어 명칭 및 현재 이들 후예는 어디에서 찾아볼 수 있는가를 간단히 나열함으로써 독자들의 역사와 문화 공부에 도움을 주고자 한다.

– 女眞족–여진족–Jurchen: 여진족은 滿州人 또는 滿人으로도 표기되며, 만주 동베이 지방에 여진족 후예들이 살고 있음.

- 靺鞨족-말갈족-Mohe: 말갈족을 여진족과 함께 Jurchen으로도 표기함.
- 契丹족-글안족-Kithan 또는 Qidan: 현재 중국 Daur 지방에 후예들이 살고 있음.
- 突厥-돌궐족-Tu'jue': 중국 문헌상에 나오는 突厥이 어원상 변하여 Turks가 되었다고 하는바, 서부 유라시아 방면에 있던 돌궐족(Tu'jue)은 오늘의 터키(Turkey)로 이동하였고, 동부 돌궐족은 중국의 신강 지방의 위구르족에 동화되었다.
- 匈奴족-흉노족-Xiongnu: 공개적으로 자신들이 흉노족의 후예라고 주장하는 부족은 없으나 몽고족, 터키족, 헝가리의 마자르족 등이 흉노족의 후예로 학계에서는 일반적으로 해석하고 있다.

  동·서양 학계에서는 AD 4~5세기경 유럽을 휩쓸어 게르만 민족의 대이동을 유발한 Hun족을 흉노족의 부류로 인정하고 있고, 오늘날 헝가리(Hungary)라는 이름이 바로 Hun족에서 기인한 것으로 해석들 하고 있음에도 불구 헝가리인들은 자신들이 Hun족의 후예라는 것을 굳이 내세우지 않아 왔다.

  그러다가 극히 최근(2007년 들어서) 외신은 헝가리인 2,500명이 모여 자신들을 흉노족의 후예로 인정해 달라는 모임을 가졌다고 하는바, 그렇다고 해서 이들이 흉노족만이 지닌 특별한 문화유산을 선보인 것은 아니라고 한다.

기타 유목민들을 나열하면 아래와 같다.

- 月氏, 月支-월지-Yuezhi, Yue-chi: 오늘날 후예들은 미상.

- 烏桓-오환-Wuhan: 오늘날 알려진 후예 없음
- 苗족-묘족-Miao: 라오스(Laos)족으로 단정
- 吐蕃-토번족-Tubo: 오늘의 티베트족들이 이들의 후예족임
- 蒙古-몽고족-Mongol: 오늘의 몽고족으로 부활
- 維吾累-위구르-Uygur: 중국 신강성(Xinjiang)에서 위구르 자치 정부를 형성하며 존재하고 있음.
- 回후족-회회족-Huihu: 중국 신강성(Xinjiang)에서 가장 큰 부족으로 자치행정을 이루고 있음

✦ 塔塔兒 또는 塔塔累-타타르족-Tatars:

터키, 러시아 남부, 유럽 지역, 중국, 미국 등 거의 전 세계에 퍼져있고, 현재도 타타르 후예로서의 전통문화와 긍지를 지니며 공동체 의식을 유지한 채 살고 있는 타타르(Tatar)족과의 추억

우리 고대사에 자주 등장하며 한때 유라시아 대륙을 종횡무진 누볐던 흉노족과 거란, 돌궐족들의 후예 부족들을 오늘날 찾아볼 수 없다. 학설상으로는 오늘날 터키어를 사용하고 있는 아제르바이잔, 카자흐스탄, 키르기스스탄, 투르크메니스탄, 우즈베키스탄과 터키가 돌궐족이나 거란족의 후예들로 보이지만 이들 어느 나라 사람들도 자기들이 그렇다고 자랑스럽게 내세우지 않는다.

이란, 불가리아, 그리스, 중앙아시아 Georgia, 마케도니아, 타지키스탄, 아프가니스탄, 몽고, 러시아 등지에도 터키어를 사용하는 소수민족 집단이 현재 살고 있다. 그러나 이들도 자신들이 터키어를 말할 뿐, 역

사상 유라시아 대륙을 한때 휩쓸던 돌궐족의 후예라거나 거란족의 피를 이어받았다는 것을 자랑스럽게 이야기하지 않고 있다.

그런데 나는 그 이후 '살아있는 타타르 후예들'과 아주 감동적인 해후를 한 적이 있었다.

헬싱키에서였다. 나는 어느 모임에서 한 여인을 소개받았다. 타타르 숙녀라고 소개했다. 타타르 여인은 성장한 귀부인의 모습이었다. 색깔만 약간 까무잡잡하였지 키나 미모가 훤칠하고 교양미가 넘쳐 보였다. 나는 그녀를 '타타르' 여인이라고 소개받았을 때, '타타르'라는 말 자체를 역사에 나오는 Tatar족일 것이라는 생각은 추호도 못 하고, 어디 출신지명이 타타르인가 생각했다.

나중에 알고 보니 핀란드에는 지금의 우크라이나 땅인 크리미아(Crimea) 반도에서 이민 온 타타르 공동체가 있었다. 인원이 전부 800명 정도밖에 안 되는 소수민족임에도 자체적으로 운영하는 학교가 있고, 신문도 있었다. 나중에 학교는 정원 미달 학교인 경우 새로운 학교 정비책에 따라 핀란드 일반 초등학교로 통합되었지만, 민족의식이 살아 있는 높은 교육의 문화 수준을 누리고 있었다. 타타르(Tatar)족이라는 것을 자랑스럽게 내세우면서….

그리고 보니 1998년도에 유네스코 집행위원들이 우즈베키스탄 대통령의 특별 초청으로 타슈켄트(Tashkent)를 방문하였을 때가 생각났다. 우즈베키스탄 대통령 주최 만찬 석상에서 민속 무용단의 댄스 공연이 있었다.

무희들의 미모도, 춤도 황홀했다. '우즈베키스탄 사람들쯤이야…' 하고 얕잡아 보았던 내가 속으로 감탄할 정도였다. 저런 미녀들 때문에 이곳을 정복한 그리스의 알렉산더 대왕이 이곳에서 맞이한 록산나

(Roxana)란 여인에게 홀딱 반하였고, 자신의 여러 왕비 중 가장 총애하였던가? 나는 속으로 경탄했다.

무희들은 대통령 손님인 대사들 앞에 와서 같이 춤추기를 청하기도 했다. 유럽 대사 중 춤에 자신이 있는 몇 대사들이 나가 상대를 하였다. 나는 춤 실력이 나가서 출 정도까진 못 돼서 아쉬움만 잔뜩 남긴 채 혼자 생각에 잠겼었다. 이때 어느 누가 내게 저 아가씨들이 모두 타타르 출신들이라는 말을 한 기억이 난다. 나중에 자료를 통해 조사해보니 우즈베키스탄이며, 카자흐스탄에 타타르 출신 미녀가 많았다.

타타르족들은 선천적으로 춤 문화가 몸에 배어서인지 저명한 세계 무용계 인사 중에 타타르 출신들이 많았다. 그중에서 우리는 루돌프 누레예프(Rudolf Nureyev, 1938년~1993년)을 빼놓을 수 없다. 그는 타타르 출신 댄서로서 바스라프 니진스키(Vaslav Nijinsky)와 함께 20세기 최고의 댄서 지위에 올랐던 인물이었다.

특히 루돌프 누레예프는 파리 공연을 마치고, 1961년 6월 17일 덴마크에 공연하러 가기 위해 파리 공항을 빠져나갈 무렵 그를 24시간 근접 미행하던 소련의 KGB들을 따돌리고 극적으로 공항에서 서방측으로 망명 당시 전 자유세계를 흥분시킨 장본인으로서도 유명하다. 그는 Margo Fonteyn과 함께 프랑스 무용계를 세계 정상에 올려놓았다.

타타르족 출신으로 20세기 세계 음악계가 또 기억해야 할 인물이 있었다. 세르게이 라흐마니노프(Sergei Rachmaninoff, 1873년~1943년)이다. 그는 20세기 가장 영향력 있는 피아니스트로 평가받고 있으며, 특히 그의 타고난 큰 손이 가져다준 건반 테크닉은 전설적으로 평가되고 있다. 작곡가로서도 그는 1909년 미국 공연 시 「Piano Concert No

3』을 직접 작곡·연주함으로써 당시 미국 내에서 대단한 인기를 차지했었다. 그의 이러한 미국 데뷔 성공은 1917년 소련에 공산혁명이 일어나자 스웨덴을 경유 전 가족이 미국으로 망명하는 계기를 만들었다.

우리 한국인들에게도 Lolita는 널리 알려진 작품이다. 그 Lolita를 쓴 블라디미르 나보코프(Vladimir Navokov)도 타타르족 출신의 러시아 귀족 집안 태생이었다.

러시아 귀족이었기에 그의 가족은 1917년 소련 공산당 혁명이 발발하자 영국으로 망명, 영국에서 케임브리지 대학을 졸업한다. 이후 나보코프는 미국으로 건너가 Lolita로 대 히트를 하여 크게 성공하지만, 그는 조국을 상실한 고뇌하는 지성인으로서 나중에는 스위스에서 작품 활동에만 전념하다 1977년 작고한다. 그도 생전에 자신에게 타타르족의 피가 흐르고 있음을 자랑스럽게 말하곤 하였었다.

Felix Yussupov(1889년~1967년)와 니콜라스 러시아 황제 질녀 Irina 공주 Yussupov는 타타르 출신의 러시아 귀족으로 니콜라스 황제 내외를 막후에서 조종하던 무당 Rasputin을 죽인 귀족 중의 한 사람으로 Raputin을 죽인 후 부인과 함께 렘브란트 그림 몇 점과 보석 등을 가지고 러시아를 탈출한다.

그는 프랑스에 와서 가지고 온 렘브란트 그림과 보석으로 성을 사서 편안한 생활을 했다. 파리에는 러시아에서 망명해온 귀족들의 후손들이 많다. 이들은 상대방을 소개할 때 백작부인 아무개식으로 소개한다. 나도 파리에 있을 당시 이들 망명 러시아 귀족들과 사귀었고, 한국 문화 관련 모임에도 이들은 자주 나오기도 했었다.

내가 타타르인들에게 각별한 인간적 애착을 느낀 것은 우리 고려인에 대한 나의 애정과도 상통한다.

원래 타타르족은 크리미아(Crimea) 반도에 집단으로 많이 살았다. 숫자상으로 말하면 오늘의 터키 인구 중 약 5백만 명이 타타르족 출신들이니까 가장 많은 타타르인이 터키에 살고 있는 셈이지만 구소련 영토였던 크리미아 반도에 살던 타타르족들은 역사적으로나 문화적으로 수준 높기로 유명했다.

그런데 소련의 스탈린은 1944년 5월 18일 크리미아 반도에 수백 년간 거주해 온 타타르인들을 전부 강제로 지금의 우즈베키스탄으로 강제 이주시켰다. 당시 우즈베키스탄은 사람이 살 수 있는 기반 시설이 거의 되어있지 않은 불모의 땅이었다.

연해주에서 잘 정착하며 살고 있던 우리 고려인들이 1937년 스탈린에 의해 우즈베키스탄으로 대거 강제 이주하여 온 것과 마찬가지 운명이었다. 2007년 현재는 우즈베키스탄에서 다시 크리미아 반도 고향을 찾아 귀환하는 타타르 인구가 25만 명에 이르렀지만, 2020년 현재도 우즈베키스탄에는 48만여 명의 타타르인들이 남아 살고 있다.

(*주: 전 세계 타타르족 인구수는 대략 7백만~1천 3백만 명 정도로 추산되고 있다. 이중 러시아에 5백 30만 명, 우즈베키스탄에 48만 명, 우크라이나에 32만 명, 카자흐스탄에 24만 명, 터키에 15만, 투르크메니스탄에 3만 6천, 루마니아에 2만 명, 몽고에 1만 8천, 이스라엘에 1만 5천, 프랑스에 7천 명, 중국 5천 명, 핀란드 1천 명, 일본 600~2,000명 등등….)

크리미아 반도의 타타르족들은 1944년 5월 18일 중앙아시아에 강제 유배되어 죽은 수많은 영령을 추모하는 날이 가장 슬픈 날이자 잊을 수 없는 날이 되었다. 내가 크리미아 타타르인들에게 각별한 인간적 애착심을 갖게 된 이유가 바로 여기에 있었다.

✦ 결어

어떤 의미에서는 타타르족들은 유라시아 대륙의 유대인들이라 할 수 있을 것 같다. 갈기갈기 흩어져 살면서도 자신들의 정신적 중심을 잃지 않고 전통문화를 보존하고 개발하며, 그것을 민족의 자산으로 후손들에게 물려주는,그럼으로써 후손들이 어디에서 살던 자기의 Identity를 유지하면서 살아갈 수 있도록 하는 그런 정체성을 볼 수가 있었다.

18세기 유럽인들의 눈에 비친 타타르 여인

그러기에 오늘날 타타르 출신들은 전 세계 어디에서든 그 사회의 소수민족으로 살고 있을지라도 고개를 들고 살고 있는 것 같다. 세계 어디서든 고개를 들고 살 수 있는 소수민족이란 것이 매우 중요한 것이다.

이 진리는 세계에 퍼져있는 우리 한국인의 피를 이어받은 동포들에게도 그대로 적용되는 말일 것이다. 이 칼럼이 목표하는 것은 바로 거기에 있다 할 것이다.

사쿠라 꽃은 일본인들에게
어떤 의미를 지니고 있는가?

　나는 지난 오월, 우리나라에서 가장 화려한 벚꽃 나무로 유명한 대왕벚 두 그루를 나의 산장 LA FORESTIERE에 심으면서 내년 봄에는 그 대왕벚이 화려하게 피어 별장의 경관을 일거에 바꿀 것으로 기대했었다. 한 14~15년 되는 성목을 이식하였기에 가만 놔두기만 하면 저절로 내년 봄이 되면 화사한 벚꽃이 만개하려니 하고 안심하고 있었다.

　그런데 10월 초 어느 날 벚나무 잎사귀를 보니 아무리 해도 색깔이 병들어 있는 듯 싱싱한 맛이 없었고, 벌레가 먹은 흔적이 저 꼭대기 잎에서부터 아래 가지에 붙은 잎에까지 명백했다. 전문가에게 물으니 벚꽃은 꽃값을 하는 대신 병충해에 약하기 때문에 농약으로 소독을 해주라고 했다. 난생처음 소독통을 등에 짊어지고 사다리에 올라가 농약을 분무로 뿌려 소독했다. 금년 겨울에는 볏 지푸라기로 두 녀석 줄기를 감싸주어 겨울에 얼지 않도록 해주고 마음 초조한 심정으로 내년 봄을 기다려야 할 판이다.

　나는 사계절을 의식하고 나의 LA FORESTIERE에 나무를 심는다. 봄에는 화사한 벚꽃 길을 따라 집 안마당으로 들어설 수 있도록 하고, 가을에는 은행나무길을, 그리고 겨울에는 금강송 길을 걸을 수 있도록 식목하고 있다.

그런데 나의 눈에 어떤 색맹이 있어서일까. 우리나라 벚꽃도 물론 아름답지만, 꽃의 화사함에 있어서나 색상 면에서 일본의 사쿠라 꽃이 더 화사하고 색상이 더 세련된 것 같이 보인다. 기후와 꽃나무 자체의 속성 때문이라면 몰라도 개선할 수 있다면 우리 벚꽃이 사쿠라보다 더 선명 화사하고 색상이 아름다워 지금 세계적으로 유행하고 있는 사쿠라 대신 벚꽃 나무가 해외에 널리 팔려나갈 수 있도록 우리 원예전문가들이나 식물생명공학팀의 연구가 있었으면 하고 바란다.

(내가 벚꽃보다 사쿠라 꽃을 더 좋아한다는 것 자체를 이상하게 정치적으로 해석하려 드는 분들은 나의 글을 읽거나 산장 방문도 삼가야 할 것이다.)

일본의 사쿠라 꽃에는 약 300~400개의 종류가 있다고 한다.

✦ 사쿠라의 어원

사쿠라의 어원으로 4가지 설이 현존하고 있다. 첫째는 일본 古事記에 木花開耶姫(このはなさくやひめ, 코노 하나 사꾸야 히메)의 사꾸야(開)에서 나왔다는 설과 둘째로 咲麗(さきうら, 사끼우라), 즉 화려하게 핀다는 의미의 サキウラ(사끼우라)에서 나왔다는 설이 있다.

세 번째로 사쿠라(櫻, サクラ)는 피는 꽃[일어로 さくはな(사꾸하나)의 총칭에서 나왔다는 설과 넷째로 다분 일본 농경사회의 전통에 기초를 둔 것으로서, サクラ(사쿠라)의 サ(사)는 벼(稻)의 정령(精靈), 즉 곡물의 영(靈)을 의미하고, クラ(쿠라)는 곡식을 거두어들이는 창고를 의미하는 데서 나왔다고 하는 설도 유력하게 거론되고 있다.

고대 일본에서는 사쿠라 꽃이 화사하게 만발하면 풍년을 예고한다고 믿었고, 사쿠라 꽃이 시들하면 흉년을 예고한다고 믿었던 데서 사쿠라는 그러한 농 자지 천하 대본 사상에서 유래했다고 하는 설이 설득력을 얻고 있는가 하면 다른 이설도 많다.

사쿠라 나무는 원래 중국에서 일본에 건너간 나무로 일본이 당나라에 사신을 파견하여 당나라에 예(禮)를 갖추었을 때 당나라 파견 사신을 통해 일본에 들어와 궁정에 심어진 것이라 한다. 처음에는 이를 매화[梅花, 일본어로는 우매(ウメ)]라고 불렀으나 일본이 당나라에 대한 사신 파견제도를 폐지하고 자주적 노선을 취하기 시작함과 동시에 일본 고유의 국풍 문화(國風文化)가 싹트기 시작함을 계기로 '우매' 나무를 '사쿠라' 나무로 부르기 시작하고, 사쿠라 꽃을 노래하는 문학이 꽃피었다 한다. 그러니까 사쿠라는 일찍부터 일본의 자주적 독립성을 상징하는 꽃이었다.

일본의 춘추전국 시대에는 일시 사쿠라를 주제로 한 문화가 시들하였으나 도요토미 히데요시(豊臣秀吉) 시대에 이르러 사쿠라 문화가 모모야마 시대로 현란하게 다시 꽃 피기 시작한다. 사쿠라 문화의 전성기라 할 수 있는 에도시대(江戶 時代, 1603년~1868년)를 거치는 260년간 일본은 사쿠라 품종 개량을 위해 획기적인 노력을 기울이고, 그 결과 품종 개량된 사쿠라가 동경을 중심한 전국 요소에 급속히 식재되어 번식되기 시작했다. 이중 '소메이 요시노(染井吉野)' 사쿠라가 가장 대표적인 일본의 사쿠라로 자리를 차지하기 시작했다.

사쿠라는 쇼와(昭和)시대에 '산화(散花)'라는 말과 함께 군국주의 일본의 정치적 도구로 전락하는 비운을 맞는다. 일본 군국주의자들은 일본의 젊은이들이 '사쿠라'처럼 화려하게 죽는 것을 미화하기 위해 '산화(散華)'라는 용어를 만들어 내고 군국주의 야욕을 불태웠다.

미국 위스콘신대학 일본인 교수로 『일본 문화와 원숭이』, 『일본인의 병에 대한 관념(病氣觀)』이라는 책을 낸바 있는 오오누끼 에미고(大貫

惠美子)가 쓴 『ねじ曲げられた櫻―美意識 と 軍國主義―(비틀어진 사쿠라―미의식과 군국주의)』라는 돋보이는 저서를 보면, 일본 군국주의자들은 전쟁터에서 산화하는 장병들은 다시 사쿠라처럼 화려하게 피어난다는 세뇌 교육을 시켰고, 교과서와 학교 교가 및 유행가와 대중 연극을 통해 국토의 상징으로서 사쿠라 나무 심기 운동을 전개함과 동시에 '사쿠라'=일본 국가에 충성=곧 천황을 위해 충성=전쟁터에서의 죽음=곧 '사쿠라' 꽃처럼 새롭게 부활의 의식을 고취시켰다.

독일 나치정권은 산스크리트어 'Su-asti'에서 유래한 십자가 문양을 1933년 5월 19일 나치 독일의 로고로 삼고, 나치 이데올로기를 그곳에 주입시켰다.

한편 일본은 사쿠라 꽃이 일본 역사를 통해 중요한 상징성을 지녀왔고, 일본의 Identity를 포함하여 문화의 중심에 서있었기에 사쿠라를 정치적 상징과 목적으로 활용함에 있어 일본 사회 전체가 하나 된 광적인 반응을 보였었다. 이뿐만 아니라 일본의 식민지였던 조선과 대만의 젊은이들도 사쿠라 물결에 휩쓸려 사쿠라처럼 일본국을 위해 '산화'하는 비극을 맛보았다.

2차 대전 중 전쟁터에서 천황을 위해 화려하게 '산화'하는 것을 상징했던 사쿠라는 2차 대전 후 다시 일본의 대표적 국화로서 환원되었다. 그러나 아직도 세계는 '카미카제'와 '사쿠라'라는 두 일본어를 말할 때 불편한 심정으로 말하고 있지 않을까?

인류는 다시는 이후 꽃은 꽃으로 감상해야지 꽃을 정치라는 화학물질로 오염시키지 말아야 할 것이다!

(주: 본 칼럼은 2019년 5월 일본국내에서 "桜を 見る 숲"가 정치.사회문제로 표면화 된것을 계기로 작성한 것임을 밝힘)

일본의 무녀들

무녀로부터 신년 만사형통 氣를 받으러 고개를 숙이고 있는 회사 간부들
(source : Wikimedia Commons)

기독교 문명국가인 유럽인들의 눈에 비친 일본은 원시와 첨단 문명이 공존하는 사회다. 무녀(巫女)와 신사(神社)의 존재가 원시

문명을 단적으로 대변한다.

21세기에 들어와서도 이런 무속적 사회풍경은 전통이라는 이름하에 더하면 더했지, 없어지지 않고 있다.

우리의 무당에 해당하는 무속녀들을 일본에서는 무녀(巫女)라고 부른다.

일본어로는 '미꼬'라고 발음한다. 다만 이들을 면전에서 직접 부를 때는 '미꼬 상(みこさん)'이라고 하는데, 정초가 되면 일본의 언론들은 '미꼬 상'들의 활약상을 마치 연예인들의 퍼포먼스(Performance)처럼 보도한다. '미꼬 상(みこさん)'들의 숫자가 늘어나면 늘어났지, 줄어들지 않고 있다. 그도 그럴 것이 무녀들의 무대는 신사(神社=진자)인데 이 진자가 날이 갈수록 더 생기고 있다는 것이다. 진자(神社)란 한마디로 죽은 사람들의 영혼을 모시고 제사를 지내는 사당이다.

정초 일본 매스컴을 보니 무녀(巫女)들이 국립예술단 무용수라도 되듯 매스컴의 포커스 하에 세계문화유산으로 등재된 문화재의 뜰에서 참배 행렬을 하고 있는 것이 보인다.

그런가 하면, 일본 전국 무녀들의 총본산인 효고현(兵庫縣) 니시미야 진자(西宮神社)가 금년도 무녀 지망생 후보들을 18세~23세 나이로 제한하고 후보자들을 모집한 결과, 300명이 응모하여 이 중 80명을 서류 전형으로 선발했다고 한다. 이 중에는 교토 동지사 대학에서 일본어를 공부하기 위해 유학 온 이탈리아 여성도 있었고, 한국, 대만, 중국에서도 지망해 온 여성도 있었다고 한다.

또한, 위 사진에서 볼 수 있는 것처럼 일본 기업에서는 신년원단에 단체로 무녀들로부터 만사형통을 전수 받는 데 몇 년 전엔 7만 명이 니시미야 진자에서 열리는 무녀가 내리는 만사형통 전수식에 참가했다고 한다.

이러한 일본 사회의 특징을 이해하기 위해서는 일본과 기독교 문명국가들의 국가 원훈에 대한 사후(死後) 예우 관행을 좀 비교해 보아야 할 것 같다.

프랑스 같으면 무인으로서 프랑스를 위해 최고로 공헌한 인물들, 우리 같으면 이순신 장군 같은 분들은 Invalides(엥발리드)라는 곳으로, 무(武) 아닌 문(文) 분야에서 국가 최고의 원훈으로 숭배받는 분들은 Pantheon(팡테옹)이라는 곳으로 모셨다.

드골(De Gaulle) 대통령처럼 자신의 유언에 따라 요절한 딸이 묻힌 한적한 시골 공동묘지 딸 곁에 초라하게 묻힌 경우도 있다. 미국의 경우도 전쟁영웅들은 말할 것 없고, 일반 시민 중에서도 국가 최고 원훈들은 알링턴 국립묘지(Arlington National Cemetery)에 모셔졌다.

그런데 일본의 경우는 진자(神社)라는 곳이 바로 그러한 역할을 한다. 야스쿠니 진자(靖國神社)가 바로 그 대표 격이다. 일본은 제2차 대전을 일으킨 전범 국가로서, 제2차 대전 후 전범 주역들은 국제 재판으로 처형 또는 징역형을 받아 복역했다. 그런데 역대 일본 정부는 이들이 비록 국제재판소에 의해 전쟁범으로 유죄판결을 받았더라도 어디까지나 그들은 일본을 위해 싸우다 죽거나 패한 자들이므로 일본의 입장에서는 조국을 위해 싸우다 죽은 국가의 원훈이라는 입장을 견지했다. 그래서 이들을 야스쿠니 진자에 모시고, 일본 정부(총리)는 매년 야스쿠니 진자를 참배, 또는 공물을 제공했었다.

전후 독일 정부는 일본 정부와 달랐다. 전후 독일 정부는 누가 집권하였더라도 나치독일과 확연히 선을 긋고, New Germany(새로운 독일)로 태어났다. 국제사회는 일본도 전범자들에 대해서만은 독일에 준하는 과거와의 단절을 기대했다. 그러나 일본은 과거와의 단절을 생리적으로 못하고 있다. 역대 일본 총리가 야스쿠니 진자 참배하는 것을 두고 매번 한국과 중국 등 과거 일본의 침략을 받았거나 식민지하에 있었던 나라들은 예민한 반응을 보이고 있다. 그것은 일본 총리의 야스쿠니 진자 참배가 시사하는 상징성 때문이다.

일본이란 나라는 한마디로 진자(神社)의 나라다. 전국 어디 가나 크고 작은 이름있고 무명한 진자가 수두룩하다. 예하면 1885년 명치유신 일본의 초대 총리 대신이 된 이후 재상을 네 번이나 하면서 일본 근대화에 공헌이 지대한 명재상이었던 이토 히로부미(이등박문)는 1909년 하얼빈에서 안중근 의사에 의해 저격당해 사망한다. 일본은 이토 히로부미에게 최상의 국장을 베푼다. 따라서 이등박문을 저격한 안중근 의사는 일본인에게는 원수였다.

그럼에도 불구하고 여순감옥에서 안중근 의사를 지켰던 일본인 간수는 안중근 의사를 존경해 마지않았다. 그런 간수에게 안중근 의사는 1910년 형장의 이슬로 사라지기 전 글을 하나 써 준다.

글은 「爲國獻身 軍人 本分」이었다. '나라를 위해 몸을 바치는 것이 군인의 본분이 아니겠느냐'였다. 일본인 간수장 치바(千葉) 씨는 안중근 의사의 친필 유작을 자기 집 안방에 모시고 매일 아침 공양을 하다가 1934년 49세로 죽었다. 죽을 때 자기 부인에게 대신 공양토록 당부하였었다. 부인도 연로하여 공양을 제대로 할 수 없게 되자 그 부인은 안중근 의사의 친필을 고향 미야기 현 구리하라 시 大林寺에 위탁, 모시게 하였었다.

이런 일본 사회이다 보니 일본의 무녀들은 Public Figure(공인)과 같은 지위와 처신을 하고 있는 것 같다. 그들의 Performance도 한국의 무속인들과는 사뭇 다른 것 같다.

우리 무속인들은 시베리아 전통 샤먼(Shaman)들을 닮았는지 그들이 행하는 퍼포먼스에는 의례히 돼지머리, 망자의 옷가지 등과 음식이 가득 차려있고, 무속인이 징 치고, 꽹과리 치고 신 들었다고 정신 나간 춤을 추는 모습을 연출한다.

우리 무속인들의 퍼포먼스 하는 소리와 분위기는 아주 요란스럽다. 또한, 굿하고 떠난 자리는 아주 지저분하다. 국립공원 관리인들은 무속 행위를 환경오염의 주범으로 단속한다. 그래서 한국에서는 무속인들이 가급적 관헌들의 단속 눈을 피하는 '비공개 행보'를 한다.

반면 일본의 무녀들은 준비 단계나 의상 및 Performance 면에서 아주 청결한 것이 인상적이다. 그들은 국립공원 아무 곳에서나 굿판을 벌일 생각을 안 한다. 청결한 인상으로 퍼포먼스를 하기 때문에 일본 무녀들이 마치 무대 위의 무희들처럼 신년 초 일본 매스컴의 각광을 받고 있는지 모르겠다. 아무튼, 일본이란 나라 우리와 비슷하면서도 우리와는 딴판인 것 같다.

한국 기독교계가 일본 선교에 열중했다. 일본을 크리스천 국가로 만드는 것이 한국 기독교계의 야심 찬 꿈이다. 일본 사회의 저변을 뚫고 들어가려면 '미꼬 상'들을 크리스천으로 전향시키는 것이 가장 효과적인 선교 방법 같다.

그러려면 우리 선교사 중에 일본을 무조건 우상숭배 나라라고 매도하기에 앞서 왜 일본의 '미꼬 상'들이 첨단 기술국 일본 사회에서 아직도 활개를 치고 있는가, 이들의 무기는 무엇이며 이들을 무장 해제할 수 있는 길과 방법은 무엇인가를 과학적이고 체계적으로 연구하여 대처하여야 할 것 같다.

사마귀들의
슬픈 사연이 주는 철학

　　봄철 풀밭에서 일을 하다 보면 사마귀가 눈에 띈다. 영어로
는 길잡이라는 의미의 고대 그리스어인 'mantis'로 불리고 있고, 고대 중
국에서는 한자로 '당랑(螳螂)'이라 했다. 해충 아닌 익충으로 알려졌다.
　　문헌을 보면 고대 그리스의 호머(Homeros)가 쓴 『일리아드 오디세이』

에서 오디세우스가 장거리 여행
을 떠나기 전 사마귀(mantis)의
안내 점괘를 받아 항해를 출발했
다고 나올 정도로 사마귀는 인간
에게 미지의 길을 안내해 주는 영
험한 곤충으로 인식되기도 했다.
　　현대 문명사회에 접어들면서도 과학자들은 사마귀의 역동적 기능에
서 영감을 얻어 로봇을 개발하기도 하고, 중국과 한국 및 동남아 지역
에서 유행 중인 태권도 및 도수체조 발달의 모태를 제공했다 (다음 페
이지의 사진들 참조, source: Wikimedia Commons).

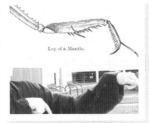

사마귀 다리   중국 당랑권(螳螂拳)

그런데 내가 사마귀의 생태에 유독 주목한 것은 다른 데 있다. 사마귀는 수컷이 암컷과 종자 번식을 위해 교배를 한 다음에는 암컷에게 기꺼이 잡아먹힌다는 사실이다. 생의 마지막 교미를 암컷과 하면서, 수컷은 자신의 몸속에 있는 모든 에너지를 한 방울도 안 남기고 암컷에게 준 후 기진맥진한 상태에서 암컷에게 즐거이 먹힌다.

왜 수컷 사마귀는 이토록 처량하게 죽으면서도 그걸 흐뭇한 운명으로 받아들이는 것일까? 그것은 암컷이 자신의 몸을 먹고 영양분을 섭취하여 튼튼한 자식들을 낳도록 배려하는 지고한 부정(夫情)의 발로인 것이다. 자식들을 위해 자기 목숨을 희생하는 사마귀 정신이야말로 우리 인간에게 절실한 것 아닐까?

1983년 칸 영화제에서 최고상인 황금종려상을 수상한 일본 영화「나라야마 부시코」가 고려장 문화에 익숙하지 못한 유럽인들에게 큰 쇼크를 안겨주었을 때다. 고려장이란 말 자체에서 볼 수 있듯 가난 때문에 입에 풀칠을 할 수 없던 사회에서 나이 먹은 부모들이 고령이 되면 자식들이라도 입에 풀칠을 하고 살라고 스스로 깊은 산속에 유기되는 길을 택하였다. 그리고 그 마지막 가는 길을 아들이 업고 갔다. 이런 관습은 조선과 홋카이도에 오랜 기간 존재하고 있었다.

그 무렵 홋카이도 원주민인 아이누족 민속 연구학자가 쓴 것을 보니 아이누 종족 사회에서는 고령의 할아버지가 손자를 위해 미리 죽는 것을 가장 행복하게 생각했다고 한다. 자기가 죽음으로서 남은 자식들 입에 풀칠이라도 하는 것을 보려고 고령에 이른 할아버지들은 빨리 죽기만을 바랐고, 그렇기 때문에 죽음에 이르러서는 아주 행복하게 손자 곁에서 죽었다는 것이다.

고려장 영화: 나라야마 부시코(어머니를 업고 깊은 산중으로 향하는 아들)

고려장 문화나 아이누족 고령 사회에서의 할아버지들의 자청한 희생정신, 사마귀의 자기 종족 보존 정신… 이 모든 것들에서 오늘날 우리 한국 사회가 느껴야 할 점이 없을까?

후손들을 위한 아버지들의 지고한 희생정신이 아닐까? 그렇다. 지금의 한국사회야말로 고령 세대가 죽기 전 마지막으로 하나 이룩하고 가야 할 일이 있다.

우리 후손들이 오염 안 된 환경에서 건강하게 자라고, 교육받고, 부강하고 자유로운 대한민국의 차세대 주인공으로 창창하게 성장하도록 그 토양을 다져주는 일이다. 그러기 위해서는 아버지들이 한마음으로 어떤 사회가 우리 후손들을 그토록 건강하고 균형 감각 있고, 세계 어디 가서든 쭉쭉 뻗어갈 수 있는 글로벌 인재로 성장할 정치·교육·사회 환경일 것인지 냉철하고 사심 없이 심사숙고해야 한다.

자식들 장래를 위해서도 아버지들이 비뚤어지고 편협된 사고에서 탈피, 균형 감각 있는 사고와 처신을 해야 하는 이유가 거기에 있는 것이다. 참고로 우리 옛날 풍습과 언어 속에 이이누 족에서 유래한 것들이 많이 눈에 뜨인다.

지금은 부모들이 자식들을 낳으면 가급적 아름답고 부르기 쉽고 또 미국 등 외국 사람들도 쉽게 부를 수 있도록 그야말로 글로벌 한 감각 하에서 작명을 하지만, 내가 어렸을 적만 해도 우리 시골에서는 아이를 낳으면 부모들이 부정 타고 액(재앙) 받지 말고 잘 크라는 의미로 개똥이, 소똥이, 말똥이라고 불렀었다.

아이누족 전통 민가

아이누족 엄마
(source: yahoo Japan)

귀하고 소중한 아이들일수록 그 아이에게 나쁜 액이 달라붙지 말라는 의미에서 일부러 더러운 똥 같은 것을 이름으로 불렀었다. 이러한 민속도 아이누족의 민속에서 유래했다.

아이누족들은 자식들을 낳으면 자식들에 악마가 달라붙지 말라고, 똥(糞)이란 의미를 지닌 '송'이란 말을 이름에 많이 붙였던 것이다.

예하면, '송다쿠(똥덩어리)' 등. 이외 우리가 순수한 우리말이라고 우기고 있는 말 중에 아이누어(語)에서 유래한 것이 썩 많이 있다.

예하면, 우리-우타리, 이것-이, 입-입페, 집-지세, 내(川)-나이 등이다. 온고지신 차원에서 본 글을 썼음을 밝힌다.

소강

댄서들이 무대에 오르면서 욕하는
메르드(Merde), '똥 밟아라!' 말의 철학

    욕(辱)은 어느 나라 어디에도 존재한다. 욕하는 사람들의 수준을 보면 그 집단 또는 그 나라 문화 수준을 짐작할 수 있다.

    나는 프랑스에 10년 이상을 근무하는 동안 여러 계층의 사람들과 교우하면서 책에서는 배울 수 없는 프랑스말, 즉 그들 사회에서 사용하는 욕을 알고 싶었다. 보통 말 같으면 아무나 붙잡고 물으면 친절하게 가르쳐 주지만, 욕에 관한 말은 묻기도 힘들고 가르쳐 주려고 하는 사람도 없었다. 그러다 나와 아주 무관하게 지내는 친구에게 어학 선생이라 생각하고 프랑스 욕 몇 가지를 가르쳐 달라고 한 적이 있었다.

    그는 'Merde'는 남자가 욕할 때 보통 내뱉는 말이고, 여자가 할 때는 좀 더 Eupheumism(완곡표현법)을 써서 'Cambronne(깡브론느)'라고 한다고 했다. Merde(메르드)라는 말은 직역하면 똥(糞)이란 의미로 영어의 Shit와 같이 보편화된 욕이었다.

    그런데 Paris 15구 한국인들이 많이 살고 있고, UNESCO 본부와 한국 대사관이 근처에 있는 파리의 중심 주택가에 해당하는 Cambronne가의 명칭이, 비록 부인들이 사용한다지만, 욕으로 쓰이는 줄은 처음 듣는 이야기였다.

내용은 이러했다. 1815년 6월 18일, 지금의 벨지움 수도 브뤼셀 남쪽 20㎞ 지점에 있는 Waterloo 고원에서는 영국과 프랑스의 사활을 건 전투가 벌어졌다.

도전자 격은 프랑스의 나폴레옹(Napoleon) 장군 겸 황제였고, 수비격은 영국군의 웰링턴(Wellington) 장군이었다. 싸움닭을 군대의 상징으로 삼은 나폴레옹 군대는 사자를 포신의 마스코트로 삼은 웰링턴 장군의 영국, 프러시아, 네덜란드, 벨지움 연합군에게 대패하고 있었다.

그때 웰링턴 장군은 마지막 남아 결사 항전하고 있는 프랑스 나폴레옹 군대의 깡브론느(Cambronne) 장군에게 최후통첩을 냈다. 무모하게 항전하다 전멸하느니 항복하여 목숨을 구하라는 최후통첩이었다. 이때 프랑스군 Cambronne 장군은 그 말을 듣고 한마디 내뱉었다.

"Merde(메르드)! 똥이나 먹어라!"라고.

개전한 지 며칠도 안 돼 자국 군대가 파죽지세로 후퇴하고 있는 전선의 소식을 접하고 파리 시민들은 좌절감에 빠져있었다. 이때 전황을 보도하던 어느 종군기자가 자기 신문에 다음과 같은 글을 올렸다.

Cambronne 장군은 영국의 웰링턴 장군으로부터 항복하라는 최후통첩을 받고 다음과 같이 답하였노라.

"위대한 우리 프랑스 군대는 죽을 뿐 항복하지 않는다(The French Army dies, but does not surrender)."

신문에 보도된 Cambronne 장군의 비장한 항전 결의를 보고 프랑스 국민들은 감루의 눈물을 흘리며 새삼 애국심에 불타올랐다.

깡브론느 장군은 일반 국민들이 생각했던 것과는 달리 워털루 전투에서 부상은 당했지만 전사하지 않았고, 그 전투 이후에도 20 몇 년을 더 살다 1842년에 죽었다.

그가 살아있을 때 사람들이 워털루 전투에서 영국군의 웰링턴 장군의 항복을 권고받고도 결사 항전하면서 '프랑스 군대는 죽지, 항복하지 않는다.'는 명구를 남겼는가? 물어보아도 스스로 그런 말을 한 적이 없다는 식으로 처신했다.

그러함에도 불구하고 이미 그는 Victor Hugo 등 대문호에 의해 전쟁 영웅시되었고, 사람들은 그를 영웅으로 기억하고 싶어 했다.

그런 사회적 심리는 깡브론느(Cambronne) 장군이 영국군을 향해 내뱉었다는 욕, 'Merde'란 말까지에도 특별한 애정과 의미를 부여했다. 그리하여 19세기 말 이래 프랑스 엔터테인먼트(Entertainment) 사회-파리를 방문하는 한국인들이 필수 여행코스로 즐기는 화려한 댄서들이 춤추는 물랭 루주(Moulin Rouge)나 Lido 등 쇼 무대에서 그 말은 애용되었다.

즉, 댄서들은 쇼 무대에 올라 Performance를 시작하기 전 자기들끼리 행운을 빈다는 의미로 간단한 인사를 서로 교환하는 것이 관례다.

이때 이들은 행운을 빈다는 일반적 용어인 'Good luck' 대신 서로 'Merde!' 하고 인사를 교환했다. Merde는 분명 상대방을 저주하는 욕인데, 오페라나 쇼 무대에 오르는 댄서들한테는 그 말은 욕이 아닌 축복을 빈다를 의미했다.

연유를 캐보니 이러했다. 19세기 말까지 오페라나 쇼를 보러 오는 계층은 마차를 타고 오페라 하우스에 왔다. 오페라 하우스가 가득 차려면 오페라 하우스 마당에 마차가 가득 와있어야 했다. 오페라 하우스 마당에 마차가 가득 와있다는 것은 그만큼 오페라 하우스 마당에 말똥이 많이 있을 수 있다는 뜻이기도 했다.

따라서, 무대에 오르는 댄서들이 서로 동료 댄서들에게 'Merde(똥 많이 밟아)!' 하고 욕하는 것이야말로 관객들 많이 오게 해서 기쁘게 해

주자는 상호 격려 언어였던 것이다.

'똥'이라는 일반 언어, 'Merde'라는 말이 워털루 전투의 영웅 깡브론느(Cambronne) 장군이 영국군에게 쏘아붙인 욕이라 하여 신성시(?) 취급되면서 프랑스 문화. 연예계에서 무희들이 무대 위를 오르면서 서로에게 '우리 잘해 봐!' 하는 격려의 메시지로 활용되고 있는 것이다. 프랑스 문화예술의 묘미가 물씬 풍긴다.

헌데, 미국 연예계에서도 이와 비슷한 사례가 보인다. 영어로 'Break a leg' 하면 '다리를 부러뜨리다'를 의미하는 욕설 같은 표현이다.

그런데 이 욕설 같은 표현을 무대에 오르고 있는 음악가들이나 무희들, 연주자들에게 무대 아래 일반인들이 격려하는 의미로 'Break a leg!' 하고 격려하는 것이다. 'Merde'라는 말은 무대에서 춤추는 전문 댄서들이 자기들 동료끼리 쓰는 말이고, 'Break a leg'는 'good luck' 대신 무대 아래 일반인들이 무대에 올라 연주할 예술인들에게 던지는 격려 언어가 되었다.

저주의 욕을 오히려 행운의 인사로 사용하는 셈이다. 이 모든 관습이 미신에서 유래했다는 설도 있는 것으로 보아 어쩌면 그것은 옛날 동양(조선과 일본, 중국)에서 액땜하라고 귀한 집 아들일수록 개똥이, 소똥이 어쩌고 부르던 사고와 일치한 면도 있어 보인다.

일본인들이 선박 이름에는 반드시 부치는 '마루(丸)'라는 말도 고대 일본어에서 똥을 지칭했다. 똥이 둥글었기 때문에 마루(丸)라 한 것이다.

바다에서 모든 악귀가 똥이 무서워서 배를 피해 가기를 바라는 샤머니즘(shamanism)에서 비롯됐다. 일본 사람들의 이름이나 성(姓)에 丸(마루) 자가 많이 등장하는 것도, 크면서 무병하게 잘 크라는 샤머니즘에서 비롯된 것이다. 그러고 보면, 동서고금의 민속 간에는 예사롭지 않은 공통점이 있는 것 같다.

파리에서 가장 오래된 카페
'르 프로코프' 이야기

　　파리 시내 중심가에 있는 카페 '르 프로코프(Cafe Le Procope)'는 1686년 생긴 이래 줄곧 한자리에서 카페 영업을 하고 있다. 르 프로코프 카페는 개점한 지 금년에 336년이 되어 파리에서 가장 오래된 카페라는 측면에서도 유명하지만, 그 카페가 곧 프랑스 카페 문화의 효시를 이루었고 역대 프랑스 역사와 지성 세계의 거장들이 만나던 장소로서도 유명하다. 지금도 그곳에 가면 옛 프랑스 역사상 큰 족적을 남겼던 인물들이 남긴 체취를 느낄 수 있는 곳으로 널리 알려져 있다.

✦ Cafe Le Procope— 1686년 개점

　　이 카페는 이탈리아 시칠리아 출신의 기업가 Francesco Procopio del Coltelli가 개설한 이래 남녀 사교장으로뿐 아니라, 프랑스 지성인들의 살롱 역할을 한 곳으로도 유명하다. 카페가 처음 개설될 당시는 프랑스 역사상 가장 화려한 문화의 전성기를 이룬 루이 14세(Louis Le Quatorze) 시대였다.

　　루이 14세 시대는 단적으로 말하면 유럽에서 가장 화려한 왕궁인 베르사유궁(Palais de Versailles)을 건축하였던 시대요, 꼬르네유(Corneille), 라신느(Racine), 몰리에르(Moliere)로 대표되는 프랑스 희곡 문학의 전성시대였다. 영국에 셰익스피어(Shakespeare)가 있다면 프랑스에는 몰리에르(Moliere)가 있다고 하던 시대였다.

희곡이 꽃피우던 루이 14세 시대에 르 프로코프 카페는 국립 극장격인 La Comédie-Française 바로 건너편에 개점했었다. 말하자면 희극, 비극 할 것 없이 모든 연극이 연중 공연되던 극장 바로 건너편에 자리 잡은 격이어서 카페는 성공할 수 있는 모든 조건을 갖추고 있었다.

커피가 처음 파리에 소개된 것은 1669년 터키 대사가 파리에 부임하고서부터였다.

터키 대사는 파리에 부임하자 파티를 개최할 때마다 커피라는 생소한 음료를 내놓았고, 파티에 초대된 파리지앵(Parisiens)들은 그 맛에 반했다. 다작을 하던 작가였을 뿐만 아니라, 18세기 프랑스 계몽주의 철학(Enlightenment Philosophy)의 대표적 인물이던 볼테르(Voltaire, 1694년~1778년)가 카페 프로코프의 단골이었다. 볼테르는 르 프로코프 카페에 와서 하루에 커피를 40잔 마셨다는 전설도 있을 정도였다.

물론 볼테르가 마신 커피는 온전한 한 잔이 아니라 반 잔이었고, 커피 잔 속에 초콜릿을 약간 집어넣었다 한다. 그리하여 볼테르는 초콜릿이 든 커피를 마시고서 사람들이 놀랄 정도로 정력적인 집필 활동을 하였다고 한다. 볼테르 외에 백과사전파들(Encyclopedists)로 알려진 디드로(Diderot), 루쏘(Rousseau) 등도 르 프로코프 카페의 단골이었다.

르 프로코프 카페의 저명한 단골 중에는 미국 독립선언문에 사인한 벤자민 프랭클린(Benjamin Franklin), 토마스 제퍼슨(Thomas Jefferson)도 있었다.

1776년 벤자민 프랭클린은 미국에서 파리에 파견되었었다. 당시 미국은 영국 식민지에서 독립하려 모국이던 영국에 대항하여 독립전쟁을 일으키고, 벤자민 프랭클린을 파리에 특사로 보낸 것이다. 벤자민 프랭클린의 임무는 프랑스가 신생 미합중국의 동맹국이 되어, 함께 영국의 식민통치를 끝내자는 것이었다.

이뿐만 아니라 미국이 영국의 식민통치에서 완전히 해방되어 진정한 독립국이 되려면 독립 초기에 상당한 군자금도 필요했었다. 프랭클린은 유럽의 부강한 강국이자 영국과는 숙적관계이던 프랑스에서 정치자금을 조달하는 임무도 함께 띠고 있었다.

벤자민 프랭클린은 진정한 프랑스 애호가였다. 파리지앵들의 마음을 사로잡았다.

그는 1785년까지 근 9년간 프랑스에 머물렀는데, 그가 어느 정도 인기가 있었는가 하면 파리 시내에서 가장 아름다운 미장원 벽에 벤자민 프랭클린의 초상화가 걸릴 정도였다. 1785년에 벤자민 프랭클린은 파리에 온 지 9년 만에 병이 들어 들것으로 파리에서 Le Havre(르 아브르) 항구로 이동하여 그곳에서 선박편으로 미국 본토로 돌아갔는데 미국에 간 지 5년 후, 즉 1790년에 프랭클린은 병사한다.

파리는 프랭클린이 서거하기 1년 전인 1789년 7월 14일에 바스티유(La Bastille) 감옥을 혁명 시위대가 쳐부수어 해방시킨 것을 필두로 온 나라가 루이 16세의 절대왕정을 타파시킬 것이냐, 존속시킬 것이냐를 두고 좌우로 나뉘어 투쟁하던 국론분열의 극치에 있던 시기였다.

그런 혁명의 와중에 벤자민 프랭클린의 서거 소식이 파리에 전해지자, 프랑스 국회는 국회 문을 걸어 잠그고 그의 죽음을 애도했었다.

프랑스 역사상 다른 나라 인물을 국회가 애도하기는 처음 있는 일이었다. 그때 벤자민 프랭클린의 서거 소식을 듣고 그가 파리 체류 시 즐겨 단골로 다니던 르 포로코프 카페는 3일 동안 조기를 달고 애도하였는가 하면, 6월 15일에는 '자유의 진정한 친구들(True Friends of Liberty)'이라는 벤자민 프랭클린 지지자들이 르 프로코프 카페에 모여 프랭클린 초상화를 벽에 걸어두고 추도예배를 올리기도 했었다.

1789년 프랑스혁명이 발발하였던 격동의 시기에 르 프로코프 카페는 로베스피에르(Robespierre), 당통(Danton), 마라(Jean-Paul Marat) 같은 혁명 주체세력들과 수구세력 대표들 간의 회합 장소가 된 것으로도 유명했다. 프랑스혁명 당시 『인민의 친구(L'Ami du Peuple)』란 극렬 혁명 지를 간행하면서 매일 아침 지면에 혁명의 이름으로 처단해야 할 '반동분자'들의 이름을 게재했던 마라(Marat)의 그 악명 높던 신문이 바로 르 프로코프 카페 모퉁이에서 인쇄되기도 하였었다.

프랑스혁명은 혁명 지지자들이 자유를 위한 투쟁의 상징으로 Phrygian Cap(프리지안 캡)으로 알려진 모자를 쓰고 다니는 것으로도 유명했다. 프리지안 캡은 대 유행이었다. 그 혁명 모자, '프리지안 모자(phrygian Cap)'도 맨 처음 르 프로코프 카페에서 전시되었다.

프랑스 대혁명(1789년) 당시 혁명파들이 자유의 상징으로 즐겨 쓰던 Phrygian Cap에 얽힌 또 하나 빼놓을 수 없는 역사적 에피소드가 있다. 바로 나폴레옹 보나파르트(Napoleon Bonaparte) 장군과의 인연이다.

나폴레옹 보나파르트가 젊은 초급 장교 시절 르 프로코프 카페를 드나들었다. 한 번은 그가 커피값이 없어 커피값을 찾으러 나갈 일이 생겼었는데 그때 "모자를 카페에 두고 가시지요." 하자, 모자를 카페 안에 두고 나갔다 온 적이 있기도 했다고 한다.

오늘날 르 프로코프 카페는 18세기 스타일을 살린 식당 겸 카페로 운영되고 있다.

이 카페에 들어서면 과거 유명했던 카페 주인들이 남긴 기념품들이며, 과거 300년의 역사가 숨 쉬고 있는 아름답게 장식된 공간들이 찾는 이들의 마음을 사로잡는다.

1820년대, 왕정복고(the Restoration) 이후에는 프러시아 탐험가요, 지리학자이자 외교관이던 알렉산더 폰 음볼트(Alexander von Humboldt)라는 당시 저명한 인사가 매일 11시에서 12시까지 르 프로코프 식당에 와서 점심을 먹은 것으로도 유명했다.

또한, 19세기 프랑스 낭만파 문학의 기라성 같은 작가들이었던 알프렛트 뮈세(Alfred Musset), 조르즈 상드(George Sand), 구스타브 플랑쉬(Gustave Planche)를 비롯해 아나톨 프랑스(Anatole France), 『Le Monde』 신문 편집장 Coquille, 철학자 피에르 르루(Pierre Leroux), 유명한 정계의 거물이던 레옹 감벳타(Leon Gambetta) 등도 이 카페식당의 단골들이었다.

한국은 나라는 작지만 커피점이 많고, 커피 소비량이 세계에서 으뜸이라고 한다. 서울 시내를 걷다 보면 웬만한 모퉁이에는 카페가 즐비하다. 스타벅스라는 커피점이 한참 유행이더니 요즈음엔 여러 종류의 커피점이 즐비한 걸 목격한다. 그렇게 많은 카페가 있는 데도 우리에게 프랑스에서 볼 수 있는 것 같은 카페 문화가 있다는 말은 들리지 않는다.

우리에게도 앞으로 50년 100년의 세월이 흐르면 파리의 르 프로코프 카페에서 볼 수 있는 것처럼 그 시대 최고 지성인들의 만남의 장소로서 한국 문학의 산실로서의 카페가 등장할 수 있을까?

뜻있는 재력가들이나 기업가 중 이 분야의 메센느(Mecene: 문예진흥 후원자)가 나타나 한국 지성인들을 위한 고급 카페 문화공간이 탄생할 날이 오기를 기대해 본다.

식물 세계의 핵전쟁

✦ 식물 세계의 우방과 적대관계 현주소

B.C 300년경 '식물학의 아버지'로 알려진 그리스의 테오프라스토스(Theophrastus)는 병아리 콩(Chickpeas)이 토양을 전부 소진시키고 잡초를 멸종시키는 것을 목격했었다.

A.D 1세기, 로마의 식물학자 플리니(Pliny)는 호두나무(walnut)가 자기 주변에서 자라고 있는 다른 식물들을 '부상'입힌 것에 대해서 썼다.

근대에 와서, 1937년 독일 식물학자 한즈 몰리시(Hans Molisch)는 'Allelopathy'라는 단어를 조어하였다. 이것은 영어의 'each other(상호 간, 서로 간)'을 의미하는 'alleon'이라는 그리스어, 'suffer(고통을 받는다)'는 의미의 'pathos'라는 말의 합성어였다. 이 말은 식물 세계에서 어떤 식물은 바로 이웃에 있는 다른 식물을 괴롭히거나 못살게 굴거나 하는 적대행위를 벌이고 있는 현상을 가리켰다.

자기 주변의 다른 식물을 괴롭히는 이들 '악질' 식물들은 핵을 발사하는 핵전쟁을 구사하고 있는 것이 발견되었다. 이들 핵을 발사하는 식물의 핵을 'Allelochemicals'라고 부른다. 1974년 미국 Oklahoma 주 식물학자 엘로이 라이스(Elroy Rice)는 식물이 발산하는 핵·유해 독소에 대한 저서를 출간하였는데, 동 교수의 저서는 이 분야에서 가장 권위 있는 책으로 평가받았다.

예를 들면, 흑 호두나무(Black Walnut)는 자기 옆에 가죽나무(Ailanthus)나 사탕수수(Sorghum)가 있으면 사정없이 핵을 발산한다.

그런가 하면 흑 호두나무는 가지 및 가지 속과의 까마종이(Solanaceae), 진달래(azaleas)과에 속

Honey-suckle(인동)
천식 등 약용으로도 사용되고 있다.

하는 꽃나무들(철쭉 rhododendrons 포함), 쥐똥나무(privet), 미국 동부지방 원산의 칼미아 등 식물의 성장을 방해하기도 한다. 사과, 토마토, 상추(lettuce), 감자(Potatoes) Blackberry, Blueberry, Chrysanthemum, 물망초(forget-me-not), 포도나무, 소나무, 자작나무 등도 호두나무 옆에 심으면 호두나무 핵 발산의 피해를 볼 수 있으므로 호두나무 옆에 심어서는 안 된다.

식물계에 핵을 발산하여 핵 공포를 일으키고 있는
주범, 흑 호두나무

이 나무들은 호두나무 뿌리와 가까이 있으면 피해를 본다. 호두나무 잎사귀나 나무껍질을 덮어도 피해를 입는다. 호두나무뿐만 아니라, 호두나무과인 Peacans나 Hickeries도 잔디 풀(Turfgrass) 등에 피해를 입힌다.

그 외에도 crimson, 클로버, 인동(honey-suckle), autumn crocus, lily(백합), linden(참피나무), mountain laurel, thyme 등도 혹 호두나무 곁에 심으면 피해를 볼 수 있다.

그 외에 서로 적대적 상극 관계를 이루고 있는 나무들도 있다.

- 진달래 근처에 Kentuckey bluegrass를 심지 말 것.
- Black Cherry와 소나무, 홍단풍은 남한과 북한 같은 사이임으로 가까이 심지 말 것.
- sweetgum을 붉은 참나무 아래 심지 말 것. Dogwood(말채나무)하고도 상극임.

이 외에도 여러 종류의 식물들이 서로 평화적 공존을 못 하고 있으므로 나무들을 심을 때는 같이 심으면 서로 친하게 잘 지낼 것인지, 아니면 영 서로 화해하지 못하고 상호 간 핵전쟁을 하면서 괴롭게 살게 될 것인지를 판단하는 것이 좋을 것이다. 식물 세계의 핵전쟁도, 인간 세계의 핵전쟁도 이를 피하도록 하는 것은 인간의 지혜이니까.

이와는 반대로 같이 심으면 서로 친구가 되어 오손도손하게 도우며 잘 사는 식물군들도 많다. 아래 예시들 참조.

– Beans(콩)의 우방 식물군

carrot, cauliflower(꽃 양배추), spinach(시금치), eggplant(가지), corn(옥수수), rosemarye 등

–콩(Beans)과 적대관계에 있는 식물군

onions(양파), garlic(마늘), leeks(서양 부추과), chives, peas(완두콩), alliums(마늘류)

* Bean(콩)과 Pea(완두콩)은 뿌리가 '같은 민족'이다. 그럼에도 차라리 다른 식물하고는 잘 어울리며 상부상조하고 공존하지만, '같은 민족'끼리는 서로 견제하고 적대관계를 유지하고 있다.

– Cabbage(양배추)의 우방 식물군: Rosemary

– Cabbage의 적들: 양파, Mustard

– Carrots(당근)의 우방 식물군: 양파, 상추(Lettuce), 토마토

– Carrots의 적들: Rosemary, 무(Radish), Dill Pickle, Parsnip(방톨나물), Sage(Salvia의 일종)

– Corn의 우방들: Beans, 해바라기, Squash, 오이(Cucumber), Peanuts, Soybeans, Amaranth

– Corn의 적: 토마토(토마토가 유일한 적임)

– Tomato의 우방들: Basil, Oregano, Chili Pepper, Parsley, Carrots, Marigolds

– Tomato의 적들: Potatoes, Black Walnuts, Corn, Fennel, Peas, roses, Chives, Celery, Brussel Sprouts, Beetroots.

이토록 식물 세계도 우방과 적대관계가 분명한 것이 특징이다. 여기서는 대표적인 예만 열거하였다.

식물을 심을 때 상호 간의 interaction(교호 작용)을 참작하여 심고 가꾸면 식물 세계도 더 평화롭게 번창할 것이다. 인간 세계도, 식물 세계도 서로 마음 맞는 상대끼리 사는 것은 천륜의 이치가 아닐는지?

화장품으로 귀하게 쓰이는 새똥들

로빈 – 울새　　　　　큰유리새　　　　　　휘파람새

(source : yahoo Japan)

위 귀여운 새들의 새똥은 여성들이 즐겨 쓰는 화장품에 없어서는 안될 귀중한 요소로 알려져 있다. 세계에서 일본이 화장품 메이커로 오랜 전통을 지녀온 이유 중 하나가 이러한 새들을 일본은 3대 명조(鳴鳥)로 보호하고 육성하면서 이것들이 배설한 똥을 받아 화장품 원료로 활용한 것이라고 생각할 수 있다.

나는 나의 숲 속 별장에서 일어나면 지저귀는 새소리를 들으며 잠을 깨는 것이 즐겁다. '이 녀석들이…' 하면서 2층 발코니 밖으로 나가보면 이 작은 새들이 발코니 난간에서 지저귀다가 내가 문을 열고 나가는 소리에 놀라 찌르르 한 방울 똥을 난간에 싸놓고 이웃 나무숲으로 날아가 숨는다.

작은 것이 아름답다는 말을 실감할 정도로 이 녀석들이 귀엽다.

외설로 보지 말고
인문학 공부로 알고 읽도록

내가 1958년 서울대 문리대 불문과에 입학했을 때 과학생 수는 20명이었다. 이 중 6명이 여학생으로, 타과에 비해 여학생 수가 유난히 그해 많아 공부보다는 여학생들과 사귀고 싶어 하는 타과 남학생들이 항시 우리 과 주변에 서성거렸다.

그 당시 불문학 수업 중 프랑스 소설을 읽는 시간이 있었다. 소설 문장 중에 프랑스와 독일 국경에 접한 Vosges 산맥이 자주 등장했다.

'Vosges'라고 쓰인 이 산맥의 발음은 'vosjis'가 아니라 'vo:j(보-즈/보-지)'에 가까웠다.

선생도, 학생들도 여학생들 앞에서 이 단어를 발음할 때는 난처해서 진땀을 뺐다. 프랑스에 1년이라도 단기 연수를 갔다 온 교수들은 그래도 원음에 가까운 발음을 했지만, 문학적 해석이나 평론에는 탁월했으나 교수 중에는 불어 발음과 회화에는 백지에 가까운 분들도 있던 시대였다. 그런 교수들은 하나같이 vosges 산맥 발음을 안 하고 건너뛰거나 낮은 소리로 "보~즈." 하곤 했다. 그럴 때마다 남학생들은 깔깔대고 웃었고, 여학생들은 홍당무가 됐던 것이 떠오른다.

불교의 3대 성수(聖樹)에 보리수가 있다. 보리수는 석가가 인도 땅 뙤

약볕을 걷다가 어느 나무 그늘에 가서 휴식을 취하는 동안 깨달음, 도(道), 지혜를 터득하였다 하여 그 나무를 bodhi 나무라 불렀다. 'bodhi'란 불교 경전어인 산스크리트어와 팔리(pali)어로, '보다, 눈을 뜨다, 깨닫다, 도를 깨우치다'를 지칭했다.

이 bodhi 나무를 중국과 일본 및 한자권에서는 bodhi에 가까운 한자 발음으로 '菩提樹'라고 표기하고 있다. 이를 중국에서는 '보제', 일본에서는 '보다이 주'로 각기 읽는다.

그러나 한국 불교계에서는 원음과 관계없이 '보리수'로 발음한다(Bodhi Tree를 한국 불교계에서 '보지 나무' 대신 '보리수'로 명명한 것은 잘한 일 같다).

역사적으로도 그러한 예가 더러 있었다. 지금 우리 고대사에 나오는 가야 왕국의 이름이 그러했다. 오늘날 가야라는 이름은 어감이나 그 뜻이 아름답게 보이고 들리지만, 원래 중국 고전에 나오는 표현은 '狗邪國(구사국: 간사한 개의 나라)'라는 모욕적인 표현이었다. 간사한 개로 가야를 묘사했던 것은 가야의 발생지인 현 경상남도 사전시 늑도(勒島)항이 기원전 한사군(漢四郡)시대 대방군(帶方郡: 지금의 평양 근처)에서 963킬로나 떨어진 남쪽 항구였음에도, 대방군이 늑도항을 통해 물자를 수입했을 만큼 국제항이었던 데서 유래했었다.

당시 늑도 항은 한반도 전체에서 생산된 무늬 없는 도기의 10% 이상을 거래하던 국제무역항이었기에, 늑도항을 통해 거래하던 중국과 일본, 동남아 상인들에게 가야국 사람들은 일면 간사한 사람들로도 비추어지고, 아름다운 나라로도 비추어지는 양면성을 지녔던 것이다. 여하튼 '간사한 개 나라'라는 초창기의 모욕적 이름인 '狗邪'란 이름에서 간사할 邪 자와 거의 모양이 같은 倻(땅이름 야) 자로 얼른 바꿔치기해서 '狗倻'로 불렀다가, 다시 '伽倻(가야)'로 이름이 변경된 것은 다행한 일이다.

나라 이름뿐 아니라 일반 명사에서도 언어학적으로는 전혀 앞뒤가 안 맞는 이야기지만, 편의상 비슷한 원음을 살리되 더 멋지게 보이는 신조어를 만든 경우가 더러 있다.

동백꽃의 일종인 山茶花의 경우가 그렇다. 山茶花를 일본 사람들은 '산사카(sansaka)'로 처음 발음했었다. 그런데 그 꽃 이름을 언제부터인가 '사산카(sasanka)'로 고쳐 부르기 시작했다.

최근 미 국무부에서 발표한 바에 의하면 외국어 연수를 받고 있는 미국 외교관들이 가장 어렵다고 울상을 짓는 외국어가 일본어라고 한다. 예를 들면 기껏 기본 문법에 충실해 일본어를 배우고 나서 보면, 단어마다 제멋대로 발음하는 경우가 있어 미로를 헤매는 것 같은 언어가 일본어라 하면서 위의 산차화(sasanka)를 예로 들기도 했다. 물론 그러면서도 미국 외교관들이나 유럽 외교관들이 아시아에서 가장 근무하고 싶은 곳이 일본이고, 가장 믿고 사귀고 싶은 사람들이 일본 사람들이라는 것은 새겨들을 여지가 있는 것 같다.

해외 생활을 하다 보면 상대방 언어에 남녀 간의 성기를 의미하는 단어가 있는데, 우리는 모르고서 무심코 사용했다가 큰 결례를 범하여 무안한 경우가 적지 않게 발생한다.

거꾸로 그들은 보통 일상 언어로 하는 말인데 우리 귀에는 남녀 간의 생식기 발음으로 들려 우리 측에서 얼굴이 홍당무가 되는 수가 제법 빈번하다. 특히 일본 사람들과 상대할 때 그런 경우가 흔해 여기 몇 가지 예들을 소개해 본다.

일본 과일 가게에 가서 mango가 먹고 싶다고 '망고 좀 주세요…' 해서는 절대로 안 된다. 더더욱 일본에서는 명사 앞에 '오' 자를 붙여 '오망고'라고 불러야 좋은 줄 알고 '오 망고 좀 주실래요?' 했다가는 성추행범으로 입건되기 쉽다.

왜냐하면, 'マンゴー(망고)', オマンゴー(오망고)는 다름 아닌 여자 생식기를 의미하기 때문이다. 이뿐만 아니라 여자 손님이 일본에서 jersey 브랜드 운동복을 사면서 흔히 경험하는 것이 있다.

일본인들은 jersey를 'じゃーじ(자-지)'로 발음해서 듣기에 따라서는 여간 거북한 경우가 있기 때문이다.

또 하나 사례. 은행(銀杏)나무를 영어로 'Ginko Tree'라고 부른다. 원래 한국이 원산지로 된 나무로 은행이란 명칭 자체는 한국말이지만, 명치유신 후 서양 교사들에 의해 원예식물을 크게 발전시킨 일본이 銀杏을 자기들 식물로 국제학회에 소개해서 영어로도 일본식 이름에 따라 'ging-ko/gink-ko'로 표기하고 있다. 이 단어는 '깅코'로 발음하기도 하고, '징코'로 발음하기도 한다.

그러나 한국인들, 특히 여자들이 발음할 때는 '깅코'로 발음할 것을 강력히 권장한다.

사람이나 정당이나 이름이 좋아야 성공한다. 이름의 이미지가 풍기는 것 때문에 작명을 새롭게 하는 것은 동서고금을 막론하고 존재했다. 이 점에 있어서는 프랑스가 가장 앞섰다.

프랑스의 전통적 이름에 'Cochon'이란 성이 있었다. 돼지를 의미했다. 놀림을 당하자 국가에서 원하는 성을 고르도록 개명을 허가해 주었다.

제1차 대전 기간 남들은 다 전쟁터에 나가 싸우는 데 한 사내가 후방에 남아 여자들을 경치 좋은 프랑스 시골에 흔히 많이 있는 빈 옛 성에 유혹하여, 광란의 엽색 행각을 벌인 후 여자들을 살인, 유기한 사건들이 빈번하게 발생했었다. 전쟁 중이라 정부도 미처 이런 사건에까지 힘을 못 쓰다가 하도 사건이 빈번해지고 여론이 악화되자 대대적으로 범인 검거에 나섰다.

'Landru'라는 이름을 지닌 건달이 범인이었다. 프랑스 국민들은 분노했고 내각까지 책임지는 사태가 벌어졌었다. Landru라는 성(姓)을 가진 전국의 Landru 가족에게는 희대의 성도착 살인범 성씨 대신 원하는 다른 성(姓)씨를 선택하도록 프랑스 법원은 허락해 준 적 있었다.

이와는 조금 다른 이야기이지만, 이승만 대통령의 자유당 정권 시 조봉암 선생이 주도하던 당 이름이 진보당이었다. 당시 한국 정치풍토에서는 진보란 말이 매우 서투르고 급진적이어서 반공 일변도에 젖었던 일반인들에게 아주 낯설었던 측면도 있었다.

사람들은 조봉암 선생이 간첩사건 연루로 처형되고 이어 한국 초유의 진보당이 사라지자 이렇게들 입방아 놓았다. "에히, 진보라는 말, 진뽀(ちんぽ)라고 들리지 않아!"

'진뽀(ちんぽ)'란 일본말로 어린애들이 남자 생식기 '자지'를 가리킬 때 쓰는 말이었고, 1959년 조봉암 선생이 사형당한 당시만 해도 한국 지식인들 사이에서 이런 일본어는 누구나 대부분 알고 있던 시대였다.

이상에서 열거한 단어들만 잘 기억하고 있어도 해외에서, 특히 일본 여행 시 많은 참고가 될 것이다.

나는 과일 중 망고를 좋아하는 편인데, 이런 오해를 만들지 않기 위해 망고를 영어식 발음으로 '맹고'로 발음하는 습관을 붙였다. 프랑스에 있을 때는 불어로 Mango를 'Mangue(망그)'로 표현 발음하였기에 실수할 필요가 없기도 했지만, 프랑스어로는 주문 시 꼭 하나의 망그(une mangue) 또는 망그 두 개(deux mangues) 하고 관사들을 부쳤으므로 실수할 리가 없었다.

우리나라 사람들은 일본을 싫어하는 것 같지만 일본에 가장 많이 여행을 가고, 해외에서 가장 쇼핑하기를 선호하는 나라가 일본이다. 따라서 우리가 일본 여행 시 반듯한 매너를 지킬 줄 아는 것은 매우 중요하다. 그래야 우리 품격이 오르지 않겠는가?

이 글은 내가 해외 생활 시절 겪었던 실수를 반복하지 않도록 도움을 주어야겠다는 일념에서 쓴 칼럼임을 재삼 첨언한다.

아프간 간다하르와
석굴암 불교미술

탈레반이 점령 중인 아프간 간다하르는 경주 석굴암 불교
미술의 발상지로서도 한국뿐 아니라 세계사적 견지에서 중요한 역사·
문화적 유적지다.

또한, 인류사적 견지에서도 BC 4세기 그리스 알렉산더 대왕의 원정
군들이 아프간 점령 중 현지 여인들과의 결혼을 통하여 태어난 그리
스—아프간 혼혈아들이 가장 많은 곳이다. 이들 그리스 혼혈족의 후예
들은 이후 2천5백여 년의 세월이 흘러온 오늘날에 와서도 그리스어가
모태가 된 방언들을 사용하는 흔적도 남아있고, 아프간인들 중 피부색
이나 사고방식에서 서구 지향적이다.

기원전 4세기 알렉산더 대왕이 동방원정을 결정했을 때 대왕은 부하
들에게 이렇게 외쳤다. "가장 확실한 정복은 현지인들의 마음을 얻는
것이다. 이를 염두에 두고 그대들은 현지 여인들을 아내로 맞이하라!"
이에 원정대원들은 대왕에게 항의했다.

"대왕! 본국에 있는 조강지처도 먹여 살려야 할 텐데 어떻게 현지처까
지 두란 말입니까?"

대왕은 그리스 원정군의 사기와 헬레니즘 문화의 확산을 위해 원정군

에게 현지처 부양 특별 수당을 지급해 주었다.

그렇게 정복한 땅이 아프간이었고, 오늘의 아프간 제2 도시 간다하르에 헬레니즘 문화가 꽃피어졌다.

그리스 문화 영향으로 간다라에선 그리스풍의 조각예술이 꽃피어졌다. 소위 간다라 미술이다. 아프간은 7세기에 아랍정복으로 아랍화 되었지만 간다라 미술은 그 우아한 불교미술로써 사라질 수 없었다.

대한민국이 오늘날 국보 제1호로 여기는 경주 석굴암은 바로 간다라 불교미술의 표본이며, 우리는 석굴암을 통해 한국 민족이 고대 그리스의 찬란했던 헬레니즘 문화와 교류하고 있었음을 자부해 왔다.

따라서, 현재 진행 중인 탈레반의 만행을 바라볼 때 우리는 석굴암이 무너져 내리는 심정으로 바라보고, 아프간 난민들을 도울 방도를 찾아야 할 것이다.

岩石은 뮤즈(Muse) 여신이다, 곧 바위가 예술이다

서양문화에서 뮤즈(Muse)는 학문과 예술적 영감을 불어 넣어주는 창조적 여신이다. 그러나 라틴어의 뮤즈(Muse)는 서양 문화, 예술의 조모(祖母) 격인 고대 그리스 문학에서는 Camena(까메나)였다.

고대 그리스 문학의 원조 호머(Homeros)의 「오디세이(Odyssey)」에 까메나(Camena)가 등장하고, 뒤이어 로마 서정시의 태두였던 Horace(BC 8~65)는 자신의 "시적 영감은 그리스 Camena 여신의 부드러운 숨결(the soft breath of the Greek Camena)."이라고 썼다.

까메나가 고대 그리스 문학에서 학문과 예술의 여신으로 등장한 것이다. 그리스어 Camena 위상은 라틴어가 서양 문학에 군림하기 시작하자, 존재감이 사라진다. 대신 뮤즈(Muse)라는 이름의 여신이 등장한다. 고전적으로 증명되었다.

고대 그리스 호머(Homeros)의 오디세이(Odyssey)를 번역했던 로마의 Livius Andronicus는 그리스어 Mousa는 원래 Camena였다고 했고, 앞서 말한 대로 로마의 Horace는 자신의 시적 영감은 그리스의 까메나로부터 온다고 갈파했었다.

(Spiritum Graiae Tenuem Camenae: Odes II, 16)

그러나 우리는, 적어도 나는 Camena의 존재를 그간 까맣게 잊고 지내왔었다. 그러다가 별장의 바위와 돌 등 암석들에서 신비로운 예술성을 발견한 후, 그곳을 우리 손자들의 무궁한 발전을 염원하는 공원으로 만들고자 각국의 문헌을 참고하는 과정에서 뜻밖에도 노어에서 까메나(Камена)가 학문과 예술의 여신임을 발견했고, 노어로 바위, 암석을 의미하는 까멘느/까메냐(Камень/Каменя)는 다름 아닌 Camena에서 유래한 것임을 알게 되었다.

LA FORESTIERE Rock Garden

마치 1천 년 전의 노르웨이 언어가 오늘날 그 후예들인 아이슬란드에 남아있듯이 고대 그리스어 흔적이 오늘의 노어에 녹아있었다.

이런 연유로 나는 학문과 예술의 수호신을 받드는 의미에서도 우리 산장 암석공원 내 우리 손자들을 위한 아르끄 앙 씨엘(Arc-en-Ciel, 무지개 길)을 춘하추동 캄캄한 밤에도 훤히 바라볼 수 있도록 엊그제 LED 조명을 설치했다.

나는 LA FORESTIERE에서 학문과 예술의 조모(祖母) 격인 Camena의 숨결을 느낄 수 있어 행복하다.

후시코 주 이탈리아 일본 대사 부인 덕에 성공한 푸치니의 「나비부인」

Puccini가 「Madam Butterfly」를 불후의 오페라 곡으로 작곡할 수 있었던 것은 그 당시 주 이탈리아 일본 대사 부인 오야마 후시꼬 여사가 있었기에 가능했다.

일본 무대, 음악, 사회풍습 등 일본에 대해 지식이 없던 푸치니에게 때로는 직접 일본 노래를 불러주고, 일본 게이샤 문화와 사회적 인습 등 전반에 대해 실감 나게 설명해 주며 푸치니로 하여금 일본 사회를 알게 했던 명문 동경음악학교 출신 후시꼬 일본 대사 부인이 아니었으면 푸치니의 Madam Butterfly 오페라 곡 성공은 불가능했다고 한다.

로마 주재 일본 대사 오야마 쓰나스게(大山綱介)는 당시 이탈리아에만 7년 근무 중이었는데, 이러한 자기 부인의 푸치니와의 특별한 인연을 적극적으로 외교에 활용해 露·日 전쟁을 승리로 이끄는 데 숨은 공적을 세웠다.

즉, 1904년~1905년 로·일 전쟁이 개전되었을 때 일본 해군은 발틱 함대를 격퇴할 구축함대를 절실히 필요했음에도 여의치 못해 안달하고 있었다.

이때 일본 첩보망은 알젠틴 정부가 당시 군함제조에 강하던 이탈리아 밀라노 조선소에 구축함대 건조를 주문한 것을 파악했다.

오야마 대사와 부인 후시꼬 여사는 푸치니를 움직였다. 음악으로 먹고사는 이탈리아에서의 푸치니 영향력은 절대적이었다.

그리하여 알젠틴 정부로 인도될 구축함대가 급히 일본으로 인도되어 토고 제독 휘하에 들어갔기에, 토고 제독은 대마도 해협에서 러시아 발틱 함대를 격퇴하여 로·일 전쟁을 승리로 이끌었다.

이 사례는 한국 외교계에 지금까지는 알려진 사례가 아니었으나 내가 근래에 발굴 인용하기 시작했다.

공관장 부인의 특기가 외교에 활용된 사례였다.

서양에서의 점(占) 문화

　　서양 문명의 모태인 그리스 신화를 접하다 보면 고대 그리스인들은 신(神)을 의인화(儀人化)했다. 그들은 신들과 더불어 살고, 희로애락을 같이했다. 신은 인간과 다른 영적인 세계에만 존재한다고 생각해 온 동양인들의 사상과 다른 점이 바로 이 점이었다.

　그래서 그리스 문화와 서양어의 모태를 이루고 있는 고대 그리스어에는 신(神)들만이 풀어줄 수 있는 언어가 많다. '-mancy'로 끝나는 단어들이 그것들이다. 즉, 점 종류가 부지기수로 많다. 적어도 언어적으로는 그렇다. 영어에서 끝부분이 'mancy'로 끝나는 말은 모두 점을 본다는 의미를 지니는 말인데, 'mancy'는 'manteia=divination'을 의미하는 그리스어였다.

　동양사상에서는 풍수사상으로 알려진 것을 그리스인들은 Geomancy(Geo=땅, Mancy=점치는 것)이라 했다. 또한, 죽은 사람들의 영혼을 점치는 것을 Necromancy, 숫자로 점을 치는 것을 Arithmancy, 책을 펼쳐서 점괘를 보는 것을 Bibliomancy, 카드로 점괘를 보는 것을 Cartomancy, 물로 점치는 것을 Hydromancy, 발바닥을 보고 점치는 것을 podomancy, 불(火)로 점치는 것을 Pyromancy 우리의 관상학과 유사한 말을 schematomancy로 부르는 등 종류가 부지기수로 많다.

그중에서도 손금을 보고서 그 사람의 운명을 점치는 수상학(手相學)의 역사는 길기도 하고, 20세기 중엽까지 유럽과 미국 상류사회에서 크게 유행했을 만큼 세인들의 관심을 끌었다. 손금을 보고서 운명을 판단하는 것을 그리스어로는 'Cheiromancy'라 했는데, 'cheiro=hand, mancy=divination'의 합성어다. 이 말이 오늘의 영어에서는 Palm Reading, 또는 Palmistry라고 하는데, 이때 Palm은 손바닥을 의미한다.

1. Life Line(생명선)
2. Head Line(지능선)
3. Heart Line(감정선)
4. Girdle of Venus(애정선)
5. Sun Line(태양선)
6. Mercury Line(재운선)
7. Fate Line(운명선)

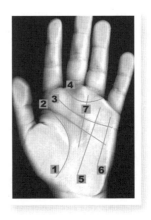

서양 문화, 유럽 문화에서 상대방 손을 보고 판단하는 습관은 비단 손바닥의 선들을 보고 그 사람의 운명을 점치는 것만 발달한 것이 아니었다. 손으로 쓰는 글씨체를 보고 그 사람의 성격과 됨됨이를 판단하는 필적학(graphology)도 발달했다.

간단한 예로 한국에서와는 달리, 프랑스에는 인구 5,000명당 1명꼴로 필적 감정사가 존재한다. 이는 일본의 인구 330만 명 중 필적 감정사 1명에 비해서도 비교가 안 될 만큼 많은 숫자다.

컴퓨터가 발달된 오늘에 있어서도 프랑스에서는 초등학교 국어 시간에 학생들의 인성교육 등 다목적으로 아름다운 손글씨 쓰는 교육을 중요시하고 있는 것을 우리는 유념할 필요가 있을 것이다.

✦ 19세기 & 20세기 전반기에 걸쳐
세계에서 가장 저명했던 수상(手相) 전문가

동서양에서 통용되고 있는 수상(手相)들을 보니 거의 일치함을 볼 수 있다. 사람에 따라 각기 다르다 하고 또 그 사람도 그가 처한 상황에 따라 손금이 변한다고 하니, 절대적으로 불변한 것 같지는 않다.

말하자면, 손금의 선이 변하듯 인간의 소위 운명과 복이란 것도 수시로 변할 수 있을 것이다.

나 자신은 지금까지 누구한테 손금을 봐달라고 한 적이 없다. 그런데 근자에 이르러 우리 사회와 국제사회에 전혀 예측 불가능한 일들이 터지고 있고, 그러한 일들이 모두 인간에 의한 것이 대부분인 것을 보고 과거 어느 기업체에서 신입사원을 뽑을 때 커튼 뒤에서 관상가가 신입사원의 관상을 보고 뽑았다고 하던 이야기가 생각난다. 처음에는 우스갯소리로 들었다가 요즈음 그럴싸한 이야기라고 생각할 정도로 인간이 인간을 판단하기가 참 어려워졌음을 뼈저리게 느끼게 되었다.

이런저런 이유로 나는 유럽과 미국에서 19세기~20세기 중반에 걸쳐 가장 저명했던 수상가(Palmist 또는 cheiromancer) John William Warner(일명 Cheiro)의 생애에 주목하게 되었다.

그는 아일랜드 더블린 출신으로 인도에 건너가 수상학의 원류를 2년에 걸쳐 득한 후 영국에 귀국한다. 그에게는 특별한 손금보는 예지가 있었던지 그에게서 손금을 본 고객 중에는 19세기 말 대영제국의 명재상으로 이름을 날리던 Gladstone 수상, 2차대전 전 영국 수상을 했던 Neville Chamberlain 수상의 아버지이자 대정치가였던 Joseph Chamberlain, 영국 현직 왕위를 버리고 미국의 Simpson이라는 이혼녀와 결혼한 영국의 에드워드 8세 왕, 영국 식민지 개척의 영웅 Kitchner 장군, 작가 Oscar Wild, 영국 신문왕 William Thomas Stead, 그뿐만 아니라 19세기 말–20세기 초 프랑스 제1의 미녀 배우 Sarah Bernhart, 제1차 세계대전 기간 프랑스 파리의 사교계 여왕으로 행세하던 Mata Harie도 있었다(그녀는 1917년, 1차대전이 한창일 때 독일군을 위한 스파이 혐의로 프랑스 군사재판에서 총살형을 당함).

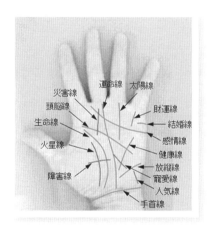

William John Warner(Cheiro)
(1866년~1936년)
(source : Wikimedia)

유럽 대륙에서뿐만 아니라, Cheiro의 고객 중에는 미국의 저명한 작가로 1905년 로·일 전쟁 때 취재차 서울에도 온 바 있는 Mark

Twain, 미국의 발명왕 Thomas Edisson, 미국 제22대 및 24대 대통령을 지낸 Grover Cleveland 등도 있었다.

Mark Twain은 처음에는 Cheiro를 경시했다가 정작 그가 자신의 손금을 보면서 자세하게 설명해 주자 자기보다 더 자신을 잘 안다고 감탄했음을 언론지상에 발표할 정도였다고 하니, Cheiro라는 애칭으로 불린 John Warner는 1936년 그가 미국 할리우드에서 사망할 때까지 유럽과 미대륙을 풍미하던 손금전문가(Palmist)였다.

그는 당대의 막강한 고객 인맥과 모은 재력을 바탕으로 파리에서 영어 신문을 소유하기도 했고, 69세로 졸하면서 그 자신은 자신의 운명 시간을 예측했다고도 하고, 유대인들의 팔레스타인에서의 이스라엘 국가 건설이며, 영국 에드워드 국왕의 양위도 예견하는 등 굵직한 정치 문제에도 예언을 행하였다 한다.

1945년 제2차 세계대전 이후에는 구미지역에서 Cheiro 같은 인물이 등장했다는 말은 들리지 않았다. 신년이 되면 각 방송국이나 매체에서 심심풀이로 점성가들을 초대하여 한해 국가의 운수를 들으며 서로 웃고 즐기는 것은 지금도 유럽 수도들에서 목격할 수 있지만, 위에서 보았던 것 같은 Cheiro 현상은 더 이상 목격되고 있는 것 같지 않다. 선진국 지도층의 당연한 처신이리라.

우리 사회에는 역술인과 신들린 무속인들이 넘쳐난다고 한다. 국내 일류 정론지에서도 그들의 이야기를 심심치 않게 비중 있게 다루어주고 있는 것이 목격된다. 그런데 오늘 일간지에 한 역술인에 대한 흥미로운 호칭이 나왔다. 동아일보는 그를 변함없이 역술인이라 부르지만, 조선일보는 한학자라고 표기했다. 역술인 하면 무당 냄새가 나고, 한학자 하면 고매한 사회지도층 인사같이 느껴져서였을까?

호기심에서 가장 간결하고 선명하게 손금선을 표기해 놓은 위 그림을 보면서 내 손금을 보니 1번 생명선, 2번 지능선, 3번 감정선은 굵은 선으로 보여 식별할 수 있겠는데, 다른 선들은 너무 가늘어 식별이 용이하지 않다. 무슨 방송에서 수상가들이 나와서 하는 말을 들어보면, 이건희 씨나 정주영 씨 등 재벌 총수들은 날 때부터 타고 나왔는지 손에 재운선이 길게 있다고 하던데, 내게는 길기는커녕 짧게라도 없는 것 같고 아예 보이질 않은 걸 보니, 재복(財福)은 없는 것 같다.

출세한 사람들 손을 보면 운수선(Fate Line)이 길게 있는 모양인데 내 눈에는 그런 선도 잘 안 보인다. 억지로 찾아보니, 하나 가느다랗게 위로 올라가고 있는 선이 보일락 말락 한데 위에까지 쭉 뻗어가지 못한 것으로 보아 도중 하차한 것 같다.

내 손바닥에서 가장 선명하게 굵게 나와있는 선은 3번 선으로 감정선 같다. 내 원래 성질이 불같고 불의를 보면 참지 못하며 폭발하는 성격이 있어서인지 다른 선 중에서도 고놈의 감정선은 유난히도 크게 잘 보인다. 나이가 들어갈수록 내 성격이 더 고약해져 가고 있는 징표 같다. 1번 생명선은 제법 굵게 위로 뻗쳐가다가 위로 올라갈수록 보일락 말락 하게 가늘게 뻗어가고 있는 것 같다.

그저 고낭고낭 하면서도 얼마간 연명해 갈 것을 예언해 주는 것 같기도 하여, 마지막 순간까지 정신적으로는 패기 넘치는 자세로 살아가려 한다.

판도라(Pandora) 여신론

✦ Jules Joseph Lefevre 작(1882년), 판도라 여신

그리스 신화에서 신(神) 중의 신인 으뜸 신 제우스(Zeus)는 판도라 (Pandora) 여신을 지구에 내려보낸다. 판도라는 지구상에 내려온 최초의 여자 신이었다. 미모와 지성, 그리고 지혜 등 모든 것을 선물 받은 신이란 의미로 Pan(모든 것), Dora(선물)란 이름으로 불렸다.

제우스 신은 판도라를 지상으로 내려보내면서 상자 하나를 안겨준다. 그리고서 다음과 같이 주의를 준다. 이 상자 속에는 질병과 시기, 질투, 전쟁, 고통, 아픔, 슬픔 등 인간에게 닥쳐올 수 있는 모든 재앙이 들어 있다. 물론 희망도 그 속에 들어있기는 하다.

그 상자를 함부로 개봉하면 큰 재앙이 닥칠 것이다. 그 상자를 여는 순간 인간들에게 온갖 고통과 질병, 전쟁 등 재앙이 닥칠 수도 있으므로 그 상자를 열어보는 것은 극도로 신중해야 한다. 물론 행운이 들어 있기도 하지만…(신의 언어를 내 나름대로 의역해 본 것이다).

그래서 인류는 판도라(Pandora)가 지니고 있는 이 상자를 판도라 상자(Pandora Box)라 부르기 시작했다. 그리고 그 판도라 상자는 행운보다는 재앙을 초래하는 의미로 더 널리 인식되어왔다.

판도라 여신은 그럼 아주 요사스러운 Witch(마녀)같이 그려졌어야 할 텐데, 판도라를 그린 프랑스 작가 Jules Joseph Lefevre는 그가 즐겨 그리던 다른 아리따운 여인들의 초상화처럼 표현했다.

Jules joseph lefevre(프랑스 인물 화가 : 1834년~1912년)의 또 다른 인물화
(source : Wikimedia Commons)

판도라는 고혹적인 미를 지닌 여신임이 틀림없다. 그리스 신화에서만 아름다운 여신에 대한 경계심을 나타낸 것은 아니고 고대 중국 문학에서도 아름다운 여인을 표현하는 말 중에 경계해야 할 말들이 많이 들어 있었다. 매력(魅力) 있다는 말에 사람을 홀리는 귀신 귀 자가 들어있기도 했고, 여자가 아주 아름다울 때 고혹적(蠱惑的)인 여자라고 표현했는데 자세히 들여다보면 벌레들 세 마리가 접시에 담겨있는 형태가 '고자(蠱字)'로 우리말에서는 '독고'라고 표기하고 있다. 즉, 남성들을 파멸시킬 수 있는 독을 지닌 존재가 될 수 있음을 암시하는 표현이기도 하다.

판도라를 재앙을 몰고 올 무서운 여신으로만 여겼다가 Lefevre 화가가 그린 판도라의 누드 사진을 보니 그런 선입관이 싹 달아난다.

역시 여자는 아름다워야 매력 있고, 매력이 있어야 사랑받을 것 같다. 고대 그리스 신화에서 현대 한국 사회에 이르기까지….

미국 州 명칭들의 유래 공부를 통한
역사 · 문화 지식

    미합중국의 州(주) 명칭은 4개의 소스에서 유래한다. 원주민 인디언 종족 또는 언어, 영어에서 유래한 것, 프랑스어에서 유래한 것과 스페인어에서 유래한 것 등이다.

    이것만 보아도 인디언 원주민이 살던 미국 땅에 영국, 프랑스, 스페인이라는 유럽 국가들이 각기 연고권을 행사했던 땅이라는 것을 알 수 있다.

    인디언 어에서 유래한 주 명은 27개 주이다. 이 중에서 앨라배마(Alabama), 아칸소(Arkansas), 일리노이(Illinois), 아이오와(Iowa), 캔서스(Kansas), 마사츄세츠(Massachusetts), 남·북 다코타(Dakota), 오하이오(Ohio), 오클라호마(Oklahoma), 텍사스(Texas), 유타(Utah), 테네시(Tennessee), 아이다호(Idaho) 등 14개 주는 인디언 종족 명에서 유래했다.

    물론 인디언 종족도 여러 종족이 있었다. 예를 들면, 에이브러햄 링컨, 로널드 레이건 미국 대통령을 배출하고, 아들레 스티븐슨 같은 유력 정치인의 고향으로 알려진 일리노이주 명칭은 '일리니웨크(Illiniwek)'라는 인디언 종족 명에서 유래했다.

    흑인 인권운동가 마틴 루터 킹, 눈먼 역경을 딛고 인류에게 희망을 심어준 작가 헬렌 켈러, 가수 매트 킹 콜, 흑백 인종 분리 정책의 고수

자로 유명했던 조지 왈라스(George Wallace) 지사 출신지인 앨라배마 주 명칭은 '알리바무(Alibamu)'족에서 유래했다.

슈퍼맨 Reeves, 서부영화 영웅 존 웨인 등이 배출된 아이오와 주 명칭도 '아와이안톤'이란 인디언 족의 명칭에서 유래하였고, 사우스 다코다, 노스 다코타 주 할 때의 '다코타(Dakota)'라는 말은 그곳에 살던 인디언 종족의 언어로 '친구'를 의미하는 말이었다.

아이다호 주의 명칭은 아파치족이 코만치족을 '이다히'족이라고 부르는 데서 유래했다. 아이다호가 위치한 것은 코만치족이 살고 있는 곳과는 거리가 떨어진 북서부 로키산맥이나 1890년 아이다호가 주(State)로 승격하면서 지세가 험한 자신들의 주에 용감무쌍한 상무 정신을 함양하기 위해서는 코만치족을 상징하는 이름을 붙이는 것이 좋겠다는 중지가 있어, 주의회를 통과하여 그렇게 부르기로 결정했다.

인디언 종족 이외의 이름으로서는 원주민이 불렀던 강, 하천, 계곡 이름에서 유래한 것이 많다. 예하면, 네브래스카 주는 '광탄 마을(넓은 너울)'을 의미하고, 미시간주는 미시간 호 근처에 위치한 데서 유래하였는데, 미시간이란 말 자체가 인디언어로 '큰 강', '큰 호수'를 의미했다.

Massachusetts 주의 경우, '큰 언덕이 있는 촌락'이란 의미의 원주민 인디언의 언어에서 유래했었다. 마찬가지로, 미주리 주(Missouri) 경우도 '큰 카누를 가지고 있는 주인'이라든가 아니면 '흙탕물 강'을 의미하는 인디언 언어에서 유래한 것이라 한다.

州 명칭 중, 영어 인명에서 기인한 주 이름은 델라웨어(Delaware), 조지아(Georgia), 매릴랜드(Maryland), 남·북 캐롤라이나(Carolina), 펜실베이니아(Pennsylvania), 뉴욕(New York), 버지니아(Virginia), 워싱턴(Washington) 등이 있다.

또한, 영어에 기인한 주 명칭 중 영국 본토에 있는 지명을 따라서 부친 이름에는 뉴 햄프셔(New Hamphshire), 뉴 저지(New Jersey) 2개 주가 있다. 그 외 인디애나 주, 매인 주, 로드 아일랜드 주 명칭도 영어식 이름이다.

영국은 일찍이 1584년 엘리자베스 1세의 총신이었던 월터 롤리 경으로 하여금 미국 동부해안에 식민지 건설을 하도록 한다. 그러나 롤리 경의 목표는 실패로 돌아간다. 그 이후, 영국은 1607년에 당시 영국 국왕 제임스 1세의 이름을 딴 제임스타운을 건설하고, 그 일대를 처녀 여왕 엘리자베스 1세의 아호를 따서 Virgin Queen이라 불렀다. 이것이 나중에 Virginia 주의 이름을 탄생시킨다.

다음은 영국 식민지 성립 연대 및 그에 따른 간략한 유래를 살펴보자.

New Hamphshire :

1629년 성립. 최초로 식민 개척 허가를 얻은 영국 상인의 출신지인 영국 남부 지명을 따서 이름을 붙인 것으로, 땅의 면적은 미국 50개 중 46번째, 인구는 41번째 주에 해당하지만 1952년 이래 미국 대통령 첫 예비 선거(Presidential Primary)를 행하는 미국 대통령 선거전을 가름할 수 있는 지역으로서 국제적으로 조명되고 있는 주다.

캐나다 퀘벡주와 접경하고 있는 이곳 출신 저명인사로는 로버트 프로스트(Robert Frost) 미국 노벨상 수상 시인, 패스트 푸드의 대명사 맥도널드, 웹스터(Webster) 미 국무장관, 프랭클린 피어스 대통령 등이 있다.

Maryland :

1634년. 당시 영국 국왕 찰스(Charles) 1세의 왕비 Mary의 이름에서 유래한 것으로 찰스 왕은 가톨릭으로서 이곳을 가톨릭의 땅이 되도록 건설한 식민지였다.

Rhode Island :

1634년. 지세가 그리스 Rhode 섬과 같다고 하여 부친 이름으로, rhodos는 영어로 말하면 rose를 의미한다.

Carolina :

1663년, 영국 찰스(Charles) 1세의 라틴어 이름이 Carlos란 데서 유래하였고, 남·북으로 갈라져 있다.

New York :

1664년. Holland 식민지 이름이었던 New Amsterdam을 개칭한 영어식 이름인바, 영국의 York 지방으로부터 온 이민자들이 많이 정착했다.

New Jersey :

1664년 영·불 해협(Channels)에 있는 Jersey(프랑스 이름: Guernesey)로부터 온 이민자가 많이 정착했다. 모태가 된 Jersey(프랑스명: Guernesey)는 프랑스 노르망디(Normandie) 해안과 영국 남부 도버 해협 사이에 위치한 섬으로 영어와 불어가 공용어로 사용되고 있다. 이 섬은 영국 정부 아닌 영국 왕실 소유령(British Crown dependence)이라는 독특한 법적 지위를 지니고 있고, 대외적으로 자체 여권과 화폐도 발행하며 자치정부 형태를 띄우고 있다.

Pennsylvania:

1681년. Quaker 교도 William Penn이 영국 왕 Charles 2세로부터 식민지 개척 허가를 받아 건설한 곳으로 Sylvania라는 말은 라틴어로 숲[林]을 의미하는 단어로서 숲의 땅이라는 의미를 지닌다.

Delaware:

1682년. Virginia 식민지의 초대 영국 총독 Thomas West의 칭호 Delaware 卿의 이름에서 유래한다.

Georgia:

1733년. 영국 왕 George 2세가 식민지 개척 허가를 하였다 하여 부친 이름이다.

신천지를 찾아 미대륙에 식민지를 개척하고 정착한 이들 '아메리카'인들은 본국 영국의 억압정책에 반발하여, 1776년 미국 동부 13개 주가 결국 영국으로부터의 독립을 선포하게 된다.

영국으로서는 해외의 막강한 식민지인 미국의 독립을 저지하지 않고는 전 세계에 깔려있는 대영제국(The British Empire)의 권익을 유효하게 지킬 수 없기도 해서 미국의 독립을 무력으로써 분쇄하지 않으면 안 되었다.

어떤 의미에서는 모국과 같은 영국으로부터 독립하고자 하는 미국 독립전쟁에 영국과 숙적관계이던 프랑스가 일차적으로 독립군 편에 가담 La Fayette 장군을 대장으로 하는 원정군을 미국에 파견한다. 그렇게 하여 미국독립에 프랑스는 실질적으로 기여한다.

1776년 미대륙에서 불기 시작한 독립운동 정신은 다시 역으로 프랑스에 영향을 미쳐, 프랑스의 절대왕정을 타파시키는 프랑스혁명의 발발을 촉진시키는 상호 교호 작용을 한다.

18세기 중엽 프랑스에서는 몽테스큐(Monesquieu), 루소(Rousseau), 볼테르(Voltaire), 디드로(Diderot) 등, 선각자적 계몽 철학자들을 중심으로 계몽사상이 일기 시작했다. 이들의 목표는 "인간들을 그 시대의 어둠에서 탈출시키고, 모든 것을 이성(理性=Raison)으로 밝게 해주는 것이었다(AVANT TOUT SORTIR LES HOMMES DES TENEBRES DE LEUR TEMPS ET D'ECLAIRER TOUTE CHOSE A LA LUMIERE DE LA RAISON)."

이들은 이를 종교적 obscurantisme(蒙昧, 몽매) 주의에 대항하여, 계몽사상(PHILOSOPHIE DES LUMIERES)이라 불렀다. 이들을 중심으로 한 '계명된 문사(文士) 공화국(UNE REPUBLIQUE DES LETTRES ECLAIREES)'이 1750년대 이후 프랑스를 중심으로 한 유럽 지성계에 군림하기 시작했고, 미국 지성계에도 영향을 끼쳤다. 이리하여 Thomas Jefferson 및 Benjamin Franklin 등 계명된 지성인들이 미국 독립운동의 선봉이 되는 정신적 지주들이 되었다.

역으로 1776년의 미국의 독립선언은 절대왕정의 압정에 시달리는 프랑스인들에게 '행동하는 민주주의 운동'을 보여주었다. '민주화'의 바람은 의외로 미국에서 세차게 유럽 쪽으로 불어오기 시작했다.

이토록 미국과 상호 보완 작용을 했던 프랑스 이름에서 유래한 미국 내 주(州) 이름은 Louisiana 주와 Vermont 주 2개 주였다. 루이지애나는 원래 미시시피강을 가르고 있는 일대를 의미하였으나 17세기 후반 프랑스가 이 일대의 영유권을 주장하면서 루이왕의 땅이란 의미로 Louisian이라고 명명하였다. 그러나 프랑스는 1783년에 영국과의 전투에서 북미 지역 식민지를 모두 영국에 빼앗김으로써 미국 내 발판을 잃게 되었다.

Vermont 주 이름은 프랑스어, Mont Vert(Green Mountain=초록의 산)이란 의미의 말을 순서를 바꾸어서 사용한 것이었다. 이곳은 원래 Connecticut라 불렸다 한다. 그런데 Connecticut라는 이름은 인디언어로 '긴 강'을 의미하여, 현재의 Connecticut 주와 이름이 헷갈리기 쉬운 관계상, 1777년 Vermont라고 개명하였다 한다.

프랑스어에서 유래한 주 이름은 2개 주에 불과하지만, 미국의 주요 도시명에는 프랑스 이름에서 유래한 곳이 부지기수다. '해협'이란 의미의 Detroit, 생 루이(Saint Louis=파리의 옛 이름), New Orelans 도시명이 그렇고, ville로 끝나는 지명은 모두 프랑스식 이름이다.

한편 스페인어에서 유래한 지명은 California, Colorado, Florida, Montana, Nevada 등 5개 주에 달한다. 1492년 콜럼버스가 산 살바도르 섬에 도착한 이래, 스페인은 중남미를 중심으로 식민지를 개척했다.

스페인은 1513년 플로리다, 1524년 캘리포니아를 필두로, 현재의 텍사스주, 뉴멕시코주, 애리조나주 등 미국 남부 일대를 식민지화했다. 1763년에는 영국과 미시시피강을 경계로 하여, 동·서로 식민지를 분할하기도 했었다.

Florida는 원래 스페인어로 '꽃처럼, 꽃이 피듯'의 의미였다. 스페인 사람들이 이곳에 4월에 도착하자, 사방에 꽃이 만발해 있어 붙인 이름이라 한다.

California란 이름은 스페인 시인(詩人) 중에 1500년대에 Garci Rodriguez de Montalvo라는 시인이 있었는데, 그의 시중에 아래와 같이 시작되는 「Island of California」라는 시가 있었다:

"Know, that on the right hand of the Indies there is an island called California very close to the side of the Terrestrial Paradise; and it is peopled by black women, without any man among them, for they live in the manner of Amazons"

인디스 지역 오른편에 '지상의 낙원'에 아주 가까운 캘리포니아 섬이 있는데, 그곳에는 여장부들만 사는 세상처럼 남자라고는 없고, 흑인 여성들만 있다는 것을 알지어다

아메리카 대륙 식민지를 개척하려는 스페인 모험가들은 돈키호테식의 몽탈보 시에 매료되었고, 비록 캘리포니아가 그 시에 나온 것처럼 섬이 아니었음에도, 지상에서 하나의 낙원일 것이라는 잘못된 개념을 오랫동안 품고 있었다. 이렇게 해서 캘리포니아라는 이름이 탄생했다.

Colorado는 스페인어로 '붉은 색깔이 든'이란 의미에서 유래하였는 바, 1861년 콜로라도주가 창설되었을 때 그곳을 흐르는 강물이 붉게 보인 데서 비롯된 것이라 한다.

Nevada는 스페인어로 '눈처럼 하얀'의 의미로 그곳에 도착한 스페인 선교사가 눈앞에 보이는 산을 바라보면서, '만년설로 덮어진 산맥'과 같다고 한 데서 비롯되었다고 한다.

한편, Montana 주는 실은 스페인과 관계없다. 라틴어로 '산이 많다'는 의미인데, 몬태나에는 평지가 많음에도 정치가들이 산이 많다는 의미의 Montana라는 이름을 선호해서 굳어진 것이라 한다.

이 외에도 Los Angeles(천사들), San Francisco(성 프란시스코), Las Vegas(목초지) 등이 있다.

오늘날 스페인어 사용 중남미인들의 미국에로의 '이민' 욕구가 끊이지

않는 역사적 배경을 이해할 수 있을 것 같다.

　한국인들이 미국에 가서 사업적으로 성공하려면 영어 다음으로 스페인어를 해야 하는 이유도 여기서 찾을 수 있을 것이다.

언 어 학

18번 考

내 18번은 「목포의 눈물」이다. 과거 역대 대통령들도 국가적 연회 시 흥이 겨우면 각자 자기 18번을 한 곡조씩 부른 것이 관례였다. 인간미 넘치는 풍경이었다. 하물며 어디서든 노래를 잘 부르시는 문 대통령 영부인께서는 18번이 하나가 아니고 여러 개일 것이다.

나 같은 음치는 그런 분들이 참 부럽다. 한국 사회에서 어디 가서 어울리려면 좌판이 얼큰할 때 18번 한 곡쯤은 폼 나게 뽑아야 축에 끼기 때문이다. 헌데 이 '18번'이란 말이 도대체 무슨 뜻이고 어떻게 우리들 몸속에 피가 되고 살이 되었단 말인가? 18番은 일본 전통 무대 歌舞伎에서 유래했다. 가부키 배우 이찌가와(市川) 가문에 대대로 전해 내려온 인기종목이 18번이었다. 일어로는 오하꼬(おはこ) 또는 18번(주 하찌방)이라 부른다.

일본 문화를 좋아하는 미국이나 프랑스 사람들도 흥겨울 때 자기가 가장 잘 부르는 노래 한 곡조를 부르는 습관이 있다. 이때 미국인들이나 프랑스 사람들도 한국인들처럼 '18번'이라고 표현할까?

아니다. 특정된 표현은 없고, 그냥 보통 단어로 '나의(그의) speciality', 'favorite song' 또는 'forte' 정도로 표현한다.

보드카 같은 독한 술을 즐기며 한잔 들어가면 한국인들처럼 한 곡조

부르는 것을 즐기는 러시아 사람들만 18番을 달리 표현하고 있다.

작은 망아지란 의미의 '카니오크(Конёк)/카니오카'라고 표현한다. 노서아 인들이 말을 특히 사랑하는 이유와 말에 대한 애착심은 혹한 지대에서 살아온 그들에게는 말이 유일한 교통수단이자 따스한 생명줄이었기에 이해된다. 여기에 더 러시아 역사에는 말을 잘 탔던 걸출했던 女大帝 카테린 2세의 로맨스도 한몫하고 있는 것 같다. 카테린 2세 여대제(1762년~1796년)는 남편이었던 피터 3세 황제가 여러 가지로 시원찮은 인물이 되자 그를 쿠데타로 폐위시키고 여자 황제로 등극 러시아의 숙원이던 따뜻한 부동항의 휴양지 얄타(Yalta)가 있는 크리미아 반도를 1783년에 러시아에 합병시킨 대제로 유명하다.

카테린 2세는 말 잘 타고 미남 장군이었던 오르로프 장군을 자신의 정부로 삼으며 정치적으로 잘 활용하기도 했었다.

이후 노서아에서는 우량 馬種에 Orlov種이 생길 정도로 카테린 2세 여왕과 오르로프 장군 간의 로맨스는 인구에 회자되어 왔다. 그런 정서에서일까? 러시아인들은 그들의 18번을 이야기할 때 나의 카니오크/카니오카(여성인 경우)라고 칭한다.

오늘날 모든 한·일 관계가 꼬이고 있고, 맹목적 반일감정이 정치적으로 악용되고 있다. 그때 18번이란 말이 뼛속 깊은 일본문화 잔재라는 걸 알고나 하는 것인지 의심스럽다.

언어와 문화란 서로 교류하며 발전해 온 것이고, 그것이 우리 몸속에 피가 되고 살이 되었으면 그것은 우리 것이 된 것이다.

• • •
Good Morning 할 때의
'Morning(아침)' 이란 말의 어원 및 함의

아침 인사 'good morning' 할 때의 'morning'의 어원은 고대 그리스 신화에서 꿈[夢]의 神으로 알려진 Morphée(Morpheus)에서 출발한다. Morphée 神은 꿈 夢과 어두울 蒙, 흐릿할 朦의 성격을 모두 지니고 있었다.

하여 독일어 morgen이 여기서 유래했고, 구름이 낀, 우울한, 암울하다는 뜻을 지닌 'morne', 노어의 어둠, 암흑을 의미하는 '므락(мрак)'라는 말들이 여기서 파생했다.

그래서 문명사회를 거부한 반문명 개화 주의자들을 노어에서 '므라코비에스(мракобéс)'라고 불렀다. 이토록 우리가 아침[朝]으로 번역하는 모닝(morning)이란 말의 유래는 원래 어둠·암흑·꿈·몽매를 의미했다. 따라서 'good morning(좋은 아침)'이란 인사말은 어두운 밤, 암흑기, 몽매한 시기와 작별하라는 주문인 셈이었다.

해방 이후 76년이 경과 한 기간 독립정부수립, 뒤이은 공산 침략에 의한 혹독한 6·25 동란, 용케 전쟁의 폐허와 고질적 빈곤과 후진성에서 탈피하여 이룬 한강의 기적 끝에 민주화를 이룬 것까진 좋았으나 그 뒤 황금 같은 10여 년간 대한민국은 올라가는 길에 있지 않고 내리막길로 내려가고 있다는 불안감과 징조가 모든 분야에서 감지된다.

정치의 좌·우/진보·보수 진영 간의 대결이 문제가 아니다. 대한민국이 위로 쳐다보고 갈 것이냐 아래를 내려다보고 갈 것이냐 문제다.

어둠·암흑·몽매·비문명 주의를 지향할 것인지, 밝은 선진 문명 미래를 지향할 것인지 선택해야 할 때다.

'Good Morning'이란 인사말은 어둠과 작별하고 밝은 날을 맞이하라는 것이 인사의 본질 개념이었음을 새롭게 인식하자.

• • •
H 발음으로 갈라진
영어와 독어 대 불어와 노어

1914년 제1차 세계대전 이전까진 영국과 독일 민족 간은 서로 한 핏줄처럼 지냈다. 우선 영어와 독어는 한 뿌리다. 그래서 영어와 독어에서는 H 발음을 정확히 한다. House/Haus 식으로.

한편, 불어에는 H 글자는 존재하나 발음하지 않고 무음이다. 노어에서는 H 발음 자체가 없다. 단적인 예를 하나 들면 인문주의자를 뜻하는 Humanist를 불어로는 '유만니스트'으로 발음한다. 헌데 노어에선 Humanist를 'Гуманист(Gumanist)'로 쓰고 발음도 '구만니스트'로 한다. 그래서 로어로는 구만니스트가 인문학자/도인 셈이다.

그렇다면 Humor도 노서아 인들이 '구모르'라고 해야 할 텐데 또 이 경우는 불어식으로 'Ю мор(유모르)'라 발음한다.

― Hitler/기틀러(불어로는 Hitler로 쓰고 발음은 이틀레르)
― Harmonica/가모니카(불어로는 Harmonica로 쓰되, 발음은 아르모니카)
― Harmony/가모니(불어로는 Harmonie로 쓰고, 발음은 아르모니)

– 한자(Hanza) 동맹/간자 동맹(불어로는 Hansa로 표기하되, 발음은 안자)

– Holland/골란 디아(불어로는 Hollande로 표기하고, 발음은 올랑드)

그래서 독일 도시 Hamburg를 한국인들은 정확히 함부르크로 발음하지만, 러시아인들은 감부르그로 발음한다.

Hapsburg 왕가를 갑부스부르그 왕가로. 이 원칙대로라면 노어에서 베트남 호찌민은 고치민으로 표기되어야 하는데, H 발음을 동양 이름에는 ㅋ, ㅎ 발음이 나오는 X자를 쓴다.

'칭기즈칸/한' 식으로. 따라서 韓 씨 성을 가진 Mr. Han은 Mr. Xan으로 표기한다. 그 옛날 몽고/타타르족 왕을 칭할 때의 可汗처럼.

Hetaïra(헤타이라)와 Courtisanne(쿠르띠잔)

사람들이 모두 맥들이 없어 보이는 morose morning(음산한 아침)이다. 이럴 때일수록 활력을 불어넣는 화제가 필요하다. 또한, 지금까지의 잘못된 역사적 인식을 바로 잡을 필요도 있다. 그런 차원에서 고대 그리스 고급 사회-정치인들과 문인들을 중심으로 유행했던 헤타이라(Hetaïra) 존재를 조명해 보려 한다.

사전에선 고급 창녀 또는 매춘부로 표기되었으나 그것은 역사와 당시의 진실을 제대로 모르던 무식한 역외 문화권의 번역이다.

고대 아테네 도시국가에선 남녀가 순수 그리스 혈통인 경우에만 아테네 시민으로 인정 시민권과 참정권을 부여했고 그 외 출신들은 아테네시 외곽에 주거하도록 영주권은 주었지만, 이들에겐 시민권은 주지 않았다.

이들을 이방인이란 의미로 '바르바로스(barbaros)'로 불렀고, 그것이 영어의 barbarian의 모태가 되었다. 따라서 우리가 야만인으로 인식하는 바르바리안(barbarian)은 정확히는 아테네 도시국가 외곽 거주 이방인들일 뿐이었다.

이들 비(非) 아테네 시민들의 인구도 증가했지만, 이중엔 미모와 지성이 빼어난 여성들이 많았다. 아테네 정부는 이들을 선발 일종의 고급 기생학교를 만들었고, 그 출신들을 당시 그리스 철학자 소크라테스를 비롯한 저명한 학자들과 페리클레스 등 최고 통치자들이 반려자·애인·애첩으로 중용했다. 이들은 일반 하층민 출신 중에 유행하던 매춘 여성들과는 완전 다른 격의, 현대적 용어로는 국가 고급 엔터테인먼트(entertainment) 및 의전 담당 요원들이었다.

가장 저명한 실례를 하나 들면 알렉산더 대왕의 애인으로 대왕의 페르시아 원정을 비롯하여 세계 정벌에 동행하며 알렉산더 대왕이 페르시아 페르세폴리스를 점령하였을 때 이란의 고도 페르세폴리스 성을 불태우도록 결정하고 명령했던 타이스(Thaïs)는 바로 이런 출신의 알렉산더 대왕의 애인이었던 것이다.

타이스는 알렉산더 대왕이 원정 중 일찍 사망한 후엔 대왕의 절친이었던 프톨레미오스(Ptolemios) 장군의 첩이 되었다. 이리하여 이집트 프톨레미오스 왕조의 클레오파트라(Cleopatra) 여왕의 어머니가 되었다. 따라서 우리가 역사상 잘 기억하며 이야기하고 있는 클레오파트라 여왕(실제로는 클레오파트라 7세 여왕)의 몇 대 위 할머니는 바로 알렉산더 대왕의 애첩이었던 타이스였다.

이런 고대 그리스 사회의 헤타이라 제도는 프랑스 문화에서 courtisanne(꾸르띠잔느)로 부활한다.

따라서 프랑스 문학에 등장하는 꾸르띠잔느(courtisanne)를 단순히 매춘부, 콜걸로 인식하면 큰 오류를 범한다. 간단히 비유하면 조선 시대 서경덕 선비와 글을 주고받으며 정분과 절개를 지킨 기녀로 인구에 회자된 황진희가 바로 프랑스의 courtisanne였다. 동양에서도 일본의 '게이샤(芸者)'가 프랑스의 꾸르띠잔느(courtisanne)에 가깝다 하겠다.

게이샤도 일반적 의미의 매춘부와는 큰 격차가 있었고, 일정 과정의 교육을 받은 자라야 자격을 갖추었기 때문이다. 동서양을 불문하고 여성들은 미모성으로 인하여 고급 상류사회 지배층의 동반자로 등장 대접받는 역할을 하며 기여했었다.

따라서 우리는 이들을 직업적으로 매춘행위를 했던 여성들과 구별 인식할 필요가 있을 것이다.

auction(경매)과
auxin(성장 호르몬)은 같은 뿌리다

경매시장이 인기다. 특히 미술품 경매는 돈 많은 선진국에서만 유행인 줄 알았더니 한국 미술 경매시장도 어느새 세계의 주목을 받고 있는 것 같다.

경매(auction)이란 무슨 의미인가? auction이란 말은 고대 그리스語로 '증대하다/성장하다'를 의미하는 'auxano'에서 나왔다. 이 말이 라틴어로 'auctio', 영어와 불어로 'auction'이 되었다.

따라서 옥션(auction)의 기본 개념은 增大하는 것을 의미한다. auction(경매시장)에서 매번 가격이 올라가는 이유가 단 한방으로 설명되는 어원이다.

auction과 전적으로 같은 혈통의 말에 'auxin'이 있다. 불어로는 'auxine', 일본에선 'オーキシン(오-키신)'인데, 이는 인간이나 식물의 성장을 돕는 성장 호르몬을 의미한다.

자녀들이 키가 작다고 고민하지 않아도 되는 시대가 도래했다. 경매를 의미하는 auction도 인간이나 식물의 성장 호르몬을 의미하는 옥신(auxin)도 점진적으로 차츰차츰 커져간다는 그리스어 auxano가 모태다. 어원의 뿌리 공부가 문제의 본질을 이해하는 지름길임을 알 수 있을 것 같다.

···
전원생활 용어해설

전원생활에서 익히 접하는 용어들을 원어로 소개한다.

샬레(chalet)

스위스식 산장을 샬레(Chalet)라 칭한다. 이는 불어다. 그 샬레안에는 벽난로가 있기 마련이다. 이를 뻬치카(Печка)라 부르는 데 이말은 러시아어다.

또한 산장—샬레—는 2층 구조로 지붕없는 복도를 발코니(Balcony), 그 아래 그라운드 복도를 땅(terre)어원에서 유래하여 테라스(terrace) 로 칭한다. 다만, 지붕과 창문이 딸린 실내 복도인 경우엔 통상 이를 베란다(Veranda)로 부른다.

알기 쉽게 사진을 첨가해 보았다.

■치카(Печка)-벽난로

발코니(Balcony)와
테라스(Terrace)
-상. 하

러시아어 이름 고찰

오늘날 러시아를 얼마 전까지는 소련이라 불렀다. 소련은 1917년 레닌에 의한 공산혁명 성공 이후 붙여진 새 이름이었다. 그 이전 로마노프(Romanov) 왕조시대 명칭은 노서아(露西亞)였다. 그래서 일본이 1904년~1905년 러·일 전쟁 당시 수질 나쁜 만주벌판을 향해 출전하는 자국 병사들에게 비상약으로 지급했던 설사 방지약을 노서아를 정복하는 약이란 의미로 征露丸(정로환)으로 명명했었다.

오늘날 같은 약 이름이 바를 正 자, 正露丸으로 바뀐 데에도 외교적 사안이 숨어있다. 즉, 2차 대전 이후 소련이 '새 평화시대가 되었는데도 설사약 이름에 계속 정복할 征 자를 쓸 거요?' 하고 항의했기 때문이다. 소련 측의 항의를 받아들여 일본이 발음상으로는 같은 발음이 나는 바를 正 자, 正露丸으로 바꾸었던 것이다.

正露丸은 지금도 한국이나 중국인들이 일본을 관광 여행하고 돌아오면서 반드시 1병씩 상비 설사약으로 사 들고 오는 약으로도 유명하다. 러시아를 이야기할 때 한국 학생들은 국사 시간에 배운 아관파천(俄館播遷)을 잊을 수가 없다. 고종이 1896년 2월 11일 러시아 공사관으로 피신한 사건으로 오늘날의 표현대로 한다면 러시아 대사관으로의 피신을 뜻한다.

구한말에는 노서아를 청나라를 본 따 아라사(俄羅斯)로 표기했던 데서 아관파천이란 명칭이 탄생했었다. 그런 러시아를 문화적으로 바라볼 때는 찬란하고 매력적으로 보이나 정치적으로 상대할 때는 머릿골이 아프다. 공산주의자들이 지배하는 나라이기 때문이다.

공산주의 혁명을 일으킨 레닌의 이름부터가 섬찟한 느낌을 준다. 그의 이름 블라디미르 레닌에서 블라디미르(Владимир)는 세계를 소유 정복한다는 의미를 지니고 있다. 한반도를 오늘날 남북으로 분단시키고, 김일성의 남침을 사주했던 스탈린의 스탈(Сталь)은 강철, 즉 강철 같은 사나이를 의미하는 러시아어다. 그런가 하면 한국전쟁 당시 피 한 방울도 들어가지 않게 강경하고 고지식하던 몰로토프(Molotov) 외상의 이름은 쇠망치를 의미했다. 'Молотов'로 표기되는 그의 이름을 러시아인들은 실제적으로는 '말로토프'로 발음한다. 마찬가지로 대극장이란 의미의 '볼쇼이(Большои)'도 러시아인들은 실제적으로는 '발쇼이'로 발음한다.

이뿐만 아니다. 한국인들 귀에 익숙한 지하 아지트라는 말은 지하에 있는 선동 사령부(Агитпункт: 아지트 뿐크트)의 준말이다. 그 외에 우리말 속에서 어느 지역에 바이오 콤비나트를 건설한다든가 연관기업들끼리 한 곳에 공장들을 설치할 때 사용하는 콤비나트(Комбинат)도 러시아어다. 한 나라의 언어 속에 녹아있는 외래어를 연구하면 그 나라의 역사가 보인다. 내가 인생 말년임에도 러시아어를 배우고 있는 이유가 바로 거기에 있다.

'Мир(미르)'라는 러시아 단어 사색

'Мир(미르)'라는 러시아 단어 앞에서 나는 순간 근대 러시아 혁명사를 주마등처럼 회고한다. 이유는 미르(Мир=Mir)가 각기 세 개의 다른 뜻을 지니고 있는바, 레닌의 공산 혁명사와 밀접하게 관련이 있기 때문이다.

미르(Мир)의 첫 번째 의미는 세계를 뜻한다. 두 번째는 평화를 의미한다. 세 번째 뜻은 농민공동체를 의미했다. 차르 알렉산더 2세는 개혁 군주였다. 그는 1861년 農奴를 해방시켰다.

농노는 해방되었으나 실태인즉 이들은 저렴한 임금 노예로 '쿨라크(Кулак, Kulak)'로 불리던 자작 농가로 팔려간 임금 노예였던 것이 현실이었다. 이때 사상가들에 의해 농민계몽운동, В Народ(브 나로드) 민중 속으로 파고드는 운동이 전개된다.

세계 최초의 농촌 계몽운동의 효시 격으로 1920년대 조선에서도 유행했었던 운동이었다.

그러나 브 나로드 운동만으로 러시아를 개혁하는데 답답함을 느낀 혁명파들은 지배계급, 즉 황제 테러로 수단을 바꾼다.

1867년 차르 알렉산더 2세가 프랑스를 방문하던 중 다리 위에서 괴한에 의해 피습을 받았던 암살미수 사건이 바로 첫 번째 시도였다. 파리 테러 이후 14년 만인 1881년 3월 13일 차르 알렉산더 2세는 끝내 인민의 의지라는 의미의 '나로드나야 볼랴(Народная Воля)' 조직원에 의해 상트페테르부르크 겨울 궁전에서 식사 중 폭사 당한다.

대내적으로는 노예제도도 철폐하고, 시베리아에 블라디보스토크 부동항도 건설하고, 일본의 에노모토 다께아게(榎本武揚) 특명 전권 대사와 樺太(카라후토), 千島(치시마) 교환조약을 맺어 러·일 국경을 확정했고, 알래스카를 720만 달러에 미국에 매각했던 알렉산더 2세는 그렇게 해서 끝내 비운에 갔다.

1904년~1905년 러·일 전쟁에서 러시아는 일본에 패했다. 여러 원인이 있겠으나 레닌 등 로마노프 왕정의 타파를 노리던 공산주의자들은 자신들의 정치적 목적 달성을 위해 자국 군대로 하여금 스스로 전쟁에 패하도록 유도했다. 전쟁터로 떠나는 러시아 병사들에게 유행시켰던 아래 군가 후렴을 살펴보자.

"… Не ради княэя Владимира, А ради матушки -святои -Руси -эемли … (니에 라디 크냐쟈 블라디미라, 아 라디 마쭈쉬키-스뱌토이-루시 젬리)"
군주를 위해 가지 말고, 우리 성스런 어머니 나라 러시아 땅을 위해 싸우러 가자.

1917년 레닌 등 혁명파들은 이렇게 자국 군대를 와해시키고, 니콜라이 2세 황제 일가를 처단하여 볼세비키 공산혁명을 완수했었다.

그리고서 만방에 외쳤다. МИР(미르)를 위해서였다고. 세계와 평화와 농민공동체를 의미한 '미르'라는 말은 이토록 의미심장한 3가지 의미를 지니고 있었다.

러시아어를 공부할수록 공산주의자들은 러시아어를 참으로 교묘히 활용, 사람들을 세뇌시키고 있다는 느낌을 지울 수가 없다. 즉, 붉다(red)는 의미와 아름답다(beautiful)는 말의 어원이 같다.

Красный/Красивый로 뿌리가 같은 어원 Крас(크라스–)다. 변화무쌍한 러시아어 성격상 뿌리가 이토록 같은 어군(語群)들은 뉘앙스가 일맥상통한다.

붉은 군대, 붉은 광장 하면 공산주의 혁명으로 수없이 죽어간 사람들의 붉은 피가 연상되어 섬찍한 기분이 드는데, 러시아 문학에선 반대로 그것은 아름다운 것으로 인식되고 있다.

따라서 붉은 군대 '크라스나야 아르미야(Красная Армиа)'는 인민을 살육한 피비린내 나는 군대가 아니라 아름다운 군대라는 이미지를 풍긴다. 그러기에 모스크바 한복판의 광장 이름 '크라스나야 쁠로샤드(Красная Площадь, Red Place, 붉은 광장)'은 비록 레닌–스탈린 등 시대에 수십만 인민의 피가 흘렀더라도 러시아인들은 피보다는 아름답다는 러시아어에 더 심취되어 있는 것 같다.

끝으로 한국인의 입장에서는 알렉산더 황제시대에 시베리아에 부동항을 건설하고 붙인 이름 블라디보스토크라는 이름이 지닌 정치적 함의에 주의를 기울일 필요가 있을 것 같다. 동쪽을 의미하는 '보스토크(Восток)'와 소유·지배를 뜻하는 'Владение(블라데니에)'를 합성한 블라디보스토크 항구를 단순히 항구로서만 보아서는 안 된다.

지정학적 중요도를 감안하지 않더라도 러시아 문학에서 동방 동쪽을 의미하는 보스토크(Восток)라는 말에 유념할 필요가 있다. 왜냐하면, 보스토크(東)를 뿌리로 하고 있는 러시아 말이 하나같이 번영, 환희, 부활을 약속하는 어휘들이므로 금후에도 공산주의 러시아의 충동이 일어날 수 있기 때문이다.

대표적인 몇 단어만 참고로 올려보겠다.

– Восторг(보스토르크): 황홀, 환희
– Восход(보스호드): 솟아오름
– Восхдить(보스호디트): 일어서다. 솟아오르다
– Воскресéние(보스크레씨에니에): 부활
– Восторжествовать(보스토르 제스트보바트): 승리하다, 개선하다

말에도 가시가 있고, 씨가 숨어있을 수 있다. 경계해야겠다.

...
복 받는 이름을 찾아서

✦ 어원이 그리스어인 이름 풀이

서양 문명의 모태를 이루고 있는 그리스 문명은 기독교 성서인 Bible 뿐만 아니라, 오늘날 서양 사람들이 쓰는 모든 이름, 특히 도시와 사람들의 작명에 지대한 영향을 끼쳤다.

예하면, 아름다운 이탈리아 항구 Napoli는 원래 그리스 상인들이 건설한 항구로 그리스 명으로는 Neopolis(새로운 도시)를 의미한다. Neapolis가 이탈리아어로는 Napoli로, 영어로는 Naples로 불리고 있는 것이다.

사이프러스(Cyprus, 또는 Kypros)의 수도 Nicosia나 프랑스 남부의 아름다운 별장 항구도시 Nice는 승리(Victory)를 의미하는 고대 그리스어이다. 이 도시들도 고대 그리스인들이 건설한 도시였다.

고대 그리스어는 오늘의 영어는 물론 불어, 독일어, 러시아어 등 모든 언어에 절대적 영향을 미친 언어다. 러시아어 자체가 그리스 선교사가 만든 언어로 알려졌지 않은가. 따라서 얼마 전 유엔 안보리에서 대북한 핵 제재 결의안이 통과되자 북한 대사가 이를 즉각 거부하고 퇴장하자, 이런 방자한 북한대사 태도를 못 참은 볼턴 유엔 주재 미국 대사가 과거 Nikita Khrushchev 소련 수상이 신발을 벗어 책상을 치며 유엔

총회장을 퇴장했던 것을 연상시킨다며 북한을 유엔에서 축출해야 한다고 맹공한 바 있었다.

이 유명한 Nikita Khrushchev의 이름 중, 'Nikita'라는 말이 바로 그리스어 어원이며, '무적(Invincible)', '용감무쌍함'을 의미한다. 후루시체프는 이름 그대로 역대 소련 지도자 중 가장 저돌적이고 용감무쌍했었다.

며칠 전에 내가 쓴 '아카시아 나무'에 대한 칼럼은 2~3일 사이에 5만 3천4백 명의 독자들이 조회하였고, 며칠이 지난 이후에도 독자들이 추천하는 베스트 3~4위에 계속 머물러 있는데, 그 Acacia라는 이름 자체도 그리스어이다.

Acacia는 그리스어로 부활(Resurrection)과 불멸(Immortality)을 상징하며, 그 꽃은 악마를 쫓아내는 힘을 가진 것으로 해석되고 있다. 그래서 서양에서는 이 Acacia라는 이름을 자식들에게 많이 붙여주었는바, 예하면 영어의 Casey, Casie, Cacia 등이 여기서 유래한 것이다.

Keisha라는 영어 이름도 Acacia에서 나왔다. 일본에서 기생을 '게이샤'라고 발음하는데, 영어로는 이를 'Keisha'라고 한 것이 눈에 뜨인다. 그리스어의 의미를 기막히게 원용한 일본식 재치인지?

영국 여류 탐정 소설가로서 이론의 여기가 없는 20세기 최고의 'Queen of Crime(범죄 소설의 여왕)'으로 평가받고 있는 Agatha Christie는 태어나서 이름을 Agatha로 불릴 때부터 그러한 운명의 길로 간 것인지 모른다. 그의 이름 Agatha가 바로 '전투에 능하고 용감하다'는 것을 의미하는 그리스어였으니까.

미국 대통령 중 사실 유능한 식견과 안목을 가진 대통령이었으나 Watergate 사건으로 불명예스럽게 퇴진한 Nixon 대통령의 이름 자체는 '승리(Victory)'를 의미했었다. Nixie, Nicole, Nice, Nicosia 등 모두 승리를 의미하는 그리스 어원이다.

같은 어원적 맥락에서 요사이 한국과 프랑스 신문에 자기가 낳은 아이를 여러 명 질식시켜 냉동시킨 소름 끼치는 여인으로 화제에 오르고 있는 프랑스의 Veronique라는 여인의 이름 자체는 '승리를 가져오는 여인'이라는 그리스어다. 정의의 심판을 가져오게 하는 여인의 운명을 그녀는 역으로 살았을 것이다.

Cleopatra라는 이름을 미녀의 화신으로 생각하는 사람들이 대부분이겠지만, 그녀의 이름은 그런 면보다는 대단히 애국적인 잔 다르크 적 이름이었다. 즉, Cleo=Kleo는 영광(Glory)을 의미했고, Patra는 Pater(조국)을 의미했다. 즉 '조국의 영광'을 의미했다.

귀한 아들·딸을 얻었을 때 서양 사람들은 아들의 경우, Denis, Denise, 또는 Dwight(Dwight Eisenhower 대통령의 경우처럼)이라고 작명하고, 딸인 경우 Dora, Dorothy, Dolly, Dotty 등으로 애칭을 붙인다.

아들의 경우는 신의 아들을 의미하는 Dionysos라는 이름에서 따온 애칭이고, 딸의 경우 하나님의 선물이란 의미의 Dora=선물, Theos= God(하나님)을 합성하여 Dorothy라는 이름을 쓰기를 좋아한다.

이 하나님의 선물이란 의미의 Dorothy에서 Dora, Dotty, Dorothee 가 나왔고, 복제 송아지던가 아니면 개 이름으로 등장했던 Dolly라는 이름도 생겨났다.

1904년~1905년 러·일 전쟁 당시 미국 대통령으로 노서아와 일본을 중재하였고, 조선 민족(한국 민족)에게는 일본이 필리핀 등 남태평양으로 진출하지 않는 대신 북방 조선반도를 지배하도록 양해해 주었다고 알려진 미국의 Theodore Roosevelt 대통령의 이름 Theodore 역시 'Gift of God(하나님의 선물)'을 의미한다.

큰 전쟁을 치른 후에는 관계 당사국들의 리더들 간에는 두 개의 사조가 나타난다. 복수를 해야 한다는 사상(Revanchism)과 어떻게 하든지 다시는 이 땅에 전쟁이 일어나지 않도록 해야겠다는 사상이다.

1914년~1919년 제1차 세계대전 후(세계대전이라 하지만 사실상 독일과 프랑스 간의 전쟁 후) 독일과 프랑스 리더 중 두 사람이 이런 평화, 화해를 통한 전쟁 방지에 진력했다.

프랑스 편에서는 수상, 외상을 수차 역임한 Aristide Briand(1862년~1932년)이었고, 독일 편에서는 Gustav Stresemann 외상이었다. 이들은 전후 평화증진공로로(Locarno 조약으로 대변되는 1차 대전 후의 유럽 평화공존체제 보장 조약)으로 1926년 공동 노벨평화상도 수상하였었다. 프랑스 외상 Aristide Briand의 이름 Aristide는 Aristocracy의 Aris와 마찬가지로 가장 우수한 아들, 즉 Best, Elite 아들을 의미한다.

(*참고로 Aristocracy란 일명 귀족주의로 알려지고 있는 바, Elite 출신, 성골로 태어난 자들이 하는 정치를 의미한다.)

Jane Eyre로 유명한 영국 여류 소설가 Charlotte Bronte'(1816년~1855년)는 그녀의 이름 Bronte'라는 말이 그리스어로 'Thunder(천둥, 벼락)'을 의미했던 것만큼 'Unquiet Soul(불안한 영혼)'의 삶을 살았다. 반면 비록 시대는 Charlotte Bronte'와는 다른 중세시대였지만,

Renaissance 시대 유럽 최고의 학자였던 화란의 Erasmus(1466년 ~1526년)는 '사랑받는 사람'이라는 의미의 그의 그리스어 이름처럼 가는 곳마다 각광받고 사랑받는 대인문학자였다. 그가 있었기에 르네상스 운동이 범 유럽적으로 전개되었다 해도 과언이 아니다.

참고로 나는 지금 전문의인 우리 아들의 이름을 영문으로 표기하였을 시, 그리스 어원에 입각하여 표기했다. 왜냐하면, 한문에는 글자 하나하나에 의미가 있는 것처럼 그리스 어원에는 말마다 의미가 있기 때문이었다. '유진'이란 이름을 보통 한국 사람들이 영어로 표기할 때 'Yujin'이라고 한다. 우리 아들의 경우 'Eugene'이라고 표기했다. '우수한, 우량의 아들, 품성 좋은 사람'을 의미하는 뜻이고, 영어를 쓰는 사람이건 불어를 사용하는 사람이건 정확히 발음하고 그 뜻을 알고 축복의 미소를 보내주었기에 아들+아름다운 이름이 주는 행복감을 느낄 수 있었기 때문이다.

Eugene은 남성 이름이다. 여성의 경우 Eugenie라고 해야 한다. 한국에서 여성 이름 중에 '유진'이란 이름이 많은데, 만일 이들이 영어로 Eugene이라고 표기한다면 서양 사람들은 딸이 아니라 아들 이름으로 생각할 것이다.

국제화 시대에는 그런 착각을 일으키지 않도록 하는 것이 좋다. 이렇듯 서양 이름에도 복 받는 이름, 복을 빼앗는 이름이 있는 것 같다.

서양 인물사나 지리 공부를 할 때 지명의 유래와 그 사람 이름의 어원에 대하여 알고 공부하면 재미도 있고 얼른 이해가 간다.

또한, 우리 자녀들 이름을 작명하거나 표기할 때 복 받는 좋은 이름으로 표기할 수도 있다는 것이 나의 경험이었기에 여기 참고로 단상을 적어보았다.

불어에는 있으나 영어에는 없는 단어들

　　Oxford 영어 대사전에는 29만 단어가 수록되어 있다. 반면 프랑스의 대사전 Le Grand Larousse에는 7만 5천 단어가 수록되어 있을 뿐이다. 어휘 수로만 보면 불어는 영어의 거의 3분의 1수준이다.

　예를 들면, 얕다는 말을 영어로는 shallow라 하지만, 불어에는 이 단어가 존재하지 않아 '깊지 않은(non profond)'으로 표현할 정도로 어휘 수가 빈약하다. 함에도 불구, 불어에서는 애용되는 데 영어에는 해당 어가 존재하지 않는 경우가 있다.

　여기선 대표적인 것 하나만 소개한다.

　Casanier(까잔이에): 집콕/방콕 하기를 즐기는 사람

　'Casanier'라는 불어 단어를 접할 때마다 과거에 나는 길게 설명하느라 애먹었었으나 문재인 정부 들어서 집콕·방콕이라는 말이 대유행하여 순식간에 그 고민이 해결되었다. 대통령님께 감사드린다.

　헌데 일본어에는 진즉 불어의 Casanier에 해당하는 말이 존재하고 있었다. 프랑스 문화에 심취한 일본 특성일까?

　일본 고유의 민족성에서 유래한 말 같다.

出無精な 人(でぶしような ひと, 데부쇼나 히토)

'데부쇼'나 '히토'보다는 '집콕, 방콕'이란 말이 몇 배 멋지게 느껴진다. 단, 나는 일어 표현 出無精な 人에서 과학적 이미지를 느꼈다. 즉, 일어의 표현에서는 집콕/방콕 하는 사람들에겐 精力이 생기지 않아 無精子 인간이 돼 성욕이 안 생기거나 성생활을 해도 정자가 배출되지 않아 남녀 간의 삶이 무미건조함을 함축하고 있었다.

'꼬까르디에(Cocardier)'라는 프랑스어도 영어에는 존재하지 않는다. 군인, 군복 입은 사람을 좋아한다는 이 프랑스 단어도 영어로 설명하려면 길게 의역해야 한다. 프랑스 문화가 낳은 독특한 어휘이기 때문이다. 전쟁을 일으키기를 좋아한다는 의미의 Jingoist와는 전혀 다른 개념이다. 그냥 제복 입은 군인들이 인기 있다는 의미로 쓰이고 있는 말이다.

뽕짝과 우리말 속의 화란어 고찰

먼저 우리말 속에는 화란어가 제법 있다. 모두 일제 시대 일본 사람들이 쓰던 화란말들을 우리가 그대로 사용하고 있는 것이다. 예하면, 아래와 같은 말들은 모두 화란어가 어원들로 일어를 통해 우리말로 된 말들이다. 대표적으로 오늘날에도 우리 일상생활에서 널리 통용되고 있는 말들을 몇 개 소개해 본다.

일어	화란어	한국어
アルカリ	alkali	알칼리
アルコール	alcohol	알코올
インキ	inkt	잉끼(잉크)
エキス	extract	에끼스
ガス	gas	가스
ガラス	glas	글라스(유리)
きにーネ	kinine	키니네
ギブス	gips	기부쓰
ゴム	gom	고무
コんパス	kompas	컴퍼스
シロツプ	siroop	시럽
ビール	bier	맥주
ヒステリ	hysterie	히스테리
ピンセツト	pincet	핀세트
ピストル	pistool	피스톨
ソーダ	soda	소다
タンス	dans	딴스(dance)
レンズ	Lenz	렌즈

ペーン	pen	펜
ペンキ	pek	펭키(페인트 칠)
ポマード	pommade	포마드
ホース	hoos	호-스
ポンプ	pomp	폼프
マドロス	matroos	마도로스
マラリア	malaria	말라리아
ポンス	pons	뽕작(뽕짝)

위에서 보는 것처럼 대부분의 화란어는 의학, 과학기구, 수자원 및 식료품 관련어가 많다. 여기서 흥미로운 것은 우리가 오늘날 일본 엔까 등 대중가요를 비하식으로 표현할 때 쓰는 뽕짝이라는 용어다.

뽕짝의 어원은 화란어의 'pons'였다. 1640년경에 나가사키(長崎) 出島(데지마)섬에 정착한 화란 상인들은 일본의 서양문물 수입창구였다.

일본은 화란인들을 통해 선진 유럽의 학술, 문화, 기술을 배웠다. 화란을 배우는 학문이란 의미의 란가꾸(蘭學)은 그래서 일본의 근대화 에너지가 된다. 일본이 에도시대(江戶時代)에 화란을 통해 서양문물을 배워 소화했던 것은 이후 일본이 동북아에서 중국이나 조선보다 더 발달하고 선진화되는 계기를 마련했고, 오늘날에도 일본이 의학 부문, 물리학 부문 등에서 많은 노벨상 수상자를 배출한 것도 먼 뿌리를 거슬러 올라가 보면 蘭學(난가꾸)의 영향이 크다 할 수 있다.

나가사키 데지마에서 활약하던 화란 무역상들이 일본 사람들에게 선을 보인 것 중에 감귤 주스가 있었다. 일본인들은 그 감귤즙에 반했다. 화란 상인들은 감귤즙을 pons라고 명명했었다. 일본 사람들은 이를 '포ンス(뽕스)'라고 발음하면서 S자 발음에 해당하는 글자로 물이나 술을 따라 마신다는 뜻의 한자 酢 자가 일본어 발음상 스(S)로 발음되었으므로 酢 자를 붙여 ポン酢이라 쓰고, '뽕스(pons)'라 발음했었다.

헌데 해방 후 조선사람들은 酢이란 한자를 일본에서 스(S)로 발음하

는지는 모르고 우리식으로 '작'으로 발음해서 멋대로 해석했다. 그리하여ポン酢라는 말은 한국 땅에서는 뽕스 대신 뽕작으로 발음되었고, 급기야 된 발음 내기를 좋아하는 한국인 기질에 맞게 뽕짝으로 발음이 급변했다. 뒤이어 감미로운 엔까류의 유행가를 비하 지칭하는 대명사로 탈바꿈되었다. 이것 한 가지만 보아도 무엇을 원리원칙대로 배워 적용하려 하기보단 자기가 다 아는 것처럼 설익은 지식으로 얼렁뚱땅 해치우는 한국인들 습성의 단면이 엿보였다.

그래서 나는 몇 년 전 북한 노동자들과 학생들이 서귀포 감귤즙을 제대로 맛보게 된 것을 환영함과 동시에, 서귀포 감귤즙이야말로 일본을 개화시킨 화란인들이 일본에 소개한 Pons-ポンス(뽕스)-ポン酢보다 더 감미로운 것임을 체험하기를 진심으로 바랐던 것이다.

또한, 차제에 나는 우리가 지금까지 무식하게 써왔던 뽕짝이란 말의 뜻을 제 위치로 환원시키는 노력을 우리 학계가 기울여주기를 희망한다.

잃어버린 언어 가치를 되찾아 주는 것. 이것도 무형 문화유산보존 운동의 하나가 아닐는지?

슬라브 민족과 노예 명칭

　　북한 사람들이여, 슬라브(Slave) 민족이란 말이 왜 노예를 지칭하게 되었는지를 뼈저리게 느껴라.

　　러시아를 포함한 동구권 민족들은 슬라브(Slave)족이다. Slave란 말은 영광을 의미하는 러시아어 '슬라바(Слава)'와 동일어다. 따라서 슬라브족은 영광의 종족을 의미했다. 헌데 왜 영어에서 이 말이 노예로 쓰이고 있는 것인가? 답은 간단하다.

　　중세 이전 추위와 배고픔에 지친 동구권 슬라브 민족들은 따뜻하고 식량 걱정 없던 남유럽으로 대이동해 갔다. 이들은 지중해를 건너 카르타고까지 갔다. 그곳에서 그들은 무어족(Moors)의 노예로까지 전락했다.

　　이리하여 아랍, 유럽 문명사회에선 어느새 슬라브족은 노예라는 단어와 동일시되었다.

　　한번 뿌리내린 이 관념은 수 세기를 지나온 오늘날에 와서도 그대로 남아있어 영광의 민족으로 출발했던 이 민족의 후손들에게 씻을 수 없는 굴레와 오욕을 남기고 있다.

　　북한 지도층은 들거라. 핵은 북한 인민을 살리지 못한다. 억압과 굶주림에 지쳐 인민들이 방황. 국제미아가 되면 향후 국제사회는 북한 사람을 밥맛없는 조선인이란 의미로 '고르키이 까레이스키이(Горькии Корeискии)'로 부를 것이며, 그 말은 향후 후손들에게 지워지지 않는 멍에가 될 것이다.

'오르다'
우리말 어원 考

고대 그리스어 어원을 지닌 노어(영·불어 포함) 낱말 중에 독수리, 산, 새 등을 가리키는 낱말의 뿌리가 공통이다. 모두 'oro'로 시작한다.

노어로 독수리는 Орёл(Oriol, 오리올)이다(영어: eagle, 불어: aigle). 또한, 고대 그리스어로 새를 'ornis'라 했다. 여기서 鳥類學을 의미하는 'ornithology(노어로는 ornithologia)'가 탄생했다.

한편 고대 그리스어로 산, 언덕을 의미하는 말은 'oros'였다. 여기서 山岳誌를 의미하는 'Orography'란 영어가 탄생했다. 노어로는 Орография(Orographiya). 또한, 性感極期를 의미하는 '오르가슴'은 'Orgasmos'라는 고대 그리스어에서 나왔다.

이 일련의 낱말들은 모두 발음이 '오르'로 시작되는 공통의 어간을 지녔고, 모두 높이 오르는 이미지를 지닌 특징을 지니고 있다. 한 뿌리를 지닌 語群이다.

그렇다면, 우리말의 '오르다'라는 말의 어원은 어디서 왔을까? 나는 고대 그리스어 'Oros'에서 왔다고 믿는다.

나의 학설에 도전할 한글 학자의 출현을 학수고대하겠다.

신임 박보균 문화부 장관이 우리말 어원사전 편찬을 구상하겠다고 했는데, 차제에 우리말의 어원 찾기 운동이 한글 학자들의 범주를 벗어나길 기대하는 바이다.

왜 장사꾼을
상인이라고 부를까?

     말의 어원을 찾다 보면, 재미있는 역사 공부를 하게 되는 경우가 허다하다. 장사꾼이란 의미의 상인(商人)이란 말이 바로 그런 경우다.

     유구한 역사를 지닌 중국에는 왕조가 수없이 많았다. 역사상 가장 오래된 중국 왕조는 하(夏)라고 하나, 고고학적으로 증명될 수 있는 역사상 첫 중국 왕조는 은(殷) 왕조로 알려지고 있다. 은나라는 은나라 수도 은허(銀墟)에서 발굴된 갑골문자가 한자의 기원을 설명해 주고 있어 마치 고대 이집트의 상형문자를 해독해 줄 수 있는 Rosetta Stone과 함께 인류의 귀중한 문화재를 생산한 왕조이다.

     은(殷) 왕조는 일명 상(商) 왕조로 알려져 있고, 그 나라 백성들을 상민족(商民族)이라 불렀다.

     인류역사상 가장 위대한 역사가를 꼽는다면 서양(고대 그리스)에서는 헤로도토스(Herodotos)요, 동양(중국)에서는 사마천(史馬遷)이다. 연대기로만 본다면 Herodotos는 기원전 425~484년대 인물이고, 사마천은 기원전 86년 또는 87년~기원전 134 또는 145년대 인물이니, 그리스의 헤로도토스가 340여 년을 앞선다.

동·서양을 대표하는 이 두 역사가의 공통점은 대여행가들이었다. 여행을 통해 현장을 답사하고 기록하고 주위들은 이야기들을 엮어 기록으로 남긴 점이었다.

사마천이 편찬한 중국 역사서 『사기(史記)』에 의하면, 은나라(상나라) 주왕(紂王)은 평소 백성들이야 배가 고파 죽든 말든 아랑곳하지 않고, 밤낮 술과 고기와 여자들 속에 파묻혀 쾌락을 즐기며 지냈다.

한자문화권의 동양인이면 누구나 익히 아는 주지육림(酒池肉林)이란 말은 바로 은나라(상나라) 주왕의 방탕한 생활 태도를 빗대어서 지어낸 말이었다.

국가 최고 지도자가 주지육림에 파묻혀 방종한 생활을 하니 그 나라가 온전할 리가 없었다. 그래서 은나라(상나라)는 그다음 왕조인 주(周)나라에 의해 멸망한다.

BC 1100년 경이다. 이후 동양사에서 폭군의 대명사는 은나라 주왕(紂王)이 되었다.

나라가 망하니, 은(상)나라 백성들은 중국 전역에 흩어져, 구명을 하기 위해 물건들을 팔러 다녔다. 농경사회였던 중국 고대 사회에서 물건을 팔러 다니는 상(商)나라 백성들, 즉 상인(商人)들은 아주 천대와 멸시를 받았다. 장사꾼이란 의미의 상인(商人)이란 말은 시초에 이렇게 해서 생기게 되었다.

영어에서 장사꾼, 상인을 Merchant라 한다. 이 말의 어원을 거슬러 올라가 보면 고대 히브리어로 여행하며 돌아다니다(travel about), 철새처럼 이동하다(migrate), 여행자(traveller)를 뜻했다. 고대 동·서양인들의 장사꾼에 대한 인식이 같았음을 알 수 있다.

상인, 장사꾼이라는 표현은 시대의 변천에 따라 사업가(비즈니스 맨),

실업가(industrialist), 기업가(entrepreneur)로 불리고 존중받는 대상이 되고 있다.

서양에서는 Group, Trust, Cartel, Conzern 등으로 다양하게 표현되고 있지만, 일본과 한국에서만은 총칭해서 재벌(財閥)로 불린다. 막강한 위력을 발휘하고 있는 재벌이란 말이 쓰이기 시작한 것은 1900년 전후로 알려져 있다.

그 이전까지는 동향부호(同鄕富豪)라거나 부호족으로 불렸다가, 1900년 전후에서 재벌(財閥)이란 조어가 생겨난 것으로 알려지고 있다.

물론 재벌이란 말은 일본에서 만든 말이다. 이 말이 만들어지던 시대에 한국 땅(조선)에 재벌이라 불릴 수 있는 기업이 있을 리 없었으므로, 우리 선배들은 재벌 하면, 일본의 三井財閥(미쓰이 자이밧쓰), 三菱財閥(밋쓰비시 자이밧쓰), 住友財閥(스미토모 자이밧쓰) 등에만 익숙했었다. 그러다가 5·16 혁명 이후 박정희 정부 시절부터 이병철, 정주영 같은 한국 민족의 걸출한 인물 덕에 우리 생전에 재벌이 무엇인지 손으로 만질 수 있게 되었다. 우리나라 경제용어 하나가 그대로 영어화 되어 표기된 것도 Chaebol(재벌)이란 말인데, 엄밀히 따지면 일본에서 만든 조어를 우리가 빌려 쓰고 있는 셈이다.

뭐니 뭐니해도 경제가 제1임을 국민들은 절감하고 있다. 그렇다면 국가 경제를 일선에서 짊어지고 행하는 기업가들을 우리는 평소 존경하는 마음으로 대할 줄 알아야 할 것이다. 왜냐하면, 우리 자식들이 취직해서 밥을 벌어먹을 자리라고는 기업밖에 없기 때문이다. 그렇기 때문에 훌륭한 기업가는 우리 사회의 은인이다.

우리말 속의
포르투갈語 산책

우리 집은 1955년까지 부산 서면에서 동양막대소(東洋莫
大所)라는 이름의 공장을 경영했었다. 생산품은 면내의(綿內衣)였다. 당
시 부산 사람들은 '메리야스'라고 불렀고, 이 말은 지금도 한국의 기성
세대에겐 면내의보다 더 친숙한 말이 되었다.

나는 그 당시 어렸지만 그때 들은 '메리야스'라는 말을 지금까지 표준
말처럼 써오고 있다. 헌데, 우리 집 공장의 간판이 왜 '동양막대소'였는
가는 평생 궁금했다.

그러다 며칠 전 어원이 포르투갈어인 일본어 자료를 우연히 보고서,
여러 궁금증이 풀렸다. '莫 大所'란 말의 유래는 이러했다. 포르투갈어
'Meias'가 일본어로 'メリヤス(메리야스)'가 되었고, 이 '메리야스'라는 말
을 일본 사람들이 한자로는 '莫大所'로 표기해 온 것이었다.

우리 어머니 세대에는 '비로도'로 된 옷 한 벌 해 입는 것이 평생의 소
원이었다. 그런데 그 '비로도'라는 말도 포르투갈어 'veludo'가 일본어
'ビロード(비로도)'로 변한 것이었다.

지금도 시내 양복점 이름에 ○○라사(羅紗)라는 간판이 있는 줄 모르
겠으나 불과 몇 년 전까지만 해도 소공동, 명동 일대와 일류 호텔 지하

층에 있는 라사(羅紗)들은 장안의 멋쟁이 양복들을 맞추느라 영일이 없었다. 당시 나도 해외에 나가기 전 다른 동료들과 마찬가지로 유명하다는 어떤 라사에서 양복을 몇 벌했던 기억이 난다.

그런데 그때 '라사'라는 말에 대해서는 '빛나는 실'이라는 의미가 있어 보여, '상당히 시적인 이름이구나.' 하고 생각하였을 뿐이었다.

다시 살펴보니 라사 역시 포르투갈어 'raxa'가 일본어로 'ラシャ'가 되었고, 이 말을 일본 사람들이 한자로는 '羅紗'로 표기해 왔다. 일본과 동일한 한자 문화권인 우리가 그대로 활용하여 왔을 뿐이었다.

사라사 천도 마찬가지의 경우였다. 포르투갈어 'saraca'가 일어로 'サラサ(更紗)'가 되었고, 우리나라 사람들이 이를 사라사로 부르게 된 것이었다.

그리고 보니, 우리가 입고 있는 의복 관련 용어 중 대부분이 일본서 온 포르투갈 원산지 외래어인 것이 새삼 드러났다. 조끼의 경우도, 치마, 저고리, 조끼 해서 의례히 우리의 순수한 고유 의복인 줄 알았더니 의외로 포르투갈어 'jaque'가 일본어로 'チョッキ'로 발음되었고, 이것을 다시 한국 사람들이 '조끼'로 부르게 된 경우였다.

이제는 단추라는 말이 널리 통용되고 있으나 기성세대들은 '보단'이란 말에 익숙하다. 영어의 button과 유사하여 미국 선교사들이 들어오면서 유행하기 시작한 말인가 했더니 이것 역시 포르투갈어 'botão(발음: 보탕)'이 일본어 'ボタン'으로, 다시 이것이 한국어 '보단'으로 쓰였다.

담배를 의미하는 다바꼬, 알코올, 빵 등의 말들이 포르투갈어에서 비롯된 것이라는 것은 잘 알려진 이야기다. 그 단어들은 영어 단어들과도 유사한데, 사실은 영어 단어가 포르투갈어에서 비롯된 것이었다.

내가 약간 의외로 여긴 것은 일식집에 가면 의례히 먹는 덴뿌라가 순

수 일본말이 아니고, 포르투갈어 tempura를 그대로 차용해 사용하고 있다는 점이었다. 이뿐인가. 고고학자들이 고분 발굴 시 흥분하는 '미이라'라는 말도, 포르투갈어 'mirra'가 일본어로 'ミイラ'로 표기되고, 한국인들이 일식 발음 그대로 미이라로 사용해 오고 있는 터였다.

어떤 사람이 초점이 흐릴 때, 우리는 그 친구 '핀토'가 잘 맞지 않는다고 한다. 이때 '핀토'라는 말도 포르투갈어 'pinto'에서 나왔고, 일본 사람들이 이를 'ピント'라고 표기해 사용한 것을 우리가 차용한데 불과했다. 비가 올 때 입는 비옷을 요즈음 신세대는 '레인코트'라고 말하지만, 얼마 전까지만 해도 '갑파'라는 말이 더 유행했었다. 이 말 역시 포르투갈어 'capa'가 일본어 'カッパ'가 되었고, 이를 한국인들이 즐겨 사용해 왔다.

이토록 요긴한 우리의 일상 용어가 포르투갈어에서 비롯된 것은 어떤 연유였을까?

유럽 국가 중 첫 해양국가는 포르투갈이었다. 특히 인도 항로를 개척한 포르투갈인들은 동남아시아에서 향료 등을 수입, 유럽에 갔다 팔아 큰돈을 벌었다. 이들은 중국 마카오를 근거로 동아시아 국가들과의 무역을 도모했다.

1543년 태국에서 마카오를 향해 항해하던 중국 범선이 일본 규슈(九州) 남부의 타네가시마(種子島: タネガシマ)에 표류했다. 이 배에는 포르투갈 상인들이 타고 있었고, 그 배 안에는 일본인들로서는 처음 보는 대포 등 무기들이 있었다. 타네가시마 영주 타네가시마 도끼다까(種子島時堯)는 포르투갈 상인들로부터 대포를 구입함과 동시에 사용법과 제조법 등을 일본 사무라이들에게 가르쳐 주도록 당부했다.

포르투갈인들은 당시 일본 규슈지방의 다이묘(大名)로부터도 환대받으면서 무기제조법 외에도 축성법 및 전술 등도 일본에 전파, 일본 전국시대가 끝날 때까지 일본의 근대화에 큰 역할을 했다. 이후 포르투갈과 스페인의 대형 상선들이 마카오나 마닐라로부터 일본으로 대거 몰려들었다. 이들은 중국과 일본과의 중계무역을 통해 큰 이익을 추구하고 있었다.

1549년 야소회파의 프란시스코 자비에르 (Francisco de Xavier) 신부가 가고시마(鹿兒島)에 도착, 일본에 기독교를 전파하기 시작했다. 초창기 일본에서는 기독교 전도가 급속도로 이루어졌다. 영주 다이묘(大名) 가운데는 히젠(肥前) 지방의 오오무라 스미타다(大村純忠) 다이묘처럼 스스로 세례를 받고 기독교인이 된 지배층도 생겼다.

1590년 도요토미 히데요시(豊臣秀吉)가 일본 천하를 통일하여 전권을 행사하였을 때에도 그는 기독교의 가르침이 자신의 통치에 장애 요인이 된다 하여 선교사들을 추방하면서도, 종교와 무역은 분리하여 대처했다. 그리하여 포르투갈과 중국 상인들이 일본과 활발히 교역을 행하였던 것이다.

이와 같이 포르투갈인들은 일본인들에게 서양 문물을 처음 소개한 외인(外人)이었다.

당시 일본어로 외국인을 'ガイジン(外人)'이라 하였는데, 이는 곧 포르투갈인을 의미했다.

일본으로 하여금 서양문물을 처음 접하게 한 것이 포르투갈 인들이었기에 오늘날 일본어에 포르투갈어가 상당히 남아있는 것이다.

혹자는 포르투갈어로 '고맙습니다'를 'obrigado(오브리가도)'라 하고, 일어로는 '아리가도'라고 하는 것 사이에는 어떤 상관관계(예하여 일본인들이 포르투갈어에서 차용했다든가 하는) 설을 내세우는 사람들이 있

다. 그러나 일본어의 '고맙습니다(아리가도, ありがとう, 有難う)'는 포르투
갈어 'obrigado'와 전혀 무관함을 밝혀둔다.

우리말 속의
페르시아어

　이란이 핵 개발을 하려다 포기했다. 핵무기를 만들 수 있는 농축 우라늄을 스스로 파기하였다. 국제사회는 이런 이란의 비핵화 결단에 맞춰 그동안 유엔 안보리 결의로 제재했던 이란 제재를 해제했다.

　이란이 이런 추세로 시대에 발맞추어 변화해 간다면 옛 페르시아 (Persia)의 영광도 회복해 갈 것이다. 얼마나 찬란했던 페르시아 문화냐.

　알기 쉽게 말해 국명이 ~스탄(Stan)으로 끝나는 나라들, 아프가니스탄, 파키스탄, 우즈베키스탄, 타지키스탄, 카자흐스탄 등은 페르시아어권이다. '스탄(stan)'이란 말 자체가 페르시아어로 '땅, Land'를 의미한다.

　서양 여자들 이름 중에 가장 많은 이름이 자스민(Jasmine)이다. 자스민꽃, 그 향기가 아름답기 때문이다. 그런데 그 자스민(Jasmine) 꽃과 향기가 페르시아에서 유래했다. 프랑스는 중세 이래로 일찍이 페르시아 문화에 심취, 국제영화제로 유명한 남불 칸느(Cannes) 시 외곽 그라스 (Grasse)란 곳에 자스민 꽃단지를 만들었다. 오늘날 칸느(Cannes) 시에서 전차로 25분, 유명한 남불 해양 휴양도시 니스(Nice)에서 자동차로 1시간 거리에 있는 그라스(Grasse)는 전통적인 자스민 꽃단지 덕에 프랑스 향수의 3분의 2를 생산하고 있고, 연 매출 600억 유로(US 720억

달러)를 기록하고 있다.

자스민 향수뿐인가. 서양 고급 식탁에 나오는 카비아르(Xaviar), 서양 귀부인들, 오늘날에는 한국의 여성들 사이에서도 유행하고 있는 숄(shawl), 우리가 집 안에서 입고 지내는 파자마(Pajama)도 페르시아에서 유래했다. 페르시아어로 파(pa)는 다리(足)를, 자마(jama)는 옷(衣)을 의미했다. 프랑스어로 다리를 Pied라 하는데 그 말의 어원이 페르시아어 pa에서 유래한 것임을 짐작할 수 있겠다. 이토록 유럽의 음식 문화, 향수 문화, 의류 문화에 페르시아는 영향을 미쳤다.

내가 속해있는 외교관들 사회에서는 1년에 한 번씩 자선 바자(bazar, bazaar)를 개최한다. 이 자선 '바자'에는 세계 각국에서 근무했던 외교관 가족들이 현지 근무 시 구독했던 물건들을 내놓고 판다. 저잣거리, 재래시장의 뜻인 바자(bazar, bazaar)라는 말 자체도 페르시아어요, 그 문화다.

일찍이 국제무역에 눈뜬 페르시아 사람들은 앞서 소개했던 ~스탄으로 끝나는 국명을 가진 중앙아시아 국가들을 누비며 무역을 했었다. 고비사막 같은 먼 험지를 마다하고 육로로 갈 수 있는 곳이면 그들의 발길이 닿지 않는 곳이 없을 정도였다.

이런 페르시아 보부상들은 낙타 등에 팔 물건들을 싣고 사막을 횡단하며 장사하기 일쑤였다. 거기에서 카라반(Caravan)이란 페르시아어가 탄생했다.

한국인들은 이들을 대상(隊商), 즉 낙타를 타고 무리를 지어 다니는 장사꾼들 식으로만 이해하는데, Caravan이란 실은 페르시아의 '보부상'들, 즉 낙타에 팔 물건을 싣고 다니는 보수상들이 무역로 등 사막을 횡단할 때 도중에 강도나 폭도들을 만나 물건을 뺏기기 일쑤였기 때문에 운송업자와 장사꾼들이 공동으로 경비를 부담하여 조직한 낙타 대상(隊商)의 신변 경호대였던 것이다.

따라서 카라반(Caravan)의 정확한 뜻은 낙타 행상(行商) 부대 경호대다. 오늘날 카라반(caravan)이란 말에는 경호대 의미는 온데간데없고 이동 캠핑카 정도로 인식되고 있으나 페르시아어인 카라반의 생성과정은 낙타보부상 경호대로 출발했다. 보부상들은 카라반의 지시에 따라 도중에 휴식도 취하고 숙소도 정했다. 페르시아 카라반들을 위한 숙소 흔적들은 지금도 중동 도처에 유산으로 남아있는 것을 볼 수 있다.

레몬주스 할 때의 레몬, 서양 바둑 체스(chess), 아랍 여성들이 몸에 걸치는 전신을 커버하는 숄(shawl) 형태의 의상인 차도르도 페르시아어다.

오늘의 이란(옛 페르시아)어는 아랍어가 아니고, 이란인들은 종교만 이슬람이지 아랍인들과는 다른 민족이다. 중동지역에서 모든 아랍국가가 이스라엘에 대해 적대적인데, 이란만은 이스라엘과 관계가 무방하다. 그 이유는 성서에 나오는 유대인들이 바빌론에 포로로 잡혀갔을 때, 유대인들을 석방하여 구해준 민족이 이란인들이었기에, 그 이후 이스라엘 민족들은 이란인들을 자기들에게 은혜를 베푼 민족으로 알고 지내왔다. 그 전통은 오늘날에도 이어져 이스라엘과 이란과는 사이가 괜찮은 편이다.

언어란 지난 수 세기 간 인류의 교류 과정에서 서로 돌고 도는 경우가 허다함을 목격할 수 있다. 인도가 자랑하는 세계유산이자 세계 7대 불가사의 중의 하나로 꼽히는 무갈제국의 타지마할(Taj Mahal) 궁전의 경우를 보자. 왕관 궁전을 의미하는 타지마할(Taj Mahal)이란 말은 원래 아랍으로 알려지고 있으나 그중 타지(taj)란 말의 어원을 거슬러 올라가면 페르시아어 'dolband'에서 나왔다고 하고, 그 의미는 머리에 쓰는 터번을 의미했다.

Tulip이라는 꽃 이름은 터키어 'Tolbent'에서 나왔는데, 그 'Tobent'라는 말 자체는 또 페르시아어 'dolband'에서 나왔다고 한다. 페르시아에서는 튤립을 'lāle'라 불렀고, 이 말이 오늘날 영어의 Lily가 되었다.

2010년~2011년에 지중해 북아프리카 연안 국가로 고대 이름은 카르타고(Carthago)요, 오늘날 이름은 튀니지(Tunisia)에서 정권의 민주화를 요구하는 민중 데모가 줄기차게 일어났다. 사람들은 그 튀니지 혁명을 '자스민 혁명'이라고 불렀다. 기후가 온화한 지중해성 기후의 나라인 튀니지는 국민들이 자스민 꽃을 많이 재배하기로 유명해서 튀니지 민주화 혁명을 자스민 혁명이라 명명한 것이다.

✦ 자스민 혁명(Jasmine Revolution)

혁명은 원래 피비린내를 연상시키는 데, 아름다운 향기가 감도는 것 같은 부드러운 이미지다. 한국의 북녘땅에도 자스민 혁명 바람이 불어올 날이 있을 것 같은데, 그들 스스로 의식이 깨어서 이란처럼 비핵화로 가면서 옛 페르시아의 영광을 되찾는 길에 들어선다면 모르지만, 바깥세계와는 담을 쌓고 지내면서 핵무기 몇 개만 있으면 만년 정권유지가 될 것으로 믿고 버틴다면, 하는 수 없이 외부충격을 가해서 변화시켜야 할 것이다.

일본에서 번역한 서양 문물 제도

수년 전 아프리카 국가 중에서 다호메이(Dahomey), 콩고 (Congo), 로데시아(Rhodesia)가 식민지 잔재 청산 차원에서 국호를 각기 베넹(Benin), 자이르(Zaire), 짐바브웨(Zimbabwe)로 개명했다. 다른 분야에서도 식민 잔재를 청산하려 했지만, 나라 이름 빼고는 할 수가 없었다.

베넹과 자이르는 불어를, 짐바브웨는 영어를 공용어로 사용하고 있었다. 공용어로 쓰이고 있는 언어들은 자기들을 식민지로 삼은 프랑스, 벨지움, 영국이 가르쳐준 언어이지 자기들 고유의 언어가 아니었다.

식민지 잔재 청산이란 대원칙대로 하자면 공용어부터 자기들 고유의 언어로 바꾸어야 했다. 그러나 이들 나라의 고유어란 미개한 수준의 구두어이지, 문자어가 못 되었다. 그렇다고 세종대왕이 나타나 새로이 그들의 '한글'을 창조할 수도 없었다.

제도를 바꾸자니, 자기네 역사에 무슨 내세울 제도가 있을 턱이 없었다. 지금도 매년 과거 유럽 식민종주국으로부터 원조를 받지 않고는 국가재정을 유지할 수 없는 주제에 무슨 제도를 독창적으로 유지할 수 있단 말인가.

국호를 자신들의 구전에 내려온 전통에 입각하여 토속적 냄새가 나는 말로 바꾸는 것은 ID 차원에서 일리가 있었다. 자주적 이미지를 풍기는 효과는 있었다. 그런데 공교롭게도 이들 세 나라는 당시 아프리카에서도 가장 시대착오적인 독재 국가로 유명했었다.

　우리가 오늘날 우리 말로 사용하고 있는 말 중에는 우리 자체에서 생성된 순수 한국적 언어가 있고, 밖에서 들어온 외래어가 있다. 그런데 우리말이란 것도 언제부터 그것이 우리말로 쓰이고 있느냐에 따라, 그것이 과연 우리 고유의 말이 될 수 있느냐고 따진다면 엄밀히 말해 우리 고유의 말이란 존재할 수 없는 것이 한 나라 언어의 특성인 것이다.

　좀 비약적인 이야기를 하나 해보자. 오늘날 인류가 사용하는 말 가운데는 불교가 탄생하면서부터 생성된 언어가 가장 많다. 자비, 열반, 극락 같은 말만 불교어인 줄 알겠지만, 인간, 부모, 생명, 행복, 고통, 번뇌, 욕망, 자연, 지혜, 등 인간의 희로애락에 관련되는 언어뿐만이 아니다. 동서양의 모든 언어가 '산스크리트'어였던 '불교 언어'의 영향을 받지 않는 것이 거의 없다 해도 과언이 아니다.

　어떤 학자는 불교가 중국에 전파된 이래 중국 문학에 2백만 개의 단어를 생성케 해주었다고 주장하기까지 했다.

　불교보다 500년도 더 뒤에 태어난 기독교가 그럼 이런 언어들이 불교 언어라고 해서 배척하고 다른 기독교 언어를 별도로 창조해서 사용해 왔단 말인가.

　언어란 서로 교통하여 생성돼 뿌리를 내리면 그것이 어디에서 왔고, 누가 사용하였고 하는 국적이나 ID 카드를 따질 수 없다. 우리 땅에 뿌리를 내려 우리가 사용해 왔으면 그것이 바로 우리 언어가 되는 것이다.

　얼마 전 일제시대의 잔재 냄새가 난다고 하여 그동안 개명의 필요성을 느끼지 않고 50년 이상을 잘 사용해 오던 '국민학교'라는 명칭을 초등학교로 고쳤다. 각 학교가 간판 제작하는 데도 학교당 100여만 원은 족히 들어갔을 것이다.

그런 면에서 합리적 사고를 지니고 과거에 대한 열등의식이 없는 유럽 사람들 같았으면 국민학교 이름 바꾸느라 정력이나 돈을 쓰지 않았을 것이다. 대신 학교당 100만 원어치 좋은 책을 구입해서 보내주었을 것이다.

그리고 지금 무슨 과거사 위원회가 생겨 동학란 때까지 거슬러 올라가 우리 역사를 재조명한다고 한다. 구한말 역사와 사회·문화가 새로운 시각으로 조명·평가될 모양이다. 긍정적인 측면도 많다고 본다.

헌데 여기서 이웃 나라 일본은 근대화를 이룩하기 위해 문명개화기에 어떤 외래어들을 '수입'하였는가를 일별해 보자.

1868년 명치원년을 전후해 일본은 국가의 근대화를 위한 대대적인 문명개화 정책을 폈다. 전국의 인재들로 알려진 인재들을 국비로 선발, 선진 미국과 유럽에 파견하여 문물을 배워오게 하고, 이와꾸라(岩倉) 사절단 등을 구미에 파견, 지금까지 일본이 이들 열강들과 체결한 불평등 조약 수정교섭도 시도했다.

우리의 구한말에 해당하던 이 시기에 우리 조정은 우물 안 개구리가 되어, 쇄국정책을 죽어라고 썼지만, 일본의 경우는 명치유신 이전 도꾸가와 막부 말기부터 밖의 선진문물 제도를 받아들이고 있었다.

이 중에서도 일본 조야는 다음과 같은 영어 단어들이 무슨 의미를 지니며, 이것을 일본말로 어떻게 번역하는 것이 좋을지를 놓고 씨름했다.

후꾸자와 유기찌(福澤諭吉), 모리 아리노리(森有礼), 가토 히로유끼(加藤弘之) 등 계몽사상가들은 명치 6년 결성된 단체라는 의미로 明六社

(メイロクシャ)라는 계몽학술단체를 만들어 토론했다. 이들 계몽사상가들은 자유와 평등 등 계몽사상을 일본에 전파 시킴과 동시에 그때까지 일본 사회에는 존재하지 않던 개념(concept)을 지닌 서양 용어들을 일본어로 옮기는 작업을 했다. 대표적인 단어들만 열거해 보자.

Society, Individual, People, Freedom, Liberty, Rights, Government, Administration, Economy, Politics, Corporation, Constitution, Happiness, Creator, Equality, Philosophy, Nature, Common Sense, Sovereignty, Nation, Independence, Democracy 등등.

후꾸자와 유기찌 등은 위의 영어 단어들을 아래와 같이 번역했다.

- Society: 사회(社會: シャカイ)
- Individual: 개인(個人: コジン)
- People: 인민(人民: ジンミン)
- Freedom, Liberty: 자유(自由: ジユウ)[3]
- Rights: 권리(權利: ケンリ)[4]
- Government: 정부(政府: セイフ)
- Administration: 행정(行政: ギョウセイ)
- Economy: 경제(經濟: ケイザイ)
- Politics: 정치(政治: セイジ)
- Corporation: 회사(會社: カイシャ)

3 영어에는 자유라는 말에 freedom과 liberty라는 두 단어가 있다. liberty는 프랑스어에서 온 말임

4 후꾸자와 유끼찌는 맨 처음 Rights라는 말을 '通義'로 번역하였으나 나중에 권리라는 말로 통용되었다고 함

- Constitution: 헌법(憲法: ケンポウ)

- Happiness: 복(福: フク)

- Creator: 조물주(造物主: ゾウブツシュ)

- Equality: 평등(平等: ビョウドウ)

- Philosophy: 철학(哲學: テツガク)

- Nature: 자연(自然: シゼン)

- Common Sense: 상식(常識: ジョウシキ)

- Sovereignty: 주권(主權: シュケン)

- Nation: 국민(國民: コクミン)

- Independence: 독립(獨立: ドクリツ)

- Democracy: 민주주의(民主主義: テモクラシ)

일본이 문명 개화기에 서양문물을 받아들이면서 접했던 이러한 영어 단어들은 개념(Concept) 면에서 유사한 한자어를 찾아 번역되었다. 이렇게 번역된 말들은 그대로 다시 중국과 조선에서 수입, 사용되었다.

여기서 명백히 보았듯이 정부나 행정, 경제는 말할 것 없고 자유니, 민주니, 주권이니 하는 말 자체가 원래 우리 조선말, 한국말이 아니다. 일본이 영어에서 수입해 번역한 것을 다시 우리나라 사람들이 일본 번역을 그대로 수입해 쓰고 있는 것에 유념할 필요가 있을 것이다.

카추샤와 카투사

1917년 레닌의 볼셰비키 공산혁명으로 일가족이 처형된 니콜라이 2세 황제에게는 에카테리나(Екатерина)라는 황후가 있었다. 에카테리나 황후는 애칭으로 카추-샤(Катюша)라 불렸다.

노서아의 대문호 톨스토이가 쓴 『부활』을 원작으로 한 일본의 무성영화 「카추-샤(ﾝﾁ1-ｼｬ)」는 한때 일본과 현해탄을 넘어 한국에서도 심금을 울리는 영화로 인기를 끌었던 바 있었다. 그런 연유 등이 복합적으로 작용했을까? 「카추-샤의 노래(ﾝﾁ1-ｼｬの 唄)」는 일본 가요계를 휩쓴 애창곡이 되기도 했다. 그뿐만 아니다.

제2차 대전 중 소련이 전쟁터에서 처음으로 선보이며 사용했던 병기 이름도 Катюша(카추-샤)였다. 그렇게 한국의 전전 및 전후 세대들에게는 카추샤라는 이름은 애수와 낭만이 짙은 이름이다.

그렇게만 느끼며 지내온 내가 최근에 추미애 법무장관 아들 건으로 전국이 소란을 피운 것을 계기로 연유를 살펴본 결과, 주한미군을 지원하기 위한 한국군 파견부대 명칭이 약자로 Katusa(카투사)가 된 데서 많은 기성세대, 특히 문학 예술학도들이 앞서의 노서아 카추샤와 주한미군 지원 한국군 부대명을 혼동하며 어리둥절했던 것 같다.

Katusa(카투사)는 Korean Augmentation to the United States Army의 약자로, 미 육군에 증파된 한국군을 의미한다.

NATO 가맹국이 된 핀란드,
스웨덴과 에스토니아를 보고

나는 핀란드 대사와 에스토니아 주재 대사를 겸했었다. 2000년 당시 내가 두 나라 대사로 있었을 당시엔 핀란드는 EU 멤버이긴 했으나 군사동맹기구인 NATO에는 가입하지 않는다는 것이 국민적 및 정파적 공감대였었다.

한편 발틱 3개국 중에서도 가장 작지만, 가장 직접적으로 러시아와 국경을 접하고 있는 에스토니아는 EU 확대 정책 시, 1차적으로 EU에 가입될 수 있는 국내 여건들을 충족하고, 부단하게 안보 측면에서 NATO의 보호를 받기를 갈구해 왔었다. 미국도 에스토니아의 전략적 입지를 고려, 나토 동맹국 방어 형식으로 상징적인 기동훈련을 에스토니아 국경지대에서 행하기도 했었다.

헌데 금번 윤석열 대통령이 나토 정상회의에 초청받아 참석하는 기간 (2022년 6월 29일~30일) 그간 중립을 표방하며 군사동맹 노선에서 미국 등 서방측과 일정 거리를 유지했던 스웨덴과 핀란드가 나토 정회원국으로 정식 가입되었다.

그 위에 에스토니아 등 발틱 3국에는 나토 주둔 병력이 이전과는 다른 차원으로 증강될 전망이다.

이 모든 것이 푸틴의 우크라이나 침공으로 인한 신냉전 사태가 초래한 새로운 유럽정치 지형이다.

스웨덴의 경우, 국력의 위상이나 국경 인접성으로 볼 때 러시아를 특별히 경계할 필요는 없어 보인다.

그러나 핀란드의 경우, 러시아와 1천300킬로에 달하는 국경을 직접 접하고 있는 관계상, 심리적으로 긴장 관계를 유지할 수 있는 확률이 커졌다.

에스토니아는 전체 인구가 130만 여에 불과한 작은 나라이면서 러시아와 국경을 접하는 러시아의 서방측 관문 역할을 하는 데다, 전체 인구 중 러시아계 주민들이 25% 이상을 차지하고 있어 금번 나토군의 상비 주둔과 그 병력 규모에 따라 미·러 긴장의 전초기지가 될 것 같다.

하여, 전 핀란드 및 에스토니아 대사를 지냈던 내게는 금번 윤석열 대통령께서 참석한 나토 정상회의 결과가 유독 여운이 짙게 남는다.

바야흐로 동서의 신냉전 시대가 도래하고 있는 것인가?

핀란드, 에스토니아가 러시아 침공을 받을 시 Airborne operations(공수작전) 상으로 이들 나라와 가장 근거리에 있는 한국군이 NATO 지원군의 일원으로 참여하게 되고, 역으로 이들 나라가 한국에 유사시 파병되는 그런 단계로까지 향후 대한민국과 NATO와의 관계는 변이 격상되는 단계로까지 동서냉전이 확대 진전될 것인지?

✦ 외교 현장 추억

양동칠 대사 부부 핀란드 대사 시절(1999년~2002년)

에스토니아 대통령에게 신임장을 제정하러 갔을 때의
대통령궁 의장대 사열받는 모습

viking 선을 타고 핀란드–스웨덴 해역 시찰(2000년 9월 13일): 중립국가였던 두 나라가 NATO 동맹국이 됨으로써 동해역도 예전 같지 않을 전망이다.

Jacques chirac 프랑스 대통령과 함께 그가 Paris 시장일 때